Catherine Aurel

Bella Donna

Die Schöne von Florenz

Roman

PENGUIN VERLAG

Sollte diese Publikation Links auf Webseiten Dritter enthalten,
so übernehmen wir für deren Inhalte keine Haftung,
da wir uns diese nicht zu eigen machen, sondern lediglich auf
deren Stand zum Zeitpunkt der Erstveröffentlichung verweisen.

MIX
Papier aus verantwortungsvollen Quellen
FSC® C083411

Penguin Random House Verlagsgruppe FSC® N001967

1. Auflage 2021

in der Penguin Random House Verlagsgruppe GmbH,
Neumarkter Straße 28, 81673 München
Dieses Werk wurde vermittelt durch die Literarische Agentur
Thomas Schlück GmbH, 30161 Hannover.
Umschlag: bürosüd GmbH
Umschlagmotiv: Richard Jenkins; AKG Images/Lebreton
Redaktion: Lisa Wolf
Satz: Uhl + Massopust, Aalen
Druck und Bindung: CPI books GmbH, Leck
Printed in Germany
ISBN 978-3-328-10548-0
www.penguin-verlag.de

Dieses Buch ist auch als E-Book erhältlich.

Personenverzeichnis

Historische Persönlichkeiten sind mit einem * versehen.

Die Medici

Lorenzo »il Magnifico«*, Florentiner Bankier und Politiker

Clarice*, seine Frau

Giuliano*, sein Bruder

Lucrezia Tornabuoni*, Lorenzos und Giulianos Mutter

Lucrezia Donati*, Geliebte von Lorenzo

Fioretta Gorini*, Geliebte von Giuliano

Die Vespucci

Nastagio*, reicher Kaufmann

Lisabetta Mini*, seine Frau

Amerigo*, sein Sohn

Piero*, sein Bruder

Marco*, Pieros Sohn

Die Cattaneo

Simonetta*, junge Adelige aus Genua
Gaspare und Caterina*, ihre Eltern
Battistina Campofregoso*, eine Verwandte
Jacopo d'Appiano*, Battistinas Mann
Semiramide d'Appiano*, Battistinas und Jacopos Tochter

Die Pazzi

Jacopo*, Oberhaupt einer reichen Florentiner Bankiersfamilie
Francesco*, sein Neffe
Novella Foscari*, Francescos Frau
Rino, ein Diener

Die Bellani

Cosima, eine Kurtisane
Amiri, ihr Sklave
Nina, eine junge Frau in ihren Diensten

Künstler

Sandro di Mariano Filipepi, genannt Botticelli*, Florentiner Maler
Andrea del Verrocchio*, sein Lehrer
Leonardo da Vinci*, sein Kollege
Giovanni*, sein Bruder
Mariano* und Benincasa*, seine Neffen
Filippino Lippi* und Jacopo di Domenico*, seine Lehrlinge
Luigi Pulci* und Angelo Poliziano*, Dichter am Hof der Medici

Und tausend Liebesgeister, feuerhelle,
ließ sie dem süßen Augenpaar entströmen.
Mich muss es wundernehmen,
dass ich nicht augenblicks zu Asche brannte.

Angelo Poliziano

I.

August 1469

»Du bist sehr schön«, sagte die fremde Frau zu Simonetta.

Erst hatte sie sie nur betrachtet, nun streckte sie die Hand aus, um über ihr Gesicht zu streicheln. Die unerwartete Berührung erschreckte Simonetta, aber die säuselnden Worte, die folgten, schmeichelten zu sehr, um zurückzuzucken.

»Dein Fleisch ist fest, deine Haut straff. Du bist blass, aber nicht fahl, vielmehr schimmerst du wie Elfenbein. Und wie kräftig deine Haare sind, wie fein geschwungen die Locken, und die Strähnen von jenem hellen Rotblond, wie es nur die Natur erschaffen kann, kein Maler. Das Blau deiner Augen lässt an den Himmel oder das Meer denken, jedenfalls an etwas, das gewaltiger ist, als des Menschen Geist es fassen kann, und deine Lippen haben die Farbe, die sich die Liebe aussuchen würde, könnte sie in ein Kleid schlüpfen. Deine Unterlippe ist leicht geschwollen, das Grübchen über der Oberlippe bildet sich an der rechten Stelle, zugleich ist dein Mund nicht so breit, dass man an das Maul eines Fischweibs denkt, das unaufhörlich seine stinkende Ware anpreist. Ja«, die Fremde trat zurück, musterte sie noch einmal, »du bist zweifellos schön.«

Simonetta wollte den eben noch gerühmten Mund zu einem Lächeln verziehen, um der anderen für die aufmunternden Worte zu danken. Sie kamen gerade recht, hatte sie in der Nacht doch kaum ein Auge zugebracht, und schon den ganzen Morgen über hatten ihr vor Aufregung die Hände gezittert.

Doch mit einem Mal wurde der Blick der Fremden abschätzend. »Nur weil du schön bist, heißt das jedoch nicht, dass ich dich an deinem großen Tag nicht noch schöner machen kann.«

Nun zuckte Simonetta doch zusammen, obwohl die Fremde nicht mehr ihr Gesicht tätschelte und stattdessen damit begann, allerlei Döschen und Fläschchen, Ampullen und Tiegelchen aus ihrem Lederbeutel zu kramen, um deren Inhalt mit noch schwärmerischerem Tonfall anzupreisen als zuvor Simonettas Äußeres.

»Florenz ist, wie der Name der Stadt bekundet, die schönste Blume, die unter Italiens Sonne erblüht. Wollen wir denn aus dir eine würdige Florentinerin machen. Das hier ist eine Salbe aus Rosenwasser, dem man die Milch einer Jungfrau, eine Prise Zimt und ein Salz von fernen Bergen, die kein Florentiner je besteigen konnte, zugefügt hat. Manche sagen, sie entfaltet ihre Wirkung erst, wenn man auch den Urin eines Knaben daruntermischt, aber darauf wollen wir verzichten.«

Sie grinste, als sie sah, wie Simonetta das Gesicht verzog, teils vor Verwirrung, teils vor Ekel.

»Diese Salbe wiederum ist für die Wangen bestimmt. Sie enthält das Knochenmark eines alten Ochsen, glättet wunderbar jedes Fältchen und lässt noch den Schatten eines Tränensacks verschwinden. Deine Stirn schließlich wird noch ebenmäßiger, wenn wir sie mit einem Wässerchen aus Olivenöl und unverdünntem Wein einreiben, nachdem wiederum beides mit der

Leber einer Eidechse vermischt wurde. Es ist wichtig, dass es eine grüne Eidechse war, und noch wichtiger, dass man nur die Leber, nicht auch die Galle verwendet.«

Sie hatte ein kleines Schwämmchen genommen, die Stirn damit abgetupft. Simonetta musste sich beherrschen, um nicht erneut zurückzuzucken, zumal sie einen scheußlichen Geruch erwartete, doch am durchdringendsten blieb der des Rosenwassers. Erst als die Fremde begann, ein paar Härchen an ihrem Haaransatz auszuzupfen, damit die Stirn noch höher wirkte, warf Simonetta Battistina einen Hilfe suchenden Blick zu. Diese war ihre Base und hatte die Fremde in jenes Gemach gebracht, wo Simonetta sich auf ihre Hochzeit vorbereitete.

Battistina nickte ihr aufmunternd zu. »Lass Cosima Bellani nur machen. Du willst doch schön sein für Marco, nicht wahr?«

Simonetta wagte nicht zu nicken, womöglich hätte Cosima dann nicht nur ein paar Härchen, sondern gleich eine ganze Strähne ausgerupft, dennoch beruhigten sie Battistinas Worte. Nicht nur, dass deren Gesicht eines der wenigen vertrauten inmitten der vielen Dienstmädchen war, die seit dem frühen Morgen um sie herumhuschten. Sie war die Einzige, die sie mühelos verstand, sprach Battistina doch den gleichen Genueser Dialekt wie sie, nicht den florentinischen, der mit so vielen lateinischen Wörtern durchsetzt war.

Endlich war es mit dem schmerzhaften Zupfen vorbei, Cosima zog ihr stattdessen die Augenbrauen mit einer dunklen Farbe nach. Der Bogen müsse möglichst rund sein, erklärte sie, und was ebenso noch fehlte, wäre ein rötliches Puder für die Wangen, das aus Sandelholz gemacht war. Damit würde man die Ohrläppchen einreiben, denn es war gerade modern, dass auch diese rötlich schimmerten. »Und hier habe ich einen Balsam in hellem Korallenrot für deine Lippen.«

Zuletzt gelte es den Nacken zu behandeln, würde sie die Haare doch nicht länger offen wie ein junges Mädchen, sondern hochgesteckt wie eine ehrbare Frau tragen. »Er gilt als schön, wenn er noch weißer ist als das Gesicht, und das erreicht man am besten mit einem Mittel, das sich *crocodilea* nennt.«

»Wird das etwa aus Krokodilen gemacht?«, rief nun selbst Battistina verblüfft, obwohl sie bis jetzt so getan hatte, als wäre ihr keines der vielen Mittelchen fremd.

»Dessen Innereien werde mit Kreide vermischt, ja«, erwiderte Cosima, »allerdings handelt es sich um ganz besondere Krokodile, nämlich um solche, die nur mit Kräutern und Blumen ernährt wurden.«

Irgendein Dienstmädchen kicherte laut, und Simonetta konnte es ihm nicht verdenken, saß ihr doch selbst ein Lachen in der Kehle. Sie bezwang es mit Mühe und schloss die Augen. Sollte Cosima Bellani nur machen, sie selbst versuchte sich Marcos Gesicht vorzustellen, wenn sie ihm als wunderschöne Braut entgegentrat.

Leider fiel ihr das gar nicht so leicht. Wenn sie sich jenes denkwürdigen Tages vor einigen Monaten besann, da sie sich vor dem Kirchenportal in San Siro zu Genua getroffen hatten, waren ihr seine braunen Locken und sein samtener Umhang zwar noch deutlich in Erinnerung, doch seine Züge blieben verschwommen. Auch den Klang seiner Stimme konnte sie sich kaum mehr vergegenwärtigen. Sie hatte nur die ihrer Mutter Caterina im Ohr, als die sich zu ihr gebeugt und geraunt hatte: »Das ist Marco Vespucci. Sein Onkel ist ein bedeutender Kaufmann von

Florenz, und er hat seinen Neffen hierher nach Genua geschickt, damit er an der Bank von San Giorgio mehr über das Geldgeschäft lernt.«

Alsbald hatte sich auch Gaspare eingeschaltet, Simonettas Vater, der sich Marco vorgestellt und ihn in ihr Heim eingeladen hatte. Wie Marco darauf reagiert hatte, wusste Simonetta nicht mehr, nur, dass plötzlich sein Blick auf ihr geruht und er gefragt hatte, ob sie ihm das ihm fremde Genua zeigen würde.

Seine Augen, das hatte sie nicht vergessen, waren von jenem Braunton wie der Honig, den ihre Mutter gerne in den Wein mischte, und wiesen helle Sprenkel auf, die Simonetta erstmals verstehen ließen, warum Männer so wild auf Gold waren. Während sie in diesen Augen versunken war, hatte sie erst gar nichts sagen können, und dann war es das Falsche gewesen: »Ich finde mich selber kaum in Genua zurecht, den Großteil meines Lebens habe ich in Piombino verbracht.«

Entsetzt hatte die Mutter die Luft eingesogen, und da erst war ihr aufgegangen, was sie getan hatte. Dass ihr Vater aus Gründen, die Simonetta nicht recht verstand, die jedenfalls mit endlosen Streitigkeiten in Genua zu tun hatten, viele Jahre lang aus seiner Heimatstadt verbannt worden war und diese im Exil in Piombino hatte zubringen müssen, war schließlich eine große Schande.

Doch Marco ging nicht darauf ein. »Dann verlaufen wir uns eben gemeinsam«, hatte er lediglich gesagt, und aus dem entsetzten Schnaufen der Mutter war ein schrilles Lachen geworden, während der Vater seine Einladung wiederholt hatte.

Nach jenem Abend zog Caterina Simonetta beiseite. Für ein Mädchen wie sie verhieße es keine größere Ehre, in eine einflussreiche Florentiner Familie einzuheiraten, und so hingerissen, wie Marco sie den ganzen Abend über gemustert hatte, standen die Chancen gut, dass er um ihre Hand warb. Simonetta war Marcos Familie egal, und von Florenz hatte sie noch weniger Bilder im Kopf als von Genua, aber sie konnte sich kein größeres Glück vorstellen, als einen Mann zu ehelichen, in dessen Augen goldene Sprenkel funkelten.

»So«, riss Battistinas Stimme sie aus den Erinnerungen, »nachdem Cosima dich jetzt in die Kunst des *farsi bella*, des Schönmachens, eingeweiht hat, kann sie dir vielleicht noch ein paar Ratschläge geben, die dir die Kunst der Liebe näherbringen.«

Simonetta schlug die Augen auf. Hinter ihr kicherte wieder eines der Dienstmädchen, diesmal verschämt, und auch sie selbst war überzeugt, kein Puder aus Safranholz zu brauchen, damit sich Wangen und Ohrläppchen glühend rot färbten.

Cosima hingegen schien so etwas wie Scham nicht zu kennen. Während ihre Mutter nicht einmal hatte andeuten wollen, was sie in der Hochzeitsnacht erwartete, erklärte sie ganz offen: »Eine vorzügliche Stellung für das erste Mal ist es, wenn der Kopf der Frau etwas tiefer liegt als ihr Rumpf, sie das linke Bein anzieht, das rechte dagegen streckt.«

Simonetta verschlug es die Sprache, aber Battistina lachte. »Mir scheint, die große Cosima Bellani kann selbst mir etwas beibringen, obwohl ich nun schon seit so vielen Jahre mit meinem Jacopo verheiratet bin.«

»Nun«, wandte sich Cosima an sie, »was man Frauen gar nicht oft genug sagen kann, ist, dass sie nicht bloß schweigend unter dem Mann liegen sollen. Vielmehr sollten sie ihm erklären, was ihnen gefällt. Dem Pferd wird mit der Gerte beschieden, wo es langgeht, der Mann hat zumindest säuselnde Worte verdient, damit er weiß, in welche Richtung er zu galoppieren hat.«

Simonetta war überzeugt, dass das, was Cosima zu sagen hatte, ein Mädchen wie sie eigentlich nicht hören durfte. Allerdings brachte sie es nicht über sich, sie zum Schweigen zu bringen, und so fuhr die andere fort: »Fordert eure Männer auf, euch sanft auf die Lippen zu küssen, danach eure Brustwarzen mit den Fingerkuppen leicht zu betasten und, sobald sie hart geworden sind, zwischen Zeigefinger und Daumen zu zwirbeln. Wenn sich schließlich ein erstes Seufzen aus dem Mund der Frau gelöst hat, sollten seine Hände tiefer gleiten, ganz sorgsam Blütenblatt um Blütenblatt streicheln, auf dass die Knospe, die zwischen den Beinen jeder Frau wächst, erblüht. Perlt noch nicht genügend Tau von dieser, kann er nachhelfen, indem er seine Männlichkeit mit einer Salbe aus Ziegengalle und dem Pulver von Bohnenkraut bestreicht. Manch einer mischt darunter sogar Pfefferkörner, aber ich behaupte, scharf sollte nur das Rindfleisch sein, das man nach dem Liebesakt zur Stärkung zu sich nimmt.«

Sie lachte laut, errötete aber nicht im Mindesten, ganz anders als Battistina, auf deren Hals sich Flecken abzeichneten. Simonetta senkte verschämt den Blick, obwohl sie nicht leugnen konnte, dass sich in den Tiefen ihres Leibes etwas zu regen begann, wovon ihr zu sprechen schier undenkbar schien.

Cosima fuhr eifrig fort: »Wenn man eine ähnliche Salbe, nämlich auch aus Ziegengalle, außerdem mit Korinthen und fein zerriebenem Zimt herstellt und auf die Pforte der Frau streicht, wird sich diese umso williger öffnen. Natürlich sollte ein Mann nicht zu forsch eindringen, vor allem nicht beim ersten Mal. Erst gilt es, tastend den Fuß über die Schwelle zu schieben – am besten mehr als nur einmal – und dann erst …«

»Genug!«

Simonetta zuckte zusammen, Battistina auch. Nur Cosima schien ganz ruhig zu bleiben. Mit einem freundlichen Lächeln wandte sie sich an die Frau, die das Gemach gerade betreten hatte, und schien sich keiner Schuld bewusst. So forsch Battistina Cosima eben aufgefordert hatte, über die Liebeskünste zu sprechen, so verlegen murmelte sie nun: »Caterina, ich wollte nur …«

Simonettas Mutter verharrte zunächst in der Nähe der Tür, bevor sie näher trat. Wütend funkelte sie Battistina an und legte ihrer Tochter die Hände auf die Schulter – ein Zeichen, dass es allein ihr oblag, sie auf die Hochzeit vorzubereiten. Cosima ignorierte sie – was sich diese allerdings nicht bieten lassen wollte.

»Ah, die Brautmutter! Benötigt Ihr ebenso einen Ratschlag von mir? Selbst halb verwelkte Blumen recken ihr Köpfchen gerne Richtung Sonne, und aus Blütenstaub kann Honig werden, wenn …«

»Genug!«, kam es wieder, und als das nichts fruchtete, fügte sie schrill hinzu: »Hinaus!«

Cosima zog ihre rechte Augenbraue hoch und fügte sich erst, als Battistina ihr zunickte. Langsam, ganz langsam sammelte sie ihre Tiegelchen und Döschen ein und verstaute alles in der Ledertasche.

Simonetta vermeinte kaum noch atmen zu können, während der Atem der Mutter heiser und schnell wie nie ging.

»Wie konntest du nur!«, fuhr sie Battistina an, als Cosima den Raum endlich verlassen hatte. »Du lässt ein solches Weibsbild in die Nähe meiner Tochter?«

Battistina fiel es immer noch schwer, den strengen Blick zu erwidern, doch sie hatte ihre Fassung wiedergefunden. »In Florenz blickt man auf ihresgleichen nicht ganz so verächtlich herab wie anderswo. Wen du als Weibsbild bezeichnest, gilt hier als *cortigiana*, als Kurtisane und …«

Caterina schien gar nicht richtig zuzuhören. Ihre Hände glitten höher, als wollte sie Simonetta die Ohren zuhalten, obwohl es dafür ohnehin zu spät war. Am Ende begnügte sie sich damit, ein Schwämmchen zu nehmen, das Cosima hatte liegen lassen, und es Simonetta zu reichen. »Wisch alles ab, was dir dieses Weibsbild, dessen wahren Stand ich nicht benennen kann, ohne dass mir die Zunge schwarz wird, ins Gesicht geschmiert hat. Meine Tochter ist ein frommes Mädchen, das so vor den Altar tritt, wie Gott es geschaffen hat. Er hat sich schließlich etwas dabei gedacht und braucht niemanden, der ihm ins Handwerk pfuscht. Ich wünschte, das, was sie dir an sündigen Gedanken eingeträufelt hat, ließe sich auch von deiner Seele abwaschen. Wäre heute nicht dein Hochzeitstag, würde ich dich einige Stunden lang zum Beten schicken.« Caterina fuhr herum, maß die Dienstmädchen. »Was steht ihr hier eigentlich kichernd herum! Hinaus mit euch! Die Einzige, die meiner Tochter Ratschläge zu geben hat, bin ich.«

Die Dienstmädchen verschwanden eilig, nur Battistina verharrte.

»Ich meinte auch dich«, beschied ihr Caterina kühl.

Battistina zuckte mit den Schultern und wandte sich so langsam ab, wie Cosima zuvor ihre Sachen eingeräumt hatte. »Sei nicht zu streng mit Simonetta. Es war allein meine Idee, Cosima Bellani hierherzubestellen, Simonetta hat nichts damit zu tun.«

»Sie hat sich nicht gewehrt.«

»Was bedeutet, dass sie ein gehorsames Mädchen ist und sich nicht auflehnt, wenn andere über seinen Kopf hinweg Entscheidungen treffen. Ist es nicht genau das, was du von ihr erwartest?«

Caterina sagte nichts mehr, blieb ganz starr hinter Simonetta stehen, während Battistina endlich den Raum verließ. Erst einige raue Atemzüge später wandte sie sich der Tochter zu. Sie musterte ihr Gesicht und schien damit zufrieden zu sein, dass Simonetta ihrem Befehl gehorcht und sich mit dem Schwämmchen abgewischt hatte. Nur der Rosenduft ließ sich nicht so einfach vertreiben. Etwas verdrossen nahm Caterina einen Kamm und begann, das Haar der Tochter mit schnellen, schmerzhaften Strichen zu ordnen, ehe sie es in der Mitte scheitelte und am Hinterkopf zu einem Knoten aufsteckte.

»Was immer dieses Weibsbild von sich gab, vergiss es sofort. Hör nur auf das, was ich dir nun zu sagen habe.« Caterina atmete tief durch, ehe sie fortfuhr. »Du bist erst sechzehn Jahre alt, Simonetta, du weißt nicht viel vom Leben und von der Welt. Doch denke immer daran: Deine einzige Pflicht ist es von nun an, das Ansehen von Marcos Familie zu mehren und somit auch der unseren Ehre zuteilwerden zu lassen. Stell ihn zufrieden, verärgere ihn oder bekümmere ihn niemals. Wenn er betrübt ist, zeige dich selbst nicht fröhlich. Wenn er lacht, lache ebenfalls, aber nicht zu laut. Wecke ihn niemals, wenn er erschöpft ist. Lass Speisen auftischen, die ihm munden. Verlange kein Geld, wenn er es dir nicht von selber gibt, sei niemals begierig, seine Geheimnisse zu erfahren, und setz dir nichts in den Kopf, was nicht seine Zustimmung findet. Halte deinen Leib schön und rein, aber auf anständige Weise, und bleib im Haus deiner Familie, lauert an jeder Ecke der

Stadt ja doch nur Verderben.« Wieder atmete sie durch. »Wenn du dich an all das hältst, wirst du uns keine Schande machen.«

Simonettas Kopfhaut schmerzte. Sie war nicht sicher, ob es an dem festen Haarknoten lag oder daran, dass Cosima ihr zuvor einige Härchen ausgezupft hatte.

»Ich … ich will alles tun, um Marco glücklich zu machen«, sagte sie leise. »Ich … ich will, dass er mich liebt.«

»Liebe!«, stieß Caterina in einem Tonfall aus, als spräche sie über die Innereien eines Krokodils. »Eine Ehe ist nicht auf Träumereien gebaut, höchstens auf Gesundheit, natürlich auf Reichtum und auf dem großen Namen einer Familie. Dass du eine Vespucci sein wirst, ist eine große Ehre, du musst nicht nur Marcos Wohlgefallen finden, auch das seiner Sippe.«

»Ich weiß«, sagte Simonetta schnell. »Ich soll mich meinem künftigen Schwiegervater Piero gegenüber stets bescheiden und freundlich verhalten.«

»Piero ist gar nicht so wichtig. Das Familienoberhaupt ist sein Bruder, Marcos Onkel Nastagio. Er ist Notar, Seidenhändler, und – was am wichtigsten ist – ein Freund der Medici. Du weißt doch noch, was ich dir über die Medici erzählt habe?«

»Sie sind die mächtigste und reichste Familie von Florenz, die es dank ihrer Bankgeschäfte zu einem Vermögen gebracht hat, die die Geschicke der Stadt bestimmt, wenn auch nur im Hintergrund, und an deren Hof Künstler und Gelehrte ein und aus gehen.«

Caterina hatte die Frisur vollendet, legte die Hände wieder auf Simonettas Schultern, strich nunmehr wohlwollend darüber. »Du hast gut aufgepasst. Es ist wichtig, dass du solche Dinge weißt. Es ist aber ebenso wichtig, dass du nicht mit deinem Mann darüber sprichst. Er erwartet nicht, dass eine Frau etwas von Politik versteht. Er erwartet ein annehmliches Heim, wo er seine Sorgen vergessen und sich ausruhen kann.«

»Gewiss.«

Caterina beugte sich vor, suchte ihren Blick. »Du weißt, wie oft das Schicksal deinen Vater und mich geprüft hat. Es gab so viele, die unseren Namen – Cattaneo – beschmutzen wollten. Dein Bündnis mit den Vespucci wird diesen Namen von aller Schmach reinwaschen. Am Ende des Lebens zählen weder Liebe noch Schönheit, nur die Ehre, verstehst du?«

»Gewiss«, sagte Simonetta wieder.

Die Mutter beugte sich vor, gab ihr mit schmalen Lippen einen Kuss auf die Wange.

»Was immer dieses Weibsbild gesagt hat – wenn es Nacht wird, wirst du in deinem Brautbett nichts weiter tun, als auf dem Rücken zu liegen und Marco alles zu gestatten, was er will. Am besten du rührst dich so wenig wie möglich, hältst die Augen geschlossen und denkst an den Sohn, den du hoffentlich bald empfangen wirst.«

Die Mutter sprach diese Worte dicht an ihrem Ohr, doch ihr entging, dass sich Simonetta die Ohrläppchen als Einziges nicht abgewischt hatte, sie immer noch rot waren, und Simonettas Willfährigkeit ging dann doch nicht so weit, sie darauf aufmerksam zu machen.

»Komm«, sagte Caterina und zog sie hoch.

Ehe sie den Raum verließen, kamen sie am Fenster vorbei, durch das Simonetta einen Blick auf Florenz erhaschen konnte. Die Tage vor der Hochzeit verbrachten sie hier im Haus von Freunden, und sie hatte bis jetzt noch nicht viel von der Stadt zu sehen bekommen. Nun sog sie ihren Anblick förmlich in sich auf. Während Genua durch die umliegenden Berge oft einen düsteren Eindruck machte und die Gebäude so dicht gedrängt nebeneinander gebaut worden waren, dass die Straßen und Gassen fast immer im Schatten lagen, konnte man im lichten Florenz viel freier atmen. Zudem lag die Stadt nicht wehrhaft auf einem Hügel wie andere Kommunen der Toskana, sondern am Ufer des Arnos, und Bildhauer und Architekten hatten hier genügend Platz gefunden, um sich gegenseitig zu Hochleistungen zu inspirieren. Aus dem Meer aus Dächern ragte die prächtige Kuppel des Doms, von jenem dunklen Rot wie die Abendsonne, ebenso hervor wie der fast hundert Meter hohe Turm des Palazzo della Signoria, des Regierungssitzes der Republik, und die Türme von zahlreichen Kirchen, ob San Lorenzo, Santa Croce oder Santa Trinità. Simonetta verstand nichts von den Gesetzen der Geometrie, aber dass viele Gebäude nicht einfach nur prächtig anzusehen, sondern von einem Ebenmaß und einer Anmut waren, die nicht nur dem Auge schmeichelten, sondern das Herz mit einer warmen Glut erfüllten, das spürte sie mit jeder Faser.

»Komm«, sagte Caterina wieder.

Simonetta löste den Blick vom Fenster, folgte der Mutter aus dem Raum, aber sie war überzeugt: Was immer die Mutter ihr eingebläut hatte – hier würde sie nicht einfach nur ihre Pflicht erfüllen und der Familie Ehre einlegen. Hier würde sie eine Heimat finden – und Glück.

In den darauf folgenden Stunden prasselten so viele Eindrücke auf Simonetta ein, dass sie kaum damit umzugehen wusste. Menschen lächelten sie an, sprachen ihre Glückwünsche aus, machten ihr Komplimente, doch sie konnte keinem der Gesichter einen Namen zuordnen. Immer wieder suchte sie Marcos Blick, leider erwiderte er ihn kaum, und wenn er es tat, waren seine Augen zwar honigbraun, aber bar der goldenen Sprenkel. Nun gut, in der Kirche lag das wohl an den dichten Weihrauchschwaden, die das Bild vernebelten. Ein Bund wurde dort gesegnet, der eigentlich schon geschlossen worden war – ohne ihr Zutun, ja, nicht einmal in ihrer Gegenwart.

Schon bei der Verlobung hatte sie keine Rolle gespielt: Der Ehevertrag war mithilfe eines professionellen Heiratsvermittlers ausgehandelt worden, und später war das Ergebnis – eine Mitgift in Höhe von tausend Florin – öffentlich verkündet worden.

Sie könne stolz sein, hatte ihre Mutter Caterina erklärt, selten sei eine Mitgift so hoch. Doch die Summe war für Simonetta nicht von Bedeutung, unmöglich konnte man mit einer Zahl ihre Sehnsüchte, auch die Hoffnung, Marco würde diese stillen, bemessen.

Heute war der Ehevertrag nun unterschrieben worden, wieder nur von männlichen Familienangehörigen und dem Notar. Marco sah sie erst in der Kirche, und wenn sie nicht gerade seinen Blick suchte, war sie beschäftigt, die vielen Rituale auszuführen. Sie steckten sich gegenseitig Ringe an, gaben sich einen Kuss, teilten einen Bissen Brot und einen Schluck Wein. Vielleicht trug sich auch alles in anderer Reihenfolge zu, hinterher konnte sie sich nur noch erinnern, dass das Brot sehr trocken geschmeckt hatte, sie war sich dagegen nicht mehr sicher, ob der Wein süß oder sauer gewesen war.

Im Freien blendete sie das gleißende Licht der Augustsonne. Es macht sie jedoch nur blind – richtig wärmen konnte es sie nicht. Sie fühlte den Händedruck, die Umarmung von so vielen Menschen. Da war ihr Schwiegervater Piero, dessen Bruder Nastagio, irgendwo auch seine Frau Lisabetta, nur ihre Mutter und ihren Vater konnte sie im Gewühl nicht finden. Auch wenn sie oft so streng zu ihr waren, sie vermisste sie mit einem Mal, und es stiegen ihr Tränen auf, als sie daran dachte, dass sie bald Abschied nehmen müsste, weil sie nun eine neue Familie hatte, die Vespucci.

Ein feierlicher Zug führte zu ihrem künftigen Zuhause in der Via Nuova, das sie heute zum ersten Mal betreten würde – vorbei an Kirchen, Brunnen und zahlreichen Palazzi, prunkvolle Gebäude allesamt, die oft von einer Lilie, dem Wappenzeichen der Stadt Florenz, geschmückt wurden, außerdem Giebeln und Pilastern, Bogen und Säulengebälk.

Das ganze Viertel schien auf den Beinen zu sein, jeder wollte die Braut sehen, das Ehepaar feiern – und ein paar von den Almosen abbekommen, die heute großzügig verteilt wurden. Das Geraune der Massen, die die Straßen säumten, schwoll jedes Mal an, wenn der Blick der Menschen auf die *cassoni* fiel, die hinter ihr und Marco hergetragen wurden – Truhen und Kassetten, randvoll mit Lederwaren, Wäsche, Tischtüchern und Hausrat, desgleichen kleinere Kästchen aus dem Holz der Kastanien mit Haarschmuck und Edelsteinen. Obwohl eigens dafür beauftragte Träger ihren Brautschatz schleppten, glaubte Simonetta, das Gewicht all dieser Truhen auf den eigenen Schultern lasten zu spüren. Warum wurde diesen Kostbarkeiten, die allesamt so schwer waren, an einem Tag wie diesem so viel Bedeutung beigemessen? Passten zu einer Hochzeit nicht eher Rosenblätter, die ausgestreut wurden, die Klänge einer Mandoline, die ein Mädchen spielte?

Nun, Musik wurde an dem Platz vor dem Palazzo ihrer künftigen Familie wirklich aufgespielt. Die Klänge von Harfen mischten sich mit denen von Flöten, Trompeten und Pfeifen. Nicht nur Musiker standen unter den Balkonen und Arkaden. Man hatte auch die Tische im Freien gedeckt, weil im Inneren niemals alle Gäste Platz gefunden hätten. Als Simonetta sich ans Kopfende der Tafel setzte, begann ihr langsam warm zu werden. Hatte sich das rote Kleid, das sie trug, zunächst wie eine zweite Haut angefühlt, kam es ihr mit jeder Stunde, die verging, mehr wie ein Panzer vor, der ihr das Atmen erschwerte. Niemand schien es zu bemerken. All die Frauen, die zu ihr traten, überschütteten sie mit Komplimenten. Sie trüge am Kleid und in den Haaren ja noch zahlreichere Perlen, als Sterne am Himmel stünden!

Wieder suchte sie Marcos Blick, denn sie konnte auf alle Perlen der Welt verzichten, wenn nur er auf ihr ruhte, aber Marco hatte sich schon über eine Schüssel gebeugt und das üppige Mahl begonnen.

Es fiel ihr wieder ein, dass die Mutter von zweihundert Schüsseln gesprochen hatte, die die Vespucci hatten ausleihen müssen, um all ihre Freunde zu verköstigen – und jene Zahl hatte sie mindestens so stolz gemacht wie die Höhe der Mitgift. Wahrscheinlich war Caterina auch über das, womit die Schüsseln gefüllt wurden, hocherfreut. Da gab es Wachteln mit knuspriger Haut und zartem Fleisch, frittierte Pfannkuchen, auf denen Parmesanspäne schmolzen, Sülze aus schwarzen Forellen, mit einer dünnen Schicht Silber bedeckt, das selbst im Schatten funkelte wie Schaumkronen auf dem Meer, und schließlich Süßes aller Art: *Confetti* aus Mandeln, Nüssen und Honig, mit Zimt gewürzte Küchlein, Zitronenkompott und Marzipan und schließlich eine

Statue, die ganz aus teurem Zucker gemacht war, die man jedoch nicht essen, sondern lediglich bewundern durfte.

Während sie an etwas kaute, das in der Schüssel vor ihr gelandet war, fühlte sie sich selbst wie eine Statue. So wie jeder das Kunstwerk aus Zucker rühmte, aber niemand von ihm kostete, um sich an der Süße zu erfreuen, schien ein jeder von der hübschen Braut begeistert, ohne sich zu fragen, wie sie sich fühlte.

Als die Schüsseln endlich abgeräumt waren, blickte sie wieder hoch, hoffte, endlich Marco ins Gesicht blicken zu können, ein Lächeln von ihm geschenkt zu bekommen, das es ihr ermöglichen würde, sich endlich lebendig zu fühlen, glücklich. Doch wer sie da – ein wenig taxierend, wenn auch nicht ohne Wohlwollen – betrachtete, war Lisabetta Vespucci, die zwar nur Marcos Tante war, ihm aber seit dem frühen Tod seiner Mutter eine solche ersetzte. Sie nahm zwischen ihr und dem Ehemann Platz.

»Du kannst wirklich stolz sein.«

Simonetta vermutete, dass sie sie für ihre Anmut und ihre Haltung lobte, und rang sich ein Lächeln ab.

Doch Lisabetta fuhr fort: »Welches junge Mädchen kann sich schon rühmen, dass so viele Mitglieder ehrwürdiger Florentiner Familien ihre Hochzeit bezeugen?« Sie beugte sich vertraulich vor. »Die Spini, die Peruzzi, die Strozzi, sogar die Pazzi – sie alle sind unserer Einladung gefolgt. Und was am wichtigsten ist: Selbst die Medici, deren Stern am hellsten leuchtet und die wir unsere Freunde nennen dürfen, haben uns ihre Gunst nicht verwehrt.«

Den Namen Medici hatte auch die Mutter erwähnt, die anderen sagten Simonetta dagegen nichts. Sie kämpfte weiterhin um ein Lächeln, es wurde zunehmend anstrengender.

Lisabetta machte jedoch keinerlei Anstalten, sich wieder zu

erheben. Sie winkte einen Diener herbei, der prompt eine weitere Platte mit Essen servierte.

Das Lächeln schwand endgültig von Simonettas Lippen, ihr entwich ein Seufzen. Sah Lisabetta denn nicht, dass sie genug hatte, es ihr an etwas anderem fehlte – dem Gefühl, die strahlende Braut zu sein, nicht ein verlorenes Mädchen?

»Ich … ich bin satt.«

»Mag sein, dennoch solltest du etwas davon nehmen.«

Simonetta starrte auf die Platte.

»Das ist ein Stück Fleisch von einem besonders starken Stier«, erklärte Lisabetta, »mit gerösteten Feigen zubereitet, außerdem mit Zucchini und Karotten.«

»Ich kann wirklich nicht mehr …«

»Man isst dergleichen nicht, um seinen Hunger zu stillen. Man isst es, um einen Sohn zu empfangen«, erklärte Lisabetta ihr vielsagend.

Der Ahnung, warum zu dem Gericht ausgerechnet Karotten und Zucchini gehörten, wollte Simonetta nicht wirklich nachgehen. Ihre Mutter hätte die Anspielung dahinter gewiss empört. Allerdings hatte sie ihre Tochter auch stets dazu ermahnt, sich mit Lisabetta gut zu stellen. Simonetta rang sich ein Lächeln ab, nahm artig ein paar Bissen. Sie kaute ewig an jedem einzelnen, und als sie endlich drei geschluckt hatte, erhob sich Lisabetta und gab Marco ein Zeichen, sodass auch er von der Tafel aufstand.

War denn etwa schon die Nacht angebrochen?

Unter den Baldachinen war nicht zu erkennen, ob sich der Himmel über Florenz gerötet, gar verdunkelt hatte, erst recht nicht in dem langen Gang, den sie betraten, kaum dass Marco sie in das Innere des Palazzo geführt hatte. An den Wänden befanden sich Fackeln, und ihr Licht verlieh Marcos Haar jenen Ton, den sie heute bislang vergeblich in seinen Augen gesucht hatte. Sie konnte nun etwas freier atmen und leichtfüßiger gehen, zumal die Truhen und Kästchen mit ihrem Brautschatz längst in ihr Gemach geschafft worden waren. Gerade wollte sie sogar ein Lächeln wagen, als plötzlich ein ohrenbetäubender Lärm losbrach. Marco entfuhr ein Fluch – das Erste, was sie heute von ihm hörte. War das ein schlechtes Omen?

Ganz sicher glich das Getöse, das um sie losbrach, dem Heulen der gepeinigten Sünder in der Hölle. Die, die es verursachten, sahen tatsächlich auch ein wenig wie Dämonen aus. Erst auf den zweiten Blick erkannte sie, dass es bloß junge Männer waren, die Pfannen und Töpfe hielten und mit Gabeln auf diese schlugen. Einer hielt außerdem eine Glocke, die dunkler dröhnte als die von allen Kirchen Florenz'. Und am schwersten zu ertragen war ein schräger Gesang, der glauben ließ, man hätte den Sänger an den Füßen aufgehängt.

Wieder fluchte Marco, ehe er grimmig befahl: »Hört gefälligst auf damit!«

»Was denn, was denn? Die *mattinata* darf bei keiner Hochzeit fehlen.«

Einer der Männer kam ihr vage bekannt vor. Wenn sie sich nicht irrte, war das Amerigo Vespucci, Nastagios und Lisabettas Sohn und Marcos Vetter. Mit einem breiten Lächeln wandte er sich eben an Simonetta. »Wir wollen dir gewiss keine Angst machen, aber ohne diesen Brauch darf eine Hochzeit nicht Hochzeit heißen.«

»Wenn's um die Vermählung einer Witwe geht, aber doch nicht um die einer jungen Maid!«, rief Marco erbost.

»So oder so werden sich ob dieses Lärms nun keine bösen Geister in die Nähe des Brautgemachs wagen, nur Venus, die Göttin der Liebe.«

»Wie kommst du bloß auf die Idee, mit diesem Lärm nur Geister zu vertreiben, Venus aber nicht?«, hielt Marco dagegen.

»Das ist auch wieder wahr«, gab Amerigo grinsend zu, um schnell hinzuzufügen: »Über wen sollte Venus allerdings lieber wachen, als über eine junge Frau wie diese, die Anmut, Liebreiz und Schönheit in sich vereint? Ich hoffe bloß, Venus wird nicht neidisch werden.«

»Genug jetzt«, sagte Marco streng, »genug mit dem Lärm und genug mit dem Schmeicheln.«

Amerigo zwinkerte ihm zu. »Dann wollen wir beides dir überlassen – das Schmeicheln ebenso wie zur rechten Zeit den richtigen Lärm.«

Noch ein Augenzwinkern folgte, dann bedeutete er den anderen Männern mitzukommen. Es dauerte eine Weile, bis das Bimmeln der Glocke, das Gelächter und noch mehr schiefe Gesänge verstummt waren.

Marco wandte sich zu ihr und sah sie erstmals an. »Ich hoffe, sie haben dich nicht zu sehr erschreckt«, murmelte er mit ausdrucksloser Stimme.

»Wie sollte ich erschrecken, wenn du doch bei mir bist.«

Kurz fühlte sie sich ihm nahe wie nie, aber während sie noch auf sein Lächeln wartete, zogen sie Hände von ihm weg. So viele Frauen waren da, die ihr dabei halfen, sich für die Nacht fertig zu machen. Sie schoben sie ins Brautgemach, lösten ihre Haare aus der kunstvollen Frisur, bürsteten sie, bis sie glänzten, halfen ihr in ein dünnes Seidenkleid, führten sie schließlich zum Brautbett. Blumen und Kräuter lagen am Boden verstreut, und in etlichen Nischen an den Wänden wurde etwas verbrannt, was deutlich mehr Duft spendete als schlichte Holzspäne. Man hatte eine Truhe ganz dicht ans Bett herangeschoben, auf der ein Mann und eine Frau in merkwürdiger Verrenkung dargestellt waren, und eines der Dienstmädchen – oder war es Lisabetta selbst? – raunte ihr ins Ohr: »Blicke auf dieses Bildnis, dann wirst du leichter empfangen.«

Das Bett war so riesig, dass sie sich darin verlor. Das dunkle Kastanienholz der Pfosten wirkte fast schwarz, und unter ihr lagen so viele Decken übereinander, dass sie vermeinte, darin zu versinken wie in einer großen Pfütze. Außerdem warf irgendjemand eine weitere Decke auf sie, so lang und schwer, dass sie darunter kaum atmen konnte. Nun gut, es war ja Marco da, und Marco würde die Decke von ihr wegziehen. Eben scheuchte er die Frauen mit gleichen ungeduldigen Worten fort wie vorhin die Männer, nur dass seine Stimme mittlerweile belegt klang.

Simonetta war nun doch ganz froh, dass selbst ihr Kopf in einem Daunenkissen zu versinken schien. So begierig sie vorhin stets seinen Blick gesucht hatte, wagte sie ihn nun kaum anzusehen, als er zum Bett trat. Nur ein leises Quietschen der Bettpfosten verriet, dass er sich neben sie legte. Danach blieb es still, er machte keine Anstalten, die Decke von ihr wegzuziehen. Simonetta brach der Schweiß aus. Cosimas Ratschlag kam ihr in den Sinn, wonach der Kopf tiefer als der restliche Körper liegen sollte. Konnte sie das Kissen einfach aus dem Bett stoßen? Sie hatte keine Ahnung, und noch undenkbarer war es, Marco zuzuraunen, er möge ihre Brust liebkosen. Nicht einmal um seinen Namen zu sagen, hätte die Kraft in ihrer Stimme gereicht.

Starr blieb sie liegen, schwitzte immer mehr. Wieder quietschten die Bettpfosten, diesmal, weil Marco sich zur Seite wälzte.

»Gute Nacht«, sagte er, nichts weiter, ehe er die Kerze, die auf einer Truhe neben dem Bett stand, auspustete.

Danach hörte sie ihn nicht einmal mehr atmen, vielleicht, weil ihr der eigene holprige Herzschlag laut im Kopf dröhnte. Sie stemmte sich gegen die Decke, und es gelang ihr, sie so weit von sich zu schieben, dass sie nur mehr ihre Beine bedeckte. Immer noch geschah nichts. Als sie sich aufrichtete, sah sie, dass Marco an den äußersten Rand des Bettes gerutscht war, ihr weiterhin seinen Rücken zugewandt hielt. Sie vernahm doch noch seinen Atem, so gleichmäßig, als würde er bereits tief und fest schlafen.

Ihre Lippen formten seinen Namen, aber sie brachte keinen Ton heraus. Sie war nicht sicher, welches Wort das, was sie fühlte, am besten traf – war es Enttäuschung, Verwirrung, Hilflosigkeit?

Vielleicht war es alles zusammen. Ganz sicher kam sie sich dumm vor, weil sie sich darüber gegrämt hatte, dass andere auf jenes feine Pflänzchen Liebe etwas so Schweres wie Familienehre gewuchtet hatten. Viel schlimmer war dieses … Nichts. Warum küsste er sie nicht, liebkoste er sie nicht, umarmte er sie nicht? Warum betrachtete er sie nicht, schob die *camicia* von ihrem bebenden Leib, nannte mit heiserer Stimme ihren Namen?

Wieder formten ihre Lippen den seinen.

Marco.

Deutlich wie nie fühlte sie: Er war ihr fremd. Es war ja alles fremd, die Stadt, ihr neues Leben, seine Familie.

Auch Simonetta wälzte sich nun auf die Seite, allerdings nicht, um zu schlafen, sondern um ihr Gesicht im Kissen zu vergraben und ihr Schluchzen zu dämpfen. Nicht dass sie sich viele Tränen zu weinen gestattete. So verstört sie war – da war auch der feste Wille, nicht zu verzweifeln, sondern aus der Tiefe ihrer Seele so etwas wie Zuversicht zu schöpfen.

Vielleicht war Marco nach dem langen Tag nur müde oder erwartete, sie wäre es, und wollte nicht in der ersten Nacht einfordern, was die Zukunft noch überreich schenken würde. Sie waren noch zu jung, sie hatten beide noch ihr Leben vor sich, es würde, es musste noch mehr kommen als dieses … Nichts.

II.

Fünf Jahre später, Frühling 1474

Cosima Bellani schleuderte den Spiegel in die Ecke und stampfte wütend mit dem Fuß auf.

Der Lärm lockte Amiri herbei, ihren treuen Sklaven, der erst sie anstarrte, dann den Spiegel und diesen schließlich aufhob. Er war heil geblieben, was Cosima trotz aller Wut erleichterte. Die großen Spiegel, die an den Wänden hingen, waren so kostbar, dass sie sie regelmäßig mit Tüchern verhängte, um zu verhindern, dass sie matt wurden. Wollte sie sich betrachten, musste sie den kleinen ovalen nutzen, den sie in ihrer *borsetta*, einem kleinen Täschchen, stets bei sich trug.

»Gib her!«, sagte sie unwirsch.

Amiri machte keine Anstalten, ihr den Spiegel zu reichen. »Damit er endgültig kaputtgeht? Was hat dir denn der arme Spiegel angetan?«

Cosima schnaubte. »Der Spiegel behauptet, dass ich neben dem Kinn eine neue Kerbe habe und um die Augen neue Falten.«

Amiri trat näher und betrachtete sie. »Ich behaupte das auch. Wirst du mich nun ebenfalls auf den Boden schleudern?«

Trotz der üblen Laune entglitt Cosima ein Lächeln. »Dich kann man nicht mehr kaputt machen, das bist du schon.«

In der Tat war Amiri ungemein hässlich. Er behauptete, nicht ohne Stolz, sogar der hässlichste Mann von ganz Florenz zu sein. Cosima wiederum betonte stets, ihn seinerzeit nur gekauft zu haben, weil sie sich in seiner Gegenwart schöner fühlte. In Wahrheit hatte sie Mitleid getrieben, aber Mitleid ließ sich eindeutig besser verbergen als ihre Falten.

Amiri war ein Berber, dessen Dorf Sklavenhändler überfallen hatten, als er noch ein Kind gewesen war. Man hatte ihn nach Sizilien verkauft, wo er für einen Landbesitzer schuften musste, der ihm die harte Arbeit noch häufiger als mit Brot mit Peitschenhieben entlohnte. Sein erster Fluchtversuch hatte ihm ein übles Brandmal auf der Stirn eingebracht, nach dem zweiten hatte man ihm den rechten Nasenflügel abgeschnitten. Einzig heil an seinem Gesicht waren seine Augen, nicht schwarz, wie man es ob seiner dunklen Haut vermuten könnte, sondern von einem kristallenen Blau. Diese Augen hatten Cosima Hilfe suchend angeblickt, als er zum dritten Mal geflohen, es diesmal sogar bis nach Florenz geschafft hatte, er hier aber von einem sizilianischen Kaufmann erkannt worden war.

Der Blick aus diesen Augen hatte in Cosima etwas zum Klingen gebracht, von dem sie dachte, es wäre an jenem Tag erloschen, als sie ihre Eltern verloren und sich fürs Hurendasein entschieden hatte. »Ich kann einen *sarasin* brauchen«, hatte sie dem Kaufmann erklärt, ehe er Amiri der Stadtwache ausliefern konnte, »je hässlicher, desto besser.«

Sarasin wurden die schwarzen Diener genannt, die zu besitzen in Mode gekommen war, doch in Wahrheit war Amiri weit mehr als nur ein Diener. Er war ihr Vertrauter, vor dem sie keinerlei Geheimnisse hatte.

»Lass den Spiegel Spiegel sein«, sagte Cosima. »Fang mir lieber eine Taube.«

Amiri hob die rechte Braue, was bei ihm sehr merkwürdig aussah, bewegte sich aufgrund seiner Narbe zugleich die ganze rechte Seite seines Gesichts, auch der Mundwinkel. Es schien, als würde er lächeln. »Hast du mir nicht heute Morgen erklärt, dass wir uns bei einem der *lasagneri* unser Mittagmahl kaufen würden? Willst du dir stattdessen lieber ein Täubchen braten?«

Cosima aß für ihr Leben gerne *lasagna*, jene breiten Nudeln, die abwechselnd mit Käse aufeinandergeschichtet wurden. Für gewöhnlich halfen sie gegen sämtlichen Kummer, nur heute bezweifelte sie, dass sie ihr Gemüt aufhellen würden.

»Ich habe nicht vor, die Taube zu braten und zu essen. Ich will sie aufschneiden, die Innereien herausnehmen und den frischen Leib auseinandergeklappt wie eine Maske auf mein Gesicht legen.«

Nun hob Amiri auch die linke Braue, diesmal regte sich ansonsten nichts. Das Gute an Amiri war, dass er grundsätzlich niemals Ekel, Missfallen oder auch nur Befremden zeigte. Sie konnte ihm die verrücktesten Wünsche ihrer Kunden kundtun, ohne dass er auch nur ein einziges Mal gelacht oder entsetzt aufgeschrien hätte.

»Denkst du, das wird deine Falten mindern?«

Cosima zuckte mit den Schultern. »Alles andere hat jedenfalls nichts genutzt.«

Seit einiger Zeit wickelte sie beim Schlafen ihr Gesicht in ein Tuch ein, um Falten zu vermeiden. Außerdem trug sie regelmäßig eine Maske aus Gurkenwasser, Zitronensaft, Quittensamen und – nun ja, dem Schleim von Nacktschnecken – auf. Beides hatte leider nicht zum erwünschten Ergebnis geführt.

»Ich habe gehört, dass sich eine Frau ihr Gesicht mit kochend heißem Wasser übergossen hat in der Hoffnung, das möge ihre Falten glätten«, murmelte sie.

»Und? Ist es geglückt?«

»Nein, das Gesicht war erst krebsrot, dann löste sich die Haut ab, am Ende sah sie noch schlimmer aus als du.«

»Kränk mich nicht. Niemand ist hässlicher als ich.«

»Doch!«, rief Cosima verzweifelt. »Ich werde es bald sein. Schau mich doch an! Vor Kurzem wurde ich noch für meine rosige Haut gerühmt, für meine prallen Bäckchen, für das süße Grübchen an meinem Kinn. Doch jetzt trage ich das Antlitz einer uralten Frau.«

Amiri trat an sie heran, hob die Hände und begann, ihren Nacken zu massieren, wie er es oft tat. Meist zeigte sie nicht, welche Wohltat das für sie war, nun seufzte sie.

»Du bist noch nicht mal vierzig Jahre alt«, stellte er fest.

»Eben!«, rief sie. »In diesem Alter steht man mit einem Bein im Grab … und mit dem anderen in der Gosse, zumindest wenn man eine Kurtisane ist. Wobei mich bald niemand mehr als Kurtisane bezeichnen wird. Von einer Kurtisane erwartet man blühendes Leben, ewige Jugend. Mich wird man als alte Vettel beschimpfen oder als *putta*.«

Sie hasste dieses Wort für Hure. Sie wusste zwar, dass sie eine war, aber sie war immer stolz darauf gewesen, niemals in einem dreckigen Winkel der Stadt ebenfalls dreckigen Männern ihre Dienste anbieten zu müssen. Stattdessen konnte sie einen ausgewählten Kundenstamm in einem der drei Räume ihrer Mietwohnung empfangen. Dass sie das geschafft hatte, war in einer Stadt wie Florenz eine noch größere Leistung als anderswo. In Venedig oder gar Rom lebten unzählige Kurtisanen, und ihr Ansehen war so hoch, dass sie den Schleier der ehrbaren Frauen tragen durften. Die Florentiner galten hingegen als zu geizig, um für die Liebe zu bezahlen.

»Weißt du, wer die Schwester der Liebe ist?«, sinnierte sie eben.

»Die Sehnsucht? Das Glück?«

»Unsinn, es ist die Schönheit.«

Seine Hände kneteten den schmerzenden Nacken immer fester. »Man kann auch lieben, wenn man hässlich ist«, erklärte er mit rauer Stimme.

»Und doch habe ich im letzten Monat drei Kunden verloren.«

»Es gibt sicher auch welche, die ältere … erfahrene Kurtisanen bevorzugen.«

Wieder stieß sie ein Schnauben aus, löste sich ungestüm von seinen Händen. »Ich kenne den Spruch, wonach eine alte Henne die bessere Suppe gibt. Aber ich kenne leider keine alte Kurtisane. Nur solche, die, sobald ihnen die Kunden ausblieben, nachts singend durch die Wirtshäuser zogen. Leider kann ich nicht singen. Wenn ich es versuche, klingt es so, als wäre besagte alte Henne noch lebend im Suppentopf gelandet. Andere enden als Wäscherinnen und müssen ihrer Arbeit dort nachgehen, wo Metzger ihre Abfälle in den Fluss schütten.« Sie schüttelte sich. »Da ersaufe ich doch lieber im Arno.«

»So schnell wirst du den Hungertod nicht sterben«, sagte Amiri. Kurz machte er Anstalten, seine Hände erneut auf ihren Nacken zu legen, stattdessen deutete er auf die Reichtümer in diesem Raum, die Cosima in den letzten Jahren angesammelt hatte. Wer ihre Räumlichkeiten betrat, wähnte sich zu Gast bei einem erfolgreichen Kaufmann, der seinen Reichtum in Form von goldverzierter Ledertapete auf der einen Wand, türkisfarbenem Damast auf der anderen und Gobelins auf der dritten zur Schau stellen würde, ganz zu schweigen von den Kupfergefäßen in Wandnischen, den edlen Nussholzmöbeln, außerdem lederbezogenen Sesseln und bemalten Sitzbänken und zu guter Letzt ein paar Gemälden von Heiligen oder antiken Gottheiten, die gar nicht so leicht auseinanderzuhalten, in jedem Fall aber kostbar waren.

»Noch nicht«, sagte sie, »doch was soll ich tun, wenn meine Ersparnisse aufgebraucht sind?«

Amiri zuckte mit den Schultern. »Du könntest in ein Kloster gehen.«

Cosima bedauerte, nicht länger den Spiegel in der Hand zu halten, hätte sie ihn doch gerne auf Amiris Kopf zertrümmert. »Wie kannst du so etwas Schreckliches vorschlagen? Ich komme ja auch nicht auf die Idee, dich in Frauenkleider zu stecken und meinen Kunden anzubieten.«

»Was ist so schlimm an einem Kloster? Nicht in jedem wird nur gebetet und gefastet. In vielen verbringen reiche Damen ihren Lebensabend und genießen sämtliche Annehmlichkeiten.«

»Es gibt das Gerücht, wonach man hässliche Frauen nicht in einem Kloster aufnimmt, wäre das doch ein Zeichen, dass die Not sie dorthin triebe, nicht die Frömmigkeit. Und ich bin ja nun hässlich.«

Sie hoffte, Amiri würde widersprechen, aber diesen Gefallen tat er ihr nicht. Wieder gelüstete es sie, den Spiegel auf ihn zu werfen. Am Ende schnaubte sie nur: »Warum stehst du eigentlich noch rum? Wenn du mir schon keine Taube fängst, dann hilf mir wenigstens beim Ankleiden!«

Bislang hatte sie nur ein seidiges Untergewand getragen. Nun half Amiri ihr in ein dunkelgrünes Kleid aus Atlas. Zuletzt schlüpfte sie in einen Mantel, der mit Fuchspelz gefüttert war. Früher hatte sie gerne nur diesen Mantel getragen und nichts darunter, um auf diese Weise ihre Kunden zu überraschen. Doch der Anblick ihrer schlaffen Brüste würde sie nun wohl weniger überraschen als vielmehr abstoßen.

»Schmuck!«, befahl sie in der Hoffnung, dass alles, was funkelte und glänzte, von ihren Falten ablenken würde. Amiri reichte ihr erst ein paar Goldketten, dann mehrere Armbänder, schließlich Ringe, von denen sie immer mindestens zwei an einem Finger trug. Sie waren gerade beim Zeigefinger der linken Hand angelangt, als ein Klopfen sie zusammenzucken ließ. Für Kundschaft war es zu früh. Um diese Tageszeit war eher mit dem Knecht zu rechnen, der für seinen Herrn Jacopo de' Pazzi die Miete für ihre Wohnung eintrieb. In der Tat lag sie damit um ein paar Tage zurück.

»Sag ihm, dass ich nicht da bin«, entfuhr es Cosima.

»Das glaubt kein Mensch. Jeder weiß, dass du tagsüber schläfst.«

Das Klopfen wurde lauter.

»Himmel, dann erklär eben, ich wäre damit beschäftigt, eine Taube zu fangen, das ist schließlich gar nicht so einfach.«

Das Klopfen riss nicht ab.

»Und wenn wir gar nicht öffnen?«, schlug Amiri vor.

Cosima hielt unwillkürlich den Atem an, aber dann gesellte sich zum Klopfen eine Stimme – eine schwache, dünne Stimme, die Stimme einer jungen Frau, die ihren Namen rief. Und obwohl sie keine Ahnung hatte, woher diese sie kannte, war sie sicher, dass von ihr keine Gefahr drohte.

Die edle Kleidung, die die Frau trug, hatte nichts mit den Lumpen einer Bettlerin gemein, gegen deren Anblick sich Cosima instinktiv gewappnet hatte. Die kostbaren, raschelnden Stoffe täuschten allerdings nicht darüber hinweg, dass sich diese Frau sehr elend zu fühlen schien. Geld war das Rückgrat des Stolzes, doch diese Frau schien keinen zu haben, ließ den Kopf so tief hängen, dass das Haar, eigentlich von ansehnlichem Rotblond, strähnig ins Gesicht fiel.

»Ich … ich brauche deine Hilfe«, sagte sie leise.

Meine Hilfe gegen deine Jugend, dachte Cosima, denn an Stolz und Glück mochte es dieser Frau zwar mangeln, an Jugend jedoch nicht. Keine Falte grub sich in die ungewöhnlich blasse Haut, keine Flecken übersäten die feinen Hände. Wenn ich ein solches Mädchen in meine Obhut nähme … es für mich arbeiten ließe … ich würde vielleicht doch nicht verarmen, ging es ihr plötzlich durch den Kopf.

Das Wort Kupplerin hatte zwar keinen schöneren Klang als *putta*, Hure, aber lieber wollte sie dieses Wort hören als das Knurren ihres Magens.

Schon bei den nächsten Worten der jungen Frau erkannte Cosima allerdings, dass diese nur hilflos war – nicht mittellos. »Erkennst du mich? Du hast mich damals für meine Hochzeit schön gemacht.«

Eine vage Erinnerung stieg in Cosima hoch. »Wie lange ist das her? Drei Jahre?«

»Fünf.«

Gott, wie schnell die Zeit verging! Kein Wunder, dass sie alterte, wenn die Tage nur so dahinflogen. Nun, das Mädchen war nicht gealtert, da waren nur blaue Ringe unter den Augen, und an anderer Stelle schimmerten die Adern durch die alabasterne Haut.

Mich haben diese fünf Jahre nur älter gemacht, ging es Cosima durch den Kopf, diese junge Frau dagegen schrecklich unglücklich.

»Du bist also Simonetta Cattaneo«, stellte sie fest.

»Seit meiner Eheschließung heiße ich Simonetta Vespucci«, entgegnete die andere und bat wieder flehentlich: »Ich brauche deine Hilfe, ich weiß nicht mehr weiter.«

Cosima konnte nicht mehr zusehen, wie sie da erbärmlich bebend vor ihr stand. »Nun setz dich doch«, erklärte sie, schob sie in Richtung einer Truhe und hieß Amiri, der bis jetzt schweigend danebengestanden hatte, einen Kelch Wein zu bringen, mit dem sich Simonetta stärken könnte. Nicht dass sie den Verdacht erwecken wollte, sie hätte Mitleid mit der jungen Frau, deswegen fügte sie raunend hinzu: »Natürlich nimmst du den billigsten Wein und wagst es nicht, teure Gewürze hineinzumischen, schon gar nicht Pfeffer.«

Als sie sich wieder an Simonetta wandte, dachte sie allerdings, dass diese den Pfeffer dringend nötig hätte oder zumindest etwas, das das Feuer in ihr wieder zum Lodern brachte.

Cosima setzte sich neben sie auf die Truhe. Wenn sie ehrlich war, hatte sie seit deren Hochzeit kaum mehr an Simonetta Vespucci gedacht. Sie führte gewiss ein zurückgezogenes Leben, verließ den Palazzo der Familie wohl nur zum sonntäglichen

Gottesdienst, und eine Kirche war kein Ort, wo man Cosima Bellani begegnete. Mit etwas Neid hatte sie vernommen, dass die Vespucci ihre Stellung sichern konnten, immer noch Günstlinge der Medici waren. Etwas Spott hatte es dagegen in ihr ausgelöst, als manche Gerüchte über Marco zu ihr gedrungen waren. Sie vermutete, dass diese Gerüchte der Grund waren, warum Simonetta heute hier war, aber sie entschied, sich ahnungslos zu geben.

»Wie genau kann ich dir denn helfen?«

»Ich weiß einfach nicht, wie ich Marco für mich einnehmen kann. Ich dachte, es würde mit der Zeit besser werden, er müsse nur älter werden, sich an mich gewöhnen. Doch er meidet mich ... unser Schlafgemach ... unser Bett. In den ganzen fünf Jahren hat er nur dreimal, nur dreimal ...« Sie brach ab.

Nur dreimal Liebe gemacht, wollte Cosima sagen, aber das traf es wohl nicht. Was Simonetta meinte, waren eher stümperhafte Versuche, sich als echter Mann zu erweisen, die sich am Ende als so peinvoll erwiesen hatten, dass er sie lieber ganz unterließ.

»Wie ... wie soll ich denn ein Kind empfangen, wenn er nicht bei mir liegt?«, rief Simonetta verzweifelt. »Wie soll ich aber ohne Kind auch nur ein bisschen Respekt erlangen? Lisabetta behandelt mich mittlerweile herablassender als eine Dienstmagd.«

Cosima kannte Lisabetta Vespucci nicht persönlich, aber sie konnte sich noch an ihre Begegnung mit Caterina Cattaneo, Simonettas Mutter, erinnern. Und sie hatte oft genug erlebt, wie ehrbare Frauen die Straßenseite wechselten, wenn sie ihnen entgegenkam. Sie fühlte dem Mädchen die Wut, die Hilflosigkeit, die Ohnmacht durchaus nach, fragte dennoch:

»Aber was kann ich für dich tun? Erwartest du, dass ich dich wieder schön mache wie damals an deinem Hochzeitstag? Ich denke nicht, dass das reicht.«

Simonetta blickte hoch, und etwas regte sich in ihrem Blick, das trotz allem die Willenskraft bekundete, ihr Leben zum Besseren zu wenden. Sie mochte nur ein Schatten ihrer selbst sein, aber sie war kein schwacher Mensch, der sich mit seinem Schicksal kampflos abfand. »Frauen wie du kennen doch gewisse Rezepturen«, murmelte sie.

Cosima ahnte, wohin das Gespräch führen würde. »So, so«, sagte sie.

»Ich … ich habe schon vieles ausprobiert, wozu man mir riet«, fuhr Simonetta fort, »ich habe dafür gesorgt, dass Marco möglichst viele Austern und Shrimps isst, weil das die Lust anregen soll, außerdem habe ich ihm ein Pulver ins Essen gerührt, das ich von einer weisen Frau gekauft habe.«

Eher von einer geschäftstüchtigen Frau, dachte Cosima.

»Es war aus Ameisenöl, Perlpulver, Katzenklaue, Opossumschwanz und Spatzenhirn gemacht«, fügte Simonetta hinzu.

»Hm«, dachte Cosima und dachte: Das Hirn eines Spatzen hast du, wenn du denkst, dass das hilft. Nun gut, sie selbst hatte einmal einen Liebhaber gehabt, der an die Wirkung von Aphrodisiaka geglaubt hatte. Er hatte jede Menge Geld für Stierhoden ausgegeben, sogar die von einem Affen und einem Wolf, und am liebsten hatte er das alles in ihrem Beisein verspeist. Bei Marco Vespucci würde das aber nicht helfen.

»Du denkst also, ich kenne eine noch bessere Rezeptur?«, fragte sie gedehnt.

»Ich denke, dass es nichts nützt, ihm einfach etwas ins Essen zu rühren. Vor Kurzem hat mir eine Magd allerdings erzählt, dass es so etwas wie … Liebeszauber gibt.«

Ihr Blick wurde geradezu flehentlich. Cosima vermutete, dass die Magd auch angedeutet hatte, wie diese Liebeszauber wirkten, zum Beispiel, indem man das eigene Schamhaar in ein Stück Wachs knetete und daraus das Bildnis eines Mannes formte, der einem auf diese Weise ewig ergeben sein würde.

Cosimas Mitleid wich der Empörung. »Solchen Zauber zu treiben, ist streng verboten! In Lucca wird man dafür hingerichtet, in Florenz …«

Sie kam nicht weiter, denn nun stieß Simonetta ein Schluchzen aus, und im nächsten Augenblick – sie wusste selbst nicht so recht, warum – legte Cosima ihr die Hand auf die Schulter und zog sie an sich.

»Schsch«, flüsterte sie. Sie ärgerte sich über sich selbst, weil die andere sie in ihrer Unschuld derart rührte. Und sie ärgerte sich noch mehr über die Welt, auf der Frauen wie sie beide immer Verliererinnen zu sein drohten – waren sie doch abhängig davon, dass irgendein Mann ihnen seine Gunst schenkte.

Als Amiri kam, um ihnen Wein zu bringen, ließ sie Simonetta schnell wieder los. Amiri durfte ihretwegen all ihre Falten sehen, aber der Teufel sollte sie holen, wenn er sie auch noch dabei ertappte, wie sie ein junges Mädchen tröstete.

»Es gibt kleine Statuen«, sagte sie in vermeintlich gleichmütigem Tonfall, »sie zeigen junge Männer, die gänzlich nackt sind und deren Männlichkeit abnorm groß dargestellt wird. Hast du … hast du es damit schon probiert?«

Simonetta hob ihren tränenumflorten Blick. »Was genau probiert?«

»Na, hast du diese Statuen in eurem Schlafgemach aufgestellt? Ich glaube, der Anblick der jungen nackten Männer könnte in deinem Fall mehr bewirken als sämtlicher Liebeszauber.«

»Von jungen nackten Männern …«, echote Simonetta und wirkte verständnislos.

Amiri wollte ihr den Kelch reichen, aber sie sah ihn nicht. Offenbar hatte sie in den letzten Jahren so viele Dinge nicht gesehen.

»Du könntest auch ein Parfüm auflegen, wie es sonst nur Männer tragen, aus Ambra, Zivet und Moschus gemacht.«

»Ich soll wie ein Mann riechen?«

»Am besten wär's, du würdest auch Hosen wie ein Mann tragen.«

»Das … das ist doch gegen alle Sitten.«

»Gewiss, aber es gibt selbst ehrwürdige Kirchenmänner, die sich nicht um diese Sitten scheren, im Grunde tun sie es am allerwenigsten. Das, wonach es sie gelüstet, wird oft Prälatenspeise genannt, weil es meist Prälaten sind, die …«

»Speise?«

Cosima seufzte. »Natürlich geht es nicht ums Essen, auch wenn es so klingt … es geht um eine spezielle Art des … Vergnügens. Hier in Florenz gibt es so viele Männer, die dieses Vergnügen suchen, dass man das, was sie miteinander tun, ›florenzern‹ nennt.«

An Simonettas Blick erkannte Cosima, dass sie sich gegenüber der Wahrheit, die sie über all die Jahre nicht gesehen hatte, nicht länger verschließen konnte, aber zwischen diesem Blick und ihrem Denken befand sich noch eine Schranke.

»Herrgott!«, entfuhr es Cosima. »Es ahnt doch mittlerweile

jeder in Florenz, dass Marco Vespucci der verkehrten Venus zugeneigt ist.«

Der Blick wurde nun wieder leer. »Verkehrte Venus?«, fragte Simonetta verwirrt.

Die Naivität rührte Cosima nicht länger, sondern stimmte sie ungeduldig. »Stell dir die Göttin Venus vor und was passiert, wenn du sie … umdrehst.«

»Denn steht sie auf dem Kopf.«

Doch nicht so, dachte Cosima, vielmehr so, dass sie dir ihren Arsch entgegenstreckt! Aber irgendetwas war an dem Mädchen, das sie davon abhielt, mit vulgären Worten endgültig den Schleier der Unschuld zu zerreißen.

»Man trifft diese Männer überall, ob in Werkstätten oder Kirchenportalen, aber am häufigsten kommen sie in der Taverne Boco oder der Taverne del Lino zusammen. Besser du schaust dir mit eigenen Augen an, was mein Mund nicht auszusprechen vermag, ohne dass meine Lippen schmutzig werden.«

Ein Glucksen entwich ihr, hatten ihre Lippen doch schon weitaus Verwerflicheres getan.

Simonetta sah den Kelch Wein, den Amiri ihr reichte, immer noch nicht. Wollte ihn vielleicht nicht sehen, so wie sie sich weigerte, sich von ihr reinen Wein einschenken zu lassen. Ohne ein weiteres Wort erhob sie sich und stürmte hinaus.

Cosima nahm den Kelch aus Amiris Händen und trank durstig daraus. »Du hast ja doch den teuren Wein genommen«, stellte sie fest, aber es sprach kein Vorwurf aus ihrer Stimme.

»Das arme Mädchen«, murmelte er.

»Hast du ihr Kleid gesehen? Die Vespucci sind alles, nur nicht arm.«

»Aber sie sehnt sich so sehr nach Liebe.«

»Dann ist sie nicht arm, sondern dumm«, erklärte Cosima hart, obwohl erneut Mitleid an ihrer Stimme kratzte. »Ich dagegen bin nicht dumm. Ich habe eine Idee, wovon ich in Zukunft leben könnte, ich glaube, Simonetta hat mich darauf gebracht. Bring mir noch mehr Wein oder massier mich, ich werde darüber nachdenken, wie ich diese Idee am besten umsetze, du musst mir dabei helfen.«

Und du musst an meiner Seite bleiben, damit ich mich nie so einsam, so verloren fühle wie Simonetta, dachte sie.

Allerdings hätte sie sich eher die Zunge abgebissen, als Amiri das einzugestehen.

Schon nach wenigen Schritten begannen Simonettas Füße zu schmerzen. Kein Wunder, trug sie doch das falsche Schuhwerk. Die meisten Frauen traten nur mit schweren Holzpantoffeln auf Florenz' Straßen, sie hatte dagegen nur jene Stiefel an, *stivali* genannt, deren Fußsohlen aus Kalbshaut gemacht und so dünn waren, dass sie jedes Steinchen spürte. Doch selbst die Schmerzen brachten sie nicht dazu stehen zu bleiben, hätte sie dann doch unweigerlich über Cosimas Worte nachdenken müssen. Auch so verfolgten diese sie, auch so wurde das, was sie ihnen entgegensetzte – aus Mündern böser Weiber kamen nun mal böse Dinge, das hatte mit ihrer Natur zu tun, nichts mit der Wahrheit –, immer leiser. Und dann war da noch etwas, dem sie davonlief: der Ahnung, dass sie nicht länger durch Florenz' Straßen irren durfte. Dass sie nach Hause zurückkehren musste.

Nach Hause.

Der Palazzo der Vespucci war doch kein Zuhause. Es war

lediglich einer der wenigen Orte, die sie in Florenz kannte. Und vor allem war er ein Gefängnis – wenn auch ein sehr vornehmes mit all den Tapisserien, Intarsien, Skulpturen, Marmorverkleidungen, Mosaiken, in dem sie jedoch vor Langeweile umkam.

Lisabetta hatte ihr bislang nicht gestattet, irgendwelche Pflichten der Haushaltsführung zu übernehmen, und darauf zu warten, dass Marco sich ihr zuwandte – ob nun am Tag oder in der Nacht –, war vergebens.

»Du kannst dir gerne Bücher von mir ausleihen«, hatte Amerigo ihr erst kürzlich wieder angeboten, Marcos Vetter, der immer ein freundliches Lächeln für sie übrig hatte, wohingegen sein Blick stets abwesend war. In Gedanken bereiste er jene fernen Länder, deren Karten meist weit ausgebreitet vor ihm lagen. »Erfahre ich in diesen Büchern auch, wie ich Marcos Herz für mich gewinnen kann?«, hatte sie gefragt, doch obwohl er ein so gebildeter Mann war und immer wieder neue Sprachen lernte, hatte er keine Antwort darauf gewusst. Sein Lächeln war freundlich geblieben, aber der Blick noch abwesender geworden. Einen Amerigo Vespucci reizte es, die große weite Welt zu erforschen, nicht das kleine Herz einer jungen Frau.

Etwas mehr Mitleid als von Amerigo bekam sie von ihrem Schwiegervater Piero, mit dem sie das Schicksal teilte, zu den kaum beachteten Mitgliedern der Familie zu gehören. Sie fragte sich oft, was er den ganzen Tag über tat. Auf dem Schreibtisch in seinem *studiolo* stand ein *abaco*, eine Rechenmaschine, und daneben lagen Bücher, doch es war ganz offensichtlich sein Bruder Nastagio, der die alleinige Verantwortung über die Geschäfte hatte.

Was Marco denn gefiele, hatte sie immer wieder, das letzte Mal vor ein paar Wochen, von ihm wissen wollen, wie sie seine Aufmerksamkeit auf sich ziehen, wie sie sich als gute Ehefrau erweisen könne.

Anders als Amerigo hatte Piero sie in all ihrem Elend, all ihrer Hilflosigkeit wahrgenommen, doch er konnte nur hilflos mit den Schultern zucken. »Marco ist doch noch so jung, du musst ihm Zeit geben.«

O diese verfluchte Zeit! Von so vielen wurde diese Zeit gerühmt, auch von ihrer Mutter, die dann und wann mahnende Briefe schickte. Sie müsse Geduld haben, dann würde die Zeit es schon richten, gleich so, als wäre sie ein wundersames Wesen mit heilenden Händen. In Wahrheit war die Zeit nichts, worauf man bauen konnte, im Gegenteil, sie glich kleinen Sandkörnchen, die durch die Finger rieselten, wenn man versuchte, einen Turm daraus zu errichten!

Lisabetta hingegen hatte ihr gestern nicht erklärt, sie müsste Geduld haben. Sie war zu ihr ins Zimmer gekommen, hatte sich zu ihr aufs *lettuccio* gesetzt – eine tiefe Bank mit Armlehnen –, hatte ihr eine Weile dabei zugesehen, wie sie sich mit der Goldstickerei abplagte, etwas, worin sie es nie zur Meisterschaft bringen würde.

»Simonetta«, hatte sie schließlich gesagt – und das in gleichem Tonfall, mit dem sie sie einst dafür gerügt hatte, dass sie während der großen Karnevalsfeiern auf dem Balkon gestanden und dem bunten Treiben zugesehen hatte, obwohl sich eine ehrbare Frau niemals auf dem Balkon blicken ließ.

Simonetta machte schnelle Stiche. »Ich gebe mir Mühe … ich werde es lernen …«

Lisabetta hob ihre Hand, legte sie auf die ihre. Nun konnte sie nicht länger nähen, sich auch nicht stechen, wenngleich sich die Berührung der älteren Frau kaum angenehmer anfühlte. Ihr Blick war erst recht stechend. »Simonetta, du musst dich endlich fügen. Lass Piero und Amerigo in Ruhe, denk nicht daran, ihnen dein Leid zu klagen. Leid ist etwas, das eine Frau stumm zu schlucken hat.«

Simonetta erstarrte. Hatten Amerigo und Piero wirklich über sie geklagt, oder hatte Lisabetta sie belauscht? Nun, es machte keinen Unterschied. Sie konnte von ihnen keine Hilfe erwarten – und von Lisabetta erst recht nicht.

»Wem du dein Leid anvertrauen kannst, ist die Jungfrau Maria«, fuhr diese fort, »sie ist immer da, und zu unserem Palazzo gehört doch eine Kapelle. Du solltest dich mehr als bisher dem Gebet widmen.«

Irgendetwas zerplatzte in diesem Augenblick in Simonetta. Bis dahin hatte sie sich jeden Tag gefragt, was sie nur falsch machte, warum Marco das eheliche Bett mied, sie niemals auf einen der Landsitze der Familie mitnahm, kaum mit ihr sprach, selten mit ihr aß. Doch jetzt ging ihr auf, dass nicht sie diejenige war, die etwas falsch machte, sondern er. Lisabetta sollte sich nicht zu ihr setzen, immer dichter an sie heranrücken, sie auffordern, mehr zu beten. Sie sollte Marco ermahnen, sich mehr um seine Frau zu kümmern!

Simonettas entzog ihr ungestüm die Hand, schleuderte die Stickerei von sich, erhob sich abrupt. »Es ist nicht meine Schuld!«, rief sie plötzlich. »Es ist nicht meine Schuld, dass er mich nicht liebt.«

Lisabettas Miene wurde ganz starr. »Natürlich ist es nicht deine Schuld, dass er dich nicht liebt. Aber du denkst doch nicht ernsthaft, er hätte dich aus Liebe geheiratet?«

Mittlerweile fiel es ihr schwer, an diesem Glauben festzuhalten, aber sie war damals wirklich überzeugt gewesen, Marco hätte damals vor der Kirche sein Herz an sie verloren.

»Deine Eltern mögen brave Leute sein«, fuhr Lisabetta fort, »aber dass sie so lange als Verbannte lebten, war nicht gut für ihren Ruf. Verstehst du?«

Simonetta verstand. Eine Cattaneo war demnach offenbar beschädigte Ware und hatte deswegen kein Recht aufzumucken, wenn sie in der Ehe kein Glück fand. Ein Mädchen aus einer reichen, einflussreichen Florentiner Familie könnte laut klagen, wenn es Missachtung erfuhr, den Vater um Hilfe bitten, damit der den gleichgültigen Gatten in die Pflicht nahm. Für ihre Eltern zählte dagegen nur, dass dieser Gatte den Namen Vespucci trug, nicht, welcher Mensch er war.

»Heb das wieder auf!«, befahl Lisabetta leise, den Blick unverwandt auf die Goldstickerei gerichtet. »Irgendwie musst du dir doch die Zeit vertreiben.«

Simonetta machte keine Anstalten, sich zu bücken. »Vielleicht sollte ich tatsächlich etwas mehr beten …«, murmelte sie.

Tatsächlich hatte sie heute vorgegeben, sich in die Hauskapelle zurückzuziehen, hatte dann jedoch heimlich den Palazzo über die Vorratskammer verlassen und war zu Cosima geeilt. Niemals wäre sie selbst auf die Idee gekommen, ausgerechnet bei dieser Hilfe zu suchen. Aber nicht nur ihre Mutter schrieb ihr Briefe, dann und wann auch ihre Cousine Battistina, und diese verlangte nicht von ihr, auf Zeit und Geduld zu setzen, sie hatte vorgeschlagen, dass Cosima ihr vielleicht weiterhelfen könne.

Doch nun …

Sie lief so schnell wie möglich weiter, bis ihr irgendwann die

Brust zu zerspringen schien, sie sich schnaufend an eine Wand lehnte. Sie blickte sich um, erkannte, dass sie auch dann nicht nach Hause gefunden hätte, wenn sie es gewollt hätte. Den Weg zu Cosima hatte sie gefunden, indem sie sich am Kirchturm von San Spirito orientierte, in dessen Schatten das Mietshaus lag. Doch nun sah sie keinen Kirchturm, noch nicht einmal die Wohntürme reicher Palazzi, nur dicht aneinandergedrängt die Werkstätten von Schmieden, Schuhmachern, Steinmetzen und die kleinen Häuser von Händlern und Beamten.

»Aus dem Weg!«, brüllte jemand sie an. Es war ein Fassmacher, stapelten sich auf der Karre, die er hinter sich herzog, doch gebogene Hölzer und Eisenringe. Simonetta musste ihren Platz an der Hauswand aufgeben, damit er in der engen Gasse sein Durchkommen fand, hastete weiter, rannte fast in eine weitere Schubkarre, auf der wiederum Gemüse transportiert wurde. Ein Kohlkopf hüpfte bei jeder Umdrehung der quietschenden Räder. Der Mann, der die Karre zog, hatte ebenfalls ein rundes Gesicht und, was noch wichtiger war, ein freundliches.

Sie könnte ihn fragen, wie sie zurück in die Via Nuova fände. Doch als sie entschlossen auf ihn zutrat, kamen ihr jäh andere Worte über die Lippen. »Wo … wo finde ich die Taverne del Lino?«

Seine Augen wurden etwa schmäler. »Die Taverne del Lino suchst du, so, so. Bist du sicher, dass das ein rechter Ort für dich ist?«

Nein, das bin ich ganz und gar nicht, ging es Simonetta durch den Kopf. Aber ein großer Palazzo, wo ich von Gold und Kostbarkeiten umgeben bin, sich jedoch niemand darum schert, was ich fühle, ist auch kein rechter Ort für mich. Und Cosima hatte vorhin diese Taverne erwähnt.

»Wie komme ich dorthin?«, insistierte sie.

»Geh immer geradeaus, bis du zur Ponte Vecchio gelangst. Die Taverne ist in der Straße, in die sie mündet und …«

Simonetta begann wieder zu laufen, floh diesmal nicht nur vor Cosimas Worten, sondern auch der Ahnung, dass sie eine Riesendummheit beginn. Die Ponte Vecchio war ein Ort, über den selbst die beherrschte Lisabetta mit verächtlichem Tonfall sprach. Nirgendwo stank es so grässlich, reihten sich doch dort die Geschäfte der Metzger aneinander, und diese schütteten die Eingeweide der Tiere und andere Abfälle direkt in den Fluss. Immerhin war die Ponte Vecchio nicht der gefährlichste Ort von Florenz. Das wurde vielmehr von den Vierteln auf der anderen Seite des Arnos – *oltrarno* – behauptet, wo die *miserabili* lebten, jene armen Menschen, die gerade mal so viel verdienten, um nicht hungers zu sterben, aber nicht ausreichend, um einer Zunft beizutreten und die Politik der Stadt mitzubestimmen. Lisabetta betonte häufig stolz, dass sie den Arno niemals überschritten und eines dieser Viertel betreten hatte. »Ich rieche gerne an der duftenden Blume Florenz«, pflegte sie zu sagen, »was schert es mich, dass in jener Erde, in der sie wurzelt, auch Würmer und Schnecken wühlen?«

Auch ich habe dort nichts verloren, ging es Simonetta durch den Kopf, denn die Wahrheit, auf die ich dort stoßen werde, ist womöglich erbärmlich und grässlich. Dennoch konnte sie nicht aufhören zu laufen, musste es schließlich auch, denn dort, wo die Via Por Santa Maria in die Ponte Vecchio mündete, verlor sie sich in der Menschenmenge wie ein Blatt im Strudel des dunklen Wassers. Sie wurde mitgezogen, mitgerissen, und bis sie überhaupt hochblickte, hatte sie die Brücke schon zur Hälfte überquert. Immerhin trat ihr noch kein Gestank der Metzgereien in die Nase, war der von Schweiß und Dreck doch übermächtig, und es blieb dabei, als sie die Brücke hinter sich gelassen hatte. Sie hatte noch nicht einmal einen Blick auf den Arno werfen können und herausfinden, ob der wirklich schlammig grün war oder vielleicht doch ein wenig funkelte.

Allerdings war sie nicht gekommen, um den Fluss zu betrachten, sondern die Taverne del Lino zu suchen. Als sie den Kopf hob, wurde sie tatsächlich vom Dunst von Branntwein eingehüllt, und von allen Seiten vernahm sie ein Lallen.

»Was machst du denn hier, Mädchen?«, ließ sie eine Stimme zusammenzucken.

Simonetta fuhr herum, war kurz nicht sicher, wer da zu ihr gesprochen hatte, sah dann eine Frau auf sie zukommen. Sie war stark geschminkt, wobei die dicke weiße Paste auf dem Gesicht zu bröckeln begann, das unnatürliche Rot auf den Wangen in Schweißperlen zerlief und sich unter einer Woge Parfüm der Geruch von Schweiß bemerkbar machte. Das Kleid aus roter Seide war allerdings weder befleckt noch zerknittert und verriet den hohen Rang der Frau ebenso wie die vielen Ringe an ihren Händen.

»Ich … ich suche die Taverne del Lino.«

»Die ist gleich hier«, sagte die Frau und deutete auf ein Haus am Ende der Straße. »Aber jemand wie du darf sie nicht betreten.« Durch ihre Stimme klang weniger Boshaftigkeit als vielmehr Mitleid.

»Ich muss doch …«

»Keiner Frau wird dort Einlass gewährt«, fiel die andere ihr ins Wort.

Simonetta atmete tief durch, der Geruch des Parfüms stieg ihr noch durchdringender in die Nase. Die Frau musste eine ganze Flasche über sich ergossen – oder, wie es gerüchteweise manche Menschen hielten, davon getrunken haben.

»Ich muss doch …«, begann sie wieder.

»Du solltest dich hier überhaupt nicht herumtreiben«, sagte die Frau, während ihr Blick über Simonetta glitt. »An jeder Ecke lauert übles Diebespack, du trägst kostbare Kleidung … Schmuck … und überhaupt … ein unschuldiges Mädchen wie du geht besser nach Hause.«

Nach Hause. Sie hatte doch kein Zuhause.

»Ich muss doch …«, begann sie ein drittes Mal, brach aber ab, als sie sah, wie die andere zielstrebig auf die Taverne zuschritt.

»He!«, rief Simonetta, und unter ihrer Verzweiflung regte sich Empörung. »Gerade hast du gesagt, dass keine Frau die Taverne betreten darf.«

Die andere drehte sich um. »Eben!«, rief sie und stieß ein Lachen aus.

Simonetta betrachtete sie genauer, sah nicht nur, dass die Farbe in ihrem Gesicht zerlief, sondern auch, dass sich ein künstlicher Haarschopf aus der Frisur zu lösen begann, der nur lose an kurzen Strähnen befestigt war. Vor allem sah sie, wie muskulös der Leib unter dem roten Kleid war. Das war keine Frau. Sondern ein Mann, der sich als Frau verkleidet hatte.

Sie … er winkte ihr noch zu, schmatzte mit den Lippen, als wollte er sie küssen, strebte dann aber endgültig auf die Taverne zu. Der Geruch des Parfüms verflüchtigte sich, stattdessen umhüllte sie eine Wolke aus Weindunst. Und plötzlich wusste sie, was Cosima ihr hatte sagen wollen, sie konnte nicht länger vor ihren Worten davonlaufen.

Es gab Männer, die waren … Sodomiten. Sie liebten Männer, kleideten sich manchmal sogar wie Frauen, Marco war offenbar einer von ihnen. Seine Familie wiederum wusste es und schwieg darüber, und man erwartete von ihr, dass auch sie schweigen würde.

III.

»Träumst du wieder einmal, Botticelli?«

Sandro hatte gerade sein Gesicht in die Sonne gehalten, als ihn die Stimme zusammenschrecken ließ. Nur mühsam unterdrückte er ein Seufzen, sobald er erkannte, wer ihn da angesprochen hatte. Es war jener junge Maler, mit dem er bis vor einigen Jahren gemeinsam in der Werkstatt von Meister Verrocchio gearbeitet hatte – erst als Lehrling, dann als Geselle. Leonardo war immer noch Geselle, während er selbst mittlerweile sein eigener Herr war, doch das veranlasste den anderen nicht zur Ehrerbietung. Im Gegenteil, Leonardos selbstbewusstes Grinsen bekundete, dass er zwar jünger sein mochte, ihm an Können und Talent aber um nichts nachstand.

»Wenn du die Augen geschlossen hältst, siehst du nichts von der Welt«, sagte er. »Was willst du dann malen, Botticelli?«

»Ich heiße nicht Botticelli«, erklärte Sandro mit Nachdruck. »Sondern Alessandro di Mariano Filipepi. Botticelli ist lediglich der Spitzname meines Bruders.«

Leonardo hielt den Kopf etwas schief. »Warum wird Giovanni eigentlich so genannt? *Botticella*, das heißt Fässchen. Ist er klein und dick, oder lugt er manchmal zu tief in ein solches?«

Die Wahrheit war, dass beides auf Giovanni zutraf, aber Sandro hatte keine Lust, mit Leonardo über seinen Bruder zu reden, zumal er selbst kaum Umgang mit ihm pflegte. Er war viel jünger als Giovanni, weil seine Eltern schon hochbetagt gewesen waren, als er selbst geboren wurde. Als einzige Kindheitserinnerung verband er mit Giovanni, wie der an seinem Bett gestanden und gespottet hatte, weil er so häufig kränkelte. Er würde nie ein richtiger Mann, hatte er erklärt.

Nun, Sandro hatte nie ein richtiger Mann werden wollen – immer nur ein großer Künstler.

»Ich finde, Botticelli ist ein guter Name für einen Maler«, sagte Leonardo und hockte sich neben ihn auf einen Quader aus Marmor, wie sie nicht weit von Meister Verrocchios Werkstatt entfernt gelagert wurden. »Er ist sehr einprägsam. Filipepi gibt es viele, aber von einem Botticelli habe ich noch nie gehört.«

»Und wie willst du dich dereinst nennen?«, fragte Sandro.

»Oh, bei mir genügt Leonardo.«

»Es gibt Hunderte Leonardos in Florenz.«

»Hm«, machte der andere. »Aber es gibt keinen, der aus Vinci stammt, folglich keinen anderen Leonardo da Vinci.«

Sandro verzichtete, darauf hinzuweisen, dass Vinci ein unbedeutender, winziger Ort war. Leonardo würde wohl entweder stolz antworten, dass er aus diesem unbedeutenden Ort einen großen, auf der ganzen Welt bekannten machen würde, oder aber sich beklagen, dass Sandro mit spitzer Zunge auf seiner niedrigen Herkunft herumritt. Nicht nur einmal hatte Sandro erlebt, dass sich bei ihm grenzenloses Selbstbewusstsein im Minutentakt mit nagendem Selbstzweifel abwechselte, und sprunghaft wie sein Wesen war auch seine Arbeitsweise. Es gab Zeiten, in denen Leonardo Tag und Nacht durcharbeitete, dann wieder Tage, da er nur träge herumhockte, weswegen es ihm eigentlich als Allerletztem zustand, über ihn zu lästern. Und doch stieß Leonardo ihm nun den Ellbogen in die Seite und sagte: »Anstatt zu träumen, solltest du darüber nachdenken, für welche Art von Bildern dieser Botticelli dereinst gerühmt werden soll. Und diesem Ziel kommst du nicht näher, wenn du dich der Welt gegenüber blind stellst.«

Wieder unterdrückte Sandro ein Seufzen. In einer Sache hatte Leonardo recht – er hatte seinen Weg noch nicht gefunden und haderte damit. Allerdings würde Leonardo, dessen Blick stets neugierig, regelrecht hungrig die Welt erforschte, nicht verstehen, dass ihm die Fülle an Eindrücken oft zusetzte, ihn nicht inspirierte, vielmehr ermattete.

»Und warum überhaupt hier?«, fragte Leonardo. »Du hast doch längst eine eigene Werkstatt? Warum hängst du immer noch am Rockzipfel unseres Lehrers?«

Sandro konnte es selbst nicht genau erklären, warum es ihn, der nun seit vielen Monaten sein eigener Herr war, sich in die Compagnia di San Luca, die Zunft der Maler, eingeschrieben hatte und seit Kurzem auch einen eigenen Lehrling beschäftigte, immer wieder ins Viertel Santa Croce zog, wo sein einstiger Lehrer Verrocchio lebte und arbeitete. Dass er sich unsicher fühlte und dringend auf seinen Rat angewiesen war, traf es wohl am besten, aber das zuzugeben, wäre beschämend gewesen.

Leonardo empfand es schon unter seiner Würde, Gemälde von Verrocchio zu vollenden. Sandro dagegen fühlte sich ohne Verrocchio oft wie in einem Labyrinth, stets von der Angst verfolgt, in einer Sackgasse zu landen. Gewiss, er hatte in den letzten Monaten manchen Auftrag an Land ziehen können – er hatte den Sitzungssaal des Florentiner Handelsgerichts mit großen Bildtafeln ausgestattet und die eine oder andere Madonna entweder auf Leinwand gebannt oder als kleine Miniatur gemalt –, aber damit bezahlte er lediglich sein täglich Brot für sich und seinen Lehrling, die Frage, die Leonardo ihm eben gestellt hatte, konnte er damit noch lange nicht beantworten: für welche Art von Bildern er nämlich gerühmt werden wollte.

Leider hatte ihm das auch Verrocchio nicht sagen können, als er vorhin mit ihm gesprochen hatte.

»Ich sehe schon, du hast keine Lust, mit mir zu reden«, sagte Leonardo. Er ging jedoch nicht wieder davon, wie Sandro hoffte, sondern zog ein kleines Notizbüchlein hervor, das er stets am Gürtel trug. Mit wenigen Strichen gelang es ihm, ein paar Figuren zu skizzieren.

Obwohl Sandro eben wieder die Augen hatte schließen wollen, warf er einen Blick darauf. Gerade zeichnete Leonardo eine Frau, die an ihnen vorbeikam, den Rücken ganz krumm, weil sie einen schweren Eimer mit Wasser schleppte, dann einen Mann, der an einem Stock humpelte.

Leonardo hatte Glück, dass es mittlerweile solche Art von Notizbüchlein gab – mit Seiten aus Papier und darum so billig, dass man verschwenderisch damit sein konnte.

Er zeichnet einfach das, was ihm vor die Augen kommt, dachte Sandro. Mir dagegen fällt die Wahl, was ich malen soll, so unendlich schwer …

Gerade kam ein Mann des Weges, der auf einem Auge blind war – es ließ sich nur das Weiße erkennen – und dessen dünne Haare wirr von einem fleckenübersäten Kopf abstanden, und

Leonardo musterte ihn interessiert, ehe er auch ihn auf Papier bannte.

»Warum zeichnest du jemanden, der so hässlich ist?«, entfuhr es Sandro.

Leonardo blickte hoch. Erstaunlich lange blieb der Blick seiner braunen Augen auf ihm ruhen.

»Ja, warum denn nicht?«, entgegnete er. »Wenn ich einer schönen Frau begegne, versuche ich die Ebenmäßigkeit ihrer Züge einzufangen. Und wenn ein Verkrüppelter an mir vorbeihinkt, dann will ich seine schiefen Glieder genauso lebensecht darstellen. Die Natur hat die Menschen nun mal so gemacht, und die Natur ist meine Lehrerin. Ich will der Wirklichkeit so nahe wie möglich kommen.«

Dass er das schaffte, bezweifelte Sandro nicht. Er hatte schon viele Bilder gesehen, auf denen Leonardo die Menschen mit Pickeln auf der Nase, Wucherungen auf der Stirn, Armstümpfen oder völlig abgemagert dargestellt hatte. Doch er hatte stets bei sich gedacht, dass der andere damit bloß sein Talent verschwendete.

»Wenn wir genau das auf Papier bannen, was wir sehen, worin liegt dann unser Nutzen als Maler?«, fragte er. »Ist es wirklich unsere Aufgabe, die Natur zu kopieren? Sind wir nicht vielmehr dazu da, der Schönheit zu huldigen?«

»Schönheit ist nur Schönheit, wenn sie echt ist. Einen hässlichen Menschen auf einem Gemälde schöner zu machen, ist keine Kunst, sondern eine Lüge.«

»Mag sein«, murmelte Sandro. »Aber Schönheit ist ja viel mehr als nur die Schönheit eines Körpers, eines Gesichts. Schönheit bewirken der Geist und die Seele. Deswegen gilt es nicht nur, den Körper akkurat einzufangen, unsere Bilder müssen vielmehr diesen Geist, diese Seele sichtbar machen. Ich finde nicht, dass es die Natur bloß nachzuahmen gilt. Wir müssen die Natur überbieten, eine Vollkommenheit zeigen, die auf Erden nur anzustreben, wenn auch nie wirklich zu erreichen ist. Nicht die Wirklichkeit, das Ideal soll mein Maßstab sein.«

»Du findest also, die Kunst steht über der Natur?«

»Du denn nicht?«

»Ich finde, es ist ein Zeichen von Faulheit, wenn man sich nicht die Mühe macht, die Proportionen genauestens zu erforschen, herauszufinden, welcher Muskel für welche Bewegung verantwortlich ist, wenn man stattdessen die Gesetzmäßigkeiten des Körpers ignoriert. Überdies denke ich, dass man keinen Sinn fürs Schöne gewinnt, wenn man nicht auch das Hässliche erforscht. Solange du mit geschlossenen Augen hier hockst, tust du aber weder das eine noch das andere.«

Leonardo blätterte weiter in seinem Notizbüchlein. Nachdem er sich dem Hals eines Greises gewidmet hatte – leicht zur Seite geneigt, sodass sich die Sehnen spannten –, betrachtete er nun einen Schwarm Vögel, der über den Himmel zog, wohl begierig, jede Flügelbewegung möglichst lebensecht einzufangen.

Sandro erhob sich.

»Gut, gut«, sagte Leonardo grinsend. »Du nimmst meinen Rat an und gehst mit offenen Augen durch die Welt, Botticelli.«

Gerade kündeten die Glocken sämtlicher Kirchen der Stadt den Abend an, es klang wie ein Gewitterdröhnen, als sich das Läuten des Campanile mit dem von Santa Maria Novella oder Santa Croce vereinte. Sandro blieb keine Möglichkeit mehr, darauf zu bestehen, dass er nicht Botticelli hieß. Wobei Leonardo vielleicht auch in dieser Hinsicht recht hatte und Botticelli ein guter Name für einen Maler war. Es würde ihm allerdings der beste Name nichts nutzen, wenn er nicht für einzigartige Gemälde stand.

Obwohl es schon spät war, kehrte Sandro nach seinem Gespräch mit Leonardo nicht zurück in die Werkstatt, sondern streifte durch Florenz. Die Worte des anderen echoten in seinen Ohren, denn was war ein besserer Beweis dafür, dass es das Schöne nicht ohne das Hässliche gab, als diese Stadt? Sie hatte so viele Künstler hervorgebracht, die ihre Hand nach dem Himmel ausgestreckt und ein Stück von ihm auf die Erde gebracht hatten – so jene, die den Dom erschaffen hatten. Der Anblick der Fassade, in der sich rosafarbene, grüne und weiße Steine nach einem geometrischen Muster abwechselten, war so beeindruckend, dass er beinahe wehtat. Wer konnte davorstehen und darauf starren, ohne dass sich eine Gänsehaut am ganzen Leib ausbreitete, von einem Wohlgefühl und einer Ergriffenheit kündend, die auch die zärtlichste Liebkosung nicht in gleicher Weise verursachen konnte? Die dunkelrote Kuppel des Doms, die der große Architekt Brunelleschi hatte vollenden können, und der Campanile, der frei stehende Glockenturm, der nach dem Plan des Künstlers Giotto erbaut worden war, zeigten wiederum den Mut dieser Bauherren, sich nicht den Gesetzen der Schwerkraft zu beugen, sondern allein den Gesetzen der Schönheit zu huldigen. Und nicht nur der Dom und die vielen anderen Kirchen bewiesen den guten Geschmack der Florentiner, auch die Palazzi rund um die Piazza della Signoria. Sie verhießen dank ihrer Loggienreihen eine Leichtigkeit, als wären sie nicht aus schwerem

Marmor gemacht, sondern aus dem gleichen Material, aus dem die Träume bestehen. Und wenn man den Kopf in den Nacken legte, um nicht nur die Türme dieser Palazzi, vor allem den der Signoria, zu betrachten, hoch in den Himmel strebend und ein sichtbares Zeichen für den Stolz dieser Stadt, konnte man zu keinem anderen Urteil kommen als zu diesem: Der Mensch, der so etwas erschaffen kann, ist groß, er ist ein zweiter Gott.

Doch all die Schönheit konnte nicht darüber hinwegtäuschen, dass es in Florenz zugleich viel Elend, Dreck, Gestank gab, dass im Schatten der prachtvollen Gebäude grindige Bettler lungerten, an vielen Gürteln hingegen schwere Börsen – manch einer behauptete, dass die goldenen Münzen der Boden waren, auf dem die Blume Florenz gepflanzt worden war –, doch anderswo greinten hungrige Kinder, denen spitz die Knochen hervorstanden.

Sandro fragte sich unwillkürlich, ob das Hässliche grundsätzlich am gleichen Ort zu finden war wie Armut und ob es gar eine Verbindung zum Bösen gab. Allerdings hätte das bedeutet, dass ein reicher Mensch schön sein müsste, sogar tugendhaft, während der Kaufmann dort hinten trotz edlem Mantel und aufrechter Statur grässlich anzusehen war, weil er eben nach einem Verkrüppelten trat.

Sandro wandte sich angewidert ab. Leonardo würde wohl behaupten, das wäre das wahre Leben, und überlegen, welchen Muskels es bedurfte, zuzutreten oder sich zu ducken, aber Sandro verstand immer noch nicht, welchen Sinn es hatte, so etwas für die Ewigkeit festzuhalten. Was würde man denn anderes im Betrachter erwecken als Ekel oder Missfallen? Um erhabene Gefühle zu erzeugen, musste man doch den Blick gen Himmel richten! Allerdings riskierte man damit erst recht, versehentlich einen Bettler zu treten.

Sandro rieb sich die Schläfen, seine Gedanken schienen im gleichen Labyrinth aus engen Gässchen gefangen wie er selbst. Immerhin wurde der Weg vor ihm etwas breiter, als er die Brücke Rubiconte erreichte. Er war nicht sicher, warum er sich von den zahlreichen Menschen, die *oltrarno* drängten, mit über den Fluss ziehen ließ, ob nur aus Trägheit oder weil er weiterhin das Hässliche erforschen wollte. Nachdem er die Brücke hinter sich gelassen hatte, konnte er jedenfalls kaum mehr etwas sehen, empfingen ihn doch dicke Rauchschwaden, die von den Werkstätten der Ziegelbrenner emporstiegen und ganze Straßenzüge verpesteten. Sandro begann zu laufen, um den grauen Schwaden zu entfliehen, ließ sie zwar hinter sich, aber geriet beinahe in eine Prügelei, suchte Schutz im Portal einer Kirche und wurde prompt von einem Priester angebrüllt, dass er sich unterstehen sollte, hier wie so viele andere seine Blase zu entleeren.

Sandro lief weiter, entkam zwar der Stimme, jedoch nicht dem Gestank.

Fand er hier wirklich das Echte, Wahre, von dem Leonardo gesprochen hatte? War nicht die größte Lüge von allen, dass es auf der Welt so sein musste – die einen reich waren, die anderen arm? Hatten sich nicht die Vermögenden diese Lüge ausgedacht, um ihren Besitz zu verteidigen?

Er sah sich suchend um, glaubte durch zwei Häuser den Arno schimmern zu sehen, schritt darauf zu, um seine Orientierung wiederzufinden. Die Laute, die ihm nun in die Ohren drangen, hatten nichts Menschliches an sich. Da war ein Lallen, das aus Tavernen kam, ein Ächzen, das Bettler ausstießen, ein Knurren, mit dem sich Diebe die Beute streitig machten. Er war schon kurz davor, sich, wenn auch nicht die Augen, so doch die Ohren zuzuhalten, als sich plötzlich über allem ein weiterer Laut erhob, heller und höher als die anderen, verzweifelter, flehentlicher. Sandro fuhr herum, konnte auf der breiten Straße niemanden sehen, bog in eine Gasse ab, auch diese war leer. Doch da war er wieder, dieser Schrei, voller Angst, voller Hoffnungslosigkeit, aber auch voller … Wut.

Es war eine Frau, die schrie, ganz zweifellos, wahrscheinlich eine noch sehr junge! Er hastete in die nächste Gasse, erblickte hier zwar keine junge Frau, jedoch drei Männer, die sich um etwas scharten. Er musste nicht in ihre Gesichter sehen, um zu wissen, dass er in ihnen nicht den Himmel finden würde, sondern die Hölle.

»Jetzt zier dich nicht, Wachtelchen«, spottete einer. »Wenn du nicht wolltest, dass man dir die Flügel rupft, hättest du nicht so tief fliegen dürfen. Du bist ja geradewegs in meinem Mund gelandet.«

Mit dem Mund kam er der jungen Frau, die sie eingekreist hatten und die Sandro jetzt erblickte, nicht zu nahe, mit den klobigen Händen, weniger Glieder aus Fleisch und Blut als brutale Werkzeuge, packte er sie dagegen an den Schultern. Ein anderer umfasste sie von hinten und betatschte dreist ihre Brüste, der dritte machte sich soeben an ihren Handgelenken und Fingern zu schaffen, um ihr sämtlichen Schmuck zu stehlen. Alles, was Sandro von der jungen Frau zu sehen bekam – die feinen Glieder, die blasse Haut, das rotblonde Haar – verrieten, dass sie ihnen so wenig entgegensetzen konnte wie flüssiger Stahl dem Hammer. Und doch begnügte sie sich nicht länger mit dem

Schreien. Ein Fuß schnellte hoch, traf einen zwischen den Beinen. Wäre er kein roher Mann gewesen, der sich Schmerzen wie Mitleid längst abgewöhnt hatte, er hätte wohl laut aufgeheult. So stieß er nur ein Lachen aus, ein hohler Laut, der nicht von Freude kündete. Schon packte er ihren Fuß, riss ihn hoch, doch obwohl die Frau nicht länger festen Stand fand, verzichtete sie nicht darauf, den Kopf hin und her zu werfen und einen von ihnen in den Daumenballen zu beißen.

Wie tief ihre Zähne ins Fleisch drangen, konnte Sandro nicht erkennen. Schon als er ihren Schrei vernommen hatte, war er losgerannt, auch jetzt hielt er erst inne, als es zu spät war. Die Männer hatten ihn gesehen – und er hatte ihnen nichts entgegenzusetzen. Er war zwar nicht so klein wie sein kugelrunder Bruder, den man Fässchen nannte, reichte diesen Hünen aber dennoch nur bis zur Schulter. Sein Körper, wohlgeformt zwar, aber schmächtig, bewies, dass das Mahlen von Pigment die härteste Arbeit war, die er je verrichtet hatte. Sein Haar, braun und in weichen Wellen bis zu den Schultern fallend, bewog vielleicht junge Frauen zu einem Lächeln, erweckte in Männern mit grindigen Glatzen dagegen lediglich den Wunsch, es ihm auszureißen. Und anders als die Lumpen hier, von deren Gürtel Dolche baumelten, trug er keine Waffen bei sich. Er verfügte lediglich über seinen Pinsel, und damit könnte er sie bestenfalls kitzeln, sie jedoch nicht davon abhalten, dieser jungen Frau ein Leid anzutun.

Flieh!, schrie eine Stimme in ihm. Er hörte nicht auf sie. Er konnte nicht fliehen. Nicht, als der Blick dieser blauen Augen den seinen traf, er das Flehen, die leise Hoffnung darin las.

Auch die Unholde maßen ihn nun, und ihre Blicke verrieten

nichts als Gier. »Noch ein Wachtelchen, das uns entgegenflattert, oder eher ein Spatz?«

Er trug keinen Schmuck und lediglich die schlichte Kleidung eines Handwerkers, aber an seinem Gürtel hing nicht nur sein Pinsel, auch ein Säckchen aus Leder. Die Männer hofften wohl auf Geld, Sandro dagegen kam eine Idee.

Von wegen, er hatte keine Waffen! Seine Waffe war die List! Schon nahm er das Ledersäckchen vom Gürtel, schon öffnete er es und hielt es hoch. »Kommt nur einen Schritt näher und ich blase euch den Inhalt dieses Säckchens ins Gesicht! Wenn ihr die Dame nicht sofort loslasst, übrigens auch.«

Der eine gab immerhin ihren Fuß frei, sodass sie wieder stehen konnte, der andere umfasste zwar nicht länger ihre Brüste, jedoch noch die Taille.

»Und was dann?«, knurrte der dritte. »Werden wir dann niesen?«

»Vielleicht«, gab Sandro zurück, »aber es wird nicht nur dein Rotz auf die Straße tropfen, sondern auch deine Nase dort landen. Und während du noch darauf stierst und rätselst, ob es wirklich deine Nase ist, fällt dir eines deiner Augen aus dem Gesicht. Und während du noch denkst, es ist nicht möglich, dass da mein Auge liegt, wird es schwarz um dich, weil auch dein zweites auf die Straße plumpst.«

Trieb er es zu weit? Der, der Armband und Ringe geklaut hatte, stopfte sich die Beute immerhin in seine Tasche und rannte los. Die anderen beiden ließen hingegen nicht so schnell von der Beute ab. Einer gab die junge Frau zwar frei, jedoch nur, um einen drohenden Schritt auf ihn zuzumachen.

»Was soll das sein?«, fragte er und stierte in Richtung des Säckchens. »Das Giftigste, was ich kenne, ist Gerberpisse, aber die könnte unsereins auch dann nichts anhaben, wenn wir bis zum Hals drinstecken. Wie aber würde es deinem Hälschen ergehen, wenn sich meine Hände darum legen?«

Die Kehle war Sandro jetzt schon eng, dennoch fand er die Kraft, sich gelassen zu geben. »Ich bin kein Tuchhändler, der bei den Gerbern die Fasern seiner Wolle vom Fett befreien lässt. Ich bin Maler.«

»Willst du etwa die Engel malen, die du gleich sehen wirst?«

»Nun, du wirst gleich gar nichts mehr sehen können, wenn du noch einen Schritt auf mich zumachst und diese junge Frau nicht augenblicklich loslässt. Das hier ist nämlich … Zinnober. Ich benutze es gerne, wenn ich Menschen male, lassen sich mit seinem Farbton doch die feinen Adern unter der Haut andeuten. Euch werden diese Adern gleich platzen, und euer Blut wird spritzen, denn Zinnober ist hochgiftig.«

Eine Lüge folgte der anderen. Nur Leonardo arbeitete gerne mit Zinnober, er nicht, in diesem Säckchen befanden sich lediglich Pigmente, und selbst wenn er Zinnober bei sich gehabt hätte – es bewirkte nur Rötungen der Haut, nicht, dass diese platzte.

Doch er musste darauf setzen, dass diese Männer keine Ahnung von der Malerei hatten. Und tatsächlich: Auch der Letzte ließ die junge Frau unwillkürlich los, um zurückzuweichen, und der andere knurrte: »Es ist ja nicht so, dass an diesem Wachtelchen viel Fleisch hängt. Am Ende würde man ja doch nur auf harte Knochen beißen.«

»Ich nehme an, Zähne wirst du noch haben, falls ich dir das Zinnober ins Gesicht schütte«, gab Sandro zurück. »Bei der Zunge wäre ich mir nicht so sicher.«

Der, der die junge Frau Wachtelchen genannt hatte, zögerte. »Roberto soll sich nicht allein mit Beute davonmachen«, raunte sein Gefährte ihm zu, ehe er davonlief.

Jetzt musste Sandro nur mehr einen weiteren beherzten Schritt machen, das Säckchen noch höher halten.

»Beug dich nur drüber!«, forderte er den Hünen auf. »Ich wollte schon immer mal sehen, ob einem erst die Wimpern oder die Augenbrauen ausfallen.«

Ein letztes Schnauben ertönte, dann setzte sich der Unhold in Bewegung, schwerfällig zwar, doch irgendwann wurde er von der Finsternis am Ende des Gässchens verschluckt. Sandro wandte sich der jungen Frau zu, stützte sie gerade noch rechtzeitig, ehe sie auf den Boden sackte. So verbissen sie eben gekämpft hatte, so schlaff hing sie kurz an seinem Arm. Als er sie jedoch auch mit der zweiten Hand stützen wollte, machte sie sich ungestüm los.

»Komm mir nicht zu nahe!«

»Ich tue dir doch nichts.«

»Aber … aber dieses Gift …«

»Das ist nichts weiter als Farbe.«

Sie starrte ihn an. »Du … du hast diese Männer getäuscht?«

»Mehr als Lügen hatte ich ihnen nun mal nicht entgegenzusetzen.«

Ihr Blick glitt über ihn, doch während der Anblick seiner eher schmächtigen Statur und seiner feingliedrigen Hände bei Männern oft Verachtung hervorrief, erfüllte er sie offenbar mit Erleichterung, drohte von ihm doch tatsächlich keine Gefahr. Zu zittern begann sie dennoch, trug sie doch nur ein dünnes Seidenkleid, das obendrein aufgerissen war. Leider hatte er nichts bei sich, womit er sie wärmen konnte. Er musste sich begnügen, ihr den Arm anzubieten.

»Ich bringe dich gerne nach Hause, wie mir scheint, stammst du nicht von hier.«

Sie blickte sich mit solch verlorenem Ausdruck um, als wüsste sie selbst nicht mehr, wie und warum sie hierhergeraten war. »Ich … ich habe kein Zuhause.«

Ihre Worte überraschten ihn. Sie sah ganz und gar nicht aus wie eine Bettlerin. Ihr Kleid war zwar zerrissen, jedoch aus feinstem Stoff, die Haare hingen zwar wirr über ihre Schultern, aber es ließen sich noch jene Zöpfe erkennen, die ihr ein Dienstmädchen heute Morgen geflochten haben musste. Und sie trug so dünne Lederschuhe, wie sie keiner besaß, der ziellos durch die Straßen streunte.

»Aber einen Namen wirst du doch haben.«

»Ich … ich bin Simonetta Vespucci.«

Er konnte schwören, dass er diese Frau – von solcher Anmut und Zartheit und zugleich von solcher Entschlossenheit, im Notfall zu kämpfen – heute zum ersten Mal sah. Aber ihren Namen kannte er, hatte ihn schon oft gehört. Die Vespucci wohnten in der gleichen Straße wie er, und Meister Verrocchio hatte ihm mehrmals dazu geraten, ihnen seine Dienste anzubieten – nicht nur, weil sie hervorragende Auftraggeber sein könnten, auch weil sie enge Beziehungen mit den noch mächtigeren und reicheren Medici pflegten.

»Dein Gatte Marco wird gewiss auf dich warten«, sagte er leise.

Etwas verdunkelte ihr Gesicht. Sie hatte sich der Tränen erwehren können, als sie um ihre Tugend kämpfte – jetzt bahnte sich eine hauchdünn ihren Weg über die Wange.

»Marco ist doch blind für mich. Und außerdem …«

Sie brach ab.

Wie war es möglich, für diese Frau blind zu sein. An ihr lernte man doch das Sehen – ein Sehen, das sich nicht damit begnügte, den Körper zu erfassen, sondern nach der Seele gierte. »Dennoch bist du in seinem Haus gewiss besser aufgehoben als hier auf der Straße.«

Sie nickte schwach, und er fühlte, dass sie sich nur fügte, weil sie keine andere Wahl hatte. Ihr Blick wurde stumpf, leer. Verschwunden war das Feuer, mit dem sie zuvor noch gegen die Männer gekämpft hatte, schien ihr doch aufzugehen, dass es nichts gab, wofür es sich zu kämpfen lohnte.

Sandro war entsetzt. Unmöglich, dass von jenem Wesen, das er eben noch Göttin hatte nennen wollen, ohne sich des Pathos zu schämen, nichts als ein Schatten blieb!

»Dein Mann ist ein Narr, wenn er dich nicht sieht«, hörte er sich plötzlich sagen.

Sie seufzte. »Wenn er nur das wäre … bloß ein Narr …«

Sandro dachte fieberhaft darüber nach, ob er mehr über Marco Vespucci wusste, als dass er einer reichen, angesehenen Familie entstammte. Es fiel ihm nichts ein. Es fiel ihm erst recht nichts ein, wie er erneut einen Funken in ihrer Seele entzünden konnte.

Im nächsten Augenblick war es ohnehin vorbei mit dem Denken. So lautlos ihre Schritte klangen, wie sie da neben ihm herschlich, so durchdringend war das Trampeln, als sich ihnen jemand von hinten näherte. Er wollte sich umdrehen, nachsehen, wer ihnen da folgte. Doch da fiel etwas Schweres auf seinen Kopf. War es eine Faust, ein Holzbalken oder gar der Amboss eines Schmieds? Der Kopf schien ihm jedenfalls zu platzen, und das Bild vor ihm zersprang in tausend Scherben.

IV.

Sandro wusste nicht, wie viel Zeit vergangen war, als er wieder zu sich kam. Das Bild vor seinen Augen schien immer noch zerbrochen, die Scherben fügten sich allerdings allmählich aneinander. Und hören konnte er auf jeden Fall.

Ganz nah an seinem Kopf war Simonettas Stimme. Sie hatte seine Schulter umfasst, rüttelte ihn leicht. »O Gott, geht es dir gut?«

Vorhin hatte er den Namen »Botticelli« noch als Kränkung aufgefasst, dabei war »Fässchen« schmeichelhaft für einen, der eigentlich Dummkopf hätte heißen müssen. Denn da war noch eine andere Stimme, die höhnte: »Von wegen giftig! Das sind Farbpigmente, und zwar überaus kostbare.«

Seine Lüge vom giftigen Zinnober war aufgegangen – nur hatte er nicht bedacht, wo er sie offenbarte, an einem Ort nämlich, wo Wände Ohren hatten und immer in irgendeiner Ecke ein Bettler oder Dieb lauerte, der nur auf die Gelegenheit wartete, sich zu bereichern.

Was die einen Lumpen in die Flucht geschlagen hatte, hatte einen weiteren herbeigelockt. Bei Simonetta war nichts mehr zu holen, ihren Schmuck hatten die anderen mitgenommen, doch der Mann hielt triumphierend das Säckchen mit Farbe hoch. Sandro wollte sich aufrappeln, versuchen, darum zu kämpfen, er schaffte es nicht, verfluchte sich dafür.

Plötzlich aber ließ sich eine weitere Stimme vernehmen, die sich an den dreisten Dieb wandte: »Wenn du unbedingt Farbe sehen willst, kann ich gerne dein Blut fließen lassen. Ist es purpurrot oder doch eher grau wie bei allen feigen Leuten, die wehrlose Menschen bestehlen?«

Sandro reckte den Kopf in die Richtung, aus der die Stimme kam, wurde prompt mit einem Schmerz bestraft, der vom Nacken über den Rücken rieselte. Sein Stöhnen war so laut, dass es kurz das Klirren übertönte, doch er sah, wie der Fremde sein Schwert zog. Ein ängstlicher Aufschrei folgte, dann das Trampeln von Schritten, der Dieb floh.

Wieder entwich Sandro ein Stöhnen, wieder schloss er kurz die Augen. Das Erste, was er sah, als er sie wieder öffnete, war das Säckchen mit den Pigmenten, das der Dieb hatte fallen lassen. Das Zweite war Simonetta, die es ergriff und ihm reichte. Er nahm es, wollte ein Danke hervorpressen, kam nicht mehr dazu, weil sie dieses Danke als Erstes aussprach – allerdings nicht an ihn, sondern an jenen Mann gerichtet, der rettend eingeschritten war. Das neuerliche Klirren verriet, dass er sein Schwert eben wieder in die Scheide steckte.

Sandro machte kein zweites Mal den Fehler, ruckartig den Kopf zu bewegen. Immerhin ging sein Blick hoch genug, um zu erkennen, dass der Fremde lange Strümpfe aus edlem Seidenstoff trug, wie sie sich nur vornehme Menschen leisten konnten. Um die Taille prangte ein breiter Gürtel aus glänzendem Leder und mit goldener Schnalle, und unter einem Wams aus Goldbrokat, an dem enge Hosen befestigt waren, war ein Hemd, gleichfalls aus Seide, zu sehen, das an der Brust offen stand.

Bis er den Blick so weit heben konnte, um auch sein Gesicht zu mustern, war Simonetta längst auf ihn zugetreten. »Euch schickt der Himmel! Ihr… Ihr habt uns gerettet.«

Ihr Haar fiel noch wirrer als zuvor über den Rücken, ihr Kleid war zerknittert, aber ihre Wangen röteten sich sachte. Und jetzt wusste er plötzlich, was ihm vorhin noch gefehlt hatte, um in ihr eine vollendete Schönheit zu erblicken. Dieses Glänzen im Blick, dieses Lächeln um den Mund, das all die Verzweiflung, die Trauer, die Leere vertrieb. Doch beides hatte nicht er bewirkt, sondern dieser Fremde… nein, kein Fremder. Als er endlich sein Gesicht musterte, ging ihm auf, dass er ihn schon einmal gesehen hatte. Meister Verrocchio hatte von ihm einen Auftrag entgegengenommen, und er selbst hatte ihn ausgeführt. Der Mann war noch jung, sein Haar hatte einen ähnlichen Farbton wie die goldenen Fäden im Wams. Er trug sie in Form der Zazerra, eine Frisur, die in Florenz sehr beliebt war und bei der die obere Partie glatt am Kopf lag, während die längeren Strähnen in weichen Locken über den Nacken fielen. Seine Augen waren von dunklerem Blau als Simonettas, seine Züge so markant wie die aller Männer in seiner Familie.

»Ich weiß gar nicht, wie ich Euch danken soll«, fuhr Simonetta fort, »ich…«

»Du frierst ja!«, rief er, und so grollend seine Stimme geklungen hatte, als er den Dieb vertrieben hatte – jetzt war sie samtweich. Er schlüpfte aus dem Wams, legte ihn über ihre Schultern und nutzte die Gelegenheit, um sie kurz an sich zu ziehen und ihr flüchtig über das Haar zu streichen.

»Danke, Signor …«

Kopfschmerzen hin oder her, er durfte nicht länger würdelos im Staub liegen! Sandro kämpfte sich hoch, und wenn auch die Beine zitterten, die Stimme tat es nicht. »Giuliano de' Medici«, nannte er den Namen jenes Mannes, der niemand Geringerer als der jüngere Bruder von Lorenzo de' Medici war, dem eigentlichen Herrn von Florenz. Er hatte zwar kein offizielles Amt inne, und Florenz war eine Republik, doch Lorenzo bestimmte, welchem Mann welches Amt zugesprochen wurde – ob es nun die Räte in der Signoria, den Bannerträger der Gerechtigkeit oder die acht Prioren betraf. Einer seiner Vorfahren, ein gewisser Giovanni Bicci, hatte nämlich die glorreiche Idee gehabt, das Hinterland von Florenz zu verlassen und sich als Geldwechsler und -verleiher in der Stadt einen Namen zu machen. Dank Wechselgeschäften in unterschiedlichen Währungen war er zum reichsten Mann Florenz' aufgestiegen. Seinem Sohn Cosimo wiederum war es gelungen, nicht nur die meisten Konkurrenten auszuschalten – von den zweiundsiebzig Banken in Florenz gab es mittlerweile nur noch die Hälfte. Überdies hatte er nur jenen Fürsten Italiens und dank eines ausgeklügelten Netzes von Filialen auch von ganz Europa Geld geliehen, die klug wirtschafteten und ihre Kredite zurückzahlen konnten. Und schließlich hatte zu den Schuldnern auch ein Kardinal gehört, der sich mit dem Geld der Medici die Wahl zum Papst hatte erkaufen können. Seitdem waren die Medici die Hausbankiers des Heiligen Stuhls, und das versprach nicht nur noch mehr Ruhm, Ansehen und Macht – sondern noch mehr Geld, um zu bestechen, zu tricksen und ihren Verbündeten wichtige Ämter zuzuschanzen.

»Signor de' Medici«, sagte Simonetta ehrfürchtig.

»Wer mein Wams trägt, sollte mich Giuliano nennen.«

»Ich kann doch nicht …«

»Ganz sicher kannst du zustimmen, dass ich dich heimbegleite. Dies ist nicht der rechte Ort für eine Dame, wie bist du bloß hierhergeraten?«

Simonettas Blick verdunkelte sich etwas, doch ihr Lächeln wurde breiter, als Giuliano ihr die Hand reichte, sie sich darauf stützte. Sie hatte keinen Blick mehr für ihn über, nur Giuliano blieb nach wenigen Schritten noch einmal kurz stehen und drehte sich nach ihm um.

»Du bist einer von Verrocchios Gesellen, oder?«

Sandro nickte. »Mittlerweile habe ich eine eigene Werkstatt in der Via Nuova. Dort lebt die Familie von Donna Simonetta … die Vespucci … ich selber bin …«

Er kam nicht mehr dazu, sich vorzustellen. »Nun«, fiel ihm Giuliano ins Wort. »Auch du solltest dich nicht hier herumtreiben. Dieses Viertel betritt man mit Schwert oder Dolch, nicht mit Pinsel und Farbe. Aber ich vermute, du wirst ohne meine Hilfe heimfinden.«

Mit diesen Worten ließ er ihn endgültig stehen, wandte sich wieder Simonetta zu und versank in ihrem Anblick.

Ohnmächtig starrte Sandro ihnen nach. Nicht nur, dass die höhnischen Worte des anderen ihn tief beschämten – er konnte kaum ertragen, mit welcher Selbstverständlichkeit sich Simonetta an ihn schmiegte, für ihn dagegen blind war. Gewiss, er war mit brummendem Schädel in der Gosse gelandet – aber zuvor war er es doch gewesen, der sie vor diesen Unholden bewahrt hatte! Und dafür sollte Giuliano nun den ganzen Lohn einheimsen?

Doch er konnte nichts dagegen tun. Schwindel überkam ihn,

und bis er den Kopf wieder heben konnte, waren die beiden aus seinem Sichtfeld verschwunden. Weder konnte er sich vergewissern, dass Giuliano es gut mit Simonetta meinte, nicht nur der eitle Blender war, als der er ihm schien, noch konnte er sich Simonetta verspätet vorstellen.

Ich bin Sandro Botticelli, hätte er ihr so gerne gesagt, instinktiv jenen Namen nutzend, den Leonardo ihm gegeben hatte. Er war eingängig, er begann sich langsam an den Klang zu gewöhnen. Wobei es ihm eigentlich gleich war, unter welchem Namen er künftig seine Bilder malen würde. Wichtig war nur, dass er jetzt wusste, was er malen würde … wen. Ausgerechnet im hässlichsten Viertel von Florenz hatte er wahre Schönheit gefunden.

Sie würde er malen.

Immer wieder sie.

Sie hatten die Brücke beinahe überschritten, bis Simonetta erkannte, dass Giuliano nicht die stinkende Ponte Vecchio gewählt hatte, sondern die Ponte Carraia. Tagsüber rollten hier Maultierkarren randvoll bepackt mit Rohwolle Richtung Süden. Jetzt war die Brücke fast leer. Der Arno wirkte wie ein schwarzer Spiegel des Himmels, zumal das Tuch der Nacht kaum mehr Risse aufwies, durch die das letzte Tageslicht quoll. Die Dunkelheit machte Simonetta allerdings keine Angst. Sie hatte vor überhaupt nichts Angst, solange sie sich an diesen blond gelockten, groß gewachsenen, muskulösen Mann pressen konnte. Nicht dass die Erinnerungen an das Geschehene sie nicht peinigten. Die Wahrheit über Marco … das Diebespack … der junge Maler, der eingeschritten war … der neuerliche Angriff …

Trotz seines Wamses zitterte sie unentwegt.

»Kannst du noch gehen?«, fragte er besorgt.

Sie spürte ihre Füße tatsächlich kaum mehr, versuchte dennoch zu nicken. Ehe sie es zustande gebracht hatte, hob er sie schon hoch, um sie den restlichen Weg zu tragen. Es schien ihm keine Anstrengung zu bereiten, und sie fühlte sich gleich noch geborgener. Dennoch setzte sie an: »Ihr könnt doch nicht…«

»Wir sind bald in der Via Nuova, es ist nicht mehr weit.«

Die Worte erschreckten sie. Sie bedeuteten, dass sie kaum noch Zeit hatte, um das, was sie fühlte, auszudrücken – nicht nur Dankbarkeit nämlich, auch ein tiefes Glück. Sie hätte schwören können, dass er sie nicht nur heimbrachte, weil es der Anstand gebot, sondern weil er Gefallen daran fand… weil er Gefallen an *ihr* fand. Er konnte seinen Blick nicht von ihr lassen, er sah sie auf eine Weise an, wie noch kein Mann sie angesehen hatte. Vorhin noch hatte sie sich wie ein winziger Kieselstein gefühlt, den andere hin und her schoben, schlimmer noch: über den sie achtlos trampelten. Doch dieser hingerissene Blick, den ihr einer der reichsten und angesehensten Männer Florenz' schenkte, bewies, dass sie eine junge, schöne Frau war.

Das Beben ließ etwas nach, sodass sie fragen konnte: »Warum seid Ihr eigentlich in diesem Viertel gewesen?«

»Genau dieselbe Frage wollte ich dir gerade stellen. In meinem Fall ist es leicht, eine Antwort zu geben: Ich bin Bevollmächtigter unserer Bank, und Geld leihen sich nun mal auch die Armen aus. Was eine Donna Vespucci dorthin verschlägt, erscheint mir weitaus rätselhafter.«

»Ich… ich habe mich verlaufen«, murmelte sie verlegen.

Das Zucken seiner Mundwinkel verriet, dass er ihr nicht so recht glauben konnte, zugleich aber auch, dass er ihr diese Lüge nachsah. Es kam auch kein Vorwurf, dass es unehrenhaft für eine Dame wäre, ganz allein das Haus zu verlassen.

»Dein Mann macht sich gewiss Sorgen«, sagte er.

»Macht er nicht«, rutschte es Simonetta heraus, und obwohl es die Wahrheit war, schämte sie sich augenblicklich. Schon dem Maler hatte sie vorhin zu viel über ihre Ehe verraten. In Giulianos Blick stand jedoch kein Befremden, nur Mitleid. »Du bist Marcos Frau, nicht wahr?«, fragte er etwas gedehnt und fügte nach einer Weile hinzu: »Jetzt wird mir vieles klar …«

Dass er die Wahrheit über ihn zu kennen schien, erweckte neue Scham, doch sie sagte sich entschlossen, dass sich allein Marco bloßgestellt fühlen sollte, nicht sie, zumal Giulianos Blick nicht länger nur Mitleid spiegelte. Ein Lodern tanzte in seinen Augen und verriet, dass es ihm gar nicht so unrecht zu sein schien, mit keinem liebenden Gatten konkurrieren zu müssen.

»Ich … ich hoffe, dass Ihr meinetwegen nicht die Geschäfte vernachlässigt habt, die Euch in dieses Viertel trieben«, sagte sie.

»Ach was«, erwiderte er leichtfertig. »Mein Bruder wird nicht müde zu erklären, dass Geld keinen anderen Zweck hat, als die eigene Macht zu stärken und zu bekunden. Aber wahre Macht ist doch nicht, wenn andere vor einem buckeln oder kostbare Geschenke überreichen. Wahre Macht ist es, einer schönen Frau zu helfen, wenn es nottut.«

»Würde Euer Bruder das auch so sehen?«

Er stieß ein Lachen aus, das eigentlich fröhlich klang, dessen Echo aber ein wenig Bitterkeit verriet. »Mein Bruder erklärt ebenso oft, dass man die Macht, die man mit Geld erkauft, in Form von Schönheit zur Schau stellt, und steckt darum ein Vermögen in Kunstwerke, die keinem anderen Zweck dienen, als das

Auge zu erfreuen. Ich teile seine Leidenschaft durchaus, meine jedoch, dass die glatte Haut eines jungen Mädchens kostbarer ist als Pergament, und keine Farben, mögen sie noch so teuer sein und kunstfertig aufgetragen, dem Rot deiner Lippen und dem Blau deiner Augen nahekommen.«

Er hatte sich beim Sprechen vorgebeugt, und plötzlich fühlte sie seinen warmen Atem, waren seine Lippen ganz dicht an ihren. Wie würden sie sich anfühlen, wenn sie auf den ihren zu ruhen kämen?

Als er vorhin sein Schwert gezogen hatte, hatte sie vermeint, sein Körper wäre aus Stahl, doch nun hätte sie sich schwören können, dass seine Lippen weich waren – weich wie die Flügel eines Schmetterlings, wie die Blätter einer Rose. Und kurz fühlte sie sich selbst so leicht wie ein Schmetterling, der munter über eine Wiese flattert, wie eine Blume, die ihr Köpfchen der Sonne entgegenreckt.

Leider erklärte er viel zu bald: »Wir haben unser Ziel erreicht. Du bist zu Hause.«

Wie vorhin wollte sie sagen, dass sie kein Zuhause hatte, aber sie brachte keinen Ton hervor. Der Palazzo der Vespucci wirkte fremd und dunkel wie nie, als sie über einen breit angelegten Flur das Herz des Anwesens erreichten, den Innenhof. Immerhin ließ er sie auch dort nicht los.

Mehrere Männer hatten sich hier versammelt. Marco war nicht darunter, aber Simonetta erblickte Nastagio, das Familienoberhaupt, auch ihren Schwiegervater Piero und etliche Knechte, alle mit Fackeln ausgestattet. Lisabetta war ebenso zugegen und wollte eben ein paar Worte an die Männer richten. Sie verstummte jedoch, als sie Giulianos Schritte hörte, fuhr herum, und sosehr sie ihr Mienenspiel auch sonst unter Kontrolle hatte, konnte sie in diesem Moment nicht verhindern, dass sich ihr Blick überrascht weitete, als sie sie erkannte. Ihre Mundwinkel begannen zu zucken.

»Simonetta!«, stieß sie nicht leise wie sonst, sondern regelrecht schrill aus. »Eben wollten die Männer aufbrechen, um dich zu suchen! Wo bist du bloß gewesen, warum hast du den Palazzo verlassen, wie konntest du einfach ...«

»Lisabetta!«, unterbrach Nastagio sie, und auch seine Stimme klang fremd. Simonetta hatte noch nie erlebt, dass er seine Frau zurechtwies, erst recht nicht ihretwegen. Für gewöhnlich sah er über sie hinweg, als hätte sie kaum mehr Wert als ein Maultier, das dazu da war, geräuschlos seine Lasten zu schleppen. Doch nun standen Respekt, geradezu Ehrfurcht in seinem Blick. Gewiss, beides galt nicht ihr, es galt Giuliano de' Medici, dessen Namen er nun aussprach und vor dem er eine leichte Verbeugung andeutete, und doch erfüllte sie eine tiefe Genugtuung, als er hinzufügte: »Welch eine Ehre, Euch in meinem Palazzo empfangen zu dürfen.«

»Für mich war es eine noch größere Ehre, die Schwiegertochter Eures Bruders sicher heimzugeleiten«, erwiderte Giuliano und stellte Simonetta auf dem Boden ab. »Ich vertraue sie nun wieder Eurem Schutz an und zähle darauf, dass Ihr sie gut behandelt und Ihr ein wenig Rosenwein zur Stärkung reicht.«

Lisabetta, der verspätet aufgegangen zu sein schien, wer sie da heimbegleitet hatte, kämpfte um ein Lächeln. »Den Rosenwein wollen wir gerne auch Euch servieren, falls Ihr unser Gast sein wollt.«

So weich, so wohlwollend, so liebevoll Giulianos Lächeln gewesen war, als es allein ihr gegolten hatte – nun wurde es spöttisch. »Heute nicht mehr«, sagte er, »aber gerne besuche ich Euch in den nächsten Tagen, um mich nach Simonettas Befinden zu erkundigen.«

Nicht nur, dass er Simonetta weiterhin sein Wams überließ – bevor er ging, nahm er ganz kurz ihre Hand und drückte sie, ein Zeichen, dass er seine Pflicht als Retter noch nicht als erledigt betrachtete, nicht einfach wieder aus ihrem Leben verschwinden würde. Wärme erfüllte sie, und die rührte nicht nur von seinem Wams oder von der Fackel, die Piero in der Hand hielt, als er auf sie zutrat.

»Ich … ich habe mir solche Sorgen gemacht«, murmelte er, und zumindest bei ihm klang es nur hilflos, nicht vorwurfsvoll.

»Giuliano de' Medici hat gut auf mich aufgepasst«, gab sie zurück.

Sein Name war wie ein Schutzschild. Eben noch hatte Piero ihr den Arm reichen wollen, nun wich er zurück, und auch Nastagio und Lisabetta kamen nicht näher, sondern waren damit beschäftigt, sich ein letztes Mal in Giulianos Richtung zu verneigen.

Sie hatte sich schon abgewandt, das Gebäude betreten und den Empfangssaal erreicht, als Lisabetta ihr nachrief: »Sagst du mir endlich, wo du gewesen bist und warum du dich in der Stadt herumtreibst?«

Das Lächeln war aus ihrer Miene verschwunden, während die von Nastagio, der ihr ebenso gefolgt war, nachdenklich wirkte. Piero schien sich noch hilfloser zu fühlen.

Simonetta zog das Goldwams von Giuliano fest um sich, fühlte sich immer noch sicher, warm, geborgen. Erst maß sie

Nastagio, dann Piero, schließlich Lisabetta. »Ich habe Marco gesucht«, erklärte sie mit leiser, jedoch fester Stimme. »Ich weiß, wo er ist, und ich weiß, was er dort tut. Besser, ihr macht ihm Vorwürfe, nicht mir.«

Nastagios Miene verfinsterte sich, Lisabetta entfuhr ein entsetztes »Oh!«. Piero wiederum zuckte zusammen, als hätte er einen Schlag erhalten, und kurz tat er ihr unendlich leid, weil er nicht nur mit diesem Laster seines Sohnes zu leben hatte, sondern sie ihn obendrein bloßstellte.

Sie ahnte, er würde ihr kein weiteres Mal den Arm darbieten, um sie in ihr Gemach zu geleiten. Allerdings brauchte sie seine Hilfe nicht, um hoheitsvoll die Treppe emporzusteigen, und als sie sich, kaum in ihrem Zimmer angekommen, aufs Bett sinken ließ, schmerzten ihr zwar die Beine, aber sie fühlte sich nicht einsam und verloren wie sonst. Sie wusste ja, irgendwo da draußen in der Stadt war Giuliano, der an sie dachte – so wie sie an ihn.

V.

Cosima ließ ihren Blick über die drei Mädchen wandern, die vor ihr standen. Wenn sie ehrlich war, erfüllte keines von ihnen ihre Ansprüche, aber sie konnte es sich nicht leisten, wählerisch zu sein.

»Also«, begann sie zu sprechen, »glaubt nicht, dass es einfach ist, eine gute Kurtisane zu sein. Das Hurengewerbe ist kein Beruf für Dumme, es genügt nicht, die Röcke hochzuheben und zu sagen: ›Meinetwegen kann's losgehen.‹ Man muss etwas anderes können.«

Das Mädchen mit dem langen Hals, der sie sehr elegant hätte wirken lassen, hätte sie nicht auch einen schmalen Kopf gehabt, der an einen Regenwurm denken ließ, wurde blass. Die neben ihr hatte dafür einen schönen runden Kopf, aber keinen Schwanenhals. Sie kicherte.

»Was gibt es da zu lachen?«, fragte Cosima streng.

»Stimmt es, dass es beim Liebesakt insgesamt sechzehn Stellungen gibt?«

»Sechzehn!«, stieß Cosima aus. »Du hast ja überhaupt keine Ahnung!« Sie machte eine kurze Pause. »Eine kundige Kurtisane kennt derer zweiundsiebzig.«

Die Dritte im Bund, deren Miene keinerlei Gefühl verriet und bei deren Anblick Cosima an ein Stück Lasagne denken musste, bei deren Zubereitung man sowohl das Salz als auch den Käse vergessen hatte, murmelte: »Es ist unmöglich, den Körper derart zu verrenken.«

»Na und ob es möglich ist!«, rief Cosima, obwohl sie froh war, nicht selber den Beweis dafür antreten zu müssen. Sie beugte sich vertraulich vor. »Manche Männer verlangen von den Kurtisanen, dass sie sich nackt ausziehen, sich vor den Spiegel stellen und alle erdenklichen Stellungen einnehmen.«

»Das ist nicht wahr!«, rief der Schwanenhals.

Cosima ging nicht darauf ein. »Diese Stellungen haben übrigens alle einen Namen – ob Spazierstock, Glockenturm oder Kranich. Als musizieren wird es wiederum bezeichnet, wenn die Frau mit dem Gesicht nach oben liegt und die Beine außerhalb des Bettes gegen die Wand stemmt. Der Mann steht zwischen ihren Beinen, und sie hebt und senkt sie im blitzschnellen Wechsel.«

Wieder ertönte ein Kichern, das Cosima den Mädchen nicht verdenken konnte. Die Laute, die aus den Mündern von geilen Männern kamen, klangen dagegen selten wie ein Kichern, auch nicht wie Musik, sondern wie ein Grunzen.

Sie beschloss, das Thema zu wechseln. »Ihr müsst übrigens nicht nur wissen, was im Bett zu tun ist, sondern auch, wie man sich außerhalb von diesem benimmt. Kurtisanen sind weit mehr als Huren, die ein schnelles Vergnügen bieten, sie sind Gesellschafterinnen, die einen Mann zu unterhalten haben. Man erwartet nicht bloß schlüpfrige Witze von ihnen, und auch mit dem neuesten Klatsch allein ist es nicht getan, sondern es ist ein Mindestmaß an Bildung vonnöten. Wer Venus nicht von Medusa und Ceres nicht von Vesta unterscheiden kann, hat kein Recht, sich Kurtisane zu nennen. Und natürlich müssen sie Tischmanieren haben. Ihr dürft euch nicht zu dicht zu eurem Teller hinunterbeugen, müsst immer gerade auf einem Stuhl sitzen, solltet niemals mit offenem Mund essen. Und lasst euch den Weinkelch nie weiter als bis zur Hälfte füllen.«

Das farblose Mädchen gähnte.

»Langweilst du dich etwa?«, fuhr Cosima sie an. »Wie würdest du denn auf feine Art einen Salat essen, sagen wir einen aus Endivien, Oliven, Rosinen und kandierten Zitronen?«

Der leere Blick bekundete, dass eine Schüssel mit solchem Salat noch nie vor ihr gestanden hatte.

»Du nimmst die Dinge mit Daumen und Zeigefinger«, belehrte Cosima sie, »spreizt die anderen Finger und führst winzige Bissen zum Mund. Dein Gesicht darf hinterher nicht fettig glänzen und du nicht wie eine Kuh wirken, die sich auf das Heu stürzt.«

Schwanenhals wurde immer blasser, die Farblose immer gleichgültiger, die mit dem runden Gesicht aber blickte sie neugierig an. »Ist es nicht noch wichtiger zu lernen, das hier anzuwenden?« Sie deutete auf das Tischchen hinter Cosima, beladen mit Tiegelchen, Döschen und Schatullen. »Das sind doch alles Schönheitsmittel, oder?«

»So ist es«, sagte Cosima. »Aber du irrst dich, wenn du denkst, dass eine gute Kurtisane bloß ihr Gesicht und Haar pflegen muss.« Sie trat auf das Mädchen zu, und ehe dieses zurückweichen konnte, hatte sie ihm schon die Hand auf die rechte Brust gelegt.

»Von einer Kurtisane erwartet man feste Brüste. Sie dürfen nicht zu groß sein und erst recht nicht schlaff. Und deswegen hat eine Kurtisane mit einem Pflaster auf den Brüsten zu schlafen, das zuvor in eine ganz spezielle Mischung getaucht wurde, aus Wasser, Essig, Galläpfeln und Granatäpfeln … und dem Blut einer Fledermaus.«

Nun ertönte kein Kichern mehr, nur ein entsetztes: »Ist nicht wahr!«

»Nun ja«, meinte Cosima, »auch ein Leinenverband aus Feigen und Mastix ist denkbar, sofern man beides mit dem Blut aus der Stachelhaut des Igels und einem Schweinehoden mischt.«

»Ist nicht wahr!«, kam es wieder, und nun klang die Stimme nicht mehr eingeschüchtert, eher trotzig. Trotzig war auch der Blick, der auf Cosimas Brüste fiel. »Du hast deine Brüste doch nie damit behandelt!«

Das Mädchen hatte recht. Wenn überhaupt, hatte sie sich mit einem leicht erhitzten Umschlag aus Roggenmehl, Wegerich und Essig begnügt. Dennoch erwiderte sie ruhig: »Glaubst du, ich hätte mich davor geekelt? Ekel ist das Erste, was man sich als Kurtisane abgewöhnen muss.«

»Ich glaube gerne, dass du dich nicht ekelst. Aber deinen Brüsten sieht man an, dass die Behandlung nicht geholfen hat.«

Cosima hatte wohl oder übel Lust, der anderen in die Brust zu kneifen. Stattdessen fuhr sie ihr mit der Hand in den Schritt.

»Von der weiblichen *potta* wird übrigens verlangt, dass sie möglichst elastisch ist, um sich der Größe der männlichen *cazzi* anzupassen. Es gibt ein Mittel, sie zu straffen und zugleich geschmeidig zu halten, bestehend aus dem Fleisch eines Hahnes, grünen Kiefernzapfen und Kastanienschalen, die man erst in starkem Essig einweicht und später destilliert. In den Sud taucht man ein Tuch, und dieses steckt man sich zwischen die Beine, um es vier Tage lang dort zu belassen. Selbst eine Frau, die ein halbes Dutzend Kinder geboren hat, ist danach wieder eng wie eine Jungfrau.«

Nicht dass Cosima an solchen Unsinn jemals geglaubt hätte. Doch sie brachte mit eindringlicher Stimme die Worte hervor und erreichte damit, dass selbst die vermeintlich Gleichgültige ein verzweifeltes Prusten ausstieß. Nur diejenige, die Cosima gepackt hielt, ließ sich nicht in Verlegenheit bringen.

»Vielleicht ist man wieder eng wie eine Jungfrau, aber das bedeutet nicht, dass man auch wieder eine ist. Heißt es nicht, dass in Rom Männer bis zu hundert Scudi bezahlen, um ein junges Mädchen zu entjungfern?«

Cosima sah im Blick des Mädchens die Gier auf schnell verdientes Geld lodern. Unwillkürlich ließ sie sie los und trat zurück. Nun, wenn man jung und halbwegs hübsch war, ließ sich mit der Liebe wirklich leichter Geld verdienen als mit Waschen, Weben und Spinnen. Aber man bezahlte ja nicht nur mit der Unschuld, sondern mit der Seele. Hätte sie noch eine, würde sie nicht zur Kupplerin werden, die die Mädchen an ihrer statt arbeiten schickte!

»Gibt es denn ein Möglichkeit, seine Jungfräulichkeit vorzutäuschen?«, fragte die junge Frau.

»Ich habe von Frauen gehört, die sich die *potta* mit einem Faden aus hochroter Seide zusammennähten«, gab Cosima etwas unwillig zu. »Aber ich würde von euch nicht verlangen, solche Schmerzen zu ertragen.«

Heuchlerin, dachte sie, die Seele zu verkaufen tut erst recht weh, und diese kann man hinterher nicht wieder mit einem Faden aus roter Seide zusammennähen.

Schnell fügte sie hinzu: »Verratet mir nun eure Namen. Ihr müsst wissen, dass nicht jeder für eine Hure geeignet ist.«

Die Selbstbewussteste hieß Nina, die Langweilige stellte sich als Rosa vor. Schwanenhals schüttelte den Kopf. »Ich bleibe nicht. Vielleicht bettle ich doch das Karmeliterkloster um eine Mitgift an. Und möglicherweise reicht diese, um einen Handwerker als Ehemann zu bekommen.«

Das Karmeliterkloster befand sich in einem verrufenen Gebiet direkt an der Stadtmauer, wohin es zu wenige reiche Kaufleute verschlug, um genügend Spenden für all die Mädchen, die dort eine Mitgift erhofften, zusammenzukriegen.

»Wenn du meinst«, sagte Cosima.

Sie konnte kaum bis drei zählen, da war das Mädchen schon aus dem Zimmer gehuscht. Die anderen beiden blieben stehen.

»Auf ein Kloster würde ich meine Hoffnung nicht setzen«, murmelte Rosa. »Stimmt es, dass die Franziskaner von Santa Croce armen Frauen der Reue kleine Häuschen zur Verfügung stellen, allerdings nur, um sich selber jederzeit an ihnen vergreifen zu können?«

Cosima kannte die Gerüchte auch. »Ihr werdet dort enden, wenn ihr nicht aufpasst und von mir lernt. Also machen wir weiter.«

Sie war nicht sicher, welches Thema sie sich als Nächstes vornehmen sollte, auch nicht, ob sie Ninas Aufmerksamkeit noch hatte. Deren Blick glitt durch den Raum, blieb erst bei den kostbaren golddurchwirkten Seidentapeten hängen, später bei etlichen Vasen. Wieder loderte etwas in ihren Augen auf.

Besitz zu erwerben, ist eine Sache, dachte Cosima traurig. Ihn zu bewahren, eine andere. Ersteres habe ich allein geschafft, für Zweiteres brauche ich euch. Aber tut es nicht noch mehr weh, nicht bloß die eigene Seele, sondern die von anderen zu verscherbeln?

Ein Klopfen riss sie aus den Gedanken. Amiri lugte in den Raum und winkte sie, mit ihm zu kommen.

»Rührt nichts an. Nicht dass ihr mir noch etwas kaputt macht!«, rief Cosima den beiden Mädchen zu, ehe sie ihm folgte. »Ich weiß«, sagte sie zu ihm, kaum dass sie den Raum verlassen hatte, »es gefällt dir nicht, dass ich aus dieser Wohnung ein Bordell machen und die Mädchen für mich arbeiten lassen will.«

»Und wenn es so wäre?«, gab er gedehnt zurück. »Ich bin dein Sklave, ich habe dir nicht zu sagen, was du zu tun hast.«

»Richtig«, erklärte sie. »Diese Mädchen wiederum sind keine Sklavinnen. Sie haben freiwillig entschieden, dass sie …«

Amiri hatte sich von ihr abgewandt, drehte sich nun zu ihr um und starrte sie eindringlich an. Sein Gesicht war nicht einfach nur hässlich, es war tieftraurig. »Diese Mädchen mögen keine Sklavinnen sein, aber frei sind sie dennoch nicht. Die Not ist jene Kette, die den aufrechten Gang am meisten erschwert. Um ihr zu entkommen, würden sie alles tun … was nicht heißt, dass sie auch alles tun *sollten*.«

»Himmel, ich habe keinen Sinn für ihre Not, wenn mir doch selber das Wasser bis zum Halse steht. Im letzten Monat hatte ich keine Kunden, bald wird die Miete fällig, die ich nicht bezahlen kann und …«

Amiri hob seine Hand, und obwohl er ihr Sklave war, wirkte diese Geste so gebieterisch, dass sie schwieg. »Ich habe dich nur geholt, um dir zu sagen, dass du Besuch hast.«

»Doch noch ein Kunde?«, fragte sie und war nicht sicher, ob sie frohlocken oder Überdruss bei dem Gedanken fühlen sollte, sich bald in einer der zweiundsiebzig Stellungen wiederzufinden.

Amiri schüttelte den Kopf. »Es ist kein Mann. Es ist Simonetta Vespucci.«

Cosima erkannte Simonetta fast nicht wieder, und das lag nicht nur daran, dass sie ihr heute in deutlich gepflegterer, edlerer Aufmachung – mit kunstvoll geflochtenen Zöpfen und einem tiefblauen Kleid in der Farbe ihrer Augen – gegenübertrat. Es lag vor allem daran, dass ihre Augen noch mehr glänzten als der Schmuck, den sie trug, und ihre Haut nicht fahl war, sondern von einer Macht gerötet, mit der kein Sappanholz oder Rötelerde mithalten konnten.

Das letzte Mal hatte sie die Verzweiflung hergetrieben. Nun war es das Gegenteil, wobei dieses Gefühl nach Cosimas Erfahrung rasch wieder in Verzweiflung umschlagen konnte.

Sie schwankte, ob sie sich mit der jungen Frau freuen oder sie bemitleiden sollte. Am Ende verlegte sie sich darauf, ihre Gefühle hinter Spott zu verbergen. »Brauchst du wieder ein Rezept für einen Liebeszauber?«

»Es tut mir leid, dass ich das letzte Mal nicht darauf hören wollte, was du mir zu sagen hattest«, erwiderte Simonetta. »Ich glaube dir mittlerweile, und heute bin ich nicht Marcos wegen hier. Ich habe eingesehen, dass man Liebe nicht ertrotzen kann, was nicht heißt, dass ich diese Liebe nicht immer noch suche. Und ich will sie besser verstehen.«

Cosima entfuhr ein Lachen, das höhnisch klingen sollte, aber das vor allem Resignation preisgab. Wie war es möglich, dass gerade heute so viele junge Frauen ihren Rat erwarteten, die von starken Sehnsüchten getrieben wurden, obwohl sie selbst all diese Sehnsüchte wie Unkraut behandelt hatte, das es auszureißen oder zumindest auf den Wunsch zurechtzustutzen galt, halbwegs gut zu leben?

»Von einer Kurtisane zu verlangen, dir die Liebe zu erklären, die in den Herzen der Menschen wohnt, ist so, als wolltest du von einem Metzger wissen, wo man ein Kälbchen krault, damit es beim Schlachten stillhält.«

Simonettas Lippen wurden etwas schmaler, die Wangen etwas röter. »Mein Herz ist meine Sache, ich meinte die körperliche Liebe. Ich weiß viel zu wenig über sie und dachte, du könntest mir wie damals vor meiner Hochzeit manchen Rat geben …«

»Nun, das ist natürlich etwas anderes.«

Cosima führte sie in ihr Schlafzimmer, wo neben dem Bett auch ein Sofa stand, und winkte sie zu sich. Wenn sie Simonetta wirklich helfen wollte, genügte es wohl nicht, ihr eine der zweiundsiebzig Stellungen beizubringen.

»Das Gerücht, wonach Giuliano de' Medici seit Kurzem im Haus der Vespucci ein und aus geht, und das nicht nur, weil er mit Nastagio über einen Kredit verhandelt, stimmt also.«

Simonettas Gesicht wurde noch ein wenig röter. »Ich … ich wusste nicht, dass man darüber spricht.«

»Florenz ist eine Stadt mit tausend Augen.«

»Mir genügt es, dass Giuliano mich sieht, und das tut er«, sagte sie und klang ein wenig flehentlich.

Cosima rückte unwillkürlich näher. Sie war nicht sicher, warum sie der anderen helfen wollte – um das schlechte Gewissen zu betäuben, weil sie junge Mädchen auszubeuten gedachte, oder einfach nur, weil sie in ihrer Gegenwart von jener Jugend kosten konnte, die noch süßer schmeckte als Wein.

»Und was genau sieht er in dir?«, gab sie zurück. »Ich denke, ein Mädchen, dem die Unschuld noch ins Gesicht geschrieben steht und das eben dabei ist zu erblühen, nachdem es zu lange im Schatten stand, ein Mädchen schließlich, das die Freuden der Liebe bestaunt wie ein kleiner Junge das hölzerne Schwert, das ihm der Vater geschenkt hat. Ich kann mir nicht vorstellen, dass er von solch einem Mädchen die Finessen erwartet, mit denen eine durchtriebene Hure Begehren entfacht. Deine Unerfahrenheit mag dir als Makel erscheinen, umso mehr, da du schon seit fünf Jahren verheiratet bist, aber ich denke, Männern wie Giuliano gefällst du gerade darum, weil du so unschuldig bist. Sie fühlen sich dann umso heldenhafter und verwegener.«

Sie las in Simonettas Miene Überraschung, doch diese wandelte sich alsbald in Furcht. »Ich … ich habe solche Angst, dass er einfach wieder aus meinem Leben verschwindet.« Sie atmete tief durch, ehe die nächsten Worte förmlich aus ihr sprudelten. »Gewiss, nachdem er mich gerettet hat, hat er mich schon am nächsten Tag besucht, um nach meinem Befinden zu fragen. Wir saßen im Garten hinter dem Haus, ein Granatapfelbaum spendete Schatten, vom Marmorbrunnen tönte das Gluckern des Wassers. Er … er hat mir ein Geschenk mitgebracht, einen Vogel aus dem Morgenland, allerdings keinen echten aus Fleisch, Blut und Federn, sondern einen, der aus Metall geschmiedet und so kunstvoll zusammengebaut wurde, dass er sich bewegt und sogar krächzende Geräusche macht, wenn man ihn an der richtigen Stelle drückt. Wir haben beide gelacht …« Der schwärmerische Tonfall verriet, dass sie in ihrem Leben noch nicht oft gelacht hatte. »Und während wir mit diesem Vogel spielten, hat er plötzlich meine Hand berührt, und ich dachte, so wie der, der diesen Vogel entworfen hat, totes Material zum Leben erweckte, tut es Giuliano gleichsam bei mir.«

»Und doch zweifelst du daran, dass er dir verfallen ist?«

Simonetta zuckte unsicher mit den Schultern. »Zwei Wochen später hat er die Familie Vespucci in den Palazzo der Medici eingeladen. Es gab viel Fleisch und Fisch in würzigen Soßen, und um anschließend den Gaumen zu erfrischen, wurde ein Gelee aus Rosenblättern serviert. Eine ganze Rose steckte noch darin, von der man alle Dornen entfernt hat. Giuliano zog sie aus dem Gelee und reichte sie mir.«

»War Marco auch dabei und hat das gesehen?«

Simonetta nickte. »Er schien ziemlich verärgert, fühlte er sich doch bloßgestellt. Den Ärger zeigen konnte er jedoch nicht. Lisabetta und Nastagio haben sich von der Einladung sehr geehrt gefühlt und ihn mit strengen Blicken bezähmt. Ihnen liegt viel an engen Banden zu den Medici …«

»Ich verstehe«, sagte Cosima und konnte nicht verhindern, verbittert zu klingen. So war es nun mal in einem Sündenpfuhl wie Florenz: Selbst die ehrenwerteste Familie schwor den guten Sitten ab, wenn es geschäftlichen Erfolg verhieß. Um als Freunde der Medici zu gelten und etwas von deren Ruhm und Reichtum abzubekommen, hätten Nastagio und Lisabetta die Schwiegertochter wohl höchstselbst nackt ausgezogen und in Giulianos Bett geführt.

Laut sagte sie nur: »Du hast von deiner Familie also nicht zu befürchten, dass sie dir den Kontakt zu Giuliano verbietet.«

Wieder nickte Simonetta, wirkte aber eher gedankenverloren

als triumphierend. »Nach dem gemeinsamen Mahl hat Giuliano mich noch einmal besucht, und heute schließlich ließ er mir ein Sonett überbringen. Der Dichter Luigi Pulci, der wie so viele Künstler im Palazzo der Medici lebt, hat es geschrieben und rühmt darin den Liebreiz einer Dame.«

»Was ein weiteres Zeichen dafür ist, dass seine Zuneigung ungebrochen ist.«

»Aber damit es so bleibt, muss mehr geschehen«, Simonetta atmete wieder tief durch, »und deswegen habe ich beschlossen, mich persönlich für das Sonett zu bedanken. Ich … ich werde Giuliano im Palazzo der Medici besuchen.«

»Ich verstehe«, sagte Cosima wieder, »und falls es nicht bei netten Worten bleibt, hast du Angst, du könntest ihn enttäuschen und womöglich weniger Verlangen wecken als Überdruss. Aber weißt du, Angst ist ein schlechter Ratgeber. Wenn man Männer für sich einnehmen will, gilt es, sie zu liebkosen, anstatt sie wie eine Ertrinkende zu umklammern. Mein wichtigster Rat ist darum nicht, wie genau du unter ihm zu liegen hast, ob mit angewinkeltem Bein oder ausgestrecktem. Mein wichtigster Rat ist: Zeige niemals deine Angst. Zeige … Lust. Ein Mann ist unendlich geschmeichelt, wenn er denkt, er wäre der Erste und Einzige, der einer Frau diese Lust verschaffen könnte. Erröte und erzittere vor Scham, er wird dir alles nachsehen, wenn er vermeint, dass am Ende dein Verlangen all das überwindet – und nur er es stillen kann.«

»Und … und wenn ich so aufgeregt bin, dass ich dieses Verlangen gar nicht fühle?«

»Ach Mädchen«, Cosima lächelte schief, »vor deiner Hochzeit hätte ich notfalls deiner Haut mithilfe von Perlenpulver zu

Glanz verholfen, wäre sie fahl gewesen. Und bei der Liebe kann man ebenso nachhelfen. Das Perlenpulver ist in diesem Fall, dass du im rechten Augenblick seufzt, dass du die Augen etwas verdrehst, dass du seinen Namen stammelst, als sprächest du ihn das erste Mal aus, dass du ihn schließlich gierig küsst, ehe du den Kopf ermattet in das Kissen sinken lässt und noch einmal seufzt.«

»Ist das nicht Heuchelei, gar eine Lüge?«

Ist Liebe nicht als solche eine Lüge?, fragte sich Cosima. Laut sagte sie nur: »Nenn es nicht so. Nenn es einen Zauber. Er wirkt immer … zumindest für einige Zeit.«

Die letzten Worte sprach sie so leise, dass Simonetta sie nicht mehr hören konnte.

»Noch etwas«, sage Cosima. »Hinter dem Glanz deiner Augen lässt sich eine gewisse Not wittern. So wie man mit Bleiweiß unschöne Flecken auf der Haut verdeckt, solltest du ihre Spuren verwischen. Jede deiner Gesten sollte bekunden, dass du zu ihm gehst, weil du es wünschst, nicht weil du es musst.«

Simonetta nickte entschlossener, als ihr wohl zumute war, und murmelte ein Danke, ehe sie den Raum verließ. Cosima konnte sich nicht überwinden, ihr zu folgen. Sie wusste, sie sollte Nina und Rosa belehren, aber sie hatte für heute zu viele Ratschläge erteilt, sich zu oft angemaßt, eine Meisterin in Sache Liebe und Begehren zu sein. All diese Worte waren doch nur eine Tünche und verbargen kaum, dass sie um ihre Zukunft bangen musste, dass Einsamkeit und Not drohten.

Immerhin musste sie nicht lange alleine bleiben, betrat doch eben Amiri den Raum. Offenbar hatte er alles gehört.

»Arme Simonetta«, murmelte er.

Cosima war erleichtert, ihm nicht lang und breit erklären zu müssen, was geschehen war. Sie musste ihm ja auch nie erklären, was in ihr vorging.

»Warum nennst du sie arm? Hast du denn nicht die kostbare Kleidung gesehen?«

»Ich nenne sie arm, weil sie ihr Herz ausgerechnet an Giuliano de' Medici verloren hat. Du weißt so gut wie ich, was man sich von ihm erzählt, dass nämlich …«

»Zumindest treibt er sich nicht mit anderen Männern herum wie Marco Vespucci, das ist bereits ein Fortschritt«, fiel sie ihm ins Wort. »Außerdem habe ich ihr genug geholfen, jetzt muss ich mich wieder an mein eigenes Geschick machen.«

Sie erhob sich, ging an ihm vorbei.

»Du wirst die Mädchen weiter belehren?«

»Nein«, sagte sie, »ich werde für uns alle frische Lasagne kaufen.«

Amiri lächelte sie auf jene liebevolle Weise an, die vergessen ließ, wie entstellt sein Gesicht war. Für einen Moment vergaß sie sogar die Narben auf ihrer Seele. »Glaub nicht, ich täte es, weil ich ein guter Mensch bin, der sich um sie sorgt«, sagte sie schnell und hoffte, dass sie mit beißender Stimme ihre Verzagtheit verbergen konnte. »Doch wenn sie zu dürr sind und der nackte Hunger aus ihren Augen schaut, vergraulen sie die Kunden.«

VI.

Simonetta schlug das Herz bis zum Hals – nicht nur, solange sie durch Florenz' Straßen lief, auch, als sie den Palazzo Medici in der Via Larga erreicht hatte und vor ihm stehen blieb. Sie sagte sich, dass sie nur hinauszögerte, ihn zu betreten, weil sie warten wollte, bis sich ihr Atem beruhigt hatte und in ihrem Gesicht keine roten Flecken mehr zu erkennen waren. Doch in Wahrheit hatte sie Angst – nicht bloß, dass Giuliano gar nicht hier wäre, um sie zu empfangen, sondern dass er von ihrem unangekündigten Besuch befremdet sein könnte.

Heimkehren konnte sie allerdings auch nicht, denn dort verspürte sie noch mehr Angst – Angst davor, weitere Lebenszeit nutzlos zu vergeuden und im Schatten verharren zu müssen, der noch trostloser sein würde, nachdem sie das Kitzeln von Sonnenstrahlen gefühlt hatte. Außerdem war der Preis für die Genugtuung, der Familie dank Giulianos Gunst erstmals selbstbewusst trotzen zu können, kein geringer.

In den letzten Jahren hatte man sie nur missachtet, nun kam ein Ausmaß an Berechnung hinzu, das sie verstörte. Gewiss, es schenkte ihr die Freiheit zu tun, was immer sie wollte – aber dass

Nastagio und Lisabetta beide bereit waren, den eigenen Neffen bloßzustellen und deren Ehefrau Untreue zu gestatten, solange genug für sie heraussprang, zeigte, dass sie sie nie als Menschen betrachtet hatten, nur als Ware, die man verhökern konnte. Es erfüllte sie mit Eiseskälte, wenn Lisabetta zu ihr kam, sie nicht etwa zum Gebet aufforderte, sondern mit honigsüßer Stimme anbot, sie könne sich gerne an ihrem Schmuck bedienen. In diesem Moment verkaufte Lisabetta nicht nur die eigene Seele – sie war bereit, auch ihre, Simonettas, zu verschachern.

Wer dagegen nicht aus Berechnung handelte, war Piero, ihr Schwiegervater. Er schien über die sich anbahnende Verbindung zu Giuliano ernsthaft empört. So gut sie ihm das nachfühlen konnte und so menschlich es ihn machte, dass zumindest bei ihm ehrliche Sorge um ihren Ruf und den des Sohnes über jeglichem Kalkül stand – es war sehr schwer, mit seiner Enttäuschung zu leben. Das Mitleid, das er ihr all die Jahre geschenkt hatte, war ihr wenig wert gewesen, doch nun fehlte es ihr, fehlten auch die Wärme in seinem Blick, die vielen kleinen Zeichen, mit denen er ihr zu verstehen gegeben hatte, wie traurig es ihn machte, dass sie an der Seite seines Sohnes kein Glück fand.

Ja, sie war im Haus der Vespucci noch nie so einsam gewesen wie in den letzten Wochen, doch was, wenn sie diese Einsamkeit auch im Palazzo Medici erwartete, mehr noch: herabwürdigende Blicke?

Sie atmete tief durch, gab sich einen Ruck, ging endlich auf das Gebäude zu. Von außen wirkte es wenig einladend: Der mächtige Klotz aus drei Geschossen glich eher einer Festung als einem Palast. Doch die zwölf Rundbogenfenster auf breitem Gesims lockerten die Strenge etwas auf und schienen zu bestätigen, was von seinem Inneren behauptet wurde – dass er weniger Gebäude als vielmehr eine Schatztruhe wäre.

Sie trat auf den Haupteingang zu, der jetzt am Nachmittag einladend offen stand, wenngleich er von zwei Männern in schimmernden Kettenhemden bewacht wurde. Es genügte, ihren Namen zu nennen, um durchgelassen zu werden. Erst nachdem sie den breit angelegten Flur durchquert hatte, der in den Innenhof führte, und in der kleinen, von ionischen Säulen begrenzter Loggia innehielt, wo zwei große Holzbänke aus Zypressenholz an warmen Tagen zum Verweilen einluden, ein Brunnen mit Bronzeskulptur plätscherte und sich Efeu an der Hauswand hochrankte, dachte sie, dass es nicht richtig war, sich als Simonetta Vespucci vorzustellen.

Sie war nicht hier als Simonetta Vespucci, als jene Frau, die sich nichts weiter erhofft hatte, als Marco glücklich zu machen und an seiner Seite selber Glück zu finden. Sie war auch nicht hier als Simonetta Cattaneo, die Tochter ihrer Eltern, denen so viel an der Verbindung mit den Vespucci gelegen hatte und die von ihr Gehorsam erwarteten.

Sie war hier und heute nur Simonetta, jenes Wesen, das sich in Giulianos Armen erstmals als Frau fühlte, schön und begehrenswert. Just als die Sehnsucht danach größer wurde als die Furcht vor einer Enttäuschung, wurde die Dienerschaft auf sie aufmerksam. Der Name Simonetta genügte tatsächlich, um auf ausdruckslose Gesichter ein mildes Lächeln zu zaubern. Bald betrat sie die Eingangshalle, stieg von dort eine Treppe nach oben, kam kaum aus dem Staunen heraus – es gab hier so viele Gemälde und Skulpturen, schimmernden Marmor und goldene Decken.

»Wartet hier!«, wurde ihr befohlen, als sie einen kleinen Saal im ersten Geschoss erreichten. Sie war froh, kurz stehen zu bleiben, vielleicht beruhigte sich dann auch der aufgeregte Herzschlag. Je länger sie allerdings hier ausharren musste, desto holpriger klopfte es in ihrer Brust. Irgendwann hielt sie es nicht mehr aus, einfach nur herumzustehen, und sie betrat den Raum, der an den kleinen Saal anschloss – offenbar Giulianos Schlafzimmer, durch das man durch zwei weitere Türen wohl die Schreibstube oder die rückwärtige Treppe erreichte.

Ihr Blick fiel auf ein breites Bett aus Walnussholz mit einem mächtigen Baldachin, an der die *cortina*, der Bettvorhang, hing. Röte stieg in ihre Wangen, und kurz fragte sie sich, zu welchem Urteil ihre Mutter käme, sähe sie ihre Tochter im Schlafzimmer eines Mannes, der nicht ihr Gatte war. Wahrscheinlich wäre es für sie ein Vergehen, das mindestens so schwer wog wie das von Marco, denn während dieser wider die Natur handelte, stellte sie sich sämtlichen Gesetzen der Sittsamkeit entgegen. Allerdings wollte sie weder an ihre Mutter denken noch an Marco. Sie war nicht hier, um seinem Vergehen etwas entgegenzusetzen, sich gar an ihm zu rächen. Sie war hier, weil sie Liebe suchte, und das konnte doch keine Sünde sein.

Sie trat auf das Bett zu, betrachtete die weiße Bettdecke aus Leinen, Tapisserien mit Blumenmustern, eine Überdecke aus mit Pelz verbrämtem Samt. Über dem Bett war – gleich dem Himmel – ein blaues Tuch gespannt, und sie dachte gerade, wie schön es wäre, in dieses Blau zu starren, sich in der Ewigkeit zu verlieren, als Schritte sie zusammenschrecken ließen. »Simonetta?«

Sie fühlte sich ertappt, wollte das aber nicht zeigen. Ganz langsam drehte sie sich um und nutzte diese Zeit, um ein Lächeln zu erkämpfen, das ihre Unsicherheit verbarg. Es fiel ihr nicht schwer, als ihr Blick auf ihren Retter fiel, der ihr damals auf der Straße wie ein antiker Held erschienen war. Jede Faser seines Leibes hatte in jener Stunde verkündet, dass er bereit war, für sie zu kämpfen. Heute strahlte er etwas weniger Härte aus, was wohl daran lag, dass er kein Wams und keinen Gürtel trug, nur ein langärmliges Hemd über enge Hosen, das an der Brust weit offen stand. Ein beeindruckender Mann war er so oder so.

»Welch eine Freude, dich hier zu sehen!«

Er war auf der Türschwelle stehen geblieben, als drohte ein zu forsches Eintreten den Zauber zu stören, der in der Luft lag. Sie spürte diesen selber, und er machte es ihr leicht, ihrerseits einen Schritt auf ihn zuzugehen – nicht als Simonetta Vespucci, nicht als Simonetta Cattaneo, einfach nur als Simonetta, der es gelang, Scham und Sorge und Angst abzuschütteln. Einzig Cosimas Ratschlag echote noch in ihr – dass Giuliano keine Not an ihr wittern dürfe, nur die Hoffnung, dass sie bei ihm Glück fände.

»Ich bin hier, um mich für das Sonett zu bedanken.«

»Du hast es gelesen, es hat dir gefallen?« Ein heiserer Ton schlich sich in seine Stimme und verriet, dass auch er aufgeregt war. Im Kampf gegen das Diebespack schien er sich jeder winzigen Geste sicher gewesen zu sein. Nun war die Miene deutlich weicher. Freude stand darin, Wohlwollen, weil sie so hübsch war, durchaus Überraschung, aber nicht groß genug, um zum Befremden zu werden, schließlich so etwas wie Rührung, weil sie ihm so entschieden vermittelte: Ich will dich.

Nicht dass sie diese Worte laut sagte. »Ich bin meinerseits hier, um dir auch ein Geschenk zu machen«, erklärte sie stattdessen.

»Ja?«, fragte er und sah sie neugierig an. »Welches?«

»Oh, ich denke, ich muss es erst suchen.«

Als sie sich überlegt hatte, wie sie ihm gegenübertreten würde, war sie nicht sicher gewesen, ob es ihr gelingen würde, ihren Plan umzusetzen – ganz langsam nämlich zu beginnen, sich auszuziehen. Doch jetzt war es ihr nicht im Geringsten peinlich, es fühlte sich eher befreiend an, erst an einem weichen Lederhandschuh zu ziehen, dann am anderen, sie beide zu Boden fallen zu lassen. Als Nächstes streifte sie sich die Stola von den Schultern, bückte sich, um erst aus einem Schuh zu schlüpfen, dann aus dem anderen, machte sich an den Seidenstrümpfen zu schaffen. Zuletzt löste sie den Gürtel, sodann die Schlaufen an den Ärmeln, mit denen diese an ihrem Übergewand befestigt waren. Sie streifte es erst über die Schultern, dann über die Taille.

»Es scheint, dass ich es nicht finde«, sagte sie, als sie nur mehr in ihrem Unterkleid vor ihm stand.

Mit jedem Kleidungsstück, das sie abgelegt hatte, war er einen Schritt näher gekommen. Er stand nun unmittelbar vor ihr, sodass sie deutlich sah, wie schnell sich seine glatte, muskulöse Brust hob und senkte. In seinen Augen stand ein Funkeln, das sie kurz an die goldenen Sprenkel in Marcos denken ließ und wie sie diesen verfallen war. Aber an Marco wollte sie nicht denken, zumal es unter diesem glühenden Blick ein Leichtes war, alle Erinnerungen abzuwerfen. Schon legte sich eine Hand von ihm um ihren Nacken, die andere umfasste den Rücken, um sie noch fester an sich zu pressen, und sie fühlte sich wieder so wie damals, als er sie nach Hause gebracht hatte, sicher und warm. Aus der Wärme wurde Hitze, als er sie leidenschaftlich küsste, seine fordernden Lippen sie dazu brachten, die ihren zu öffnen. Als sich ihre Zungen trafen, war er wieder derjenige, der das Spiel bestimmte.

Auch nachdem sie sich atemlos voneinander gelöst hatten, hielt er am Kommando fest, das er übernommen hatte. Sein Blick glitt gierig über ihren Körper, blitzschnell hatte er erst die eine Brust vom Stoff ihres Unterkleides befreit, dann die andere. Als seine Hände darüberstreichelten, durchzuckte etwas ihren Körper. Vielleicht hätte sich das Kribbeln zwischen ihren Beinen noch verstärkt, sich über ihren Bauch und Rücken ausgebreitet, wenn sie nicht plötzlich fieberhaft darüber nachgedacht hätte, was Cosima zu ihr gesagt hatte.

Im rechten Augenblick müsse sie seufzen – aber war dieser Augenblick schon gekommen? Sie tat es einfach, und das siegesgewisse Lächeln von Giuliano ließ sie triumphieren. Allerdings war sie auch danach, als er sie zum Bett trieb, sie auf der weichen Decke zu liegen kam, er sie wieder küsste, so darauf konzentriert, seine Miene zu erforschen, dass sie das eigene Flämmchen der Lust nicht recht zum Lodern bringen konnte. Sie begehrte ihn, wie sie noch nie einen Mann begehrt hatte, aber zwischen ihr und dem Begehren stand die bange Frage: Wie stelle ich ihn zufrieden?

Sein Gesicht wurde von etwas verzerrt, das man auch für Schmerz halten konnte und das doch etwas anderes sein musste, so lustvoll, wie er aufstöhnte.

Sie war geistesgegenwärtig genug, es ihm gleichzutun, auch den Kopf zurückzuwerfen, das eine Bein leicht abzuwinkeln, sodass es ihm ein Leichtes war, die intimste Stelle ihres Körpers zu erforschen, behutsam erst, als gelte es Blütenblatt um Blütenblatt einer noch verschlossenen Rose zu öffnen und zu ihrem Nektar vorzudringen. Alsbald wurden seine Berührungen ungestümer. Sie bemerkte kaum, wie er seine Hosen abstreifte, schon lag er auf ihr, umfasste ihre Beine unter den Kniekehlen, drückte sie hoch.

Ein Kribbeln überlief sie, blieb immer noch flüchtig.

Und jetzt, was sollte sie jetzt tun?

Es genügte wohl, still liegen zu bleiben, während er in sie eindrang. Als seine Stöße rasch schneller wurden, stiegen von ihrer Leibesmitte wieder wohlige Schauer hoch. Hätte es ihren ganzen Körper erfasst, ihr Gesicht hätte sich wohl wie seines verzerrt, sie hätte die gleichen rauen Laute ausgestoßen. Doch die Wellen waren zu niedrig, um sie mitzureißen.

Sie seufzte dennoch laut, stöhnte, warf den Kopf einmal mehr zurück, verdrehte die Augen. Sah sie noch hübsch dabei aus oder lächerlich?

Vorsichtig hob sie ihren Kopf wieder, doch er achtete gar nicht auf ihre Züge, sondern schrie auf, ehe er auf sie sank und sein Gesicht in ihrem Hals vergrub. Es dauerte lange, bis sich sein rauer Atem beruhigt hatte. Das Lächeln, das er ihr schenkte, als er sie endlich wieder anzublicken imstande war, war nicht nur triumphierend, auch glückselig.

Obwohl sie selbst nicht einmal sagen konnte, ob ihr heiß oder kalt war, war sie überzeugt, dass sie alles richtig gemacht hatte. Viel wichtiger, als das eigene Begehren zu stillen, letzte Erfüllung zu finden, war schließlich, ihm Lust verschafft zu haben – und daran gab es keinen Zweifel. Sie war zwar noch nicht erfahren in der körperlichen Liebe, aber irgendwann würde sie in seinen Armen die Angst, etwas falsch zu machen, ablegen können und ihm nicht nur ihren Körper hingeben, auch sämtliche störenden Gedanken zum Verstummen bringen.

Sie lächelte wie er.

Wenig später war Giuliano eingeschlafen, und sie betrachtete ihn liebevoll. Eine seiner blonden Locken war ihm ins Gesicht gefallen, und als sie sie vorsichtig zurückstrich, durchdrang sie eine Freude, die ihren fremden Körper wieder ganz und gar zu ihrem machte.

Mit der Zeit wuchs ihre Unruhe, war sie doch nicht sicher, was sie nun tun sollte. Erwartete er womöglich, das sie verschwunden war, wenn er erwachte?

Sie löste sich vorsichtig von seinem Körper, erhob sich, flocht sich schnell zwei Zöpfe, bei Weitem nicht so kunstvoll, wie es ihrem Dienstmädchen gelang. Noch schwerer war es, sich ohne fremde Hilfe anzukleiden, aber irgendwann war auch das geschafft. Die eigentliche Herausforderung würde wohl sein, den Palazzo heimlich zu verlassen, wollte sie doch keine aufdringlichen Blicke auf sich ziehen. Sie öffnete die Tür auf der anderen Seite des Gemachs, denn sie hoffte, dahinter auf eine Treppe zu stoßen, die zum Dienstbotentrakt führte. Stattdessen betrat sie einen prunkvollen Raum, der den Reichtum der Vespucci mühelos in den Schatten stellte.

An der Wand hing ein großes Bild, das das Wappen der Medici zeigte. Dessen zentrales Motiv waren rote Kugeln, von denen mancher sagte, sie stünden für die Eisenkeule, mit der ein Vorfahre der Familie einen Riesen besiegt hätte. Andere behaupteten, die roten Kugeln wären Eier, denn der Schlachtruf der Anhänger war »Palle, palle« – zweifellos obszön, aber zugleich ein Zeichen, dass das Volk in den Medici nicht nur vornehme Herren, sondern echte Männer und darum würdige Anführer sah.

Es gab auch noch anderes zu entdecken, Skulpturen und Reliefs, einen Tisch mit Büchern und Handschriften, flämische

Wandteppiche und ein Schwert, das gewiss aus dem besonders harten Damaszenerstahl geschmiedet worden war. Außerdem war da eine Vitrine mit Münzen und Ringen, Medaillons und Gemmen und schließlich einem Horn, das zu lange und zu spitz war, um das einer Kuh zu sein. Vage erinnerte sie sich an das Gerücht, wonach die Medici das Horn eines Einhorns besaßen, das sechstausend Florin wert sein sollte.

Sie war nicht sicher, ob es ein solches Tier wirklich gab. Als sie darauf zusteuerte, um es zu berühren, zog etwas anderes ihre Aufmerksamkeit auf sich – einer Schriftrolle gleich jener, auf der das Sonett geschrieben stand.

Hatte Giuliano seinen Hofdichter beauftragt, erneut eines für sie zu verfassen?

Sie hatte die Rolle gerade in die Hand genommen und noch nicht das erste Wort gelesen, als sich fast lautlose Schritte näherten. Schon fühlte sie Giulianos Hände – die obere umfing ihre Brust, die andere glitt zwischen ihre Beine.

»Mein Bett ist ohne dich so kalt«, raunte er ihr ins Ohr, und als er sah, was sie in Händen hielt, fügte er hinzu: »Und warum willst du Gedichte studieren, wenn ich dich doch in meinem Herzen lesen lasse?«

Sein Atem war warm, seine Küsse bedeckten erst ihren Nacken, dann ihre Wangen. Jenes sanfte Ziehen, das vorhin zu schnell abgeebbt war, breitete sich in kleinen Wellen über ihren Körper aus.

»Was … was ist das für ein Gedicht?«

»Eines, das mein Bruder für mich geschrieben hat. Anders als ich, der ich dafür einen Dichter einspannen muss, hat er Talent dafür.«

Der Griff, eben noch zärtlich, wurde plötzlich fast schmerzhaft. Seine Lippen rutschten von ihrem Gesicht, landeten ganz dicht an ihrem Ohr. Immer noch war die Wärme seines Atems zu spüren, zugleich entging ihr nicht der giftige Unterton in seiner Stimme.

»Es gibt nichts, was Lorenzo nicht kann. Er kann reiten und schießen, aber auch singen und mehrere Musikinstrumente spielen. Er diskutiert mit Wissenschaftlern, er erklärt Malern, welche antiken Figuren er sich auf den Gemälden wünscht – und er wetteifert seit seiner Jugend mit den großen Dichtern. Es genügt ihm nicht, dass sie dann und wann sein Gast sind. Viele von ihnen hat er eingeladen, im Palazzo der Medici zu wohnen, sodass er gemeinsam mit ihnen dichten kann, wann immer er Lust darauf hat. Zugleich beweist er damit aller Welt, dass er nicht nur ein reicher Bankier und der heimliche Herrscher von Florenz ist, sondern ein Künstler.«

Aus ihrem wohligen Schaudern wurde ein Zittern.

»Dass er für dich ein Gedicht verfasst hat, ist doch gewiss ein Zeichen seines Respekts und seiner Liebe«, sagte sie.

Sein Griff raubte ihr nahezu den Atem. »Von wegen! Er wollte mir nur einmal mehr vorhalten, was er alles vermag und ich nicht.«

Als sie nach Luft japste, ließ er sie endlich los, doch so groß die Erleichterung darüber war – noch mehr Kälte breitete sich in ihr aus, als er sich abrupt abwandte, zurück ins Schlafzimmer gehen wollte. Sie legte die Rolle ab, hastete ihm nach, umschlang ihn nunmehr selbst von hinten, vorsichtiger, zögernder als er. Immerhin bewog sie ihn damit, stehen zu bleiben.

»Gewiss ist es eine große Last für deinen Bruder, so viele Leidenschaften zu haben, denen er gerne nachgehen möchte, zugleich aber so viele Pflichten erfüllen und die Macht der Familie bewahren zu müssen.«

Giuliano lachte höhnisch. »Nun, Lorenzo nutzt die Kunst, um unsere Macht zur Schau zu stellen. Nichts kostet mehr als Schönheit, und zugleich verschleiert diese die rohe Gewalt, die zwangsläufig eine Schwester der Macht ist.«

»Nicht alles, was schön ist, hat einen Preis. Blumen wachsen umsonst.«

Er drehte sich um, schob sie an die Wand, küsste sie hungrig.

»Du bist die schönste Blume von allen«, murmelte er atemlos, als er sich von ihr löste, und sie sah wieder Zärtlichkeit in seinem Blick schimmern.

»Und ich habe mich dir geschenkt.«

Eben noch hatte sie gehofft, alle Kälte gebannt zu haben, doch nun löste er sich abrupt von ihr, begann, ziellos im Raum auf und ab zu gehen. Er stierte die Kunstschätze an, als sähe er sie zum ersten Mal oder als rätselte er, ob sie einen Ruhm begründeten oder ihn vielmehr bloßstellten.

»Und wenn ich dieses Geschenk nicht verdiene?«, fragte er plötzlich.

Bis jetzt war es für sie die größte Prüfung gewesen, die Unsicherheit und die Angst zu bezwingen, die in ihr wucherten. Doch noch schlimmer war es, beides an ihm wahrzunehmen, ihrem Retter … ihrem Geliebten.

»Was … was redest du denn da?«

Wieder drehte er schnelle Runden, genauso gehetzt kamen seine Worte. »Du hast recht, Lorenzo hat viele Leidenschaften und Pflichten. Man fragt sich, wie alles in einem einzigen Leben Platz hat, man fragt sich auch, wie zwei Herzen – eines, das für die

Kunst, eines, das für das Geld schlägt – in einer Brust zusammenfinden. Lorenzo besitzt alles im Übermaß, gemessen an ihm bin ich ein … Nichts. Weder habe ich so viel Macht wie er noch ein einziges seiner vielen Talente. Es scheint, dass Gott sich geirrt hat, als er uns schuf. Anstatt seine Gaben gerecht auf uns zu verteilen, hat er Lorenzo überreich beschenkt und mir nichts gelassen.«

Simonetta musterte ihn verwirrt. So groß und stark er im Vergleich zum Diebespack war – in diesem Raum schien er förmlich inmitten der Kunstschätze zu verschwinden. Selbst sein blondes Haar wirkte inmitten von Gold und Edelsteinen matt.

»Ich kann mir nicht vorstellen …«

Er ließ sie nicht einmal ausreden. »Unsere Mutter erkannte das schon, als wir noch Kinder waren. Wir mussten stets Gedichte vortragen, wenn wir hohen Besuch empfingen – ob einen französischen Prinzen oder einen Sforza aus Mailand. Lorenzo hat die Verse selbst gedichtet, und er hat sie nicht nur rezitiert, er hat sie gesungen und dazu die Laute gespielt. Ich dagegen konnte mir kaum die richtigen Worte merken, meist begann ich bei der zweiten Strophe zu stottern, und Lorenzo musste mir weiterhelfen. Unsere Mutter ist oft vor Scham vergangen. Gut nur, pflegte sie zu sagen, dass ich auf meinen Erstgeborenen doppelt stolz sein kann, das macht dein Versagen wett.«

Mit jedem Schritt stampfte er nun auf den Boden, doch es war nicht möglich, die Wut in seinem Herzen, die Ohnmacht, die Eifersucht in einen Laut zu überführen, dämpften doch die feinen Teppiche jedes Geräusch.

Simonetta lief erneut zu ihm, schlang ihre Hände um seinen Nacken, presste sich an ihn. »Vielleicht bist du nicht so gut im Rezitieren von Gedichten wie er, aber …«

»Ich bin auch nicht so gut im Reiten, in der Falkenjagd, im Umgang mit Geld.«

»Aber du bist besser im … Beschützen. Besser im Lieben.« Sie stellte sich auf die Zehenspitzen, presste ihre Lippen auf seine, und tatsächlich konnte sie ihn kurz zum Schweigen bringen. Er seufzte wohlig, vergrub seine Hände in ihrem Haar, liebkoste später erst ihren Hals, dann ihre Brüste. Schließlich sank er vor ihr nieder und barg sein Gesicht an ihrem Bauch.

»Das ändert nichts daran, dass ich in seinem Schatten stehe.«

Nun waren es ihre Hände, die seine Locken durchwühlten, und in diesem Augenblick wähnte sie sich ihm näher als zuvor, da sie nackt unter ihm gelegen hatte. Was er ihr anvertraut hatte, erschreckte sie. Doch dass er sich dazu hinreißen ließ, wertete sie als ein Zeichen des Vertrauens.

»Mag sein«, sagte sie, »aber das ändert nichts daran, dass du meine Sonne bist.«

Er schlang seine Arme um sie. »Ach Simonetta«, sagte er seufzend, legte den Kopf in den Nacken, um zu ihr emporzublicken. Sie erkannte den Jungen von einst, der mit den Gedichten kämpfte, von seiner Mutter gerügt wurde und keine Liebe von ihr bekam, weil sich die auf den Ältesten ergoss.

Wie ungerecht das war. Und wie sehr sie mit jeder Faser ihres Herzens diese Ungerechtigkeit wettmachen wollte, indem sie ihm all ihre Liebe schenkte, ihn beschwor, dass diese weit über die Dankbarkeit für ihren Retter hinausging.

Doch ehe sie etwas sagen konnte, war er schon wieder aufgesprungen. Aus der Miene, aus der sie eben noch so unverstellt seine wahren Gefühle gelesen hatte, wurde die Maske eines Mannes, der gelernt hatte, diese Gefühle zu verbergen. Der harte Zug um seinen Mund bekundete, dass es ihn reute, sich gehen gelassen, sich ihr geöffnet zu haben, und hinzu kam ein höhnisches Auflachen, das wohl die eigenen Worte ins Lächerliche ziehen sollte. Ehe sie bekräftigen konnte, dass er ihr nichts vormachen müsste, sie ihn nicht nur für seine Stärke, auch die Schwäche liebte, dass sie die Letzte war, die darin einen Makel sähe, trieb er sie zur Wand, küsste sie leidenschaftlich und schob ihr Kleid hoch, um erneut in sie einzudringen. Er liebte sie mit solcher Inbrunst, dass sie gar nicht dazu kam, sich in jenem lustvollen Seufzen zu erproben, zu dem Cosima ihr geraten hatte. Wahrscheinlich hätte er sie ohnehin nicht gehört. Als er Erlösung fand, schrie er auf, und jener Laut hallte viel länger durch den Raum als vorhin seine wütenden Schritte. Sie entschied, sich damit zufriedenzugeben, barg ihr Gesicht an seiner Brust, labte sich an seinem Geruch, auch der Schwärze, die sie umgab. Kurz war es eine Erleichterung, nichts mehr sehen, nichts mehr hören zu müssen.

VII.

In den nächsten Wochen fühlte Simonetta sich geliebt und begehrt wie nie. Jeden Tag aufs Neue hielt sie sich vor Augen, wie glücklich sie war, so glücklich wie nie zuvor in ihrem Leben. Dieses Gefühl kostete sie intensiv aus, genauso wie den Triumph gegenüber Lisabetta. Als sie an jenem ersten Abend von Giuliano heimgekehrt war, hatte diese auf Simonetta gewartet, sie betrachtet und lauernd gefragt: »Warst du in der Via Larga?«

Nicht nur dass diese Worte jenes stillschweigende Abkommen bekräftigten, wonach Nastagio und Lisabetta sie gewähren lassen würden, um daraus einen eigenen Vorteil zu ziehen. Simonetta entging auch nicht die leise Drohung: Solange du in Giulianos Gunst stehst, mag ich dich mit Samthandschuhen anfassen – doch glaube nicht, du kannst mir auf der Nase herumtanzen, solltest du sie verlieren.

Simonetta brachte ganz mühelos die Kraft auf, ihrem Blick standzuhalten und mit fester Stimme zu verkünden: »Ich werde von nun an regelmäßig dort sein. Du hast doch nichts dagegen einzuwenden, oder? Gewiss willst du Giuliano de' Medici nicht erzürnen.«

Kurz lag es ihr auf den Lippen hinzuzufügen: Denke daran, dass Giuliano de' Medici die Macht hat, euch Vespucci zu vernichten.

Aber das musste sie gar nicht erst erwähnen. Der rosige Schimmer in ihrem Gesicht genügte, Lisabetta erblassen zu lassen. Schweigend wandte sich die ältere Frau ab, und obwohl sie ihren Kopf hoheitsvoll reckte – aus diesem Kampf ging sie nicht als Siegerin hervor.

Gewiss, es war nicht leicht, in dem Bannkreis zu leben, der nun um sie gezogen zu sein schien – sie zwar vor Vorwürfen bewahrte, nicht aber vor dem Tuscheln der Dienstmädchen, vor neugierigen, manchmal gar herabwürdigenden Blicken. Aber sie konnte ihm ja entfliehen. Bereits am nächsten Tag lud Giuliano sie wieder zu sich, am übernächsten auch, und bald fühlte sie sich im Palazzo der Medici mehr zu Hause als im Palazzo der Vespucci. Nicht dass sie von dem viel mehr zu sehen bekam als Giulianos Gemach, wo sie kaum aus dem Bett herauskamen, sich dort nicht nur liebten, sondern sich später auch mit knusprigem Brot, würzigem Käse und süßem Wein stärkten. Obwohl die Liebe auf so vielfältige Weise sättigte, hungrig machte sie zugleich auch.

Nur ihrem Körper gelang es nicht, sich dem neuen Glück so hinzugeben, wie sie es gerne wollte. Zwar hatte sie bald nichts mehr mit dem bebenden Mädchen gemein, das Angst hatte, etwas falsch zu machen, lernte vielmehr, jede Regung von Giulianos Körper zu durchschauen: Sie wusste, wann er sich nach sanftem Streicheln sehnte oder danach, dass sie sich keuchend unter ihm wand. Wann er sich einfach nur an sie schmiegen wollte oder sie ihm ihren Körper in allen erdenklichen Stellungen darbieten sollte. Wann er sich mit zärtlichen Küssen in ihrem Nacken begnügte oder seine Gier so groß wurde, dass sie gar seine Zähne zu spüren bekam, an Brust und Bauch, sogar noch tiefer. Aber seinen Körper zu kennen und seine Wünsche zu erfüllen, ehe er sie aussprach, bedeutete nicht, ebenso viel vom eigenen zu wissen. Ein Spiegelbild blieb er, der Giulianos von Lust verzerrtes Gesicht nachahmte, ohne selbst von dieser Lust erfasst zu werden, denn sie konnte sich nie von der Frage frei machen: Was muss ich tun, um ihm zu gefallen?

Doch dass diese quälenden Gedanken es verhinderten, dass sie Erfüllung in seinen Armen fand, änderte nichts daran, dass ihr Leben nun um so viel reicher war. Zum dunklen, leeren Loch war in den letzten Jahren ihr Innerstes geworden, in dessen Tiefe sie nicht zu schauen gewagt hatte. Das tat sie immer noch nicht, aber über dieses dunkle Loch war nun ein buntes Seidentuch gespannt, auf dem sie sich wohlig rekeln konnte.

Frei wie nie fühlte sie sich schließlich an dem Tag, als sie einmal nicht mit Giuliano im Bett lag, sondern vor ihm auf einem Pferd saß. Sie waren unterwegs nach Trebbio, wo die Medici eine ihrer zahlreichen Landvillen besaßen. Die Tage zuvor hatte sie noch die Sorge umgetrieben, der Sommer würde eine längere Trennung mit sich bringen, zogen viele reiche Familien doch dann die kühleren Hügel im Umland Florenz' der schwülen Stadt vor. Doch ehe sie die Bitte aussprechen konnte, er möge sie nicht allein zurücklassen, lud er sie ein, ihn für zwei Tage aufs Land zu begleiten. Als sie die Stadt immer weiter hinter sich ließen, ein warmer Wind duftendes Gras und Mohnblumen knickte, die Pinien auf sanften Hügeln rauschten, entwich ihrer Kehle ein glucksender Ton, um den sie sich nicht bemühen musste. Sie schien nicht nur zu reiten, sie schien zu fliegen und kaum mehr Gewicht zu haben als einer der unzähligen Sonnenstrahlen, die ihre Nase kitzelten!

Nun gut, die Villa in Trebbio war ein dunkler Ort. Sie war oberhalb der sich kreuzenden Straße von Florenz und Bologna errichtet worden, und das schon vor mehr als hundert Jahren, und der mit Zinnen gekrönte Wehrturm, der sich gegen Norden am zweigeschossigen Wohnhaus anschloss, verriet, dass der Bauherr nicht Schönheit angestrebt hatte, sondern Schutz vor Feinden. Im Innenhof fielen so tiefe Schatten, dass die Gefäße, mit denen die Dienstboten Wasser aus dem Brunnen schöpften, nicht bronzen glänzten, sondern grau wirkten. Doch vom Innenhof führte ein schmaler Gang in einen Garten, vielmehr in ein Paradies, wo sie im Labyrinth aus duftenden Lorbeerhecken Verstecken spielten, sich unter Limonen- und Granatapfelbäumen küssten und wo einzig Bronzeskulpturen in Form von Tieren ihrem Lachen lauschten.

Nach der Farbenpracht erschien das Schlafgemach noch dunkler, zumal im alten Gemäuer die Kälte des Winters hockte. Doch im Kamin prasselte alsbald ein Feuer, dessen Schein Giulianos blonde Locken rötlich färbte, als sie sich auf einem Fell davor liebten. Sanfter und langsamer denn je drang er in sie ein, und als er sie anstarrte, las sie nicht einfach nur Gier und Lust in seinem Blick, sondern tiefes Glück. Wieder stieß sie jenes Glucksen aus, das diesmal nicht geheuchelt war, sondern von ganzem Herzen kam, ihr förmlich aus der Seele quoll.

Nicht dass sie sich ganz den Regungen ihres Körpers hingeben konnte, das Denken ließ sich einmal mehr nicht ausschalten. Doch was ihr durch den Kopf ging, war nicht die Frage: Was muss ich tun, um ihm zu gefallen? Nur: Er liebt mich. Er liebt mich ganz gewiss.

Mit jenem Gedanken im Herzen schlief sie kurz darauf ein.

Als sie am nächsten Tag erwachte, streckte sie sich wohlig, stellte dabei aber fest, dass die Seite an ihrem Bett leer war. Die Laken waren klamm, der Blick zum Kamin verriet, dass das Feuer erloschen war, graue Asche tanzte im Luftzug. Die Wärme in ihrer Brust war jedoch nicht verschwunden. Lächelnd schlüpfte sie in ihre *camicia*, kletterte aus dem Bett. Die Fenster waren mit Brettern zugenagelt, und durch die Spalten strömte nur wenig Licht, doch es genügte, um zu erkennen, dass Giulianos Wams und Gürtel noch auf einer Truhe lagen, ein Zeichen, dass er den Raum nur kurz verlassen hatte, um seine Notdurft zu verrichten.

Sie wollte schon zurück unter die Decke schlüpfen, als sie plötzlich sah, dass etwas Kleines, Rundes neben der Truhe lag, das auf den ersten Blick einem Handspiegel, wie ihn viele Frauen stets bei sich trugen, glich. Es musste ihm aus einer Tasche gerutscht sein oder aus der Börse, die er am Gürtel trug.

Größer noch als ihre Neugierde war ihr Erstaunen, warum ein junger Mann dergleichen besaß, und schon bückte sie sich, hob das runde Ding auf. Kaum hatte sie es berührt, öffnete es sich, und was ihr entgegenblickte, war nicht das eigene Gesicht, sondern ein fremdes. Das war kein Spiegel, das war ein winziges Bildnis, kaum größer als ein Daumen, dennoch so akkurat gemalt, dass die Züge dieser jungen Frau nicht unscharf wirkten, sondern lebensecht. Die dunklen Augen schienen sie regelrecht anzufunkeln.

Simonetta erbebte.

Wer war diese Frau? Und warum trug Giuliano ein Bildnis von ihr mit sich?

Seine Mutter war deutlich älter, und überdies hatte er beklagt, dass er von ihr niemals genug Liebe erfahren hatte. Es gab noch eine Schwester mit Namen Bianca, doch die war seit Langem verheiratet, und er hatte nie bekundet, dass sie ihm teuer wäre, er hatte sie überhaupt kaum je erwähnt.

Als sich die Tür öffnete, fühlte sie sich ertappt, und ihre erste Regung war es, das Bildnis unter dem Wams zu verstecken – nicht nur, um ihm zu verheimlichen, dass sie in seinen Dingen gestöbert hatte, auch um sich selbst vor seinen Geheimnissen zu schützen.

Doch jenes glänzende Seidentuch, das über das Leben gespannt schien und unter dem sie nichts Dunkles, Schweres mehr zu fühlen geglaubt hatte, wurde mit einem Mal löchrig.

»Was hast du da?«, fragte er, und obwohl sich seine Lippen zu einem Lächeln verzogen, war dieses nicht aus seiner Stimme zu hören.

»Wer … wer ist das?«, gab sie zurück.

Ein Mundwinkel zuckte, sie war nicht sicher, ob amüsiert, verärgert oder verlegen. Sein Blick war ihr jedenfalls fremd, eigentümlich starr nämlich. Es war nichts mehr von der tiefen Zuneigung darin zu lesen, derer sie sich gestern noch so sicher gefühlt hatte. »Alessandro Filipepi hat dieses Miniaturbildnis gemalt, als er noch Verrocchios Geselle war … in meinem Auftrag … wobei er sich neuerdings nicht mehr so nennt, sondern Botticelli … Du weißt doch, dass ist jener junge Künstler, der dich damals gerettet hat.«

»Nicht er hat mich gerettet … sondern du«, murmelte sie gedankenverloren.

»Stimmt, was könnte einer wie er auch dem Diebespack entgegenstellen? Doch das ändert nichts daran, dass er ein Meister seiner Kunst ist. Seine Porträts sind herausragend und …«

»Ich will nicht wissen, wer dieses Bild gemalt hat, sondern wen es darstellt!« Das Beben, das bislang nur ihre Hände erfasst hatte, war nun auch aus ihrer Stimme zu hören. Jene Frage, die sie bislang beherrscht hatte – was kann ich tun, ihm zu gefallen –, war verstummt.

Eine Härte schlich sich in seine Züge. Es war ebenjene, die ihr imponiert hatte, als er damals das Diebespack verjagte, doch nun verstörte sie sie zutiefst. »Das geht dich nichts an«, sagte er eisig.

»Giuliano …«

»Wer bist du denn, etwa meine Ehefrau? O nein. Die wirst du niemals sein, die *kannst* du niemals sein, und wenn ich dereinst eine haben werde, wird es noch mehr Dinge geben, die du mich niemals fragen darfst.«

»Ich wollte doch nur …«

Schon war er bei ihr, schon riss er ihr das Bildnis aus der Hand. Sie hatte geglaubt, den Blick dieser dunklen Augen, die ihr von dort entgegenstarrten, schwer ertragen zu können, doch noch mehr setzte ihr der seine zu. »Ich stehe im Schatten meines Bruders. Und mehr als ein Leben im Schatten kann ich auch dir nun mal nicht bieten«, erklärte er mit rauer Stimme.

Das macht mir nichts aus, solange du meine Sonne bist, wollte sie sagen, aber er hatte in diesem Augenblick nichts mit der Sonne gemein. Da war nichts Wärmendes, Lichtes an ihm.

»Ist es zu viel verlangt, wenn ich …«, setzte sie an.

»Du hast nichts von mir zu verlangen. Genauso wenig wie ich mich vor dir zu rechtfertigen habe. Wir verbringen eine angenehme Zeit miteinander, aber du hast dein Leben und ich habe meines, ein gemeinsames werden wir nie haben. Das weißt du doch, oder? Das verstehst du doch?«

Am Ende glaubte sie, doch wieder ein wenig Zärtlichkeit aus seiner Stimme zu hören, aber sie war nicht sicher, ob diese ganz rein war, nicht etwa vermischt mit Überdruss und Mitleid. Beides war schwer auszuhalten. Und regelrecht unerträglich war der Gedanke: Es stimmt nicht, dass ich mein Leben habe. Ich habe keines ohne dich.

»Und nun leg dich ins Bett, du zitterst ja.«

Als sie sich nicht bewegte, drückte er sie selbst auf das Laken, deckte sie allerdings nicht zu, im Gegenteil, er schob ihr dünnes Kleid hoch, erforschte gierig ihren Leib. Seine Hände waren kalt wie nie, als sie sich um ihre Brüste legten, über ihren Bauch tasteten, in sie drangen, um seiner Männlichkeit den Weg zu bereiten. Als er sich auf sie warf, stieß er mit einer Hast in sie, als gelte es zu beweisen, dass sie zwar ihr eigenes Leben haben mochte, ihr Leib aber ganz und gar ihm gehörte.

Sie lag ganz starr, gab keinen Laut von sich. Das, was von ihm kam, klang wie ein Grunzen, und es hätte sie vielleicht abgestoßen, hätte sie ihre Gefühle ergründet. Das tat sie nicht, zu bitter war bereits die Erkenntnis: Sie hatte nicht nur kein Leben ohne ihn, sie hatte keine Zukunft. Wenn sie seine Gunst verlöre, würde sie wieder das einsame Leben im Palazzo der Vespucci fristen müssen, von ihrem Gatten missachtet, von Lisabetta gemaßregelt, von den Dienstmädchen mit mitleidigen Blicken bedacht. Die Hoffnung auf Liebe und Glück wäre so unerfüllbar wie nie zuvor.

»Was malst du da?«

Sandro verdeckte das Blatt Papier unwillkürlich mit seinen Händen, damit der Junge, der lautlos näher gekommen war und über seine Schultern lugte, nicht sehen konnte, was er darauf festgehalten hatte. »Nichts, was für deine Augen bestimmt wäre«, beschied er ihm knapp.

»Ich bin dein Lehrling«, erklärte Filippino trotzig. »Als solcher muss ich dir doch beim Arbeiten zusehen.«

»Erst wenn du all deine Aufgaben erledigt hast«, erwiderte Sandro mit strengerem Tonfall, als er ihn Filippino gegenüber für gewöhnlich anschlug. »Du könntest zum Beispiel Pigmente mahlen.«

Der Junge ächzte. »Ich habe schon genug Schwielen an den Händen.«

»Es ist nie genug«, erwiderte Sandro. »Ein Künstler hat nie genug gearbeitet, nie genug Schönheit mit seinen Gemälden eingefangen. Er ist niemals fertig.« Er machte eine bedeutungsschwere Pause, fuhr etwas gemäßigter fort: »Aber nun gut, wenn du nicht mit den Pigmenten arbeiten willst, könntest du Leim zubereiten, eine Grundierung anrühren, die Pinsel waschen, die Werkstatt kehren und …«

Der Junge verdrehte die Augen. »Ist ja schon gut.«

Er wandte sich ab und schlurfte durch die Werkstatt, als würde er nach jedem Schritt einschlafen.

Sandro verzichtete darauf, ihn zur Eile anzutreiben. Eigentlich war er mit Filippino Lippi, dessen Lehrvertrag er vor einigen Monaten bei einem Notar unterschrieben hatte, sehr zufrieden.

Am Anfang hatte er sich zwar etwas gescheut, für ganze drei Jahre lang einen Lehrling bei sich aufzunehmen, denn er genoss die Einsamkeit und die Stille in seiner Werkstatt. Außerdem hatte es ihn abgeschreckt, dass Filippino nicht irgendwer war, sondern der Sohn von Filippo Lippi, zweifellos ein großer Künstler, den auch Sandro aufgrund seiner Tafel- und Wandmalerei verehrte, aber zugleich ein schwieriger Mensch mit üblem Ruf. »Sei's drum«, hatte ihm sein ehemaliger Meister Verrocchio erklärt. »Wenn er nur die Hälfte seines Talents an seinen Sohn vererbt hat, dann wird dir dein Lehrling bald sämtliche Arbeiten abnehmen.«

Im Moment verrichtete Filippino allerdings nur Hilfsarbeiten, und auch von denen hatte er bald genug. »Ist es nicht Zeit für ein kleines Mittagessen?«, fragte er.

Sandro verspürte keinerlei Hunger, aber was das anbelangte, konnte er sich nicht zum Maßstab nehmen. Wenn er arbeitete, verzichtete er auf alles, was seinen Eifer bremsen, den Leib müde und schwer machen konnte, und seit er Simonetta Vespucci kennengelernt hatte, waren es die Gedanken an sie, die ihn nährten, nicht Brot und Käse. Doch Filippino hatte mit seinen vierzehn Jahren ständig Appetit, also deutete er auf einen Beutel mit ein paar Münzen und erteilte ihm die Erlaubnis, die Werkstatt zu verlassen.

Nachdem Filippino von dannen gezogen war, genoss er kurz die Stille. Dann nahm er die Hand vom Blatt, betrachtete seine Skizze und seufzte.

Seit Wochen malte er sie, immer wieder sie, doch seinem Ziel, ihr gerecht zu werden, war er keinen Schritt näher gekommen. Er wusste nicht, was er noch tun könnte, um das Wesen dieser jungen Frau zu erfassen, deren Antlitz ihm so deutlich vor seinem inneren Auge stand. Wenn er an sie dachte, pochte sein Herz immer schneller, das Blut schien durch seinen Leib zu rasen, ein schmerzhaftes Ziehen breitete sich in seinem Magen aus, doch diese Gefühle auf Papier zu bannen, war so unmöglich, wie einen wunderschönen Vogel festzuhalten. Gewiss, man konnte diesen packen, konnte das schillernde Gefieder aus der Nähe betrachten, jedoch zum Preis, dass er dann nicht zu fliegen und sein wahres Wesen zu entfalten vermochte.

Er seufzte wieder, legte das Papier zur Seite, nahm sich das nächste Blatt vor, um mit dem Rötelstift eine neue Skizze zu beginnen. Er hatte Simonettas Züge nur angedeutet, als ihn wieder eine Stimme traf: »Was malst du da?«

Auch diesmal hatte sich ihm jemand fast lautlos genähert, auch diesmal verdeckte er das Blatt rasch mit seinen Händen.

»Noch wichtiger als die Frage, was du malst, ist natürlich die, für wen du malst«, fügte der andere hinzu.

Sandro fuhr herum. »Meister Verrocchio!«

Er war erstaunt, seinen einstigen Lehrer hier zu sehen. Als er sich damals seine eigene Werkstatt eingerichtet hatte, hatte der ihn zwar einmal besucht und ihm mit Stolz und Wohlwollen, aber auch einem Funken Neid auf seine Jugend alles Gute gewünscht, doch wenn er seitdem seinen Rat gebraucht hatte, hatte er ihn besuchen müssen.

Nun aber blickte sich Verrocchio forschend um. In seiner eigenen Werkstatt herrschte stets Chaos, was nicht allein daran lag, dass er weitaus mehr Lehrlinge und Gesellen beschäftigte als Sandro, sondern weil er einer jener Künstler war, die stets mehr anfingen als fertigbrachten. Ein Werkzeug, das er eben noch brauchte, ließ er gerne an Ort und Stelle fallen, um es später verzweifelt zu suchen, was dazu führte, dass man allenthalben über Mörser, Poliersteine, Holztafeln, Leinwände, Hämmer und Sägen stolperte, während die vielen Truhen, Schränke und Regale hinter den Werkbänken meist leer blieben. Und nicht nur dass der Raum gesättigt von Lärm und Marmorstaub war, den Gerüchen von Leim, Farbe und Schweiß, zudem ließ Verrocchio auch immer alle Türen und Fester offen stehen, sodass der Gestank vom Arno, wo Fischhändler ihre Ware anboten, die Gerber mit Pferdeurin gebeizte Tierhäute auswuschen und die Fleischer die Innereien des Schlachtviehs entsorgten, zu ihnen wehte.

Sandro hielt es ganz anders.

»Man könnte meinen, man betrete nicht die Werkstatt eines Künstlers, sondern die Zelle eines Mönchs«, spottete Verrocchio prompt. »Selbst deine Kleidung verstärkt diesen Eindruck.«

Verrocchio bekundete gern aller Welt, dass er ein berühmter Maler war, indem er sich in roten Samt hüllte. Sandro begnügte sich seit jeher mit einem schenkellangen Rock aus grobem Stoff, dem sogenannten *fratesco*, und festen Stiefeln.

»Was führt dich zu mir, Meister?«

Verrocchio zögerte kurz, ehe er, wie er es so gerne tat, zu dozieren begann. »Zwei Dinge machen einem Maler Angst: dass einer seiner Schüler größer wird als er und ihn in den Schatten stellt, was bedeutet, dass er in der Nachwelt nur mehr als dessen Lehrer gerühmt wird. Oder aber, dass es seinem Schüler, so talentiert und eifrig er auch ist, nicht gelingt, seine Chancen zu nutzen, seinen Platz zu finden und er am Ende nicht als einzigartiger Künstler, sondern als Handwerker unter vielen anderen stirbt. Im Falle von Ersterem muss der Lehrer hadern, dass er zu viel richtig gemacht hatte. Im Falle von Zweiterem muss er sich vorwerfen, etwas falsch angegangen zu haben.«

»Ich verstehe«, murmelte Sandro.

»Verstehst du es wirklich?

»Gewiss doch. Leonardo macht dir Angst, weil er dich in den Schatten stellen könnte. Seit er seine ersten Gemälde vollendet hat, hast du kaum mehr eigene Aufträge angenommen, weil du befürchtest, gegen ihn abzufallen.« Er machte eine kurze Pause. »Ich dagegen bin eine Enttäuschung für dich.«

Verrocchio legte ihm die Hand auf die Schultern, zwang ihn, sich zu ihm umzudrehen. Nun musste er seine Hand doch noch von der Skizze nehmen, aber Verrocchio schenkte ihr ohnehin keine Beachtung.

»Ich zweifle nicht an dir, wenn es ums Malen geht. Ich zweifle an dir, wenn es ums Verkaufen geht. Der Künstler muss sein eigener Marktschreier sein, du aber verkriechst dich hier, anstatt die Welt wissen zu lassen, wozu du fähig bist.«

Sandro seufzte. »Mir ist bewusst, du hättest es gerne gesehen, dass ich damals den Auftrag vom Pisaner Domkapitel angenommen hätte. Aber das hätte bedeutet, dass ich Florenz hätte verlassen müssen und …«

»Meinetwegen kannst du gerne in Florenz bleiben. Der Ruhm, den man als Künstler in dieser Stadt finden kann, reicht für mehr als ein Leben. Aber du darfst nicht einfach nur in deiner Werkstatt hocken! Du hast doch einmal ein Bildnis für Giuliano de' Medici gemalt, aber wie lange ist das her? Monate, gar Jahre? Er war mit dem Ergebnis zufrieden, warum hat es dir nicht noch mehr Aufträge eingebracht? Warum bist du nicht jeden Tag im Palazzo Medici in der Via Larga, um dort deine Dienste anzupreisen? Nie waren Künstler wie wir so frei wie dieser Tage. Wenn wir überzeugend genug auftreten, können wir selber unsere Motive wählen. Doch dazu braucht es Selbstbewusstsein und einen festen Willen.«

Sandro wusste, dass der andere recht hatte, und doch verspürte er keine Lust, Giuliano de' Medici gegenüberzutreten. Wut und Neid überkamen ihn, wann immer er an ihn dachte. Nicht nur dass er die Ruhmestat, Simonetta vor dem Diebespack bewahrt zu haben, damals ganz für sich alleine beansprucht hatte. Wenn man den Gerüchten, die selbst in diese stille, aufgeräumte Werkstatt drangen, traute, war er mittlerweile mehr als nur ihr Retter, ihr Geliebter nämlich. Und die Vorstellung, wie sich die junge Frau, die Sandro insgeheim als »seine Schöne« bezeichnete, einem Mann hingab, den er für einen Blender hielt und der sich, schnitte man ihm die blonden Locken ab und nähme man ihm den Dolch, durch keine besonderen Talente auszeichnete, fühlte sich an wie ein Schlag in die Magengrube. Aber nun gut, er konnte nichts dagegen tun, er gefiel sich, der er doch immer ein Künstler hatte sein wollen, auch nicht in der Rolle des liebestollen, vor Eifersucht rasenden Mannes. Sollte sich Giuliano seinetwegen an Simonettas Schönheit erfreuen. Diese Schönheit ganz und gar erfassen und für die Ewigkeit festzuhalten, stand allein ihm zu! Wobei er leider Tag für Tag daran scheiterte …

Verrocchio deutete sein langes Schweigen als Zustimmung. »Hast du getan, was ich dir vorgeschlagen habe, nämlich einen Katalog mit allen Bildern anzufertigen, die du gerne malen würdest? Hast du ein unverwechselbares Motiv ersonnen, das mit deinem Namen verknüpft werden kann, ein Engelsgesicht oder eine greifende Hand mit abgespreiztem Daumen?«

Sandro schwieg immer noch, konnte er doch den Zwiespalt nicht in Worte fassen, dass er einzig mit Simonettas Gesicht in

Verbindung gebracht werden, genau das aber nicht mit der restlichen Welt teilen wollte.

Diesmal deutete Verrocchio sein Schweigen als Trotz und schlug ihm kräftig auf die Schulter.

»Herrgott, Sandro! Ich weiß, du strebst nach Höherem, es war immer dein Wunsch, etwas ganz Neues, Einzigartiges zu schaffen. Vielleicht wird dir das eines Tages auch tatsächlich gelingen, aber bis dahin musst du den Menschen bieten, was sie wollen – kräftige Farben, Blattgold, weiche Linien, egal was, Hauptsache Auftrag folgt auf Auftrag.«

Er löste seine Hand von der Schulter, blickte nun doch auf die Skizze, ließ nicht erkennen, ob er nur ein hübsches Frauengesicht erblickte oder ein überirdisch schönes. »Also … für wen ist diese Skizze?«

»Für mich«, hörte sich Sandro sagen und dachte im Stillen: Und solange ich mich selber nicht zufriedenstellen kann, tauge ich nicht zum Marktschreier.

Nun war es Verrocchio, der seufzte. »Am Ende ist auch ein Künstler, der nach dem Himmel greift, auf etwas zu essen angewiesen, was aus der Erde wächst.«

Wie aufs Wort kehrte Filippino zurück in die Werkstatt. Er war noch beschäftigt, sein Mittagsmahl – mit Kuhmagen gefüllte Focaccia – in den Mund zu stopfen. Der Geruch nach Fleisch erfüllte die Werkstatt, und unwillkürlich legte Sandro erneut die Hand auf die Skizze, als gelte es, sie davor zu schützen.

»Meister, ich muss …«, setzte Filippino an.

Verrocchio hob die Hand, um ihn zum Schweigen zu bringen, wandte sich an Sandro. »Wirst du dir zu Herzen nehmen, was ich dir sagte?«

Sandro nickte.

»Meister, ich muss unbedingt …«, setzte Filippino wieder an.

Wieder folgte eine ungehaltene Handbewegung. »Du wirst dich um Aufträge bemühen, wirst vor mächtigen Familien buckeln, wirst ihnen deine Werke anpreisen?«

Sandro nickte wieder, wenn auch deutlich zögerlicher.

»Meister, nun hör mir doch zu …«

»Du wirst die Schönheit, die du anstrebst, in Münzen verwandeln, ja?«

Sandro schaffte es nicht, noch einmal zu nicken, Filippino stampfte dagegen zornig mit dem Fuß auf.

»Darum geht es ja!«, rief er. »Gerade wurde ich vom Diener eines mächtigen Mannes aufgehalten. Er erklärte, dass sein Herr dich zu sehen wünscht, weil er dich mit einem Gemälde beauftragen will.«

Verrocchio betrachtete ihn stirnrunzelnd. Die Focaccia war mittlerweile gänzlich in Filippinos Mund verschwunden, seine Lippen glänzten fettig. »Ein mächtiger Mann? Etwa einer der Medici? Ein Spini, Strozzi oder Pazzi?«

»Nein, es ist einer unserer Nachbarn hier in der Via Nuova. Der Diener kam aus dem Palazzo der Vespucci.«

Der Klang des Namens zauberte nun auch auf Verrocchios Gesicht ein breites Lächeln. »Die Vespucci wären vorzügliche Auftraggeber!«, rief er begeistert. »Sie sind Freunde der Medici, angesehen und reich, es heißt, dass sie die Kirche Ognissanti regelmäßig mit großzügigen Spenden bedenken. Wenn sie diese nun mit dem ein oder anderen Fresko ausstatten wollen, dann …«

Er drehte sich zu Sandro um und schien begeistert, dass auch der nun lächelte, wenn auch nicht wegen eines erhofften Auftrags.

Verrocchio legte beide Hände auf seine Schultern. »Du musst es klug anstellen, verdirb dir diese Chance nicht, vielleicht bekommst du nur diese eine, du musst sie nutzen.«

Diesmal fiel es Sandro leicht zu nicken. Er würde den Palazzo der Vespucci betreten … Simonetta wiedersehen … ja, er würde die Chance nutzen – die Chance, ihr Gesicht erneut zu erforschen, ihre Seele zu erspüren. Vielleicht würde es ihm dann endlich gelingen, ihre Schönheit auf Papier zu bannen.

VIII.

Der Diener, der sie empfing, wies Sandro und Filippino an, im Empfangssaal zu warten. Er ließ offen, ob er Nastagio oder ein anderes Familienmitglied zu holen gedachte, servierte ihnen immerhin zuvor einen Pokal mit Gewürzwein. Sandro ließ ihn unberührt stehen, Filippino stürzte sich gierig darauf. »Ob sie uns wohl auch ein wenig Essen bringen könnten?«

Dafür, dass er eben erst sein Mittagsmahl beendet hatte, war sein Hunger schon wieder erstaunlich groß.

»Bist du sicher, dass du den Wein verträgst?«, fragte Sandro zweifelnd, als der Junge den Pokal an die Lippen führte.

Filippino tat so, als hätte er ihn nicht gehört.

»Und wenn du ihn schon trinkst, dann tu das doch bitte, ohne zu schlürfen!«

Verrocchio hatte ihm erklärt, dass ein Lehrling sein Ansehen steigern würde, wäre der doch der sichtbare Beweis, dass er ein Meister mit eigener Werkstatt war, doch Filippino wirkte inmitten der edlen Räumlichkeiten wie ein Straßenjunge. Er hörte auch nicht auf zu schlürfen, sodass sich Sandro schließlich seufzend abwandte und die Umgebung musterte – die Fresken an den Wänden, die Gemälde auf den Decken, die Spiegel und Vasen und krapproten Keramiken.

Manche Florentiner Familien hatten nur Geld, keinen Geschmack, die Vespucci stellten beides unter Beweis.

Filippino hielt den leeren Pokal hoch. »Ob wir wohl noch mehr bekommen?«

Sandro sah ihn stirnrunzelnd an, was Filippino lediglich zu einem Schulterzucken veranlasste. Dann lugte er neugierig in den nächsten Raum, von dem eine Treppe zu den Gemächern hinaufführte.

»Bleib hier, erst wenn man uns empfängt und …«

Sandro brach ab. Er war Filippino gefolgt, um ihn zurückzuziehen, als er plötzlich eine Stimme vernahm. Nicht irgendeine Stimme. Eine, die er sofort erkannte, obwohl sie bei ihrer letzten Begegnung anders geklungen hatte. Nun ja, nicht völlig anders. Etwas von dem dunklen, tiefen Ton war mitgeschwungen, als sie sich gegen das Diebespack gewehrt hatte. Nun lag weniger Panik, aber Zorn in dieser Stimme.

Sandro stürzte auf die Treppe zu.

»Ich dachte, wir sollten hier warten, Meister!«, rief Filippino ihm nach. Sandro war geistesgegenwärtig genug, um ihm zuzurufen, dass er sich nicht vom Fleck rühren und nichts umstoßen sollte, danach aber gab es kein Halten mehr. Er stürmte die Treppe hoch, vernahm nun auch eine weitere Stimme – die eines Mannes, der nicht minder wütend schien.

Schon hatte er das erste Stockwerk erreicht, betrat erst die *sala*, das große Esszimmer, gelangte von dort in den Raum dahinter, das Studierzimmer, stand schließlich vor der Tür zu einem Raum, den keine Gäste betreten durften, schon gar nicht ungefragt. Er konnte sich gerade so weit beherrschen, an der Schwelle zu verharren, lugte aber durch den Türspalt. Simonetta stand in der Mitte des Raumes, während der Mann – offenbar ihr Gatte Marco – unruhig auf und ab ging.

»Ich verbiete dir, ihn wiederzusehen«, brüllte er. »Ich lasse nicht zu, dass du mich vor aller Welt bloßstellst.«

Sandro sah ihn nur von hinten, stellte fest, dass er groß gewachsen, schlank war. Die feinen Locken und die elegante Kleidung verrieten seinen hohen Rang, die grollenden Worte seine mangelnde Beherrschung, und regelrecht roh wirkte es, als er auf Simonetta zutrat, sie am Arm packte, sie an sich zog.

Sandro sah die Angst in ihren Augen flackern, doch nicht nur diese. »Weder dein Vater noch dein Onkel oder deine Tante werfen mir vor, die Familienehre zu beschmutzen«, entgegnete sie eisig. »Im Gegenteil. Ich steigere das Ansehen der Vespucci, weil ich das Band mit den Medici festige.«

Sie wand sich eine Weile, begnügte sich schließlich mit dem funkelnden Blick, glich der jungen Frau, wie er sie kennengelernt hatte – eine, die auch in auswegloser Lage kämpfte.

»Wenn du von meinem Vater sprichst, solltest du auch an deinen denken!«, rief Marco. »Was würde er sagen, wenn er erfährt, dass du einer läufigen Hündin gleich einem Mann nachläufst, der nicht dein Gatte ist? Es gibt Väter, die ihre Töchter für Geringeres erschlagen haben.«

»Mein Vater lebt in Genua.«

»Aus dieser Stadt war er lange Zeit verbannt, und bereits das hat ihn schlimm getroffen. Willst du ihm noch mehr Schande bereiten?«

Er ließ sie so abrupt los, dass sie kurz wankte, doch sie fing sich rasch wieder. »Er muss es ja nicht erfahren. Genauso wenig wie die Nachtwache wissen muss, was du auf Florenz' Straßen oder in der Taverne del Lino so treibst. Ich weiß, dass ein eigenes Amt eingerichtet wurde, das keine andere Zuständigkeit hat, als Männer vom Sündigen wider die Natur abzuhalten, sie notfalls streng dafür zu bestrafen. Nicht dass man es immer sehr genau nimmt. Während man anderswo penibel darauf achtet, dass die Sitten eingehalten werden, drücken die Florentiner gerne ein Auge zu, wenn das andere Auge auf genügend Geld fällt, mit dem man sie besticht. Auch wir können einen Handel schließen, der uns beiden nur Gewinn einbringt. Klage du mich nicht des Ehebruchs an, dann bezichtige ich dich nicht der Sodomie.«

Sandro konnte immer noch nicht in seiner Miene lesen, sah aber deutlich, wie Marcos Schultern bebten.

»Du drohst mir?«

»Nicht, wenn ich es nicht muss. Doch wenn du mich als läufige Hündin beschimpfst, solltest du dich fragen, was dann du bist. Ein Schwein, das sich im Schlamm wälzt?«

Ihr Gesicht verzerrte sich, und auch wenn Sandro ihre Ohnmacht verstand, tat es weh, sie so zu sehen. Noch unerträglicher war es allerdings, obendrein Furcht zu wittern, als Marco drohend seine Hand hob. Obwohl Sandro wusste, dass er im Zweifelsfall gegen diesen kräftigen Mann wenig ausrichten konnte, stürzte er in den Raum. Die lauten Schritte ließen Marco immerhin zusammenschrecken. Er fuhr herum, und obwohl er die Hand weiter erhoben hielt, entging es Sandro nicht, dass sie jäh zu zittern begann.

»Signor Vespucci!«, rief Sandro und legte alle Verachtung, derer er fähig war, in seine Stimme.

»Was habt Ihr hier verloren?«, blaffte Marco ihn empört an.

Als er auf ihn losging, rechnete Sandro damit, dass er die Ohrfeige abbekommen würde, die der andere eben noch seiner Gattin zugedacht hatte. Doch Simonetta, obwohl immer noch vor Furcht erbebend, stellte sich blitzschnell vor ihn.

»Lass ihn in Ruhe!«, rief sie. »Das ist Sandro Botticelli, der Maler, dem dein Onkel einen Auftrag erteilen wird. Ich selbst konnte ihn davon überzeugen, was umso leichter gelang, als ich erklärte, dass er bereits ein Bild für Giuliano de' Medici malte.«

Sandro entging es nicht, wie sehr es in Marco brodelte, doch es war nicht nur Wut, die sein Gesicht verzerrte. So roh er Simonetta auch behandelte – Sandro fühlte, dass sich hinter der Maske des gekränkten Mannes ein verstörter Knabe verbarg, der nur um sich schlug, um von seinen Ängsten abzulenken.

Endlich ließ er seine Hand sinken, stierte kurz Sandro an, dann Simonetta, schritt schließlich wortlos von dannen.

Eine Weile war nichts zu hören als raue Atemzüge. Waren es Simonettas? Waren es seine eigenen? Bis jetzt hatte er einzig ihr Gesicht gemustert, nun nahm er flüchtig wahr, dass sie edlere Kleidung trug als bei der letzten Begegnung. Die Haare, die ihr damals offen und wirr über den Rücken gefallen waren, hatte sie heute zu zwei dicken Zöpfen geflochten. Eine Strähne hatte sich gelöst, fiel ihr ins Gesicht. Übermächtig wurde sein Verlangen, sie zurückzustreichen, mit den Fingerkuppen flüchtig ihre leicht errötete Haut zu berühren. Er hatte gedacht, es gäbe kein größeres Glück für ihn, als sie zu malen. Aber plötzlich wusste er: Noch übermächtiger war sein Verlangen, sie zu spüren.

»Mir scheint, du kommst immer zur rechten Zeit, um mich

zu retten«, murmelte sie, »einmal mehr bin ich dir zu Dank verpflichtet.«

Dass sie sich an ihre erste Begegnung erinnerte und er nicht vollends in Giulianos Schatten verschwand, stimmte ihn froh. Ihre ausdruckslose Stimme, die kein Gefühl mehr verriet, verstörte ihn allerdings. Obwohl er ihr erst zum zweiten Mal begegnete, kannte er nun schon so viele ihrer Gesichter – das ängstliche, verzagte, das zornige, entschlossene, das beherrschte, nüchterne. Er wusste nicht, welches am schönsten war – nur, dass er sie viel zu selten glücklich gesehen hatte.

»Ich denke, ich habe eher dir zu danken. Warst es wirklich du, die Nastagio überzeugt hat, mich zu empfangen?«

Sie hob nun selbst die Hand, um die Haarsträhne zurückzustreichen. »Wahrscheinlich hättest du allein aufgrund deines Talents und weil du ein guter Mensch bist, verdient, dass ich mich für dich einsetze«, sagte sie leise. »Ich muss jedoch gestehen, dass ich aus Eigennutz handelte. Ich wollte dich unbedingt wiedersehen.«

Die Röte war aus ihrem Gesicht verschwunden, die Haut hatte wieder jenen alabasterfarbenen Ton angenommen. Er selbst glaubte hingegen zu glühen, sein Herz hämmerte gegen die Brust, die zu klein dafür zu werden schien. Sie hatte ihn wiedersehen wollen …

Seine Lippen hatten sich bereits zu einem Lächeln verzogen, ehe ihm aufging, dass ihre Worte ganz anders gemeint waren, als er kurz gehofft hatte. Es war mitnichten so, dass sie sich in gleicher Weise nach ihm verzehrte wie er nach ihr.

»Ich wollte dich wiedersehen, weil ich erfahren muss, wer die Frau auf dem Bildnis ist, das du in Giulianos Auftrag gemalt hast«, erklärte sie prompt.

Einen Augenblick lang hatte er vergessen können, dass er jemals eine andere gemalt hatte als sie. Einen Augenblick lang hatte er ja auch vergessen können, dass sie Giuliano de' Medicis Geliebte war. Doch als sie nun näher trat, er zwar die Wärme ihres Atems spürte, jedoch keine in ihrem Blick stand, fiel ihm wieder umso deutlicher ein: Ich bin nicht der Mann, der die Macht hat, sie zum Lächeln und ihr Gesicht zum Leuchten zu bringen. Ich bin für sie nur ein Mittel zum Zweck.

»Nun sag schon, wer ist diese Frau? Sie muss dir Modell gestanden haben, oder? Es ist nicht möglich, dass du dich nicht an sie erinnerst!«

Und ob es möglich war. Sämtliche Erinnerungen zerfielen in ihrer Gegenwart zu einer Handvoll Staub, den ein einziger Windstoß verwehen konnte. Hätte er das allerdings zugegeben, hätte sie es womöglich für plumpe Schmeichelei gehalten. Und es war ja auch nicht so, dass ihm nicht wieder einfiel, auf welches Bildnis sie anspielte. Er hatte es vor so langer Zeit gemalt, dass er um Simonettas willen gehofft hatte, Giuliano läge nichts mehr daran. Doch der sachte Schmerz, den er in ihrem Blick schimmern sah, bekundete das Gegenteil.

»Nun sag mir endlich ihren Namen. Ist sie eine Florentinerin? Entstammt sie einer reichen Familie? Einer adeligen?«

Er bemühte sich, die Sprache wiederzufinden, und sei es nur, um sie davon abzuhalten zu reden. Er wollte nicht hören müssen, dass etwas an ihrer Stimme kratzte … an ihrer Schönheit … an der Fröhlichkeit, der Leichtigkeit, die doch tief in ihr versteckt sein mussten.

»Ihr Vater ist ein Rechtsgelehrter«, sagte er leise. »Sein Name lautet Antonio Gorini …«

»Gorini«, wiederholte sie flüsternd.

»Und bei der Frau auf dem Bildnis handelt es sich um Antonietta Gorini. Sie wird aber von allen Fioretta genannt.«

Fioretta, das Blümchen. Mehr war diese andere Frau auch nicht, sie blühte nicht annähernd so schön wie sie selbst. Aber als sich Simonetta mit verschlossenem Blick abwandte, wirkte sie welk wie nie.

»Ich glaube, der Onkel meines Mannes ruft nach dir«, sagte sie leise.

Tatsächlich vernahm er in der Ferne eine Stimme, doch er konnte sie unmöglich einfach so stehen lassen, erst recht nicht, als er merkte, wie ihre Schulter leicht bebte, sie erneut Fioretta Gorinis Namen hauchte.

»Simonetta«, sagte er eindringlich. »Ich wünschte mir, ich hätte anstelle dieser Frau dich malen dürfen. Du bist die schönste Frau, die mir je vor Augen gekommen ist. Seit ich dich sah, gilt mein ganzes Streben, dich für die Ewigkeit festzuhalten. Hübsch sind andere auch. In dir sehe ich etwas, das ansonsten nur große Kunst verspricht – jenen Funken der Ewigkeit, eine Schönheit, die nicht von dieser Welt ist … eine Göttin.«

Sie starrte ihn an, und statt in nur ein Gesicht glaubte er in derer zwei zu blicken. Eines war tief gerührt von seinen Worten, konnte diesen auch Glauben schenken, daraus Selbstvertrauen ziehen, das andere war zur Maske gefroren, die aufzusetzen sie jener harte Teil des Wesens zwang. »Nun geh schon zu Nastagio. Er hat einen Auftrag für dich, offenbar will er, dass du ein Gemälde vom heiligen Augustinus für ihn fertigst.«

Hätte in diesem Augenblick jemand behauptet, der heilige Augustinus wäre kein Kirchenlehrer, sondern ein Trunkenbold gewesen, er hätte ihm nicht widersprochen. Alsbald fand er aber die Fassung wieder. Auch wenn der Mann in ihm zum lallenden Idioten zu werden drohte, er war zugleich der Künstler, der wusste: Für ein vollendetes Gemälde waren unendlich viele Arbeitsschritte notwendig. Und diesen Auftrag anzunehmen, war vielleicht der erste Schritt, um irgendwann auch sie zu malen, würde er in der nächsten Zeit doch immerhin bei ihr ein und aus gehen.

Simonetta brauchte eine Weile, um das richtige Haus zu finden, glich in jener Straße doch eins dem anderen. Sie alle hatten keine edlen Marmorfassaden wie die Palazzi, immerhin Vorbauten aus Ziegeln und Fenster zur Straße hin, und nicht die kleinen Luken der armen Leute, die mit Balken verschlossen waren, sondern welche aus Glas. Eine Weile stand sie vor der Tür, konnte sich nicht durchringen, daran zu klopfen. Dass sie es tat, hatte am Ende nicht nur mit ihrer Neugierde auf die Nebenbuhlerin zu tun, die sie hierhergetrieben hatte, der Frage, ob sie sich mit ihr messen konnte, sondern mit der Tatsache, dass es vorhin schon zu tröpfeln begonnen hatte und nun der Himmel regelrecht seine Schleusen öffnete. Bis ihr die Tür endlich aufgetan wurde, perlten die Regentropfen von ihrem Gesicht. Das, was eine Frisur gewesen war, löste sich auf, und als auch ihr Kleid von Feuchtigkeit durchtränkt wurde, klapperten ihr endgültig die Zähne. Der ältliche Diener, der ihr öffnete, machte dennoch keine Anstalten, zur Seite zu treten. Mehrmals hatte sie nun schon ihren Namen genannt, bis ihr aufging, dass er sich mit einem knappen »Simonetta« nicht zufriedengeben würde. War sie allerdings noch eine Cattaneo, eine Vespucci? War sie nicht bloß eine Rivalin, die verzweifelt um Giulianos Liebe kämpfte, sich von dem Treffen mit Fioretta die Gewissheit erhoffte, sie könnte aus diesem Kampf als Siegerin hervorgehen?

»Nun lass sie doch eintreten, Stefano!«, ertönte plötzlich eine Stimme. Der Diener machte nur einen winzigen Schritt, sie musste sich regelrecht an ihm vorbeidrängen. Der Flur, den sie erreichte, war so dunkel, dass sie nur fühlte, nicht sah, wie sich unter ihr eine kleine Pfütze bildete. Auch das Gesicht der Frau am Ende des Flurs lag im Dunkeln, sie konnte jedoch ihre Kleidung erkennen und dass sie *gamurrina* trug, eine Art Weste aus grobem Wollstoff, die zwar Wärme verhieß, aber keine Eleganz.

Nun, in diesem Augenblick hätte sie auch der Wärme den Vorzug gegeben.

»Bring ihr doch bitte ein Tuch, Stefano.«

Mit einem leisen Murren auf den Lippen verschwand der Diener, und Simonetta wagte, einen Schritt auf die Frau zuzumachen. Bis dahin hatte sie es nur geahnt, jetzt wusste sie es – es war wirklich Fioretta Gorini, die Frau mit den dunklen Augen und dem braunen Haar, die sie vom Bildnis kannte. So akkurat Sandros Bildnis ihr Gesicht wiedergegeben hatte – sie hatte sie sich ganz anders vorgestellt, erwartet, dass sie ein purpurnes Gewand trüge. Nun aber sah sie, dass nicht nur die *gamurrina* aus grobem Stoff gemacht war, auch der lange Kittel darunter. Und die Haare waren nicht etwa kunstvoll aufgesteckt, sondern in der Mitte gescheitelt und am Hinterkopf zu einem strengen Knoten gebunden, sodass es eng am Kopf lag und dieser kleiner wirkte.

Die Frau sah zweifellos freundlich aus, sie war jedoch nicht die überirdische Schönheit, mit der sie insgeheim gerechnet hatte. Ausgerechnet das Mittelmaß machte ihr aber Angst. Wäre Fioretta wunderschön gewesen, sie hätte verstehen können, dass Giuliano ihr verfallen war und nicht von ihr lassen wollte. So aber beschlich sie die vage Ahnung, dass die andere mit einer Waffe um seine Liebe kämpfte, gegen die sie nicht auch nur die geringste Chance hatte.

Dass Fioretta lächelte, machte die Sache nicht leichter. Sie hörte auch dann nicht damit auf, als Simonetta einmal ihren Namen nannte, ihn sogar wiederholte. »Weißt du denn nicht, wer ich bin?«, fragte sie schließlich hilflos.

Fioretta lächelte immer noch. »Ich glaube, Stefano widersetzt sich meinem Befehl und ist nicht bereit, dir ein Tuch zu bringen«, sagte sie mit einer glockenhellen Stimme, die nicht zu den dunklen Augen, dem rauen Gewand passte. »Er hat wohl die Gerüchte um dich und Giuliano gehört und denkt, du wärst meine Widersacherin, an der er sich rächen muss. Was für ein Dummkopf!« Das Lachen klang noch heller, ob auch triumphierend, konnte Simonetta nicht so recht sagen.

»Nun komm schon, hier drinnen ist es etwas wärmer.«

Der Raum, in den sie Simonetta führte, war schlicht und düster. Im Kamin brannte ein Feuer, jedoch nicht kräftig lodernd, nur bläulich glimmend. Simonetta trat auf ihn zu, spürte keine Wärme.

»Warum nennst du deinen Diener einen Dummkopf?«, fragte sie heiser. »Hast nicht auch du Grund, mir Übles zu wollen?«

»Aber warum denn?«, rief Fioretta ehrlich erstaunt. »Weil Giuliano sich mit dir vergnügt? Oh, er soll ruhig seinen Spaß haben. Du bist nicht die Erste und wirst nicht die Letzte sein, mit der er sich auf den Laken wälzt. Welche Mutter zürnt ihrem Sohn, weil er lieber mit seinem kleinen Segelschiffchen spielt, anstatt sich an ihre Rockzipfel zu hängen? Sie weiß ja doch, dass er Geborgenheit und Liebe am Ende bei ihr sucht.«

Fioretta trat ebenfalls zum Kamin, und der rötliche Schein ließ ihre Haare bronzen glänzen.

Simonetta verkrampfte ihre Hände ineinander. Sie war nicht mit Hass im Herzen hierhergekommen, nur mit Verzweiflung. Jetzt aber regte sich leiser Hader, weil die andere nicht im Geringsten eine Nebenbuhlerin in ihr sah. So wie sie Giuliano mit einem Jungen, der mit seinem Segelschiffchen spielte, verglich, schien sie in ihr ein kleines Mädchen zu sehen, das sich grämte, weil ihm eine Murmel zwischen die Pflastersteine gerollt war. Mitleid war aber das Letzte, was Simonetta wollte … brauchte. Hätte sich die eigene Eifersucht in diesen dunklen Augen gespiegelt, sie hätte sie zumindest mit dieser Frau teilen können. So schien es, als würde nur ihre Seele davon vergiftet werden, die von Fioretta aber rein bleiben.

»Du willst sagen, du bist die Mutter und Giuliano das Kind?«, entfuhr es ihr schriller, als sie es gewollt hatte.

Fioretta verschränkte die Arme vor der Brust. »Dass dich das erstaunt, verrät, dass du nicht viel von ihm weißt.«

»Ich weiß, dass ich ihn liebe!«, rief sie im Brustton der Überzeugung. »Und er mich auch«, fügte sie hinzu und kämpfte darum, dass diese Worte ebenso laut und nicht gepresst über ihre Lippen kamen.

Fioretta bestritt es nicht einmal. »Mich liebt er länger«, murmelte sie nur, »schon seit vielen Jahren. Wir waren beide noch sehr jung, als wir uns zum ersten Mal begegnet sind, gerade erst der Kindheit entwachsen. Mein Vater ist ein Rechtsgelehrter, wie du vielleicht weißt, und er wurde damit beauftragt, Lorenzo und Giuliano die wichtigsten Gesetze von Florenz beizubringen. Lorenzo erfasste sie schnell, Giuliano brauchte etwas länger, aber ich … ich half ihm. Ich tröstete ihn, wenn Lorenzo über ihn lachte und mein Vater streng zu ihm war. Ich wurde seine Freundin, seine Gefährtin, mit der er bald alles teilte. Ich wurde auch die Frau, bei der er die Freuden der körperlichen Liebe kennenlernte, so wie er mein erster Mann war. Seine Leidenschaft für mich mag seit damals abgeebbt sein, ich weiß, dass es immer andere Frauen neben mir gab und geben wird. Doch das Band zwischen uns wurde über die Jahre stärker, es ist aus so vielen Fäden gewoben: Vertrauen, Erkennen, Geborgenheit, Gewohnheit. Niemand … auch du nicht … wird es jemals zerschneiden können.«

Das war so viel mehr, als Simonetta hatte hören wollen. Wobei sie nicht einmal benennen konnte, auf welche Worte sie stattdessen gehofft hatte. Auf eine Beleidigung vielleicht, die die Furcht bekundete, Giuliano zu verlieren? Auf das Flehen, bitte nimm ihn mir nicht ganz?

Beides lag ihr selber auf den Lippen, aber beides machte keinen Sinn.

»Du bist dir seiner sehr sicher«, murmelte sie stattdessen und gestand sich insgeheim ein: Worum sie Fioretta noch mehr beneidete als um das, was sie mit Giuliano verband, war diese Gelassenheit, diese innere Ruhe, die Erhabenheit über alle Nöte und Qualen der Liebe.

Die andere betrachtete sie eine Weile schweigend, ehe sie endlich erklärte: »Giuliano bekommt von mir, was ihm sonst keine zu geben hat. In seinem Leben werden immer wieder Frauen auftauchen und gehen, die frivoler sind als ich, hübscher, reicher, mächtiger. In nicht allzu ferner Zukunft wird er eine Frau heiraten, die ihm Kinder schenkt. Aber das alles ändert nichts daran, dass ich für ihn die Eine bleibe, seine Jugendliebe, seine Vertraute.«

Mir vertraut er doch auch, wollte Simonetta rufen, biss sich jedoch zuvor auf die Lippen. Sie wollte sich nicht noch mehr erniedrigen, bestätigen, dass sie ein dummes Mädchen war, das nichts von Giuliano wusste. Es stimmte zwar, dass Giuliano auch ihr viel über sich anvertraut hatte, offen und ehrlich bekannt hatte, wie sehr es ihn quälte, im Schatten seines Bruders zu stehen, auch dass Lorenzo nicht nur alle Talente bekommen hatte, sondern obendrein die ganze Liebe ihrer Mutter, die für ihren Zweitgeborenen nur Strenge und Verachtung übrig gehabt hatte. Doch hinterher schien es ihm unangenehm gewesen zu sein, anstatt das Thema zu vertiefen, hatte er es nie wieder angesprochen. Mehr als nur einmal hatte er ihr zu verstehen gegeben – er wollte ihren nackten Körper besitzen, im Gegenzug aber nicht seine Seele entblößen.

Das tat er offenbar nur bei Fioretta.

Sie ist das Herdfeuer, an dem er sich wärmen kann, ging es Simonetta auf. Die mütterliche Vertraute, die ihn für die Kälte der echten Mutter entschädigt. Die Frau, die keinen Anspruch auf ihn hat, aber immer da ist, wenn er von den Abenteuern des Lebens zurückkehrt. Die Frau, die Geborgenheit schenkt, ohne etwas dafür zu fordern. Schließlich die Frau, bei der der gekränkte, hilflose Junge nicht die Maske des stolzen starren Mannes aufsetzen muss. In ihrer Gegenwart kann er … echt sein.

War er es je bei ihr gewesen? War sie es je wirklich bei ihm gewesen?

All das, was er bei Fioretta fand, konnte sie ihm jedenfalls nicht geben, weil es ihr doch selbst daran mangelte.

Fioretta trat vor, und plötzlich lag ihre Hand auf Simonettas Schulter. »Du solltest heimgehen, Mädchen, deine Kleidung ist ja vollkommen durchnässt. Wenn du sie nicht bald wechselst, holst du dir noch den Tod.«

In ihren Augen spiegelte sich die Glut, während Simonetta noch nicht einmal die Wärme des Kamins spürte. Ihre Lippen waren wahrscheinlich bläulich verfärbt, ihr Gesicht von ungesundem Weiß, die Haare hingen triefend ins Gesicht.

Wie sollte sie Fioretta, die sie nicht bloß ein Mädchen nannte, sondern sie wahrscheinlich für ein armes, dummes hielt, etwas entgegenstellen, das ihr erbärmliches Äußeres nicht sofort Lügen strafte? Was hatte sie Giuliano zu bieten, für den sie wohl nichts weiter als ein Zeitvertreib war?

Fioretta triumphierte noch nicht einmal, sie zeigte ihr nur noch mehr Mitleid – die tödlichste Waffe, weil sie ohne Spitzen und scharfer Klinge auskam und schleichend wirkte wie Gift.

Simonetta wandte sich ab, stolperte über den Saum des nassen Kleides, sank auf die Knie. Erneut fühlte sie Fiorettas Hand auf ihrer Schulter, witterte darin das stumme Angebot, ihr aufzuhelfen.

Simonetta konnte es nicht annehmen. Sie rappelte sich von selbst wieder hoch, doch die Hoffnung, dadurch ein wenig Würde zurückzuerobern, auch ein wenig Stolz, erfüllte sich nicht. Das Einzige, was ihr erspart blieb, war eine weitere Berührung Fiorettas.

Sie drehte sich nicht nach ihr um, als sie den Raum verließ. Erst im Flur blieb sie kurz stehen, sah, dass dort ein Spiegel hing.

Obwohl er matt war, sich kaum mehr als ihre verschwommenen Konturen darin abbildeten, reichte es, um zu wissen, dass sie nie einen solch erbärmlichen, durch und durch zerstörten Anblick geboten hatte wie heute.

Ihre Knie bebten wie der restliche Leib, sie hatte Angst, ein zweites Mal zu stolpern, brauchte ihre ganze Willenskraft, um sich aufrecht zu halten.

So darf Fioretta mich nie mehr sehen, ging es ihr durch den Kopf.

So darf Giuliano mich nie mehr sehen.

So darf mich überhaupt niemand mehr sehen.

Mit einem Anblick wie diesem erntete man nichts als Mitleid oder Überdruss, und beides wollte sie nicht in anderen Mienen lesen. Bei Männern wollte sie Begierde wecken, Wohlwollen, Liebe, bei Frauen Respekt, Bewunderung, vielleicht ein wenig Neid. Aber das erreichte man nicht, indem man durch den Regen lief, verzweifelt um Liebe kämpfte, seine Gefühle nicht im Griff hatte.

Jäh dachte sie an ihre Begegnung mit Sandro Botticelli, jenem Künstler, der so leise, so zurückhaltend auftrat und dessen Blick doch stets so intensiv auf ihr ruhte, als gelte es, sie nicht einfach nur anzuschauen, sie zu durchdringen und etwas wahrzunehmen, was kein anderer sah. Als Schönheit, die nicht von dieser Welt war, hatte er sie heute bezeichnet, gar als Göttin, und seine Worte, so schlicht wie ehrlich, hatten sie nicht nur mit Wärme erfüllt, mit Selbstvertrauen, sie gaben ihr jetzt neue Hoffnung. Wenn er eine solche Göttin in ihr sah, konnte sie vielleicht auch selbst eine in sich erkennen … und alle Welt dazu bringen, das ebenfalls zu tun.

Sie warf einen letzten Blick in den Spiegel.

Nie wieder werde ich mir eine solche Blöße geben, beschloss sie. Nie wieder mich so erniedrigen.

Nachdem sie das Haus Gorini verlassen hatte, regnete es immer noch, aber sie beeilte sich nicht, heimzukommen, sie hatte ein anderes Ziel.

IX.

Nina heulte in einem fort, und obwohl Cosima zunächst das Ihre dazu beigetragen hatte, weil sie sie wüst beschimpft hatte, tätschelte sie ihr nun die Wange.

»Na komm schon, jetzt ist es zu spät, die eigene Dummheit zu beklagen. Du hast dich betrügen lassen, du hast vergessen, was ich dir stets eingebläut habe.«

Rotz und Tränen troffen über Ninas Wangen, und Cosima reichte ihr ein Tuch, damit sie sich abwischen konnte. »Ich weiß«, jammerte Nina, »du hast oft gesagt, wir müssten uns das Geld immer vorher geben lassen.«

»So ist es«, sagte Cosima. »Und ich habe dich ebenso davor gewarnt, einen Mann in dessen Wohnung zu begleiten. Im schlimmsten Fall bringt er dich nicht nur um das Geld, das dir für deine Dienste zusteht, er unterstellt dir auch noch, eine Diebin zu sein, und droht, dich der Stadtwache auszuliefern, wenn du ihm nicht noch einmal zu Willen bist.«

Obwohl keine neuen Tränen aus den Augen quollen, bebten Ninas Schultern weiterhin. Cosima fragte sich insgeheim, ob Nina wirklich für dieses Geschäft gemacht war und ob es ihr beim Wäschewaschen oder Betteln besser ergehen würde. Von den drei Mädchen, die sie als Huren hatte anlernen wollen, war sie allerdings als Einzige geblieben, und sie konnte es sich nicht leisten, sie auch noch zu verlieren.

Im Grunde ist ja niemand dafür gemacht, ging es ihr durch den Kopf.

Sie musste an ihre Anfangszeit als Kurtisane denken, als ihre Seele einem Krug gleich zu Bruch gegangen war. Sie hatte es geschafft, die Scherben wieder kunstvoll zusammenzusetzen, aber was immer man künftig in diesem Krug fassen konnte – es waren niemals wieder Träume von einer besseren Zukunft gewesen.

Allerdings war Nina nicht geholfen, wenn sie nun selbst verzagte.

»Du musst immer daran denken: Die eine Stunde mit einem Mann, so grässlich sie auch sein mag, kostet weniger Mühen, als sich fürs gleiche Geld die Hände an fremder Wäsche wund zu schrubben, ja?«

Nina nickte, aber die Schultern hörten nicht auf zu zittern.

»Na komm, das Tuch reicht nicht. Wasch dir dein Gesicht gründlich mit Wasser und Seife. Amiri soll dir etwas zu essen bringen, und das nächste Mal empfängst du den Kunden hier in meiner Wohnung, wie es ausgemacht war. Außerdem …«

Sie griff nach einem Ledersäckchen und weckte damit zumindest Ninas Neugierde.

»Was ist das?«, fragte sie. »Ein Mittel, um die Rötungen im Gesicht zu verbergen?«

Cosima schüttelte den Kopf. »Nein, ein Pulver aus einem Dutzend Zutaten, von denen ich mindestens eine stets vergesse.

Jedenfalls gehören Enzianwurzeln dazu und Wermut und Mutterkraut und Pfeffer, und wenn du regelmäßig davon nimmst, verhinderst du, ein Kind zu empfangen.«

Ninas Miene wurde irgendwie traurig, als sie das Säckchen nahm. »Bist du … bist du jemals schwanger gewesen?«

»Gott behüte! Ein Kind zu kriegen, ist für eine Kurtisane das Gleiche wie für einen Gerber, in seine Grube zu fallen – nämlich ein schrecklicher Unfall. Auf dieses Pulver allein darfst du dich übrigens nicht verlassen. Nachdem du mit einem Mann Verkehr gehabt hast, solltest du dir auf deinen Bauch schlagen oder stark niesen.« Nina nickte, ließ den Kopf aber tief hängen. »Und nun geh. Morgen leihe ich dir vielleicht eines meiner schönsten Kleider, du weißt schon, das aus Seidenbrokat mit den langen Bändern und den Schnüren auf dem Rücken.«

Auf Ninas Eitelkeit war Verlass, sie brachte sogar ein zaghaftes Lächeln zustande, ehe sie davonschlurfte, doch Cosima fürchtete, dass alsbald wieder die Verzweiflung durchschimmern würde.

Nun, sie war auch verzweifelt, als ihr Blick durch den Raum glitt. Das wenige Geld, das Nina bislang eingebracht hatte, reichte kaum, um sich satt zu essen, und deswegen hatte sie in den letzten Wochen beginnen müssen, ihr Mobiliar zu verkaufen. Auf ein Bildnis der heiligen Maria Magdalena, der Patronin der Huren, hatte sie noch leicht verzichten können. Um den Marmortisch mit den gewundenen Füßen tat es ihr schon mehr leid. Noch schlimmer war es, einen der lederbezogenen Sessel zu opfern, und sie konnte gar nicht daran denken, dass sie sich irgendwann von ihrem französischen Nussholzbett würde trennen müssen.

Aufseufzend ließ sie sich auf jenes Bett sinken, als die Tür erneut aufgestoßen wurde.

Wenn das Amiri ist und in seinen Augen wieder der stumme Vorwurf steht, weil ich dieses arme junge Mädchen für mich arbeiten lasse, dann …

Es war tatsächlich Amiri. Allerdings nicht nur er. Ein Mann drängte sich an ihm vorbei, stürzte auf das Bett zu. Cosima hatte sich noch nicht erhoben, als er sie schon packte, hochzerrte. Sie kämpfte gegen seinen Griff an – auch Amiri versuchte ihr zu helfen, wollte den anderen zurückzerren. Doch der versetzte ihm mit der freien Hand einen Faustschlag. Cosima schrie auf, als Amiri, ihr großer, starker Amiri, auf die Knie sackte. Schon hob der Hüne sein Bein, um ihm den Rest zu geben.

»Nicht!«, rief Cosima. »Was immer du willst, ich gebe es dir.«

Der Hüne ließ das Bein sinken, sein Griff um Cosimas Oberarm wurde dagegen noch stärker.

»Du weißt genau, was ich will.«

In der Tat konnte Cosima es sich denken. Sie wusste, wer der Hüne war, kein Dieb nämlich, dessen Gier man mit einem Schmuckstück sättigen konnte. Von ihm drohte noch Schlimmeres.

Stöhnend hatte sich Amiri wieder hochgekämpft, machte erneut Anstalten, sie vor dem anderen zu schützen. Doch Cosima konnte nicht zulassen, dass er einen zweiten Faustschlag abbekam.

»Du wirst doch nicht auf Rino losgehen!«, rief sie und versuchte zu übertönen, wie jämmerlich ihr zumute war. »Besser, du bringst unserem lieben … *Gast* ein Glas Wein.«

Amiris Blick war skeptisch, und Cosima musste ihm dreimal zunicken, damit er endlich verschwand.

»Du glaubst doch nicht, dass es mit einem Glas Wein getan ist?«, blaffte Rino sie an.

»W-w-w-was willst du hier?«, stammelte Cosima.

»Wie gesagt, das weißt du ganz genau. So wie du das Gesetz ganz genau kennst.«

Cosima ahnte, dass er nicht auf das Gesetz von Florenz anspielte, sondern auf ein ungeschriebenes der Familie Pazzi – jener Familie, der Rino diente. Die Pazzi waren mindestens so reich wie die Medici, allerdings nur fast so mächtig und darum von Neid erfüllt.

»Gewiss«, sagte sie schnell und biss sich fast auf die Zunge, weil ihr die Zähne derart klapperten. »Man versäumt nie eine Zahlung, wenn sie für die Pazzi bestimmt ist.«

»So ist es.« Rino ließ sie endlich los, doch sein höchst bedrohlicher Anblick ließ sie dennoch erschaudern. Sie wusste nicht, ob er Rino genannt wurde, weil das eine Abkürzung von Renato oder von Rinoceronte – Nashorn – war. Sie konnte sich in seiner Gegenwart jedenfalls vorstellen, wie ein solches Nashorn aussah. Nicht nur, dass dem Hünen mehrfach die Nase zertrümmert worden und diese wieder schief zusammengewachsen war – auf seiner Stirn befand sich eine eigentümliche Schwellung, die entfernte Ähnlichkeiten mit einem Horn hatte.

»Und wie viele Tage ist es nun her, dass du deine Miete hättest zahlen müssen, es aber nicht getan hast?«, brüllte er.

Cosima wich zurück, kam aber nicht weit. Schon stieß sie schmerzhaft gegen den Bettpfosten.

»Die Pazzi werden ihre Miete selbstverständlich bekommen«, rief sie. »Aber ich kann dir das Geld schwerlich geben, solange du mich in die Ecke drängst.«

Es bedurfte all ihrer Willenskraft, nicht zu taumeln, als er zurücktrat, ihr den Weg freigab. Noch schwerer fiel es ihr, eine Truhe zu öffnen, die Schatulle herauszuholen, in der sie ihre letzten Reserven aufbewahrte. Sie hatte nie daran rühren wollen, denn solange sie diese Münzen besaß, hatte sie vermeint, noch einen guten Schritt vom Abgrund entfernt zu stehen. Doch in Rinos Gesicht zu blicken, war noch furchterregender als dieser Abgrund.

Sie gab ihm den Beutel, er machte sich nicht einmal die Mühe nachzuzählen. Wahrscheinlich wollte er sich nicht die Blöße geben, dass eine Münze aus seinen unförmigen Pranken kullerte. Sein finsterer Blick bekundete allzu deutlich, dass er zurückkehren würde, wenn sie ihm nicht genug gegeben hatte. Und dann würde er ihren Arm nicht einfach nur packen, er würde ihn brechen. Er stieß ein letztes Schnauben aus, ehe er endlich die Wohnung verließ.

Cosima stützte sich schwer an einem Tisch ab, wurde kaum des Zitterns ihrer Knie Herr. Dieses ließ erst etwas nach, als Amiri zurückkam. Er trat zu ihr, umarmte sie, bettete ihren Kopf an seine Brust.

»Ist dir auch wohl?«, fragte er besorgt.

Es fiel ihr schwer, den Kopf von seiner Brust zu lösen, sie tat es dennoch, um ihm ins Gesicht schauen zu können. Gottlob war es nicht schmerzverzerrt. »Viel wichtiger ist es, dass es dir gut geht!«, entfuhr es ihr. »Er hat dich übel getroffen!«

Ihr entging nicht das leichte Beben seines Körpers, aber er biss sich auf die Lippen, rang sich sogar ein Lächeln ab.

»Es gibt nicht viele, die sich um einen Sklaven sorgen.«

Cosima lächelte schief. »Für andere mag ein solcher wie ein

Möbelstück sein, aber wenn das Nussholzbett zerbrochen wäre, würde ich es auch schade finden.«

Er erwiderte ihr Lächeln. »Dass du mir so viel Wert zusprichst wie deinem Nussholzbett, ehrt mich.«

Rasch wurde sie wieder ernst. »Ich frage mich nur, wie lange ich noch darin schlafen … wie lange ich überhaupt noch in dieser Wohnung bleiben werde … Ich … ich muss dringend Geld verdienen!«

Sie seufzte, und Amiri tat es ihr gleich. Er wusste wie sie: Es war ein Glücksfall gewesen, dass die Pazzi, die selbst keinen Steinwurf vom Dom entfernt lebten, aber in allen Vierteln Florenz' Besitz ihr Eigen nennen konnten, ihr diese Wohnung vermietet hatten. Aber er wusste auch, wie gnadenlos sie gegen alle vorgingen, die sie um das zu betrügen drohten, was ihnen zustand. Schlimm genug, dass die Medici ihnen den Rang der führenden Familie von Florenz abgelaufen hatten und sie gute Miene zum bösen Spiel machen mussten – die Größe, ihren Schuldigern etwas nachzusehen, hatten sie nicht.

»Was willst du nun tun?«, fragte Amiri.

»Mich ein wenig ins Nussholzbett legen?«, fragte sie.

Natürlich war das keine Lösung, aber sie wollte sich kurz dem Trug hingeben, dass es noch einen Ort gab, wo sie sich sicher fühlte, geborgen. Wobei das weniger am dunklen Holz läge als vielmehr an Amiri, der neben diesem Bett stünde.

Doch ehe sie darauf niedersinken konnte, klopfte es erneut an der Tür.

»Madonna!«, entfuhr es Cosima. »Rino wird doch nicht jetzt schon zurückkommen.«

»Wenn er es wäre, würde er die Tür einschlagen.«

»Vielleicht ist es ein Kunde für Nina?«, überlegte Cosima, und Hoffnung, dass sich eine neue Geldquelle auftat, überwog die Sorge, dass das Mädchen im Moment nichts mit einer begehrenswerten Kurtisane gemein hatte.

Ehe Amiri zur Tür treten konnte, drängte sie sich an ihm vorbei, um selbst zu öffnen. Als ihr Blick auf die Frau fiel, die vor ihrer Schwelle stand, entfuhr ihr ein »Herrje«.

Vorhin hatte sie gedacht, dass sich keine Frau in erbarmungswürdigerem Zustand befinden könnte als Nina. Und der Zusammenstoß mit Rino hatte sie selbst gewiss um mindestens ein weiteres Jahr altern lassen. Doch gemessen an dieser Frau, waren sie beide das blühende Leben.

»Herrje«, wiederholte sie, ehe sie Simonetta Vespucci eintreten ließ.

Es war nicht so, dass sie sie noch nie verstört gesehen hätte. Als sie damals ihre Hilfe gesucht hatte, weil sie Marcos Herz nicht gewinnen konnte, hatte sie ebenfalls verloren gewirkt. Doch heute war sie obendrein in den Regen geraten. Das Haar war nicht einfach nur zerzaust, sondern so nass wie ihre Kleidung, und das Zittern verriet, dass sie nicht nur von Schluchzern gebeutelt wurde, obendrein schrecklich fror. Cosima zog Simonetta in ihr Gemach und hatte ihr bereits einen Mantel umgelegt, ehe sie sich fragte, ob das wirklich eine gute Idee war. Womöglich verlor der Stoff seine Form, wenn er nass wurde, und sie konnte es sich nicht leisten, ein gutes Kleidungsstück zu ruinieren. Aber wenn Simonetta zu zittern aufhörte, würde es ihr vielleicht leichter fallen, dem eigenen Beben Herr zu werden. Ihrer Stimme war es schon mal nicht anzuhören, als sie spöttisch fragte: »Was willst du diesmal von mir? Wenn ich dich ansehe, fürchte ich, dass all meine Ratschläge dein Leben nicht zum Besseren wenden konnten, im Gegenteil.«

»Ich war bei Fioretta Gorini.«

»Oh«, entfuhr es Cosima. Sie wartete eine Weile, fügte dann leise hinzu: »Von einer Frau, die stets viele Männer hatte, wirst du wohl nicht erfahren, wie man einen Mann für sich alleine haben kann.«

Simonetta hatte sich eben noch an einem Tischchen abgestützt, doch plötzlich richtete sie sich auf, starrte sie mit einem Ausdruck an, der nicht zu ihrem zerrütteten Äußeren passte. Da war eine Entschlossenheit, die sie bis jetzt noch nie an ihr gewittert hatte, der feste Wille, sich nicht unterkriegen zu lassen. Und während Cosima gerade noch überlegt hatte, wie sie das Mädchen trösten könnte, fühlte sie sich plötzlich selbst getröstet, mehr noch, daran gemahnt, dass auch sie nicht damit aufhören durfte zu kämpfen.

»Ich weiß, dass ich Giuliano nie für mich allein haben werde. Jetzt muss ich ihn mit Fioretta teilen, irgendwann mit seiner Gattin. Sei's drum. Ich werde mich daran gewöhnen. Ich kann viel ertragen, ich will nur nicht länger im Schatten stehen.«

Cosima trat näher, legte ihr unwillkürlich die Hand auf die Schulter. »Wir beide haben auf den ersten Blick nichts miteinander gemein – und doch sind wir uns ähnlich. Wir sind beide Frauen, die gerne Herrinnen über ihr eigenes Leben wären, denen aber nur ein winziger Spielraum zugestanden wird, um über uns selbst zu bestimmen. Mir rieseln Jugend und Schönheit unter den Fingern davon, dir dein Glück, nicht wahr?«

Sie streichelte über Simonettas Schulter, spürte, wie sie sich anspannte. »Ich will dein Mitleid nicht. Mitleid gebührt schwachen Menschen. Ich will nicht mehr schwach sein, nicht ohnmächtig, hilflos.«

Obwohl die grimmige Entschlossenheit Risse aufwies, vermeinte Cosima doch, dass ihr heute ein anderer Mensch entgegentrat, etwas verstörend in seiner Härte, zugleich ein Vorbild, ein Mensch, der in Cosima die Hoffnung erweckte, es gäbe vielleicht noch einen anderen Weg für sie, als junge Mädchen wie Nina zu Huren zu machen oder ihr Mobiliar zu verkaufen. Wenn Simonetta mehr sein wollte als eine ungeliebte Ehefrau, mit der sich Giuliano de' Medici dann und wann vergnügte, konnte sie doch auch mehr sein als eine alternde Kurtisane.

»Wenn Frauen wie uns nur ein winziger Spielraum zugestanden wird, um über uns selbst zu bestimmen«, sagte Simonetta eben, »wenn Frauen wie wir den Entscheidungen anderer ausgeliefert sind – dann will ich eben keine Frau mehr sein.«

Ein Lächeln zupfte an Cosimas Mundwinkel. »Ja, willst du in Männerkleider schlüpfen?«

Simonetta schüttelte den Kopf. »Ich will auch kein Mann sein – sondern eine Göttin. Nicht einfach nur hübsch, vielmehr überirdisch schön. Wenn ein Künstler wie Botticelli eine solche Schönheit in mir sieht, werden es auch alle anderen tun, vorausgesetzt, du zeigst mir, wie man ein bisschen nachhilft, nicht wahr?«

Cosimas Lächeln schwand, ihr Blick wurde schmal, als sie Simonetta musterte.

»An welche Göttin hast du gedacht? An Venus höchstselbst? Sie ist die Göttin der Schönheit und der Liebe. Erhoffst du dir, dank deiner Schönheit geliebt zu werden?«

Unwillkürlich hatte sie sie losgelassen, und Simonetta trat vom Tischchen weg. Ihre Haare waren immer noch etwas feucht, kräuselten sich. »Vielleicht wird diese Rechnung für mich aufgehen. Jedenfalls werde ich dich gut dafür bezahlen, wenn du mich so schön wie möglich machst. Wirst du das tun?«

Cosima schwieg lange. Sie überschlug im Kopf, wie viel Geld es ihr einbringen würde, Simonetta regelmäßig zu Diensten zu sein. Die Summe war nicht zu verachten, sie würde ihr manch schmackhafte Mahlzeit einbringen, auch ein Teil der Miete ließ sich damit abstottern. Doch es war nicht genug – genug, um die Not endgültig abzuwenden, sich Rino ein für alle Mal vom Leib zu halten, beruhigt in ihrem Nussholzbett zu schlafen. Dafür müsste sie deutlich mehr Geld verdienen … und während Simonetta auf ihre Antwort wartete, fiel ihr plötzlich ein, wie sie das tun könnte.

»Natürlich«, sagte sie, »natürlich werde ich dir zu Diensten sein.«

Simonetta lächelte zufrieden, ohne zu ahnen, auf welche herausragende Idee sie Cosima gebracht hatte. Und Cosima lächelte auch, wusste sie doch jetzt, welchen Weg sie beschreiten würde.

An jenem ersten Tag sorgte Cosima nur dafür, dass all die Spuren, die Regen und Tränen hinterlassen hatten, beseitigt wurden und Simonetta in gesittetem Zustand nach Hause gehen konnte.

Bis sie am nächsten Morgen wieder bei ihr erschien, hatte Cosima sich an alle Schönheitsrezepturen zu erinnern versucht, von denen sie je gehört hatte. Die Allererste, die ihr einst gezeigt hatte, mit welcher Paste man lästige Augenbrauen entfernte, war eine Kurtisane gewesen, aber deren Mittel hatte rote

Flecken hinterlassen. Außerdem hatte Cosima damals zwar von fast allem zu wenig gehabt – Geld, eine schützende Familie, ein sicheres Zuhause –, nicht aber an Jugend und Schönheit. Später hatte sie die eine oder andere Rezeptur von einer jüdischen Händlerin erfahren, die auch absonderliche Geschichten zu erzählen wusste. Demnach war für Poppea, die zweite Frau Neros, die Schönheit nicht minder überlebenswichtig gewesen wie für eine Kurtisane. An die hundert Sklaven beschäftigte sie, um tagtäglich den Kampf um die ewige Jugend zu führen: Sie bereiteten ihr Masken aus feuchtem Mehl zu, mit denen sie schlief, wuschen die harte Kruste am Morgen mit Eselsmilch ab, trugen danach eine Salbe aus Bleiweiß auf, die ihr das Antlitz einer Statue verlieh.

Nun, entschied Cosima, falls Simonetta an Giulianos Seite aufwachte und er am Morgen nach ihr tastete, sollte er nicht das Gefühl haben, eine Wand zu berühren, von der der Verputz bröckelte.

Besser, sie riet ihr zu einem anderen Mittel, das Poppea genutzt hatte, um nicht nur die Glätte der Haut zu erhalten, ihr auch zu einem rosigen Schimmer zu verhelfen – eine Lotion aus Bohnenmehl, Honig und Milch. Als Simonetta bei ihr erschien, hatte sie nicht nur diese in einem Tiegelchen angerührt, sondern auch eine Salbe aus Erdbeeren und Lupinenmehl, deren Wirkung die jüdische Händlerin damals ebenfalls gerühmt hatte.

Simonetta blickte auf die Tiegelchen. »Das ist alles?«

»Nein, natürlich ist das nicht alles. Ich kann zwar keine hundert Sklaven für deine Schönheit beschäftigen …«

»Hundert Sklaven?«

»Das ist nicht so wichtig, Giuliano ist schließlich nicht Nero.«

»Nero?«

»Auch das ist nicht so wichtig. Setz dich jetzt erst mal und lass mich dich anschauen.«

Die fünf Jahre, die seit dem Tag vergangen waren, da sie sie zuletzt geschminkt hatte, hatten kaum Spuren in Simonettas Gesicht hinterlassen. Beneidenswert, wie gerade ihre Nase war, wie klein und rund das Kinn, wie geschmeidig die Hände, wie weiß das Dekolleté. Aber natürlich konnte man immer noch nachhelfen.

»Es ist nicht mehr in Mode, eine möglichst hohe Stirn zu haben, aber wir müssen deine Augenbrauen auszupfen und etwas dunkler färben.« Cosima machte sich an einem weiteren Tiegelchen zu schaffen. »Früher hat man sich die Brauen gerne mit verbranntem Kork oder Ruß nachgezogen, aber das ergibt ein Schwarz. Ich würde es lieber mit Agaricus probieren, das ist ein Lärchenschwamm aus Aleppo, dessen Pulver einen schönen Braunton hat.«

Das Braun würde sich von der hellen Haut abheben, die ihrerseits regelrecht schimmern müsste. Man könnte mit Lilienwurzeln nachhelfen, auch ein wenig Bleiweiß, jedoch nicht zu viel davon. Den Brustansatz galt es natürlich auch entsprechend zu behandeln.

Cosimas Hände fuhren über diese, und sie unterdrückte ein Seufzen, weil Simonettas Brüste noch so prall waren. Diese ließ die Berührung starr über sich ergehen.

»Auf noble Blässe allein wollen wir nicht setzen«, fuhr Cosima fort. »Wir müssen auch herausfinden, was deinen Wangen einen rosigen Schimmer verleihen könnte. Ich weiß von einer Rezeptur aus Feuerwurzel, Zaunrübe und Honig. Für Wunder sorgen auch die Iriswurzel oder Aqua Vita, wenngleich die Wirkung von Letzterem nicht lange anhält.«

Simonetta nickte. »Was ist mit meinen Haaren?«

»Die Farbe ist schon jetzt sehr schön – ein Blondton, der im Sonnenlicht rötlich schimmert. Noch besser wäre es, man würde bei ihrem Anblick an flüssiges Gold denken. Auch dafür gibt es eine passende Rezeptur.«

Diese hatte sie noch nicht angerührt, tat es aber jetzt. Sie mischte eine winzige Menge Alaun mit frischem Wasser, Mandelmilch, Weißwein und Eiweiß. »Wann immer du dir dein Haar wäschst, knetest du hinterher dieses Mittel hinein. Am besten, du setzt dich in die Sonne, bis sie getrocknet sind. Vergiss aber nicht, währenddessen dein Gesicht vor den Strahlen zu schützen. Wir werden auch verschiedene Frisuren ausprobieren, desgleichen, mit welchen Edelsteinen man dein Stirnband am besten schmückt. Ich habe einmal gehört, dass man Farben danach unterscheidet, ob sie warm oder kalt sind. Dir steht, denke ich, ein warmes Rot am besten.«

Was sie nicht laut sagte, jedoch dachte, war: Deine Augen wirken ja schon kühl genug.

In der Tat hatten all ihre Worte zwar einen gewissen Glanz in ihnen bewirken, den Blick jedoch nicht erwärmen können. Wieder nahm Cosima an Simonetta jene Entschlossenheit von gestern wahr, den Willen, weder ein bebendes Mädchen noch eine schwache Frau, sondern gar eine Göttin zu sein. Doch gestern hatte sie dahinter noch einen Menschen mit starken Gefühlen gewittert, nun strahlte Simonetta eine Ruhe aus, die weniger an Gelassenheit, vielmehr an die Stille des Todes erinnerte.

Als Cosima sich an diesem Tag verabschiedete und ihr nachblickte, war sie kurz nicht sicher, ob sie sich für sie freuen sollte, weil sie über sich hinausgewachsen war, oder Simonetta mehr

Mitleid denn je verdiente. Aber am Ende sagte sie sich, dass sie für ihr Antlitz zuständig war, nicht für ihre Seele, und sie machte sich daran, weitere Rezepturen zusammenzustellen.

Es war schon spät am Abend, und sie rieb gerade Brotkrumen, um daraus eine Gesichtsmaske zu fertigen, als sich plötzlich Hände auf ihre Schultern legten.

»Erschreck mich doch nicht so, Amiri«, rief sie. »Ich dachte schon, es wäre Rino.«

Amiri begann sie zu massieren, und sie seufzte wohlig.

»Bald wird Rino vor der Tür stehen und die nächste Miete eintreiben«, murmelte er. »Denkst du, du wirst von Simonetta genügend Geld bekommen?«

»Gewiss nicht.«

Amiri hielt kurz inne. »Und warum höre ich dann keinerlei Sorge aus deiner Stimme?«

Cosima deutete auf den Tisch vor ihr, auf dem Mörser und Sieb, Trichter und Schüsselchen, Säckchen und Schatullen und Tiegelchen lagen. »All diese Rezepturen bereite ich doch nicht allein für sie.«

»Nein?«

»Morgen werde ich einen Teil meines Schmucks verkaufen, um noch mehr Zutaten zu erstehen«, sagte sie bestimmt. »Daraus werde ich nicht nur Schönheitsmittelchen machen, auch Seife, Zahnpasta, Parfüms. Ich muss so schnell wie möglich so viel wie möglich über deren Zubereitung lernen, werde manches ausprobieren müssen. Du musst mir helfen, auch Nina muss mir helfen, hoffentlich erweist sie sich darin als etwas geschickter als in der Liebeskunst. Ich denke jedenfalls, es dauert nicht lange, bis ich einen entsprechenden Vorrat angelegt habe und …«

»Vorrat?«

»Nun stell dich nicht dumm! Simonetta hat mich auf eine großartige Idee gebracht. Seit Monaten beklage ich mich darüber, dass meine Schönheit langsam schwindet, obwohl ich all mein Geld doch dank meiner Schönheit gemacht habe. Aber weißt du, Geld lässt sich nicht nur mit der eigenen Schönheit verdienen, auch mit der der anderen – oder vielmehr mit deren Wunsch, schön zu sein.«

»Du willst Schönheitsmittel verkaufen? Eine Händlerin werden?«

»Nenn es nicht so. Das *farsi bella*, das Schönmachen ist eine Kunst, also werde ich eine Künstlerin sein. Ich werde nicht verarmen, aus dieser Wohnung vertrieben werden, in der Gosse enden. Ich werde meinen Besitz wahren, sogar noch mehren. Und dann … dann werde ich wieder glücklich sein.«

Seine Hände waren über ihren Rücken gewandert, und es war nicht nur angenehm zu spüren, wie sich ihre Verspannungen lösten, es tat auch gut zu wissen, dass jemand da war, dem sie sich anvertrauen konnte. Plötzlich aber wich Amiri vor ihr zurück. »Ist es wirklich Geld allein, das dich glücklich macht? Hast du dir nicht irgendwann weitaus mehr gewünscht? Freiheit … Liebe …«

Die Rückenschmerzen hatten nachgelassen, aber sie fröstelte. Und ihr ging auf, wie müde sie war. Sie war nicht sicher, ob es nur an den überreizten Sinnen lag, als sie in Amiris Blick plötzlich eine vage Enttäuschung las.

»Freiheit und Liebe magst du dir vielleicht wünschen«, sagte sie schnippisch, »für mich sind es nichts als leere Worte.«

»Und was genau kann man sich mit Geld kaufen, was diese Leere füllt?«

Himmel, was hatte er denn jetzt schon wieder! Sie verstand ja, dass es ihm nicht recht gewesen war, als sie die jungen Mädchen als Huren anlernen wollte. Aber an der Schönheit oder vielmehr an dem Wunsch nach Schönheit zu verdienen, war doch nichts Ehrenrühriges!

Sie wandte sich wieder ihren Rezepturen zu. »Ich bin Simonetta überaus dankbar, dass sie mich auf diese Idee gebracht hat«, sagte sie mit einer Stimme, die plötzlich schrill klang. »Aber das ändert nichts daran, dass ich sie für dumm halte, weil sie nach dem Falschen strebt. Ich werde Schönheit zu Geld machen. Sie will sich dagegen mit Schönheit Liebe erkaufen. Wer von uns beiden setzt wohl auf das einträglichere Geschäft?«

X.

Von ihrem ersten Besuch bei Giuliano abgesehen, hatte Simonetta den Palazzo Medici immer nur über den Hintereingang betreten. Heute entschied sie sich anders. Sie nahm auch nicht die Treppe zu Giulianos Gemächern, sondern beschied einem Diener, dass sie hier im Empfangssaal auf ihn warten würde. Während sie es tat, blickte sie sich um. An der Wand hing kein Spiegel, jedoch ein großer silberner Schild, der ihren Anblick reflektierte.

Ihr mit Spitzen besetztes Taftkleid hatte die Farbe von süffigem Wein, war mit Goldbrokat gesäumt und so tief ausgeschnitten, dass man das damastene Unterkleid sehen konnte. Die Ärmel waren weit und lang, reichten bis zu den Knien, und an den Schultern bauschte sich der Stoff. Sie trug eine Frisur, die die einen als französische bezeichneten, weil sie bei Damen in Frankreich beliebt war, andere als ägyptische, weil dort die Pyramiden standen, in deren Form die Haare aufgesteckt wurden. Das gelang im Übrigen nur mithilfe von Weidenstäbchen, Unmengen an Bändern und Tüchern, außerdem einem falschen Zopf, dessen Ende über ihren Rücken fiel, jedoch nicht dick genug war, um den weißen Nacken zu verbergen.

Sie erprobte ein Lächeln, das eher versonnen als fröhlich wirkte. Dieses rutschte ihr jedoch vom Gesicht, und sie schrie angstvoll auf, als jemand in den Raum gestürmt kam und dabei Laute ausstieß, die sie so noch nie gehört hatte. Nicht der erbärmlichste Bettler, nicht der weinduseligste Trunkenbold, nicht der gierigste Händler könnte jemals so ein Kreischen zustande bringen.

Es war denn auch kein Mensch, der erst blitzschnell einen Kreis um den Tisch, dann um sie zog, sondern eine absonderliche Kreatur. Ein Hund konnte es nicht sein, denn sie lief auf nur zwei Beinen, für einen Bären war sie zu klein. Das Kreischen klang wie das eines Vogels – allerdings keinem, der auf einem Ästchen sitzt und sein Lied trällert, sondern dem man alle Federn ausreißt.

»Coluccio!«, ertönte da eine Stimme, und schon folgte der Kreatur ein Mann in den Raum, der diese amüsiert betrachtete, ehe sein Blick zu Simonetta glitt. Kurz weiteten sich die Augen überrascht, dann setzte er ein breites Lächeln auf und neigte ehrerbietend den Kopf.

»Dass mein Affe mir nicht gehorcht, ist bereits ein Ärgernis«, sagte er, »doch dass er einer so schönen Dame überdies Angst macht, ist nun wirklich unerhört. Ich finde, er hat keine geringere Strafe verdient, als mehrere Tage lang in Ketten zu liegen.«

Die Kreatur war also ein Affe und stammte wohl aus dem gleichen fernen Land wie jene schwarz-weiß gestreiften Pferde, die die Medici ebenfalls besaßen. Der Mann wiederum, dessen Züge entfernt Giulianos glichen, wenngleich er deutlich gröber, ja geradezu hässlich aussah, konnte nur Lorenzo, das Familienhaupt der Medici, sein. Was die Statur anbelangte, war er zwar ähnlich hochgewachsen, breitschultrig und muskulös wie

Giuliano, doch das Gerücht, das in der Stadt in Umlauf war und wonach Lorenzo aussah, als hätte man auf den Leib des Adonis den Kopf eines Bauern gesetzt, fand Simonetta bestätigt. Die Nase war eingedrückt, der Unterkiefer sprang leicht hervor, die Haut war fast so dunkel wie die eines Mannes, der auf dem Feld arbeitete. Gewiss, die edle Kleidung milderte diesen Eindruck ebenso ab wie seine gemessenen Bewegungen, die umso würdevoller wirkten, je tollere Kreise der Affe Coluccio zog. Er kam Simonetta gefährlich nahe, sie fürchtete schon, eines ihrer vielen bunten Seidenbänder hätte sein Interesse geweckt, und sie war nicht sicher, was beschämender wäre – dass der Affe die Bänder am Ärmel lösen würde oder an ihrer Frisur zöge. Doch eben hatte Lorenzo sie erreicht, und er schaffte es, zugleich in Richtung des Affen zu treten und elegant nach ihrer Hand zu greifen, sie an seine Lippen zu ziehen und einen flüchtigen Kuss darauf zu hauchen. Den Affen traf er nicht, wenngleich der kreischend floh, ihr selbst ging dieser Kuss durch und durch.

Nachdem Lorenzo ihre Hand wieder losgelassen hatte, rief er einen Diener, damit der den Affen fortbrachte. Nicht länger streng, vielmehr mit melodiöser Stimme richtete er sich wieder an sie: »Verzeih, dass dich der Affe belästigt hat, er weiß es nicht besser. Noch schlimmer erscheint mir aber das Vergehen dessen, der eine Schönheit wie dich hier warten lässt.«

»Ihr … Ihr werdet den Affen doch nicht wirklich in Ketten legen?«, fragte sie bange.

»Wäre das denn nicht gerecht? Mein Herz ist ja nun auch für mehrere Tage in Ketten gelegt, werde ich doch so schnell an nichts anderes mehr denken können als an deine Schönheit.«

Mimik und Tonfall schienen nicht recht zusammenzupassen. So betört er einerseits von ihr schien – das Augenzwinkern bewies, dass er sich über sich selbst ein wenig lustig machte.

»Wer hat nun also diese große Schuld auf sich geladen, dich hier warten zu lassen?«

Simonetta rang nach Worten, war sie doch nicht sicher, ob sie wirklich Giulianos Namen nennen sollte.

Eine fremde Frau kam ihr zuvor.

»Es kann nicht sein, dass du noch nichts von Simonetta Vespucci gehört hast«, sagte sie. Offenbar hatte sie zunächst auf der Türschwelle verharrt und trat nun gemächlich näher. Ihr Blick glitt über Simonetta, nicht bar der Freundlichkeit, aber auch ein wenig lauernd, prüfend, ob denn die andere womöglich die eigene Schönheit in den Schatten stellte. Am Ende war sie wohl damit zufrieden, dass sie beide zu unterschiedlich waren, um sich miteinander messen zu können – sie selbst hatte kohlschwarzes Haar und ebenso dunkle Augen.

»Giuliano ist immer großzügig, wenn es darum geht, dir Dichter oder Maler zu empfehlen, nicht wahr?«, wandte sie sich an Lorenzo. »Doch seine Liebste hat er bislang vor dir versteckt.«

Lorenzos Lächeln wurde breiter, doch es erhellte sein Gesicht nicht, ließ es hingegen härter erscheinen. »Ich bin ein wahrhaft mitleiderregender Mann. Sowohl mein Affe als auch mein Bruder machen, was sie wollen. Ich glaube, ich sollte Giuliano Coluccio schenken und als Preis ein Stündchen mit Simonetta verlangen.«

Simonetta entging nicht, wie die fremde Frau ihre Hand auf seinen Unterarm legte. »Wolltest du mir nicht eben die neuesten Schätze in deinem *studiolo* zeigen?«

»In der Tat«, sagte Lorenzo, »doch Schätze lässt man eher warten als eine holde Dame.«

Die Frau schmiegte sich so vertraulich an ihn, dass Simonetta langsam eine Vermutung kam, wer sie war: Lucrezia Donati, Lorenzos langjährige Geliebte, mit der er, wie gemunkelt wurde, mehr Zeit verbrachte als mit seiner Ehefrau Clarice, die meist zurückgezogen auf einem der Landgüter lebte. »Gewiss würde auch Donna Vespucci nur allzu gerne deine Kostbarkeiten betrachten.«

Lorenzo lachte leise. »Es wäre mir tatsächlich eine Freude, wenn sie uns begleitet. Ich hoffe bloß, dass Giuliano nicht wütend und kreischend wie Coluccio im Kreis springt.«

Leise Verachtung schlich sich in seine Stimme, und Simonetta musste daran denken, was Giuliano ihr anvertraut hatte – dass Lorenzo alle Talente auf sich vereinte und für ihn keins übrig geblieben war. Das erfüllte den älteren Bruder aber offenbar nicht mit Mitleid, gab ihm eher das Gefühl von Überlegenheit. Sie ahnte, was sie Giuliano antat, als sie sich wie Lucrezia bei Lorenzo unterhakte und sich die breite Treppe nach oben führen ließ, aber darauf verzichten wollte sie dennoch nicht.

Zunächst blieb das Knistern ihrer Gewänder, die sie auf den Stufen rafften, das einzige Geräusch. Bald folgte aus dem Mund der anderen ein begeistertes »Oh!«. Sie hatten das *studiolo* erreicht, und was in anderen Haushalten ein schlichtes Studierzimmer war, das kaum mehr als einen Schreibtisch und einen Schrank mit wichtigen Dokumenten beherbergte, war hier ein prachtvoller Raum, der noch jede reich geschmückte Kirche in den Schatten gestellt hätte. Simonetta wusste, dass viele Künstler im Palazzo der Medici lebten, fast wie Familienmitglieder behandelt wurden – und hier nun sah sie deren größte Meisterwerke – Skulpturen und Gemälde –, mit denen sie sich für Lorenzos Freundschaft revanchierten. Man kam kaum mit dem Schauen nach, schien es in diesem Raum doch nichts zu geben, was sich ein einfacher Mann hätte leisten können: ein Gesims aus Gold und Ultramarin, Kostbarkeiten aus Samt und Seide, Vasen aus Alabaster und Porphyr, ein mit grünem Samt bezogener Tisch schließlich, auf dem ein Instrument lag – eine *Viola da braccio.*

Als Lorenzo sah, wie sich ihr Blick darauf richtete, ging er darauf zu und strich mit der Hand über die Saiten. Der leise Ton, den das Instrument von sich gab, klang schön – wenn auch etwas klagend.

»Ihr könnt die Viola spielen?«, fragte Simonetta.

Er zuckte mit den Schultern. »Ich kann denjenigen bezahlen, der es meisterhafter tut, als ich es je zustande brächte. Weißt du, Simonetta, Geld ist das Blut der Welt, es fließt in ihren Adern. Wie echtes Blut wäre es jedoch grässlich anzusehen, wären diese Adern nicht tief im Fleisch und unter alabasterner Haut verborgen. Auch die schnöde Gier, die unsere Familie dazu getrieben hat, Reichtum zu horten und zu mehren, versuchen wir, hinter so etwas wie Eleganz zu verstecken.«

Sie war nicht sicher, was genau er damit sagen wollte, auch nicht, ob sich nur neuer Spott in seine Stimme schlich oder auch eine gewisse Wehmut. Die schwarzhaarige Frau lachte laut. »Tu nicht so, Lorenzo, als würdest du Künstler nur bezahlen, nicht selber einer sein wollen. Hast du mir nicht vorhin gesagt, dass du mir ein Gedicht vorlesen willst, das du verfasst hast?«

Während sie sprach, löste sie sich von ihm und setzte sich auf eine tiefe Bank, darauf achtend, dass ihr Kleid schöne Falten warf. Simonetta blieb dagegen stehen, als Lorenzo sie losließ und auf ein Tischchen zutrat.

»Lucrezia ist so freundlich, mich als großen Dichter zu rühmen«, erklärte er. »Ich frage mich allerdings, ob sie nicht die Wortgewaltigere von uns beiden ist, weil sie diese Lüge so glaubhaft hervorbringt.«

Lorenzos Geliebte bog den Kopf etwas zurück, sodass man ihren weißen Hals sah, lachte auf. Der Tonfall passte nicht recht zu dem würdevollen Duktus, in dem Lorenzo nun das Gedicht vortrug.

»Am meisten ersehne ich,
was ich am wenigsten wünsch,
um intensiver zu leben,
verlangt es mich nach meinem Ende.
Um dem Tod zu entfliehen,
winke ich ihn heran,
und suche Frieden,
wo niemals Ruhe war.«

Die Worte hatten viel mit dem Klang der Viola gemein. Sie waren schön, aber da war ein klagender Unterton.

»Nun, Simonetta«, sagte Lorenzo, »denkst du, dass ich ein Stümper oder ein Künstler bin?«

Ihr ging auf, dass sie bis jetzt kaum ein Wort gesagt hatte, hatte sie doch befürchtet, nichts anderes als Gestammel hervorzubringen. Nun aber gelang es ihr, den Mund aufzumachen und zu erklären: »Ich verstehe nichts von Poesie, ich habe mich ihr noch kaum gewidmet. Doch wenn Ihr auf ein Urteil besteht, so würde ich meinen, dass diese Zeilen schön und traurig zugleich sind.«

Sein Glucksen verriet nicht, ob sie ihn zu wenig gelobt hatte oder zu viel. »Ein interessanter Gedanke! Er führt zur Frage, ob die Traurigkeit womöglich ein Wesenszug der Schönheit ist. Schließlich ist Schönheit vergänglich, die Trauer um sie darum allgegenwärtig.«

»Die Schönheit der Frauen mag vergänglich sein«, warf Lucrezia ein, »nicht die Schönheit der Kunst. Gemälde sind für die Ewigkeit bestimmt.«

»Aber was hätte ein Künstler zu malen, wenn es keine Frauen gäbe?«

So freiheraus Simonetta eben noch gesprochen hatte, bekam sie es wieder mit der Angst zu tun, mit jedem weiteren Wort ihre fehlende Bildung zu bekunden. Ehe ihr Schweigen peinvoll wurde, ertönten ohnehin Schritte, und bevor sich Simonetta umdrehen konnte, rief Lorenzo: »Ah, Giuliano! Du tust recht daran, dein Kleinod im kostbarsten Raum dieses Palazzos zu suchen. Ich nehme dir allerdings übel, dass ich dich stets in diesen einlade, um dir meine neuesten Schätze zu zeigen, du mir dagegen bislang das Vergnügen vorenthalten hast, mit Simonetta Vespucci zu plaudern.«

Giuliano verharrte auf der Schwelle. Sein Blick ging kurz zu seinem Bruder, blieb dann bei Lucrezia hängen, fiel zuletzt auf sie. Seine Miene verriet nicht, ob ihm auffiel, wie schön sie heute war, noch schöner als sonst. Er gab nicht einmal zu erkennen, was er von den spottenden Worten seines Bruders hielt. Der trat nun auf ihn zu, schlug ihm auf die Schulter. »Nicht nur, dass du diese edle Blume vor mir versteckst! Noch schlimmer ist, dass du sie auch von der übrigen Welt abschirmst. Unsere Macht bekunden wir Medici mit Reichtum, unseren Reichtum stellen wir wiederum mit schönen Dingen zur Schau. Eine Brosche, die nicht auf deiner Brust prangt, sondern an deinem Stiefel festgemacht ist, hat keinen Wert. Juwelen glitzern in der Sonne, nicht im nächtlichen Gemach.«

Lucrezia warf den Kopf noch weiter zurück, lachte wieder und schien nicht im Mindesten gekränkt, weil er sie mit einem Schmuckstück gleichsetzte. Giulianos Stirn runzelte sich dagegen unmerklich. »Du besuchst doch auch nicht mit Lucrezia die sonntägliche Messe, sondern mit Clarice, so sie denn in Florenz weilt.«

Lorenzos Lippen wurden schmal. »Wenn die Menschen ihre Augen auf Gott richten, tut man gut daran, auch selber demutsvoll zu knien. Es gibt bessere Anlässe, um zu bekunden, dass die Medici gleichsam das Blut sind, das in den Adern von Florenz fließt, und die Stadt nicht leben, nicht atmen könnte ohne sie. Erinnerst du dich an das große Turnier vor sechs Jahren, die *giostra*? Gefeiert wurde damals meine Eheschließung, doch auf der Tribüne saß Lucrezia, und alle wussten, dass ich für sie kämpfte und für sie am Ende siegte. Ich habe mir schon vor längerer Zeit überlegt, ein solches Turnier erneut auszurichten und dazu alle wichtigen Herrscher Italiens einzuladen, gilt es doch, das Bündnis zu feiern, das wir jüngst mit Venedig und Mailand geschlossen haben. Diesmal solltest du für uns Medici antreten, und ich könnte mir vorstellen, dass du umso ehrgeiziger um den Sieg kämpfst, wenn du es unter Simonettas Augen tust. Die Schlachtrösser der anderen werden deinem um nichts nachstehen, aber wer kann den Lorbeerkranz am Ende einer Dame weihen, die so viel Anmut und Liebreiz besitzt und deren Glanz unseren eigenen Stern noch mehr erleuchten lässt?«

Giulianos Miene war wieder ausdruckslos, verriet nicht im Mindesten, ob ihn die Aussicht, auf dem Turnier zu kämpfen, beglückte, nur dass er gelernt hatte, in Gegenwart seines Bruders seine Gefühle zu beherrschen. In Simonetta selbst tobten widerstreitende. Da war Genugtuung, dass Lorenzo ihr diese Rolle zudachte, dass es ihr gelungen war, was sie angestrebt hatte – dank ihrer Schönheit aus dem Schatten zu treten. Doch das hieß nicht, dass sie sich von den Komplimenten blenden lassen würde. Sie wusste, dass alles hier, auch sie, für Lorenzo nur Mittel zum Zweck war. Und ihr tat Giuliano leid, den der Bruder gleich einer Schachfigur in seinem Spiel um die Macht benutzte.

»Ich werde darüber nachdenken«, murmelte Giuliano. »Komm nun mit mir, Simonetta.«

»Ich hoffe ja doch, dass du die nächsten Stunden nicht nur mit Denken zubringst«, spottete Lorenzo gutmütig. Er trat von seinem Bruder weg auf Simonetta zu, nahm einmal mehr ihre Hand, um einen Kuss darauf zu hauchen, ließ sie danach nicht los, sondern zog sie zu Giuliano, um ihm ihre Hand zu übergeben. Simonetta fühlte kurz, wie dieser zögerte, sie zu nehmen, wollte er dem Bruder doch nicht das Recht zugestehen, über das Schicksal seiner Beziehung zu entscheiden. Am Ende fügte er sich Lorenzos durchdringendem Blick, packte die Hand aber so fest, dass Simonetta nur mit Mühe einen Aufschrei unterdrücken konnte. Er zog sie derart rüde mit sich, dass sie fast stolperte, und einmal mehr bangte sie um ihre Haarpyramide. Sie vernahm Lucrezias Lachen, und diesmal war es womöglich ein Zeichen der Erleichterung, dass sie Lorenzo nun wieder für sich hatte.

Giulianos Griff lockerte sich nicht, seine Schritte wurden immer schneller. Simonetta gelang es mitzuhalten, aber sie keuchte, als sie endlich sein Gemach erreicht hatten. Dort riss er sie so stürmisch Richtung Bett, das sie vermeinte, er wollte sie darauf stoßen. Stattdessen drückte er sie plötzlich gegen die Wand dahinter, und sie verdankte allein ihrer voluminösen Frisur, mit dem Hinterkopf nicht schmerzhaft aufzuprallen. Sein Gesicht rückte ganz nahe an ihres heran. Es schien, als wollte er sie weniger küssen als vielmehr auffressen. Am Ende tat er weder das eine noch das andere, schrie sie nur erbost an: »Was hattest du bei meinem Bruder verloren?«

Nie hatte sein Blick derart gelodert, noch nicht einmal in Momenten größter Lust. Er entblößte einen Hader, der so viel tiefer reichte als jegliches Begehren, und erschreckte sie so sehr, dass sie sich in Ausflüchte ergehen wollte. Doch etwas hielt sie davon ab – sie war nicht sicher, ob es Berechnung, Trotz oder verzweifelte Liebe war.

»Du hast mir sehr deutlich gemacht, dass du mir nicht gehörst«, hörte sie sich mit fremder Stimme sagen. »Aber ich gehöre dir ebenso wenig. Meine Gunst schenke ich, wem ich will.«

Sein Gesicht rückte noch näher an ihres heran, und kurz überfiel sie die Angst, ihre Köpfe würden schmerzhaft aneinanderstoßen. »Genüge ich dir etwa nicht? Musst du deswegen um Lorenzo buhlen?«

Nun klang aus der Stimme nicht nur Wut, auch Schmerz und … Hilflosigkeit.

Beides machte es ihr schwer, in seiner Wunde zu bohren. Viel lieber wäre sie der Balsam gewesen, der diese verschloss, sodass sie ihn nicht länger quälte. Doch dann musste sie an Fioretta denken, und anstatt ihm einmal mehr zu versichern, dass er allein ihre Sonne wäre, wiederholte sie kühl die Worte, die er damals in Trebbio zu ihr gesagt hatte: »Wir verbringen eine angenehme Zeit miteinander, aber du hast dein Leben und ich habe meines, ein gemeinsames werden wir nie haben.« Und während er noch verwundert, geradezu fassungslos auf sie blickte, fügte sie hinzu: »Du hast mich damals zwar gerettet, aber ich habe mich ganz allein entschieden, zu dir zu kommen – weil ich es wollte, nicht, weil du es von mir hättest verlangen können.«

Kaum merklich zuckte er zurück, und kurz glaubte sie zu wissen, wie sich jene Macht anfühlte, die Lorenzo mit allen Mitteln verteidigte. Allerdings beruhte seine Macht auf Geld, Liebe kam in dieser Rechnung nicht vor.

Liebe las sie auch nicht in Giulianos Blick, jedoch Begehren. Er nahm seine Hände von ihrer Schulter, jedoch nur, um ihr Kleid hochzuschieben. Es konnte ihm gar nicht schnell genug gehen, und unter den ungestümen Bewegungen riss der Stoff.

Er packte ihr rechtes Bein unter der Kniekehle, zog es hoch, trieb sein Fleisch in sie, nahm sie mit einer Gier, als hinge sein Leben davon ab. Erneut schlug ihr Kopf gegen die Wand, erneut schützte sie ihr Haar, wenngleich sich ihre kunstvolle Frisur aufzulösen begann. Wenig später stieß er sie aufs Bett, kniete schon über ihr, um ihren Körper erneut in Besitz zu nehmen. Nicht die geringste Zärtlichkeit lag in seinen Berührungen, sie selbst fühlte sich seltsam teilnahmslos, als wäre der Körper, den er da mit einer Rohheit ohnegleichen benutzte, nicht ihrer. Doch zugleich war sie sich gewiss: Die Eifersucht auf den Bruder, der Wunsch, sich zu beweisen, dass sie ihm allein gehörte, füllten ihn ganz und gar aus. Da war kein Platz für Fioretta. Ein Rasender mochte er sein, nichts gemein haben mit dem heldenhaften, blond gelockten Giuliano, in den sie sich verliebt hatte – doch in diesem Moment war sie die einzige Frau in seinem Leben.

Als er stöhnend auf sie niedersank, seine Brust auf ihr Gesicht presste, sie von Dunkelheit umhüllt wurde, fiel die Angst von ihr ab, dass Giuliano nicht mehr lange an ihr Gefallen finden, dass er sie alsbald verstoßen würde. Lorenzos Schmeicheleien hatten in ihm nicht nur altvertrauten Neid hervorgerufen, auch Besitzgier. Und solange Lorenzo sie mit Komplimenten überhäufte und sich von ihrer Schönheit Glanz für das Haus der Medici erhoffte, würde es Giuliano mit Stolz erfüllen, Simonetta sein Eigen zu nennen, und er auf keine Gelegenheit verzichten, dem älteren Bruder zu verstehen zu geben: Welche säuselnden Worte du auch an sie richtest – es ist mein Bett, in dem sie liegt.

Giulianos Atem beruhigte sich langsam. Er wälzte sich von ihr, blieb aber auf dem Bett liegen. Noch hatte er nicht genug von ihrem Körper. Er begann ihre Brüste zu streicheln, erst zärtlich, dann mit neuer Gier. Ehe er sie nunmehr auf sich zog, um sie erneut zu nehmen, murmelte er: »Alle Welt soll sehen, dass du mir gehörst. Ich werde bei dem Turnier für dich kämpfen, werde mit einer Standarte einziehen, auf der eine Göttin dargestellt ist – und diese wird deine Züge tragen. Einer der besten Künstler dieser Stadt soll diese Standarte anfertigen, aber keiner, den mein Bruder je beauftragt hat. Ich weiß schon, auf wen meine Wahl fallen wird.«

XI.

»Denkst du, dass wir wenigstens heute etwas zu essen bekommen?«, fragte Filippino.

»Zu essen?«, entfuhr es Sandro.

»Nun ja, als Nastagio damals mit dir sprechen wollte, wurde uns Wein serviert. Vielleicht tischen sie heute mehr auf … leckeren Käse, knuspriges Brot, ein paar Eier …«

»Weißt du, dass es Maler gibt, die nur von harten Eiern leben, weil das ein Essen ist, das sich am schnellsten zubereiten lässt? Und die den Sud zugleich für die Grundierung oder den Firnis verwenden?«

Filippino hatte gar nicht richtig zugehört. »Ich würde mich ja auch mit gerösteten Kastanien begnügen. Jetzt, da der Winter naht, ist das ein gutes Essen und …«

»Himmel, Filippino! Du bist hier, um zu lernen, nicht um dir den Bauch vollzuschlagen. Und die Vespucci werden uns nicht bewirten. Den Auftrag, eine Standarte zu malen, habe ich …«

»… hast du von den Medici bekommen, ich weiß. Aber die lagern in ihrem Palazzo doch auch edlen Wein, von dem sie uns eine Flasche abgeben könnten.«

»Halt jetzt einfach den Mund.«

Mittlerweile hatten sie den Palazzo der Vespucci erreicht, und wie letztes Mal empfing sie ein Diener, nur dass er sie diesmal nicht anhieß zu warten, sondern sie mit sich winkte. Simonetta würde schon warten, um Modell für den *abozzo* – jene erste Bildskizze, die Grundlage seines Werkes sein würde – zu sitzen.

Mit jeder Stufe, die er nahm, wurde Sandro das Herz etwas schwerer. Seit Wochen sprach ganz Florenz von dem bevorstehenden Turnier, einem glanzvollen Ereignis, das über die Grenzen der Republik hinaus von der Größe und Bedeutung der Medici künden würde. Als vor ein paar Tagen ein Bote von Giuliano in der Werkstatt erschienen war und ihm den Auftrag erteilt hatte, die Standarte zu malen, hatten ihn Triumph und Dankbarkeit erfüllt, weil er sein Können bislang noch nie vor so vielen Menschen hatte zur Schau stellen können. Und nicht nur das: Er würde Simonetta wiedersehen, sie sogar malen. Doch zugleich fühlte er sich seltsam zerrissen, denn sie war nun Giulianos Geliebte. Mit der Standarte wollte der beweisen, dass Simonetta allein ihm gehörte, und Sandro haderte zutiefst damit, dass der von ihm Angebeteten am Ende bloß die Rolle des Schmuckstücks, schlimmer noch des Spielzeugs zugeteilt würde, etwas, das man besitzen, stolz präsentieren, dessen man sich aber auch wieder rasch entledigen konnte. Dabei war Simonetta doch so viel mehr, zumindest für ihn!

Filippino zögerte ebenfalls, wenn auch aus anderem Grund. »Bilde ich es mir ein oder riecht es hier nach geröstetem Hähnchen?«

»Filippino!«

»Was denn, was denn? Wenn man gemahlene Geflügelknochen mit Gips und Kalk vermischt, ergibt das doch ein perfektes Bindemittel!«

»Ich lasse dich künftig nur mehr Knochen mahlen, wenn du jetzt nicht endlich aufhörst, vom Essen zu reden.«

Filippino ergab sich seufzend seinem Schicksal und schlich gesenkten Kopfes hinter ihm her. Erst als sie wenig später Simonettas Gemach erreichten, blickte er sich neugierig um. Sandro tat es ihm gleich, obwohl er nicht die kostbare Einrichtung musterte, nur nach ihr Ausschau hielt. Noch war sie nicht hier, und das gab ihm Zeit, mehrere Blatt Papier, Rötelstifte und den noch zarteren Silberstift aus seiner Tasche zu ziehen.

Er hatte genaueste Anweisungen bekommen, wie das gewünschte Ergebnis auszusehen hatte. Die Standarte würde aus kostbarem Taft bestehen. Vor einem Hintergrund in dunklem Rot mit weißen Rändern würde sich eine Dame abheben, die ein blaues Kleid trug, das wiederum von silbernen und goldenen Blumen übersät war, ein Zeichen, dass sie die schönste Blume von Florenz war. Sandro war noch nicht sicher, ob jenes Spiel aus Licht und Schatten, das notwendig war, um die Falten eines Kleides möglichst plastisch erscheinen zu lassen, auch auf Stoff möglich war, und erst recht nicht, ob man auf diesem Material die Feinheit ihrer Züge darstellen konnte. Doch wenn ihm heute eine zufriedenstellende Skizze gelang, konnte er später auch noch ein Gemälde von ihr malen.

»Meister Botticelli«, erklang plötzlich eine Stimme.

Sandro fuhr herum. Simonetta hatte den Raum durch die gegenüberliegende Tür betreten, hinter der sich wohl ein Zimmer verbarg, in der sie ihre Toilette verrichtete. Sie schritt auf ihn zu, sehr würdevoll, zugleich unendlich langsam. Er war nicht sicher, was sie zu dieser starren Haltung bewog, die ihr mehr Ähnlichkeiten mit einer Skulptur als mit einem Menschen verlieh. Vielleicht hatte sie Angst, dass sie mit einer unbedachten Regung ihre Frisur zerstören könnte oder ihr ein Schmuckstück verrutschte. Kaum etwas an ihr glänzte jedenfalls nicht. Der Gürtel war vergoldet, ebenfalls aus Gold waren die langen Ketten und die Ohrgehänge, an deren Enden Perlen hingen. Gleiche Perlen waren auch in ihre Frisur geflochten und saßen am Saum der langen Ärmel, die fast bis zu den Knien reichten. Nicht minder funkelten die goldenen Knöpfe, die den geblümten Damast ihres Überkleids schmückten.

Sandro starrte sie unverwandt an, hatte nicht das Gefühl, in ihre Seele blicken zu können, er suchte unter all dem Tand vergebens nach einem Menschen. Es war schon schwierig genug, hinter dem Schmuck – zwar glänzend, aber hart – zarte Haut und weiches Fleisch zu erahnen, und die Art und Weise, wie ihr Gesicht bemalt war, machte es nicht leichter. Mit durchdringendem Zinnoberrot waren ihre Lippen nicht einfach nur nachgezeichnet, ihnen war vielmehr die Form eines Herzens gegeben worden, und die Wangen waren von einem Weiß, das ihr mehr Ähnlichkeit mit einer Elfenbeinstatue gab als mit einer jungen Frau.

»Können wir anfangen?«, fragte sie.

Sandro brachte kein Wort hervor, forschte immer noch verzweifelt nach der Frau, der er einst auf Florenz' Straßen begegnet war. Er fand sie nicht. Schon in der Stunde, als sie ihn nach Fioretta Gorini fragte, hatte sie eigentümlich leblos gewirkt, doch er hatte hinter ihrem Blick starke Gefühle gewittert. Als sie sich nun aber steif auf einen Stuhl niederließ, erschien sie ihm wie eine leere Hülle.

»Glaubst du auch, dass die helle Masse in ihrem Gesicht gleich zu bröckeln beginnt?«, fragte Filippino leise. »Vielleicht wurde die auch aus geriebenen Hühnerknochen oder Eiersud oder …«

»Filippino!«, rügte er ihn, obwohl er dem Jungen nachsehen konnte, dass er sich darüber lustig machte.

»Ich will dich nicht hier malen«, hörte er sich plötzlich zu Simonetta sagen, »ich will, dass wir in den Garten gehen, wo Büsche wachsen, Blumen duften, sich der Efeu rankt.«

»Warum?«, fragte sie.

Weil ich nur etwas Lebendiges malen kann, nichts Totes, ging es ihm durch den Kopf.

»Damit Sonnenlicht auf dich fällt«, murmelte er.

Sie deutete auf das Fenster. »Von dort kommt genügend Licht.«

»Aber du könntest dich im Garten unter einen Lorbeerbaum setzen, einen Lorbeerkranz in der Hand halten. Lorenzos Name kommt von *laurus*, Lorbeer.«

»Die Standarte ist allein für Giuliano bestimmt, nicht für seinen Bruder.«

»Mag sein … es ist nur so … ich … ich will dich so schön wie möglich malen.«

Ganz kurz schimmerte Unsicherheit durch ihre Miene, ein flüchtiges Lächeln verzog den Mund, das etwas Hilflosigkeit, auch Trauer verriet. »Ich bin doch heute auch so schön wie möglich. Du hast mich damals als Göttin bezeichnet, und es waren diese Worte, die mir an einem dunklen Tag zum Licht wurden. Ich kann dir nicht genug dafür danken, denn solcherart hast du mir den Weg gewiesen, worauf ich setzen muss, um Giuliano für mich zu gewinnen.«

Ihr Lächeln schwand wieder, ihr Gesicht wurde zur Maske, er verpasste den Moment zu beteuern, dass es ihm nie allein um die Schönheit ihres Gesichts gegangen war, immer auch um die Schönheit ihrer Seele. Aber wo war hinter all dem Schmuck und der Schminke diese Seele noch zu finden?

»Willst du nicht endlich mit deiner Arbeit beginnen?«, fragte sie, und ihre Stimme klang ausdruckslos.

Er unterdrückte ein Seufzen, und auch wenn er es nicht zugegeben hätte, fühlte er plötzlich die gleiche Gier nach Wein wie Filippino. Er war noch nie in seinem Leben richtig betrunken gewesen, schon ein Schluck benebelte ihn. Doch der Wein hätte jene Wärme durch seine Ader gejagt, die er vergebens in dieser erloschenen Frau zu finden hoffte.

In den nächsten Wochen erging an alle Fürstenhäuser Italiens die Einladung für das große Turnier: Ferrante von Aragon, der König von Neapel, wollte ebenso kommen wie Borso d'Este, der Herzog von Modena und Ferrara, oder Federico da Montefeltro, der Graf von Urbino, und sie würden ihre besten Ritter und besten Pferde mitbringen. Während Sandro an der Standarte arbeitete, waren auch Waffen- und Silberschmiede der Stadt emsig am Werk, Samt- und Seidenweber, Schneider und Sticker, auf dass bei der Eingangsparade sämtliche vierzehn Teilnehmer des Turniers – als ritterliche Knechte des Liebesgottes Amor verkleidet – mit Bannern und Helmzieren, prunkvollen Gewändern und schimmernden Harnischen ausgestattet sein würden. Selbst die Schabracken und das Zaumzeug der Pferde würden mit allerlei Motiven und Sinnsprüchen veredelt werden. Luigi Pulci, der Hausdichter der Medici, der ein großes Versepos über das

Ereignis zu dichten gedachte, war wiederum schon jetzt damit beschäftigt, die passenden Worte zu finden, um Glanz und Gloria gerecht zu werden.

Die Menschen von Florenz standen selten still, doch nun herrschte noch größere Aufregung als sonst. Nicht einmal die Regengüsse des Dezembers, die aus dem schlammig grünen Arno einen grauen, reißenden Fluss gemacht hatten, konnten diese dämpfen. Nur an zwei Orten fand Sandro dieser Tage Stille: in Simonettas Gemach, wo diese ihm stets starr und schweigend Modell saß, und in der Werkstatt, aus der er Filippino nun häufig verbannte, um ungestört arbeiten zu können.

Der Januar – der Monat, in dem das Turnier stattfinden würde – war schon angebrochen, als ihm sein Meister Verrocchio wieder einmal einen Besuch abstattete.

»Man hört, Giuliano de' Medici sei voll des Lobes für die Standarte«, erklärte er.

Tatsächlich war dieser erst gestern hier gewesen und hatte begeistert festgestellt, dass es Botticelli gelungen war, Simonettas Schönheit auf den Stoff der Standarte zu bannen.

Aber nicht ihre Seele, hatte Sandro traurig gedacht.

Er hatte wohlweislich geschwiegen, und auch jetzt schwieg er, während Verrocchio sein Werk neugierig betrachtete, diese Seele ebenfalls nicht zu vermissen schien, sondern ihn alsbald überschwänglich lobte, weil er sich selbst übertroffen hätte. Es klang nicht nur Stolz auf ihn aus seiner Stimme, auch Erleichterung, weil er einen so wichtigen Auftraggeber zufriedengestellt hatte.

»Für jeden Kunsthandwerker der Stadt ist dieses Turnier ein Segen. Aber du wirst am meisten davon profitieren. Bei Lorenzos Turnier vor sechs Jahren habe ich seine Standarte gefertigt – sie zeigte eine silberne Frauengestalt mit Lorbeer und Lanze und Lucrezia Donatis Zügen –, und danach konnte ich mich vor Aufträgen kaum mehr retten. Dies nun ist dein Durchbruch, Sandro. Simonettas Schönheit wird allerorts gerühmt werden, und ihr Name wird unweigerlich mit deinem verbunden sein.«

Sandro ließ sich auf einen Schemel nieder, den er selten nutzte, da er stets im Stehen arbeitete.

Verrocchio musterte ihn von oben herab. »Wieso machst du dennoch ein Gesicht, als wärst du gezwungen, nicht nur eine Standarte für das Turnier anzufertigen, sondern gar daran teilzunehmen und verkehrt herum auf einem Ross zu sitzen?«

Sandro rang sich ein müdes Lächeln ab. »Du hast mir immer geraten zu entscheiden, welche Art von Künstler ich sein wolle – einer von jenen, die schier alles können, die mit jedem Material arbeiten, nicht einfach nur Maler, sondern auch Goldschmied, Steinmetz, Ornament- und Intarsienschnitzer sind. Oder einer, der sich einer einzigen Kunst verschrieben hat, mehr noch, einem einzigen Motiv.«

»Und du hast diese Entscheidung nun getroffen?«

Sandro erhob sich. »Ich weiß, dass ich als Künstler meinen Auftraggeber zufriedenstellen und häufig malen muss, was man erwartet. Aber mein Herz wird immer nur für eines schlagen – für das Porträt von Frauen. Im Moment gibt es noch nicht viele von diesen, und wie sie auszusehen haben, unterliegt strengen Gesetzen. Ich will etwas Neues schaffen – mehr als Brautwerbungsbilder, mehr als nur Porträts von Ehefrauen und Müttern, auf denen Reichtum und Ansehen dargestellt werden. Ich will Frauen nicht als das zeigen, was sie sein sollen. Ich will sie als das zeigen, was sie sind – Menschen mit Sehnsüchten und Träumen, dem Wunsch nach Liebe und Freiheit.«

Verrocchio betrachtete ihn nachdenklich, und Sandro fühlte, dass er zwar seinen Eifer guthieß, jedoch nicht das, worauf er sich richtete.

»Ich bin mir nicht sicher, ob du damit wirklich Ruhm erntest. Wer Götter und Heilige malt, macht es sich leichter. Du hast Simonetta Vespucci ja auch als Göttin gemalt, es ist dir hervorragend gelungen, und damit hat doch jeder bekommen, was er will, oder? Nun zieh nicht länger eine so griesgrämige Miene!«

Wieder kämpfte Sandro um ein Lächeln, und Verrocchio klopfte ihm wohlwollend auf die Schulter. »Und jetzt muss ich wieder heimgehen und verhindern, dass Leonardo meine Werkstatt komplett verwüstet. In letzter Zeit schafft er oft Leichname heran, um sie zu sezieren, will er doch die Muskulatur des Menschen studieren. Ich werde drei Kreuze machen, wenn auch er seine eigene Werkstatt hat, und ich denke, ich werde ihn dort nicht so oft besuchen wie dich.«

Sandro starrte ihm nachdenklich hinterher. Jeder hat bekommen, was er will, echoten Verrocchios Worte in ihm.

Giuliano konnte sich Simonettas Schönheit rühmen, sie würde auf dem Turnier die Dame sein, für die er kämpfte, er selbst hatte sich als Künstler einen Namen gemacht.

Allerdings ging es ihm nicht darum, etwas zu bekommen. Er wollte der Welt etwas *geben* – ein vollendetes Bildnis von Simonetta, und als er nun wieder die Standarte betrachtete, wusste er, dass diese nicht genug war.

Am 29. Januar 1475, dem Tag des großen Turniers, quollen die Straßen und Gassen von Florenz schier über vor Menschen, doch während sich die Schüchternen einfach mitreißen und treiben ließen, bahnte sich Cosima rabiat ihren Weg. Eine große Hilfe dabei war ihr der Verkaufsladen, den sie vor dem Bauch trug – ein Tablett, randvoll mit Waren und mit einem Ledergürtel an Taille und Hals befestigt, dessen scharfe Ecken sie in manchen Rücken oder Bauch rammte. So schwer, wie er war, hatte sie sich kurz überlegt, ihn Amiri tragen zu lassen. Doch sein finsteres, vernarbtes Gesicht würde die Menschen wohl davon abhalten, ihre Schönheitsmittel zu kaufen, und so hatte sie ihm beschieden, sich im Hintergrund zu halten und nur dann einzuschreiten, wenn jemand ihre Ware zu stehlen versuchte. Wer dagegen dicht hinter ihr hertrottete, war Nina.

Bald kamen sie an den Käsehändlern von Orsanmichele vorbei, die ihre Ware aus Sizilien oder Apulien feilboten, und nachdem sie rechts neben der Kirche abgebogen waren, mischte sich in deren werbende Rufe die der Strumpfwarenverkäufer. Nun waren es nur mehr wenige Schritte zum Mercato Vecchio, dem Alten Markt, wo die Geschäfte auch an einem besonderen Tag wie heute nicht stillstanden, im Gegenteil: Regelrechte Massen von Händlern waren hier versammelt, weil sie sich aufgrund der vielen Fremden in der Stadt mehr Einkünfte als sonst versprachen.

Die einen boten Granatäpfel, goldene Aprikosen und riesige Wassermelonen aus fernen Ländern an, andere Bienenwachs oder Lampenöl. Zum Gackern von Hühnern und Schnattern von Enten, die noch lebend verkauft, aber wohl bis zum Abend im Kochtopf oder auf dem Bratenspieß landen würden, gesellte sich das Grunzen von Schweinen. Vor der Horde, die ein Händler an ihnen vorbeitrieb, musste selbst Amiri zurückweichen, und Cosima hatte Mühe zu verhindern, dass ihr das Handelsgut vom Tablett rutschte. Doch bald hatten sie den hinteren Teil des Marktes erreicht, wo Waren in winzigen Buden feilgeboten wurden.

Eben pries eine alte Frau ihre Kohlköpfe an, und Cosima dachte sich: Was die kann, kann ich schon lange. Sie wartete kurz, bis sich nach dem anstrengenden Marsch ihr Herzschlag etwas beruhigt hatte, und rief danach umso lauter: »Feine Hände! Feinde Hände!«

Es war dies ein so ungewöhnlicher Ruf, dass sie sofort mehrere Blicke auf sich zog. »Und wem genau hast du diese Hände abgeschlagen?«

»Feine Hände!«, rief Cosima erneut, diesmal triumphierend, weil sie so schnell so viel Aufmerksamkeit auf sich gezogen hatte. »Wollt ihr feine Hände haben? Hier habe ich ein Mittel, das sie so glatt und weich wie die einer Jungfer macht, die niemals schuften musste – aus Wachs, Feigenschalen und Pinienwasser.«

Noch mehr Blicke trafen sie, nicht alle neugierig, einer geradezu verächtlich. »Das ist doch Quacksalberei! Schöne Hände bekommt man, wenn man sie mit dem Kochwasser von Bohnen übergießt, und das gibt es kostenlos.«

Sie sah nicht, wer genau gesprochen hatte, nicht weit von sich entdeckte sie jedenfalls eine Frau, deren Gesicht von etlichen Leberflecken übersät war. »Bohnenwasser wird nicht reichen, um dir eine weiße Haut zu zaubern«, wandte sie sich direkt an sie. Sie hob ein Tiegelchen. »Hier hätte ich eine Paste aus Essig und zerstoßenen Senfsamen.« Die Frau mit den Leberflecken entschwand leider wortlos in der Menge, immerhin trat eine andere näher. »Hast du auch etwas, das Sommersprossen verblassen lässt?«

Cosima hob ein anderes Tiegelchen hoch. »Aber gewiss doch! Diese Salbe aus Mehl und Zitronensaft würde Wunder wirken.«

Die Worte riefen ein begeistertes Lächeln hervor, doch ehe die Frau das Tiegelchen ergriff, hielt ihre Begleiterin sie davon ab. »Mehl und Zitrone kannst du auch selbst zusammenrühren, nun, da du die Zutaten kennst.«

Cosimas Lächeln verkrampfte sich. Was für eine Dummheit, die Inhaltsstoffe ihrer Rezepturen zu benennen!

»Nun«, meinte die Sommersprossige, »was hast du noch zu bieten, um mich schön zu machen?«

»Oh, jede Menge!«, rief Cosima eifrig. »Hier ist ein Rouge aus geheimnisvoller roter Erde, das mit dem Harz einer Fichte vermischt wurde, wie sie nur in fernen Ländern wächst.«

Sie konnte schwören, dass Amiri ein Stück weit hinter ihr eine Augenbraue hochzog, aber sie achtete nicht auf ihn, wandte sich nunmehr an eine andere Frau. »Und falls du den Wunsch nach reinen, weißen Zähnen hast – hier hätte ich eine Paste aus zerstoßenen Muscheln, gebranntem Elfenbein und frischem Quellwasser, das von einem geheimnisvollen Bächlein stammt.«

Eine wollte zugreifen, doch ihre Begleiterin fiel ihr in den Arm.

»Lass dir keinen Unsinn einreden«, rief sie. »Jeder weiß, warum die eine Frau schön ist und die andere nicht. Die Mütter der einen haben während der Schwangerschaft viel Schönes gesehen, die anderen viel Hässliches. Wenn du lange genug den da anstarrst«, sie deutete mit dem Kinn auf Amiri, »kann selbst Elfenbeinpulver nichts ausrichten.«

Cosima konnte nicht entscheiden, was sie mehr empörte –

dass Amiri gekränkt oder solcher Unsinn verkündet wurde. Leider nickte die andere, und jene Menschentraube, die sich um sie gebildet hatte, zerstreute sich rasch. Cosima hätte am liebsten wütend aufgestampft und beherrschte sich nur deshalb, weil sie Angst hatte, ihre Ware könnte vom Tablett rutschen.

»Na los!«, wandte sie sich an Nina. »Ich kann die ganze Arbeit nicht allein machen. Preis doch auch mal etwas an.«

Da Nina nicht zur Marktschreierin geboren war, entschied sie sich, mit einem der Tiegelchen auf einen Mann zuzuschreiten, dessen Gesicht mit Narben übersät war, und zu fragen: »Wollt Ihr nicht dank Myrtenöl Eure glatte Haut zurückgewinnen?«

Der Mann blieb tatsächlich stehen, doch leider nur, um sie anzublaffen: »Ich lebe mit den Narben um vieles besser als ohne, glaubt doch das Diebespack, ich hätte es mir in siegreichen Kämpfen erworben, und bleibt mir darum fern.«

Nina biss die Zähne zusammen, versuchte es bei einer jungen Frau. »Eure Wimpern, schöne Dame, sind von einem wunderbaren Blond. Regelrecht golden würden sie leuchten, wenn Ihr sie mit diesem Mittelchen behandelt.«

Leider hatte Nina nur auf die Wimpern geachtet, nicht auf den Mund. Der war nämlich so verkniffen, dass nicht einmal ein Wundermittel ein geschmeidiges Lächeln darauf hätte zaubern können. Prompt begann er zu keifen: »So viel kann ich mir gar nicht in die Augen träufeln, um blind dafür zu werden, dass ihr mir nur das Geld aus der Tasche ziehen wollt.«

Nina zuckte zusammen, wich zurück – und krachte in Cosimas Verkaufsladen. Eines der Tiegelchen, das schon vorhin ins Rutschen geraten war, fiel endgültig über den Rand und zerbarst auf den Pflastersteinen.

»Du sollst die Waren verkaufen, nicht zerstören!«, schnaubte Cosima.

Amiri bückte sich, um von der Paste zu retten, was zu retten war. Alsbald gab er aber wieder auf und erhob sich. »Sei nicht so streng mit ihr, Nina war dir in den letzten Wochen eine große Hilfe.«

Das konnte Cosima in der Tat nicht leugnen. Nina legte durchaus einen gewissen Eifer an den Tag, wenn es galt, Rezepte zu erproben. Und sie hatte ein ebenso gutes Gespür für die richtige Menge wie für die richtigen Zutaten. Sie hatte auf Anhieb erkannt, dass Geflügelfett als Basis für eine Salbe nicht so schnell ranzig wurde wie Rindertalg und sich auch der Fettrand einer Speckschwarte verwenden ließ. Und sie war auf die Idee gekommen, als Grundlage für eine Haarpflege nicht Olivenöl zu nutzen, sondern das billigere Rizinusöl, mit dem die Ärmeren ihre Lampen füllten.

Das änderte allerdings nichts daran, dass der Tag nun schon auf den Mittag zuging und sie immer noch nichts verkauft hatte.

»Ich glaube, wir müssen uns einen besseren Ort suchen«, erklärte Cosima und kämpfte darum, sich ihre Verzagtheit nicht anmerken zu lassen. »Hier treiben sich zu viele brave Hausfrauen auf der Suche nach Artischocken, Pastinaken und Fenchel herum. Besser, wir begeben uns dorthin, wo deutlich mehr Geld ausgegeben wird.«

Wieder bahnte sie sich mithilfe ihres Verkaufsladens ihren Weg und hatte bald jene Ecke des Mercato Vecchio erreicht, wo Luxusware feilgeboten wurde – Handschuhe aus Ziegenkitzleder, Seidentücher aus Bagdad, schimmernde Glaswaren. Bevor sie jedoch auch nur beginnen konnte, ihre Ware anzupreisen, ertönte dicht an ihrem Ohr ein Zwitschern, gefolgt von einer beißenden Stimme: »Bleib mir fern! Ich treibe doch nicht Seite an Seite mit einem Weibsbild Handel.«

Cosima fuhr herum, sah einen Vogelhändler, der mit gleich mehreren Käfigen beladen war. Außerdem hatte er ein paar Vögel an dünnen Schnüren festgebunden, die aufgeregt um seinen Kopf herumflatterten.

Singvögel waren bei den Florentinern beliebt. Etliche behaupteten, je farbenprächtiger ihr Federkleid wäre, desto wohlschmeckender wäre ihr Fleisch. Doch es gab auch noch eine andere Verwendung für sie.

»Wir ergänzen uns doch vorzüglich«, erklärte sie. »Ihr verkauft die Federn, die sich Florentinerinnen gerne ins Haar flechten, ich einen Sud, damit dieses Haar glänzt wie ein funkelnder Edelstein.«

Der Vogel zwitscherte lauter, der Mann schimpfte noch wütender. »An der Seite eines Weibsbilds Handel zu treiben, das fehlte noch! Jeder weiß, dass das nur liederliche Frauen tun.«

»So viele Bäuerinnen bieten auf dem Markt ihre Waren feil!«

»Sie verkaufen Eier, die ihre Hühner gelegt haben, Äpfel, die sie selbst vom Baum gepflückt haben, Salat, den sie eigenhändig ausgegraben haben, das ist erlaubt, denn es kündet von ehrlicher Arbeit.« Er deutete mit dem Kinn auf ihr Tablett. »Davon aber sehe ich nichts. Also verschwinde, sonst …«

»Sonst was?«, rief Cosima wutentbrannt. »Bevor du mir drohst, solltest du dich eher vorsehen, dass ich keines deiner Vögelchen rupfe.«

Sie wollte sich nicht ernsthaft mit dem Mann anlegen, machte dennoch einen drohenden Schritt auf ihn zu. Doch plötzlich fühlte sie Amiris Hand, die sich um ihren Arm legte und sie energisch fortzog. »Sieh doch nur«, murmelte er und deutete auf etliche andere Händler, die der Streit aus den umliegenden Läden gelockt hatte. Ob auch sie erbost waren, weil eine Frau Handel trieb oder nur weil das Geschrei ihre werbenden Rufe übertönte – ihre finsteren Mienen ließen keine Zweifel daran, dass sie sie unbarmherzig verjagen würden, wenn sie nicht freiwillig ging.

Cosima fügte sich dem Unvermeidlichen und fand sich wenig später in einem Gässchen wieder, wo nur ein Schuhhändler Holzpantoffeln anpries.

»Wohlriechende Seifen!«, rief Nina an ihrer statt, »sie kommen direkt aus dem Morgenland, desgleichen die Duftwässerchen aus Moschus und Zimt, Myrrhe und Sandelholz.«

Einige Frauen liefen zwar in ihre Richtung. Doch eine wollte nur Holzpantoffeln kaufen, die andere fuhr Nina an: »Untersteh dich, dieses Gift anzupreisen. Jeder weiß, dass Schönheitsmittelchen am Ende nur für Krämpfe, Koliken und Ausschläge sorgen.«

Cosima vermeinte, dass sie auch gleich einen Krampf bekäme – in den Beinen, weil sie nun schon so lange mit der schweren Lade stehen musste, auch im Magen, weil sie ihre Geschäftsidee scheitern sah, und vor allem in den Händen, weil sie sich beherrschen musste, diese nicht zu Fäusten zu ballen.

Was noch nicht schmerzte, war ihr Kopf, aber von dem perlte der Schweiß.

»Wir legen eine kurze Pause ein, um uns etwas zu stärken«, murmelte sie.

Mit jenem Geld, das aus der letzten Reserve stammte, kauften sie an einem Marktstand ein einfaches Mittagsmahl, wie es auch bei den Handwerkern beliebt war – ein Stück Brot, gefüllt mit

Käse, Zwiebeln, Knoblauch und ein paar Streifen kaltem Lammfleisch. Während sie daran kauten, hockten sie sich auf die Stufen der Kirche San Pierino.

Nina stopfte das Brot hungrig in sich hinein, Cosima fiel es dagegen trotz knurrendem Magen schwer, die Bissen herunterzuwürgen.

Es genügte nicht, ihre Waren einfach nur anzupreisen. Sie musste sich etwas einfallen lassen, um die Gier auf diese Waren zu wecken. Sie schwitzte noch stärker, rutschte in den Schatten der Kirche, sah zu spät, dass dort schon zwei Frauen standen. Wenn sie mir verbieten wollen, hier zu sitzen, bewerfe ich sie mit Parfümflakons, beschloss Cosima. Doch alsbald bemerkte sie, dass die Frauen sich nur einen stillen Ort gesucht hatten, um etwas zu betuscheln.

Erst fiel der Name einer gewissen Barbara, die sie glühend dafür beneideten, weil sie zum heutigen Turnier geladen worden war. Dann fand Simonetta Vespuccis Name Erwähnung, auf die wiederum nicht nur Barbara, sondern alle Frauen eifersüchtig waren – wegen ihrer Schönheit und ihrer Eleganz und natürlich besonders wegen Giulianos Zuneigung, die er noch nie so offen bekundet hatte wie heute auf dem Turnier. Das Getuschel ging in Gekicher über, und als sie sich wieder beruhigt hatten, fiel ein weiterer Name, nämlich der von Marco Vespucci und was er wohl davon hielt, dass Giuliano Simonetta ganz offensichtlich wie seine Geliebte behandelte.

»Was will er denn schon ausrichten gegen einen Medici?«, sagte die andere, und aus den Worten sprach nicht Empörung oder Missfallen, nur Bewunderung, und die steigerte sich, als sie über Simonettas Frisur zu schwärmen begannen.

Nicht länger war es nur Cosima, die den beiden zuhörte, schon waren andere Frauen näher getreten, um erst zu lauschen, später selber Gerüchte zum Besten zu geben. Eine behauptete gar, heute Morgen einen Blick auf Simonetta erhascht zu haben, als sie mit einer Sänfte zum Ort des Turniers gebracht worden war.

»Weiß man denn schon, ob Giuliano als Sieger aus dem Turnier hervorging?«, rief eine.

»Das nicht, aber wie sollte es anders sein, wenn er doch für seine Göttin kämpft!«, erwiderte eine andere. Nach Simonettas Frisur wurde nun ihre zarte Haut gelobt, ihre fein geschwungenen rosigen Lippen, ihre zierlichen, elfenbeinfarbenen Hände.

Cosima erhob sich so abrupt, dass ihr Brot auf die Kirchenstufen fiel. Sie stieg achtlos darüber hinweg. »Na komm schon«, rief sie Nina zu.

»Ich habe noch nicht aufgegessen.«

»Am Abend kannst du dir den Magen mit etwas Besserem vollschlagen. Für das Geld, das ich heute noch verdienen werde, gibt es gebratenen Fisch.«

»Aber …« Das Mädchen blieb immer noch hocken, Amiri stand hingegen auf.

»Bleib hier«, beschied Cosima ihm. »Wenn man dich ansieht, fällt es schwer zu glauben, dass meine Ware die Menschen schöner macht. Man muss ein ganz anderes Gesicht vor sich haben.«

Falls ihre Worte Amiri kränkten, war er zu stolz, um das zu zeigen. Nina hingegen hielt mit ihrem Erstaunen nicht hinter dem Berg. Als sie Cosima folgte, die sich mit ihrer Verkaufslade wieder entschlossen zur Mitte des Mercato Vecchio vorkämpfte, fragte sie immer wieder, was sie nur vorhätte.

Cosima gab keine Antwort. In der Mittagszeit herrschte etwas weniger Gedränge, und sie musste nicht so laut schreien, um gegen das Getöse anzukommen. Mit werbender Stimme begann sie nicht etwa wieder Seife oder Duftwässerchen, Salben oder Wimpernfarbe anzupreisen. Sie rief nur: »Wer von euch will so schön sein wie Simonetta Vespucci?«

XII.

Simonetta erlebte das Turnier wie einen Traum. Jenes rauschhafte Glück, das heiß durch ihre Adern rann, war zwar flüchtig wie ein Nachtgespinst, zugleich war sie vor der Dunkelheit eines Albtraums gefeit.

In welcher Reihenfolge sich alles zugetragen hatte, konnte sie hinterher nicht mehr genau sagen. Ihre Erinnerungen bestanden aus einzelnen Bildern, die meisten so farbenprächtig, als hätten sie die besten Maler von Florenz auf der Leinwand festgehalten, doch sie fügten sich nur schwer aneinander. Obwohl es ein Wintertag war, war der Himmel nicht grau verwaschen wie so oft zu dieser Jahreszeit, sondern von einem leuchtenden Blau. Die Luft war kühl, und im Schatten fror man, aber wen die Sonnenstrahlen kitzelten, dem wurde eine Ahnung von Wärme geschenkt.

Die Kirche Santa Croce erstrahlte in einem reinen Weiß, durchsetzt von filigranen grünen Quadern, und schien, gemessen an den trutzigen gelben Palazzi zu ihrer beiden Seiten, nicht aus normalem Stein, sondern etwas so Kostbarem wie Elfenbein gebaut. Der Platz davor, wo das Turnier stattfand, war mit Sand aufgeschüttet und mit hölzernen Schranken in Bahnen geteilt worden. Banner und Wimpel schmückten alle umliegenden Gebäude und flatterten ebenso munter im Wind wie die Gewänder der edlen Gäste. Während die Kombattanten aus nah und fern Rüstungen trugen, war die Kleidung der Zuschauer, die die Tribünen vor der Basilika füllten, meist in Rot gehalten, und sie war reich geschmückt – ob nun mit Spitzenmanschetten, Rockschößen, hohen Kragen, Kapuzen und weiten Ärmeln. Manchmal fiel der Blick auf einen schwarzen Fleck – den dunklen Samt, in den sich die Prioren hüllten –, doch die meisten Mäntel und Wämse waren mit Goldfäden durchsetzt.

Aus einem Meer aus Prunk hervorzuragen, war eigentlich unmöglich – Simonetta gelang es dennoch. Ihr Kleid war nicht nur mit Gold- und Silberfäden durchwirkt, sondern mit Edelsteinen besetzt, und zum vergoldeten Gürtel gesellten sich lange Ketten und ein enges Halsband. Das Medaillon auf der Brust war mit den gleichen Perlen geschmückt, die an ihren Ohrgehängen prangten, und purpurrot waren die Seidenbänder, die in die kunstvolle Frisur geflochten waren. Vielleicht ließe sich noch der Wert des Schmucks in Münzen bemessen – die rosigen Wangen mit dem leichten Glanz, die perfekt geschwungenen Augenbrauen, die roten Lippen waren ein unbezahlbarer Anblick.

Heute Morgen hatte sie sich selbst im Spiegel vergewissert, dass sie überirdisch schön war, doch noch deutlicher als ihr Spiegelbild verriet es Giulianos Miene. Er ritt auf sie zu, als sie die Tribüne betrat, und verbeugte sich tief. Auch er war edel wie nie gekleidet. Auf der Brust seiner Rüstung prangte ein Schild, der das Haupt der Medusa zeigte und mit einem roten Edelstein geschmückt war. Noch trug er darüber einen Mantel, den er später ablegen würde, mit Perlen und goldenen Fäden bestickt, die die

Worte *sans pareil* – ohnegleichen – ergaben, seinen Wahlspruch. Sein *barett*, eine flache Kopfbedeckung, war ebenfalls schwer von Perlen, hinzu kamen eine dunkle Brosche und drei goldene Federn.

Auch nach dem Gruß löste er seinen Blick nicht von Simonetta. Kein Wort kam über seine Lippen, während das Getuschel jener Schar, die ihn begleitete – Freunde, Verwandte, Diener, Musiker – lauter wurde

»Wie könnte er heute nicht siegen, wenn sie ihm doch Glück bringt?«

»Und wenn er abgelenkt ist, weil er nur Augen für sie hat?«

»Oh, einer, der das Stoßen geübt ist, wird seinen Gegner ebenso zielsicher aus dem Sattel befördern wie seine Liebste in den siebten Himmel.«

Anzügliches Gekicher war zu hören, ein Lächeln zupfte an Giulianos Lippen.

Wie Lisabetta und Nastagio, die mit ihr die Tribüne betreten hatten, das aufnahmen, sah Simonetta nicht. Hinterher konnte sie sich nicht erinnern, ob sie ihnen während des Turniers auch nur einen Blick zugeworfen hatte. Sie war auch blind für Marco, Amerigo und Piero, das einzige Mal, da sie die Tribüne absuchte, wollte sie sich bloß vergewissern, ob Fioretta Gorini auch zu den Zuschauern zählte.

Aber da war keine Fioretta. Da war nur sie, und alle Welt wusste, dass sie Giulianos Auserwählte war.

Was danach folgte, waren wieder einzelne Bilder, zu verschwommen, um Details auszumachen. Sie wusste noch, dass Giulianos Pferd Orso ein Apfelschimmel war, eine Decke aus violettem Samt trug, auch dass man ein Symbol auf sie gestickt hatte – einen großen Olivenast, von dem Zweige und Flammen herabfielen. Aber als sie später hörte, dass während des Turniers sämtliche Perlen dieser Stickerei verloren gegangen waren, hatte sie keine einzige vor Augen. Dass die neun Trompeter, die zu Giulianos Gefolge zählten, allesamt ein Wams aus Taft getragen hatten, war ihr ebenso entgangen – sie hatte nur jenen Augenblick deutlich vor Augen, da zwei Reiter in voller Rüstung die Standarte von Botticelli auf den Platz trugen, sechs mal drei Fuß groß. Die Pallas Athene darauf war in einem weißen, mit Gold schattiertem Gewand abgebildet, die Füße in blauen Schnürstiefeln und auf Flammen stehend. Ihr Helm, den sie auf kunstvoll geflochtenem Haar trug, war mit Ornamenten verziert, in der Rechten hielt sie eine Turnierlanze, in der Linken einen Schild, auf dem wie auf Giulianos Brosche das Haupt der Medusa abgebildet war. Im Hintergrund war eine Blumenwiese zu sehen, auch ein Olivenbaum mit einem einzigen Ast, an den mit goldenen Seilen Cupido gefesselt war, die Hände hinter dem Körper verschränkt, während sein Bogen und sein Köcher mitsamt den zerbrochenen Pfeilen am Boden lagen. Und auf einer Schriftrolle, die ebenfalls am Baumstamm befestigt war, stand wieder *sans pareil* – ohnegleichen –, Giulianos Wahlspruch.

War wirklich sie die Frau auf der Standarte?

War wirklich sie die Frau auf der Tribüne?

Sie schien sich selbst ebenso von weiter Ferne zuzusehen wie Giuliano. Eben reichte ihm ein Page jenen Helm, der in Verrocchios Werkstatt für diesen Anlass gefertigt worden war und auf dem – wie auf der Standarte – Cupido abgebildet war.

Wir gehören zusammen, schrie alles, was die Künstler erschaffen hatten, und in diesem Moment fühlte sie es allzu deutlich.

Selbst als sein Blick nicht mehr auf ihr ruhte, sahen alle anderen sie noch als seine Schöne, seine Königin.

Doch dann begann der Kampf, und alle hatten nur mehr Augen dafür. Die eben noch farbenprächtigen Bilder zerstoben, als wären sie aus Sand geformt. Jener Sand staubte unter den Hufen der Pferde, als die Männer aufeinander zuritten. Holz barst, irgendjemand ächzte, einer ging zu Boden. Immer wieder schloss sie erschrocken die Augen, doch wenn sie sie wieder öffnete, saß Giuliano immer noch auf dem Pferderücken. Da er einen Gesichtsschutz trug, konnte sie nicht in seiner Miene lesen, aber sie ahnte, dass er grimmig entschlossen war.

Kämpft er für mich? Oder kämpft er gegen seinen Bruder? Will er seinen damaligen Sieg beim Turnier in den Schatten stellen?

Erstmals ging ihr Blick zu Lorenzo, an dessen Seite seine Ehefrau Clarice saß. Er hatte nichts gemein mit jenem schmeichelnden Mann, dem sie damals begegnet war, erinnerte sie an eine Statue der Cäsaren, unnahbar, hoheitsvoll, ein wenig gefährlich.

Noch gefährlicher waren die Kämpfe, irgendwann spritzte Blut. Die Menge schien nicht besorgt, das Johlen klang eher freudig als erschrocken. Sie war auch nicht besorgt, denn es war nicht Giuliano, den eine Lanzenspitze getroffen hatte. Dennoch verkrampfte sie ihre Hände ineinander, bis sie sie kaum mehr spürte, löste sie erst, als sich die Hände aller anderen in die Luft reckten, ein begeisterter Jubel ausbrach. Giuliano war der Sieger! Wie er lächelte, als er seinen Gesichtsschutz abnahm!

Lächelte er sie an, liebevoll, oder seinen Bruder, triumphierend?

Er schenkte ihr eine Blume, die er aus einem Kranz zog, hinterher wusste sie nicht mehr, welche Farbe diese Blume gehabt, wie sie gerochen hatte, auch nicht, was aus ihr geworden war. Hatte sie sie in den schweißnassen Händen zerdrückt? Hatte sie sie losgelassen, sodass der Wind sie mit sich riss?

Der Wind wehte nun schärfer, übertönte die vielen Stimmen, die zu ihr drangen, anzüglich, spöttisch, neidisch.

»So hat denn jeder der Medici ein Blümchen – bei Lorenzo ist es das Blümchen Florenz, bei Giuliano Simonetta Vespucci.«

»Wie können Lisabetta und Nastagio zulassen, dass der eigene Neffe als Hahnrei vorgeführt wird?«

»Wenn sie klug sind, werden sie sich hüten, ihre wahren Gefühle zu zeigen. Die Vespucci sind nicht so dumm wie die Familie Pazzi, deren Gesichter stets grün vor Neid sind, weil die Medici mehr Geld und mehr Macht haben.«

Pazzi. Ein Name wie ein Misston. Sie lauschte seinem Echo nicht lange, überlegte vielmehr, was sie nun tun sollte. Die Tribüne leerte sich rasch, die hohen Gäste wurden mit Sänften in den Palazzo Medici gebracht, wo der Ausgang des Turniers gefeiert werden würde. Stand auch für sie eine bereit?

Als sie sich suchend umdrehte, entdeckte sie weder Lisabetta noch Nastagio, auch sonst kein vertrautes Gesicht ... oder doch, eines schon. Eine Frau trat zu ihr, hakte sich bei ihr unter, ganz in Blau gehüllt, der Farbe des Himmels, die einen schönen Kontrast zu ihrem dunklen Haar bot.

Es war Lucrezia Donati, Lorenzos Geliebte, für die er einst gesiegt hatte. Heute stand sie im Schatten von Clarice, doch es schien ihr nichts auszumachen, sie begnügte sich mit dem, was sie kriegen konnte. Heute war das etwas Glanz von ihr, die sie sowohl als Stern als auch als Sonne gerühmt wurde.

Das geschah noch nicht auf der Tribüne, erst in jenem Saal, in den Lucrezia sie wenig später führte. Sie legte den Weg von der Piazza Santa Croce dorthin zu Fuß zurück, befand er sich doch nicht im Palazzo Medici, sondern einem anderen der vielen edlen Paläste. Zahlreiche Musiker spielten hier die Harfe und Flöte, Pfeife und Trompete. Auf dem Boden lagen Blumen und duftende Kräuter verstreut, an den Wänden hingegen Tapisserien aus Seide und Gold, die lange Tafel bog sich unter Schüsseln und Platten und Kelchen, allesamt aus Silber und Gold. Nicht minder edel waren die Speisen – von kleinen saftigen Wachteln bis hin zum gebratenen Pfau, in dem noch die Schwanzfeder steckte.

Ein fremder Mann war auf Simonetta zugetreten, begnügte sich nicht nur, sie als Stern und Sonne zu rühmen, sondern fügte ehrfürchtig hinzu: »Und tausend Liebesgeister feuerhelle ließ sie dem süßen Augenpaar entströmen. Du bist kein irdenes Wesen, du bist Venus, die Göttin der Schönheit und Liebe.«

Lucrezia lächelte, sie tätschelte ihre Wange. »Angelo hat sich heute selbst übertroffen.«

Mit Angelo war offenbar Angelo Poliziano gemeint, einer jener Dichter, die am Hofe der Medici lebten und aus dessen Feder das Sonett stammte, das Giuliano ihr geschenkt hatte. Er hörte nicht auf, sie zu umtänzeln, mit noch mehr Versen ihren Liebreiz zu preisen.

So geschmeichelt sie sich fühlte, tief drinnen breitete sich Befremden aus. Lucrezias Berührung wurde ihr lästig, doch sie wehrte sich erst dagegen, als sie an der Tafel Platz nahmen – auf dem Ehrenplatz an ihrem Ende, was sich falsch anfühlte, weil hier eigentlich das Familienoberhaupt sitzen sollte.

»Wo … wo ist Giuliano?«, fragte sie.

»An einem Ort, wo er sich gewiss schrecklich langweilt und sich nach dir verzehrt.«

Simonetta blickte sie fragend an.

»Lorenzo ergeht es wohl nicht besser. Hätte er darüber entscheiden können, er hätte Clarice gerne wieder nach Cafaggiolo verbannt, jenem Landhaus, in dem sie einen Großteil ihres Lebens zubringt. Aber an einem Tag wie heute, da er Fürsten aus ganz Italien empfängt, würde man ein Zeichen der Respektlosigkeit darin sehen, wenn er sie nicht mit seiner Gemahlin, bloß mit seiner Mutter begrüßt.«

Simonetta brachte keinen Ton hervor.

Lucrezia machte eine weit ausholende Bewegung. »Hier wird heute gefeiert, im Palazzo der Medici dagegen wird Politik gemacht. Deswegen sind wir nicht dabei. Schließlich zählen zu den Gästen auch Gesandte des Papstes, und ihnen den Anblick der Geliebten der Medici zuzumuten, wäre ähnlich dreist, wie von einem Ritter zu verlangen, ein Turnier auf einem Maultier zu bestreiten. Also gilt es, uns zu verstecken, wobei das hier ein äußerst erträgliches Versteck ist, nicht wahr?«

Das Lachen, das sie ausstieß, klang, als würden zwei Kelche aneinanderstoßen. Wenig später drückte sie Simonetta einen solchen in die Hand, und der Wein, den sie daraus trank, schmeckte säuerlich, brannte durch die Kehle.

»Giuliano will sich also nicht mit mir zeigen …«

»Dass er dich liebt, weiß die ganze Stadt. Nur die Prälaten aus Rom sollen es nicht wissen, wobei ich mir sicher bin, dass auch sie ihre Kurtisanen mitgebracht haben. Wo diese wohl feiern? Nun gut, ich verstehe, dass Lorenzo sich mit dem Papst gut zu stellen versucht, da doch die Pazzi seit Langem versuchen, einen Keil zwischen ihn und den Heiligen Vater zu treiben. Wobei einer Familie wie den Pazzi ein Keil nicht reicht. Noch lieber würden sie Lorenzo das Amt des Hausbankiers des Heiligen Stuhls wegnehmen und ihm danach den Dolch in den Rücken rammen, auch wenn sie freundlich lächeln, wann immer sie ihnen gegenüberstehen. Wahrscheinlich macht just zu dieser Stunde Novella Pazzi – das ist Jacopos Schwiegertochter – Clarice Komplimente.«

Wieder ein Lachen, diesmal klang es, als ginge Glas zu Bruch.

Simonetta fühlte einen Druck auf ihren Schläfen. Was gingen sie die Pazzi und ihre Intrigen an, was ging sie Clarice an?

»Ich wäre so gerne bei Giuliano«, brach es aus ihr hervor.

»Ach, gräm dich nicht! Genieße deinen Sieg!«

»Giuliano hat gesiegt, nicht ich.«

»Ich meine nicht seinen Triumph beim Turnier. Ich meine deinen Triumph über Fioretta Gorini!«

Sie zog wissend die Augenbrauen hoch, Simonetta tat sich schwer, ihr zu folgen.

»Weißt du es denn nicht?«, fragte Lucrezia lachend.

Simonetta blickte sie nur fragend an.

»Oh, wochenlang lag sie Giuliano in den Ohren, dass er auch sie auf die Tribüne bitten möge, aber er hat es ihr schlichtweg verweigert. Welcher Mann kämpft denn auch für so ein farbloses Weib, um das ihn niemand beneidet?«

»Sie war sich seiner Liebe so sicher«, murmelte Simonetta.

»Liebe! Pah! Er mag sich an sie gewöhnt haben, aber zum Lodern bringt sie sein Herz schon lange nicht mehr. Lass dir bloß nichts anderes einreden. Du hast gewonnen.«

Es fühlte sich nicht so an. Gewiss, wenn sie daran dachte,

wie sie vor Fioretta auf die Knie gesunken war, schämte sie sich immer noch, und es erfüllte sie mit Genugtuung, dass deren vermeintliche Selbstsicherheit und Ruhe doch nicht auf so festen Säulen standen und in ihr mehr Neid auf die junge, hübsche Nebenbuhlerin schlummerte, als sie den Anschein gegeben hatte. Doch diese Genugtuung ging nicht tief genug, um die Leere auszufüllen.

»Macht es … macht es dir nichts aus?«, presste sie hervor.

»Was? Edlen Wein zu trinken, einen Pfau zu essen, klangvoller Musik zu lauschen? Das alles ist eine Freude, keine Zumutung.«

»Ich meine, dass du nicht Lorenzos Gattin bist.«

»Gott behüte!« Lucrezia lachte erst übertrieben, hob dann die Hand vor den Mund, als würde sie ein Gähnen verbergen. »An den Rang einer Orsini, wie Clarice eine ist, reiche ich nun mal nicht heran. Du weißt, dass sie von einem verstaubten Adelsgeschlecht aus Rom abstammt? Gewiss ist sie zwischen den Beinen ähnlich verstaubt, kein Wunder, dass sie bislang nur Töchter geboren hat und …«

»Tut es dir nicht manchmal weh?«, fiel Simonetta ihr ins Wort.

»Ach Liebes. Uns geht es doch gut. Wir haben Ehemänner, die uns nicht lästig werden, einen Geliebten, mit dem wir schöne Stunden verbringen, tragen den Namen einer ehrwürdigen Familie und führen ein sündiges Leben – besser so als umgekehrt. Wir haben Spaß – und nicht viel mehr Pflichten als Blumen. Schön sein müssen wir und gut riechen, wenn man die Nase in uns versenkt.«

Simonetta ging auf, dass sie die Blume von Giuliano verloren hatte.

»Und wenn wir verblühen?«

Wieder nahm sie einen Schluck Wein, diesmal schmeckte er bitter.

»Ach Liebes«, sagte Lucrezia wieder, »warum machst du es dir so schwer und lässt derart düstere Gedanken zu? Schick sie zum Teufel. Es stimmt, jede Blume verwelkt irgendwann, aber wenn du Sorgen wälzt, geschieht es umso schneller. Heute bist du überdies nicht nur die schönste Blume von Florenz, sondern genießt zudem den Rang einer Göttin. Es gibt keine Frau, die dich nicht beneidet, kein Mann, der sich nicht nach dir verzehrt, keinen Dichter, der keinen Vers über dich verfassen möchte, keinen Maler, der nicht willens ist, dich zu malen. Genieß dein Glück, wie es nur in einer Stadt wie Florenz möglich ist. Die Macht der Medici beruht nicht auf einer gottgegebenen Ordnung, auf blauem Blut, nicht einmal auf dem Schwert, sie beruht allein auf klugen Geschäften, auf ihrem Geld. Und unsere Macht wiederum beruht nicht auf einem Ehegelübde, auf den Söhnen, die wir gebären, auf dem Einfluss von Brüdern und Vettern, sondern schlichtweg auf der Liebe. Wenn du mich fragst, ist diese auch eine Art Geschäft, bei der es klug zu investieren gilt.«

Erneut legte sie ihren Arm um sie, erneut schien Simonetta wie von weit her zuzuschauen. Ihr Leben wurde wieder zu einem farbenprächtigen Traum – nur die Angst, daraus zu erwachen, wurde sie nicht los.

Sie war nicht sicher, wann sie den Saal verlassen hatte, in dem mit jeder weiteren Stunde der Weindunst schwerer hing. Es war noch nicht ganz finster, darum deutlich zu erkennen, dass auf der Piazza Santa Croce kaum noch etwas an das Turnier erinnerte, das ihr und Giuliano so viel Ruhm eingebracht hatte. Die Banner und Wimpel, mit denen die umliegenden Gebäude geschmückt gewesen waren, waren ebenso verschwunden wie die hölzernen Schranken, die den Platz in Bahnen geteilt hatten. Nur den Sand, den man aufgeschüttet hatte, konnte man so schnell nicht wegkehren. Der Wind peitschte ihn ihr ins Gesicht, bis ihre Augen tränten. Kurz erschrak sie, würde das doch ihre makellose Erscheinung stören. Doch wer um diese Zeit noch auf den Straßen wankte, hatte wohl nicht das Bedürfnis, Simonetta Vespucci in ihrer ganzen Pracht zu bewundern.

Sie blickte sich weiter um. Wo befand sich eigentlich die Standarte von Botticelli? Wer würde sie künftig noch betrachten? Ein Kunstwerk, an dem ein Meister wochenlang gearbeitet hatte, sollte doch mehr sein als ein Sandkorn, das der Windhauch verwehte!

Sie gedachte der vielen Stunden, in denen sie Sandro Botticelli Modell gesessen hatte – und plötzlich tat es ihr leid, dass sie vorbei waren. Sie hatten nie viele Worte gewechselt, aber in Gegenwart des jungen Malers, der sie aus seinen warmen, braunen Augen so eindringlich musterte, so konzentriert arbeitete, der immer von einer Ehrfurcht ergriffen war, als wäre das, was er tat, etwas zutiefst … Heiliges, hatte sie sich schön gefühlt, sich ihrer selbst sicher, wertvoll.

Der Gedanke, dass die Standarte in irgendeinem Keller verschwinden würde, weil sie keinen Nutzen mehr erfüllte, machte sie trübsinnig. Vielleicht war es auch der Wein, den sie getrunken hatte. Oder der Gedanke daran, dass Giuliano seinen Sieg ohne sie feierte. Jedenfalls konnte sie sich seines und auch ihres Triumphes nicht mehr erfreuen, ohne zugleich die Vergänglichkeit von diesem vor Augen zu haben. Mit seinem Sieg verhielt es sich letztlich wie mit ihrer Schönheit – beides war nicht für die Ewigkeit bestimmt. Genauso wenig wie das Glück, dass sie die Frau war, zu der er sich heute so offen bekannt hatte, wie die Liebe, die er in seinem Überschwang wohl wirklich für sie empfunden hatte. Wohnte sie noch in seinem Herzen? Würden sich die Menschen noch morgen an ihr Gesicht erinnern oder würde es sich alsbald im Schatten des Vergessens auflösen?

Sie beschleunigte ihren Schritt nicht nur, weil sie in der kühlen Februarluft fröstelte, auch um den Gedanken davonzulaufen. Schon nach wenigen Schritten ärgerte sie sich über die eigene Hast. Wie dumm, dass sie Lucrezia nicht gebeten hatte, eine Sänfte zu beschaffen, die sie sicher nach Hause brachte. Wie dumm, durch die Straßen zu hetzen, als wäre sie auf der Flucht. Aus dem Laufen wurde ein hoheitsvolles Schreiten, und die stolze Haltung verhalf ihr zu einer Gewissheit, die das aufgewühlte Herz eben noch angezweifelt hatte.

Ich bin Simonetta Vespucci, ich bin die Geliebte von Giuliano de' Medici, Königin der Schönheit, Stern von Florenz.

Sie war schon in der Nähe des Mercato Vecchio, als sie erneut innehielt, die Miene, eben noch ganz starr, erstaunt verzog. Anders als gedacht, waren doch nicht nur Männer auf den Straßen, die sich nach Wein sehnten. Zumindest ertönte von dort vorne kein Lallen. Laut und deutlich wurde ihr Name gerufen und raunend weitergetragen, einem endlosen Echo gleich, das niemals abriss. Schon sah sie dort vorne Cosima stehen, mit einem großen Tablett um den Leib, auf dem sich alle möglichen Waren drängten. Eine Gruppe Frauen umlagerte sie und lauschte begierig, als Cosima berichtete, womit sie Simonetta Vespuccis Haare pflegte, womit ihre Wimpern und Brauen, welche Salbe sie nachts auftrug, welche tagsüber, welcher Balsam ihre Lippen weich machte, wie …

Cosima hörte nicht auf zu sprechen – und die Frauen rissen ihr die Waren förmlich aus den Händen. Simonetta konnte nicht sehen, wie viel Geld sie ihr zusteckten, sie hörte nur die Münzen klimpern.

Hatte nicht einmal jemand behauptet, das Geld würde durch Florenz' Adern fließen wie das Blut durch die der Menschen? Sie wusste es nicht mehr. Sie wusste nur, dass diese Münzen nicht vergänglich waren wie Glück und Liebe und Schönheit.

Wieder wurde ihr Name geraunt, der Wunsch ausgesprochen, schön wie sie zu sein, von einem Helden wie Giuliano de' Medici angebetet zu werden.

Es war mittlerweile zu dunkel, um die Gesichter der vielen Frauen zu mustern, zu beurteilen, welche ihr an Schönheit nahekommen könnte und bei welcher es verlorene Liebesmüh war. Aber in all den Gesichtern stand wohl Sehnsucht, und Cosima machte diese Sehnsucht zu Geld.

Der Vorrat an Phiolen und Döschen und Säckchen und Boxen schwand sehr schnell. Irgendwann war das Tablett vor ihrem Leib leer, und Simonetta, die sich mittlerweile die Kapuze ihres Umhangs über den Kopf gezogen hatte, die einzige Frau, die außer Cosima am Marktplatz verharrt war.

»Wenn du etwas kaufen willst, um so schön wie Simonetta Vespucci zu sein, musst du warten, bis ich neue Ware hergestellt habe. Heue kann ich dir nichts mehr anbieten.«

An Cosimas Gürtel hing ein Beutel, randvoll mit Münzen und gewiss sehr schwer. So viel schwerer als Sand.

»Ich bin bereits so schön wie Simonetta Vespucci.«

Als Simonetta die Kapuze von ihrem Kopf zog, entfuhr Cosima ein überraschter Ausruf. »Was machst du denn hier? Ich dachte, du würdest dich mit Giuliano wollüstig auf dem Laken wälzen?«

Simonetta brachte es nicht übers Herz zuzugeben, dass Giuliano an diesem Abend lieber im Kreis seiner Familie feierte, umgeben nur von mächtigen Freunden … reichen Freunden, und dass die Zeitspanne, in der sie im Licht seiner Sonne stand, auch künftig begrenzt sein würde.

Cosima wartete ohnehin nicht auf eine Antwort. »Du kannst dir nicht vorstellen, wie schnell ich die Ware verkaufen konnte, kaum dass ich auf die Idee gekommen bin, mit deinem Namen zu werben. Du hast heute großen Eindruck hinterlassen, jede Florentinerin will so aussehen wie du. Mehr noch, jede Florentinerin will so *sein* wie du.«

Wie widersinnig, ging es Simonetta durch den Kopf. Wer wollte schon mit einer Frau tauschen, die hier allein unter Florenz' schwarzem Nachthimmel stand und fror.

»Na komm schon«, sagte Cosima. »Ich habe Nina bereits vor einer Weile heimgeschickt, damit sie neue Schönheitsmittel herstellt, die ich morgen verkaufen werde. Aber Amiri wartet dort hinten. Ich werde ihn bitten, dich heimzubegleiten. Ich habe ihm befohlen, mir nicht zu nahe zu kommen – anders als dein Name fördert sein Anblick den Verkauf meiner Ware mitnichten –, aber das heißt nicht, dass er nicht manchmal nützlich ist und …«

»Ich bin dir nützlicher«, fiel Simonetta ihr ins Wort. »Du verdienst allein meinetwegen Geld.«

»Was ist dagegen einzuwenden?«

Tief drinnen begann sich eine Empörung zu regen, die eigentlich Giuliano galt. Ihm würde sie nicht zeigen können, wie sehr es schmerzte, von der Tafel ausgeschlossen zu sein. Cosima wollte sie wiederum nicht zeigen, wie sehr es sie traf, von ihrem Geschäft ausgeschlossen zu sein.

»Wie viel genau hast du heute verdient?«, fragte sie gedehnt.

Cosima hob stolz den Ledersack. »Glaub nicht, dass sich darin nur Piccioli befinden. Ich habe auch den einen oder andere Fiorino verdient.«

Piccioli waren winzige Münzen aus unreinem Silber – Fiorino die Währung, in der die reichen Kaufleute Handel trieben.

»Morgen werde ich sicher ähnlich viel einnehmen, und wenn es so weitergeht, werde ich bald einen eigenen Laden anmieten können. Oh, ich werde nie wieder Männern zu Diensten sein müssen und dennoch meinen Besitz wahren können, ja noch reicher werden. Wo ist denn nur Amiri! Du zitterst ja, Mädchen.«

»Nenn mich nicht Mädchen«, entfuhr es Simonetta. »Und ich zittere nicht.«

Nun gut, das war eine Lüge, sie konnte nicht leugnen, dass ein Beben durch ihren Körper ging. Aber das wurde nicht allein von Kälte verursacht, nur neuer Empörung. Giuliano hatte in ihrem Zeichen gesiegt, aber den Sieg nicht mit ihr gefeiert. Cosima hatte mit ihrem Namen für ihre Produkte geworben, aber wollte den Gewinn für sich behalten.

»Wir müssen noch etwas besprechen«, erklärte sie mit fester Stimme.

»Wie wir dich noch schöner machen? Das ist doch kaum noch möglich.«

»Ich will nicht noch schöner werden«, sagte sie.

»Was willst du dann werden?«

»Reich«, sagte Simonetta entschlossen, »ich will reich werden – aus eigener Kraft. Ich finde, mir steht ein Anteil von deinem Gewinn zu. Und ich habe auch schon eine Idee, wie wir deinen Handel noch erfolgreicher machen.«

XIII.

Sandro lag es schon seit geraumer Zeit auf den Lippen, diese Frage zu stellen, doch er verkniff sie sich. Filippino rückte dagegen frei damit heraus: »Warum stinkst du eigentlich so, Leonardo?«

Leonardo blickte den jungen Lehrling verdutzt an, er schien erst jetzt wahrzunehmen, welch unangenehm fauliger Geruch die Luft erfüllte, seit er Sandros Werkstatt betreten hatte. Etwas ratlos hob er die Arme, um unter seinen Achseln zu schnuppern, doch dort waren nicht einmal Schweißflecken zu sehen.

»Der Gestank kommt von deinen Händen«, half Sandro ihm auf die Sprünge, »und ich nehme an, er stammt von den Leichnamen, die du neuerdings gerne sezierst.«

Leonardo ließ die Arme fallen. »Was denn, was denn, das nennst du Gestank? Um die menschliche Anatomie zu erforschen, reicht es nun mal nicht, die Menschen darum zu bitten, ihre Kleidung abzulegen und ihren nackten Körper zu erforschen. Man muss auch unter die Haut blicken.«

»Du ziehst sie den Toten ab?«, rief Filippino und klang keineswegs angeekelt, eher zutiefst fasziniert. »Ich habe gehört, dass Antonio del Pollaiuolo das auch regelmäßig tut.«

Antonio del Pollaiuolo war lange Zeit einer von Verrocchios größten Konkurrenten gewesen, wobei er Sandros ehemaligem Meister nicht das Wasser reichen konnte. So viel Nutzen hatte das Hautabziehen, dessen man ihn tatsächlich bezichtigt hatte, also wohl nicht gehabt.

»Oh, ich ziehe ihnen nicht nur die Haut ab«, erklärte Leonardo freimütig, »ich schneide sie auch auf, um ihre Organe zu untersuchen.«

Filippinos Augen glänzten, während Sandro nicht umhinkam, den Kopf zu schütteln. »Ich verstehe ja, dass du wissen musst, wie die Muskeln funktionieren, die unter der Haut verlaufen – man sieht es schließlich auf unseren Gemälden, wann und wie sie sich anspannen. Aber was ganz tief drinnen im menschlichen Körper sitzt, hat für uns doch keinerlei Bedeutung.«

»Von wegen!«, entgegnete Leonardo. »Unlängst habe ich einen Mann seziert, dessen Leber doppelt so groß war wie die eines normalen Menschen, und das hatte durchaus Folgen für sein Aussehen: Sein Gesicht war ganz gelb.«

»Wirklich?«, rief Filippino begeistert, während Sandro ein Seufzen unterdrückte und überlegte, wie er Leonardo wieder loswerden könnte.

Erstaunlich genug, dass dieser heute in seiner Werkstatt aufgetaucht war. Er behauptete, dass Verrocchio ihn geschickt habe, um ihm ein paar Pigmente zu überbringen, aber das war wohl nur ein Vorwand, denn Leonardo war sich eigentlich zu schade für Botengänge. Wahrscheinlich hatte Verrocchio ihm erzählt, dass sich Sandro ganz der Porträtkunst verschrieben hatte und dabei seine Hilfe gebrauchen könne, und Leonardo ließ sicher keine Gelegenheit ungenutzt, ihm zu beweisen, dass er selbst der größere Künstler war – ob Botticelli nun schon eine eigene Werkstatt besaß oder nicht.

Eben beugte er sich zu Filippino. »Wer Schönes erschaffen will, braucht nun mal Kenntnisse in Mathematik, Geometrie und Anatomie. Und man bildet sich nicht nur weiter, wenn man die Nase in Bücher steckt, sondern auch …«

»… sondern auch in Leichname«, schloss Filippino den Satz, als wäre nichts dabei.

»Wie wäre es, wenn du für Leonardo einen suchst?«, mischte sich Sandro ein.

»Einen Leichnam?«, rief Filippino nun doch entsetzt.

»Nicht den von einem Menschen natürlich. Ich denke, eine tote Taube tut's auch, oder?«

Falls Leonardo den Spott bemerkte, der in seiner Stimme mitschwang, schien er ihm diesen nicht übel zu nehmen. Filippino wiederum trieb weniger der Wunsch, einer Taube den Hals umzudrehen, ins Freie, sondern die Münzen, die Sandro ihm zusteckte, damit er etwas zu essen besorgte. Als Filippino die Werkstatt verließ, strömte etwas frische Luft hinein, doch kaum fiel die Tür hinter ihm zu, breitete sich wieder dieser faulige Geruch aus.

Sandro hoffte, dass Leonardo nicht weiter über eine doppelt so große Leber sinnieren würde. Als der stattdessen zu dem Gemälde trat, an dem er seit dem Turnier vor zwei Wochen arbeitete, war ihm das allerdings auch nicht recht.

Er bedachte es mit dem gleichen sezierenden Blick wie die toten Menschen für seine Studien – und wahrscheinlich war dieser Vergleich gar nicht so unpassend, denn der Mensch auf diesem Bild wirkte auch irgendwie tot.

»Warum hast du sie von der Seite gemalt?«, fragte Leonardo.

Sandro zuckte mit den Schultern. »Das … das ist bei Frauenbildnissen nun mal so üblich.«

»Na und? Leichen aufzuschneiden, ist nicht üblich, und ich tue es dennoch.«

Jäh neidete Sandro ihm die Dreistigkeit, obwohl er wusste, dass darunter auch bei einem Leonardo aus Vinci manche Selbstzweifel schlummerten. »Ich habe gehört, dass du Ginevra de' Benci porträtiert hast«, sagte Sandro, »und dass es dir nicht darum ging, sie bloß als Braut darzustellen, sondern als Menschen … als Dichterin. Für gewöhnlich werden Frauenporträts kurz vor der Hochzeit gemacht, und darauf gezeigt werden nicht nur die Schönheit der Dame, sondern in Form von Schmuck und edler Kleidung auch der Reichtum und die Höhe der Mitgift. Überdies soll ein möglichst ausdrucksloses Gesicht unterstreichen, dass es sich um eine willfährige, fromme Frau handelt. Aber Ginevra de' Benci ist auf deinem Bildnis schlicht gekleidet, sie blickt den Betrachter direkt an – und scheint ihrerseits einen Blick in die Seele zu gewähren.«

Sandro hatte das Bild selbst nicht gesehen, aber Verrocchio hatte es wortreich gerühmt – was viel verriet, weil er Leonardo eigentlich selten pries. Es hatte Sandro ein wenig bitter aufgestoßen, dass Leonardo sich diesem Frauenbildnis hatte widmen können, während er selbst so lange mit der Standarte beschäftigt gewesen war. Und es hatte ihn mit Neid erfüllt, dass es Leonardo scheinbar gelungen war, womit er selbst noch kämpfte – den Charakter eines Menschen einzufangen.

»Soll ich dir etwas verraten?«, gab Leonardo zurück. »Ginevras Klugheit wird deutlich überschätzt. In meinen Augen ist sie ein schlichtes Mädel. Aber mir ging es gar nicht so sehr darum, sie persönlich zu malen. Ich wollte ein Gesicht malen, das so schön wie möglich ist, und da man ein solches selten trifft, habe ich insgesamt Elemente aus vier Gesichtern zusammengefügt.«

Sandro runzelte die Stirn. »Hast du nicht immer behauptet, der Künstler habe der Natur zu dienen und seine Bilder müssten so wahrhaftig wie möglich sein?«

»Ich habe die Frauen ja auch wahrhaftig abgebildet, nur eben vier verschiedene, nicht bloß eine. Farben vermischen wir schließlich auch, warum nicht Züge eines Menschen?«

»Vielleicht ist es möglich, unterschiedliche Gesichter in einem Porträt zu vereinen. Aber man kann doch nicht gleichsam eine Seele aus derer vieler zusammenstückeln!«

Leonardo trat vom Porträt weg auf ihn zu, wieder stieg eine neue Woge von diesem Gestank hoch. Warum hatte er sich nicht wenigstens ordentlich die Hände gewaschen?

»Du mit deiner Seele! Gewiss, auch für mich ist von Bedeutung, was ein Mensch denkt und fühlt – seine Regungen, seine Gesten, sein Mienenspiel machen all das sichtbar. Was dagegen nicht sichtbar ist, lässt sich auch nicht malen.«

»Man kann das Unsichtbare zumindest andeuten.«

»Wenn ich das Unsichtbare erforschen will, indem ich dem Menschen die Haut abziehe und in seinen Gedärmen wühle, ist dir das doch auch nicht recht!«

Sandro verzichtete, darauf hinzuweisen, dass sie mit dem Unsichtbaren recht unterschiedliche Dinge meinten. Aber jemand wie Leonardo wusste das wohl. »Nun«, erklärte der, »ich denke, ich kehre nun wieder zurück zu meiner Leiche, ich will sie schließlich nicht mit den schwarzen Fliegen teilen, und sie verwesen ja so schnell und werden unbrauchbar.«

Das Bild von Leonardo, wie er sich über einen Leichnam beugte, war keins, das Sandro im Kopf haben wollte. Sobald der andere gegangen war, konzentrierte er sich wieder auf sein Porträt, überlegte, ob er ihm nicht tatsächlich mehr Tiefe geben könnte, indem er das Gesicht nicht im Profil, sondern frontal zeigte.

Er hatte noch nicht begonnen, eine neue Skizze anzufertigen, als Filippino zurückkehrte. Dass der nicht allein die Werkstatt betrat, hörte er nicht – die Schritte seiner Begleitung waren zu leise –, doch er roch es. Zu dem fauligen Geruch, den Leonardo vorhin mitgebracht hatte, gesellte sich nun der einer Rose.

Sandro hatte nicht zu hoffen gewagt, sie so bald wiederzusehen. Ihr Anblick verursachte ein nahezu schmerzhaftes und zugleich doch wohliges Ziehen in seiner Magengegend. Der übermächtige Wunsch, sie zu malen und sie so wahrhaftig wie möglich darzustellen, wurde nichtig gemessen an der Sehnsucht, sie würde ihm ein Lächeln schenken und solcherart einen Augenblick des Glücks, der die Ewigkeit der Kunst in den Schatten stellte. Nicht dass er das zeigte. Sie ließ ja auch nicht erkennen, was sie fühlte, wirkte einmal mehr leblos wie eine Statue.

Mit einer knappen Geste beschied Sandro Filippino, erneut zu verschwinden, und machte sich dann daran, das Fenster zu öffnen. Simonetta schien den Gestank gar nicht zu bemerken, sie war ja auch blind dafür, dass die vielen Skizzen in der Werkstatt allesamt sie darstellten.

»Was führt dich zu mir?«, fragte er gepresst.

»Ich … ich will, dass du mich malst«, sagte sie plötzlich.

Sandro hob die Braue. »Habe ich das nicht kürzlich getan, als ich jene Standarte für das Turnier anfertigte?«

»Diese Standarte war riesig … jetzt wünsche ich mir ein Bildnis, das winzig klein ist.«

»Du meinst eine Miniatur?«

Sie nickte. »Nicht nur eine, sondern deren viele. Ich weiß, dass das Antlitz von Frauen nicht nur Gemälde schmückt oder Standarten, auch Bettladen, Messgewänder, Altarbehänge, sogar kleinere Dinge wie Taschenspiegel oder Gürtelschnallen.«

Sandro konnte seine Verwirrung nicht verbergen. »Du willst, dass ich dein Gesicht auf eine Gürtelschnalle male?«, rief er fassungslos.

Sie leckte sich über die Lippen, was sie menschlicher werden ließ. »Nicht auf Gürtelschnallen, aber … aber auf Döschen, Holzkisten, Tiegelchen, Majolika-Keramik«, sagte sie. Sandro runzelte die Stirn, sie deutete sein Zögern falsch. »Ich weiß«, fuhr sie hastig fort, »es mag unter deiner Würde liegen, aber …«

»Diese kreisrunden Bilder, von denen du sprichst, werden *tòndi* genannt.«

»Genau, und diese Bilder sollen die Gefäße schmücken, in den Cosima Bellani ihre Waren verkauft, mehr noch, in denen sie meine Schönheit verkauft …«

Das meiste, was sie sagte, hatte er nicht verstanden. Eines aber wusste er ganz genau. »Schönheit kann man nicht kaufen!«, begehrte er auf.

»Mag sein. Aber die Hoffnung, schön zu werden … die Hoffnung, mir zu ähneln. Und wie kann man diese besser ausdrücken, als wenn man mein Gesicht …«

Sie brach ab, schien eingesehen zu haben, dass sie zu schnell zu viele Worte gemacht hatte, als dass er ihr folgen konnte. Sie setzte zu einer längeren Erklärung an, obwohl er eigentlich nichts von Schönheitsmitteln hören wollte. Nicht, was sie mit einer Cosima Bellani zu schaffen hatte, warum es ihr ein Anliegen war, in solch einen Handel einzusteigen. Malen wollte er sie, nicht nur winzige Miniaturbilder, sondern ein Gemälde!

»Dieser Handel mit Schönheitsmitteln läuft gut. Wir könnten auch dich daran beteiligen, wenn du uns hilfst. Du würdest damit einiges an Geld verdienen und …«

»Mir geht es doch nicht um Geld!«, entfuhr es ihm, und seine Stimme klang härter als gewollt. Als sie den Blick senkte, tat es ihm augenblicklich leid. »Ich … ich wollte dich nicht anfahren«, sagte er schnell.

»Und ich … ich wollte dich nicht beleidigen, indem ich dir eine Tätigkeit antrage, die dir für dein Talent vielleicht als zu profan erscheint«, murmelte sie, ehe sie sich abwandte.

Er fand seine Fassung erst wieder, als sie schon fast die Tür erreicht hatte. »Warte!«, rief er. »Es ist mir eine Freude, dich zu malen, und sei's nur auf Tiegelchen und Döschen. Tu, wovon du denkst, dass du es tun musst. Aber wenn ich dir wirklich helfen soll, dann habe ich eine Bedingung …«

Sie drehte sich wieder langsam um. »Wie gesagt, wir könnten nicht …«

»Nein!«, fiel er ihr entschieden ins Wort. »Ich will kein Geld. Ich will nicht an eurem Handel beteiligt sein, aber … aber … ich will, dass du mir für ein Gemälde Modell sitzt.«

Nun war es an ihr, erstaunt zu sein. »Und für wen ist dieses bestimmt?«

Für mich, dachte er, aber das konnte er ihr nicht eingestehen, und so ging er über ihre Frage hinweg. »Und wenn du mir für dieses Gemälde Modell sitzt, dann will ich, dass du keinen Schmuck trägst und nur ein einfaches Kleid. Ich will, dass du deine Haare offen trägst. Und dein Gesicht sollte … nackt sein.«

»Nackt?«, fragte sie verwirrt.

»So wie Gott dich schuf. Ohne Salbe, ohne Farbe, ohne Balsam, ohne Bleiweiß, ohne Kohlestift. Ungeschminkt.«

Ihr Gesicht wurde einmal mehr zur Maske, nur ein Stirnrunzeln verriet, dass seine Worte sie verstörten.

»Bist du etwa auch der Meinung vieler Kirchenmänner, wonach Frauen, die sich schminken, hochmütig sind, verdorben und gotteslästerlich?«

»Was Gott von alldem hält, ist mir gleich. Ich möchte gerne, dass du bist, was du sein solltest … sein könntest … sein wolltest, wenn niemand dir vorschriebe, welche Rolle du zu erfüllen hast.«

Die Falten auf ihrer Stirn wurden tiefer.

»Ich will dich nicht als Frau malen, die einem Mann gefallen will«, fuhr er schnell fort, »noch nicht einmal als Göttin, die von aller Welt angebetet wird. Ich will dich als … Menschen malen.«

Ihre Stirn glättete sich, aber in ihrem Blick loderte etwas auf, das ihm bewies, dass genau dieser Mensch in ihr schlummerte, einer, der so verletzlich wie stark war, voller Sehnsucht, aber auch stiller Trauer über eine Welt, wo diese Sehnsucht oft unerfüllt blieb, voller Liebe und voller Angst, diese zu verschenken, weil sie womöglich nicht erwidert wurde.

Alsbald aber senkte sie den Blick, und es blieb nur eine Ahnung, wurde nicht zur Gewissheit, dass seine Worte sie tatsächlich tief berührt hatten, mehr noch, jenen Teil ihres Wesens neu belebt hatten, den sie seit Langem beharrlich tot stellte.

Er musste sich begnügen, dass sie nickte, ihm knapp beschied: »Wenn es denn unbedingt sein muss – meinetwegen.«

Wenig später verließ sie seine Werkstatt, und so schwer es ihm fiel, sie gehen zu lassen – es erfüllte ihn mit heißer Freude, dass sie sich von nun an regelmäßig sehen würden.

XIV.

Sommer 1475

Cosima blickte sich zufrieden in ihrem neuen Reich, der Casa Bellani, um. Sie konnte sich nicht erinnern, jemals so glücklich und sorglos gewesen zu sein. Als sie damals ihre Eltern verloren und schon gedacht hatte, auf Florenz' Straßen verhungern oder erfrieren zu müssen, war es zwar eine Erleichterung gewesen, als Kurtisane nicht nur überleben, auch einen gewissen Reichtum erlangen zu können. Und es hatte sie mit Stolz erfüllt, als sie seinerzeit ihre Wohnung angemietet und mit teurem Mobiliar gefüllt hatte.

Aber das hier war etwas anderes. Das hier versprach eine glänzendere Zukunft, als sie sich jemals hatte ausmalen können. Mit der eigenen Schönheit Geld zu verdienen, hieß, ständig um diese Schönheit bangen zu müssen. Aber nun lebte sie von der Schönheit anderer, vielmehr der Sehnsucht, diese zu erlangen – und diese Sehnsucht würde nie vergehen.

Eben öffnete sich die Ladentür, und eine Kundin trat ein. Der Schleier über ihrem Gesicht verriet, dass sie die Blüte der Jugend längst hinter sich gelassen hatte – dennoch aber wie alle Frauen, die hier ein und aus gingen, dem Traum nachhing, der schönen Simonetta Vespucci zumindest ein wenig zu gleichen.

Obwohl diese sich in dem halben Jahr, das seit dem Turnier vergangen war, nur selten in der Öffentlichkeit gezeigt hatte, war ihr Stern nicht verglüht, im Gegenteil. Überall wurde über ihre blasse Haut, ihre Frisur, ihre prächtige Kleidung getuschelt und allerlei Mutmaßungen angestellt, wie man dergleichen erlangen könnte. Doch nur Cosima konnte behaupten, in engstem Kontakt zu ihr zu stehen und mehr zu bieten als Quacksalberei, jene Schönheitsmittel nämlich, mit denen sich Simonetta höchstselbst pflegte. Und diese Produkte fanden reißenden Absatz. Täglich stürmten an die zwei Dutzend Florentinerinnen in den Laden, um sich mit Vorräten einzudecken. Die edleren Damen waren natürlich diskreter, schickten meist nur die Dienerschaft, doch obwohl Cosima oft nicht wusste, aus welcher Familie ihre Kundschaft stammte – namhafte und reiche waren es in jedem Fall. Außerdem war schon mehrmals ein gewisser Stefano vorstellig geworden, der – wie sie von Simonetta erfahren hatte – niemand anderer als der Diener von Fioretta Gorini war.

Beide hatte das mit Triumph erfüllt. Simonetta, weil Fioretta äußerst verzweifelt sein musste, wenn sie der Nebenbuhlerin nacheiferte und nun auch auf Schönheit setzte, nicht mehr nur auf langjährige Vertrautheit. Cosima, weil sie auf noch mehr Kundinnen hoffen konnte, sobald sich herumsprach, dass nicht nur Simonettas Verehrerinnen, sondern sogar ihre Gegenspielerinnen wie sie aussehen wollten.

Ob auch die Kundin, die den Laden betreten hatte, das eine oder andere war, wusste sie nicht. Sie verharrte in der Nähe der Tür, doch Cosima lud sie mit einem Nicken ein, näher zu treten –

zu jener Theke, hinter der sich meterlange Regale voller Gefäße, Schachteln und Tiegelchen, auch Rezeptbücher, Waagen, Mörser und Stößel befanden.

Nachdem sie ihre Waren den ganzen Winter über auf dem Markt feilgeboten hatte, hatte sie im Frühling erstmals eine winzige Bude anmieten können, einer dunklen Höhle gleichend, in die nur durch den Vordereingang etwas Licht strömte. Es war noch nicht Sommer geworden, als sie genug angespart hatte, um diese wieder aufzugeben und stattdessen diese Räumlichkeiten in ein wahres Reich der Schönheit – die Casa Bellani – zu verwandeln. Und dieses befand sich nicht in einer dreckigen Gasse und der Nachbarschaft von Tavernen und Bordellen. Nein, für die sechs Florin Miete im Jahr konnte sie sich in dem Geschäftsviertel zwischen der Piazza della Signoria und Santa Croce niederlassen, und wenn die Geschäfte weiterhin gut liefen, würde sie vielleicht sogar in das noch angesehenere Viertel südlich vom Dom umsiedeln können, wo die Hauptquartiere der großen Zünfte lagen und zwischen prächtigen Palazzi nur Luxusware verkauft wurde – Schmuck, Kelche, Seide und Pelzbesätze.

Im Moment war allerdings keine Zeit, sich in Träumen zu verlieren. Sie setzte ihr reizendstes Lächeln auf, als sie die Kundin fragte. »Womit kann ich Euch dienen?«

Die Dame verharrte kurz, blickte sich einmal um. Sobald sie sich vergewissert hatte, dass sie sich allein mit Cosima im Laden aufhielt, schlug sie ihren Schleier zurück, und Cosima musste sich beherrschen, damit ihr kein überraschter Ausruf entfuhr. Nie hatte eine Frau von so hohem Rang wie diese die Casa Bellani betreten.

»Signora de' Pazzi!«, rief sie und konnte ihre Begeisterung kaum drosseln.

Dass sie den Pazzi nun wieder regelmäßig die Miete für ihre Wohnung zahlen konnte und ihr Besuche von Rino erspart geblieben waren, erfüllte sie mit Erleichterung. Dass nun sogar Novella Pazzi, die Schwiegertochter von Jacopo, dem Familienoberhaupt, in ihren Laden kam, bereitete ihr eine tiefe Genugtuung.

Gab es ein deutlicheres Zeichen, dass die Geldnöte hinter ihr lagen, sie kein roher Hüne mehr drangsalieren durfte, sie es vielmehr zur geachteten Geschäftsfrau gebracht hatte?

»Womit Ihr mir dienen könnt?«, fragte Novella Pazzi. »Natürlich mit einem Wangenrot, wie es auch Simonetta Vespucci trägt.«

»Allzu gerne!«, erwiderte Cosima mit honigsüßer Stimme und zog diverse Produkte aus dem Regal. Ob nun Schminkpaletten aus Edelholz, kleine dünnwandige Gefäße aus Alabaster, die nicht so schnell porös wurden wie solche aus gebranntem Ton, schließlich Tiegelchen aus Elfenbein, die so viel edler aussahen als solche aus Blei – fast alles war mit Miniaturporträts von Simonetta verziert, die Sandro Botticelli höchstpersönlich angefertigt hatte. Lediglich die Muschelschalen, in denen eine Gesichtsmaske aufbewahrt und die mit einer dünnen Haut aus Schweinedarm verschlossen wurden, zeigten ihr Antlitz nicht. Doch man entnahm sie mit einem Löffel, an dessen langen Stil einmal mehr ein winziges Bildnis prangte.

Wenig später hatte sie Novella nicht nur ein Wangenrot aufgeschwatzt, auch einen Lippenbalsam, eine Salbe für das Dekolleté, ein Enthaarungsmittel und ein paar Schwämme. Sie stammten aus einem Land weit im Südosten, waren darum sündhaft teuer und hervorragend zum Auftragen von Schminke geeignet. Auch Simonetta Vespucci würde sie benutzen, erklärte Cosima nachdrücklich.

Novella verlor zwar nicht viele Worte, aber sie zahlte ohne zu feilschen den vollen Preis, und sie lächelte, als sie den Laden wieder verließ. Cosima hatte noch nicht zusammengerechnet, was sie an dieser einen Kundin verdient hatte – und jubelte dennoch bereits.

»War das wirklich Novella Pazzi?«, ließ sich eine Stimme hinter ihr vernehmen.

Inmitten der Regale befand sich eine Tür, und der Gang dahinter führte nicht nur zu jenem Raum, in dem die Geschäftsbücher aufbewahrt wurden, auch in eine kleine Werkstatt, ausgerüstet mit Brennkolben, Messer, Pistill, Sieb und Kessel, wo Nina für gewöhnlich ihrer Arbeit nachging. Cosima sparte ihr gegenüber meist an Lob; oft schalt sie sie sogar, warum es denn gar so lange dauerte, bis sie diese oder jene Rezeptur hergestellt hatte, und wenn Nina darauf verwies, dass etliche aus über dreißig Zutaten bestanden und viele von diesen stundenlang kochen mussten, schnaubte sie nur. Die Wahrheit aber war, dass sie den Laden ohne Ninas und Amiris Hilfe kaum hätte führen können. Während sie sich um den Verkauf kümmerte, beschaffte Amiri die Zutaten für die Rezepturen, und Nina stellte sie her. Und trotz ihrer Langsamkeit bewies sie ein gutes Händchen. Ihrem Instinkt, was sich gut und in welchen Mengen miteinander vermischen ließ, konnte man auf jeden Fall trauen, lediglich auf ihren Fleiß war kein Verlass. Manchmal verdächtigte Cosima sie, dass sie in der Werkstatt nicht nur arbeitete, sondern sich selbst schminkte und die Haare kämmte. Und mindestens so groß wie ihre Eitelkeit war ihre Neugierde.

»War das wirklich Novella Pazzi?«, wiederholte sie eben.

Cosima war ausnahmsweise in so guter Laune, dass sie vergaß,

Nina zu rügen, weil diese die Werkstatt verlassen hatte. »Stell dir vor, wenn wir eine wie sie als Stammkundin gewinnen würden!«, stieß sie aus.

»Heißt es nicht, dass der Stern der Pazzi endgültig am Sinken wäre?«

Manchmal war Cosima überrascht, dass Nina trotz ihres dümmlichen Gesichtsausdrucks viel von der Welt mitbekam, sie auf dem Markt nicht nur die Ohren offen hielt, um neue Rezepturen zu erfahren, sondern auch, was sich in Florenz zutrug.

Cosima nickte nachdenklich. »Die Pazzi stehen nun schon seit geraumer Zeit im Schatten der Medici, obwohl sie sich ihnen eigentlich als ebenbürtig betrachten, als ähnlich reich und ähnlich mächtig. Nun ist ein Streit zwischen den Medici und dem Papst darüber ausgebrochen, wer Anspruch auf die Grafschaft Imola hat. Soll sie künftig zum Kirchenstaat gehören oder zur Republik Florenz? Den Pazzi ist Imola gleich, aber sie nutzten die Gelegenheit, sich offen auf die Seite des Papstes zu stellen. Vielleicht war das ein Befreiungsschlag – vielleicht der Beginn ihrer endgültigen Vernichtung. Jedenfalls haben sie nicht nur offen bekundet, dass Florenz keinen Anspruch auf Imola hat, sie haben dem Papst einen Kredit zur Verfügung gestellt, damit er Imola kaufen kann. Schon daran hätten die Medici schwer zu schlucken gehabt. Doch dass der Heilige Vater, um sich erkenntlich zu zeigen, die Medici daraufhin als seine Hausbankiers entlassen und den Pazzi dieses Amt zugeschanzt hat, werden sie ihnen nie verzeihen. Die Frage ist: Sind die Medici in der Lage, sich dafür zu rächen?« Sie schnaubte. »Nun gut, mich soll das nicht bekümmern. Ob die Pazzi den Kampf um die Macht nun gewinnen oder verlieren, reich sind sie auf jeden Fall, und wenn Novella das Vermögen der Pazzi in meinem Laden ausgeben will, soll mir das nur recht sein. Umso besser, wenn sich in ihrem Gesicht ein paar Sorgenfalten abzeichnen. Dann ist sie bereit, alles zu kaufen, was ein glattes Gesicht, wie Simonetta es hat, verspricht.«

Nina zuckte mit den Schultern. »Simonetta steht auf der Seite der Medici. Womöglich gerätst du zwischen die Fronten, wenn Novella bei dir ein und aus geht.«

»Von Fronten spricht man in einem Krieg. Ein solcher ist zwischen den Medici und Pazzi noch nicht ausgebrochen. Dass sie einander hassen und ständig Intrigen spinnen, um den anderen zu schaden, ändert nichts daran, dass sie nach außen hin die Haltung bewahren. Die Pazzi sind sogar häufig Gast bei den Medici, und bei diesem Anlass will Novella sicher so schön wie möglich sein. Lass mich überlegen, welche Frauen noch zur Familie gehören, Giulianos Schwester Bianca ist ja auch mit einem Pazzi verheiratet und …«

Einmal mehr öffnete sich die Tür, und in Erwartung von neuer Kundschaft befahl Cosima Nina, wieder in der Werkstatt zu verschwinden. Sie musste ihr einen äußerst strengen Blick zuwerfen, bis sie gehorchte, erst dann konnte sich Cosima der Kundschaft zuwenden. Zu ihrer Überraschung trat keine Frau auf die Verkaufstheke zu, sondern ein Mann, noch nicht einmal ein reicher Kaufmann, der Wert auf eine gepflegte Erscheinung legte, stattdessen ein finsterer Kumpan. Auf den ersten Blick hatte er Ähnlichkeiten mit Rino, nur dass seine Nase nicht schief und platt gedrückt war.

»Wie … wie kann ich Euch helfen?«, fragte sie und versuchte fröhlich wie immer zu klingen.

Der Mann trat ganz langsam näher, blickte sich um. Ihr Unbehagen wuchs, und sie fragte sich, wo Amiri steckte und warum er nicht schon längst vom Markt zurück war.

»Wie kann ich Euch helfen?«, fragte sie wieder, nachdem er nicht geantwortet hatte, diesmal etwas schärfer.

»Stimmt es, dass hier nicht nur Schönheitsmittel verkauft werden?«, fragte der Mann gedehnt.

Cosima glaubte zu verstehen, worauf er hinauswollte, und entspannte sich. In der Tat hatte sie festgestellt, dass sich viele Zutaten, die Nina in ihren Rezepturen verarbeitete, auch für andere Zwecke gebrauchen ließen – Wachs für Kerzen, Indigo und Krapp, um Seide zu färben, Safran für wohlschmeckenden Kuchen – und es Kunden gab, die sie diese Rohstoffe verkaufen konnte.

Der Mann unterbrach sie nicht, als sie sie mit werbender Stimme aufzählte, die Miene wurde nur etwas finsterer. Cosima tat so, als würde sie das nicht bemerken. »Was genau braucht Ihr?«, fragte sie. »Notfalls kann ich Euch alles beschaffen.«

Die Antwort kam erst nach einem Moment der Stille. »Ich brauche gar nichts, ich bin nur hier, um dir Grüße zu bestellen, von … Ercole Marni.«

Kurz konnte Cosima mit dem Namen nichts anfangen. Dann fiel ihr ein, dass so ein Apotheker hieß, dessen Laden am Canto de' Tornaquinci lag, gegenüber vom Palazzo der Strozzi, einem der prächtigsten der Stadt. Sie konnte sich nicht erinnern, ihn jemals hier gesehen zu haben.

»Ja?«, fragte sie gedehnt.

Sie spürte die Bedrohung, die plötzlich im Raum stand, fast körperlich. Dennoch bereitete sie nichts darauf vor, dass dieser hünenhafte Mann jäh einen Satz über die Theke machte und alles aus den Regalen zu zerren begann – Flakons, Döschen, Flaschen, Muscheln –, dass es ihm nicht genug war, diese einfach zu Boden zu werfen, sondern er darauf zu trampeln begann.

Cosima stand wie erstarrt. Ihr Mund war weit geöffnet, aber sie brachte keinen Schrei heraus. Oder vielleicht doch, sie hörte ihn bloß nicht. Es war ja so laut im Laden, als alles zu Bruch ging, wirklich alles. Jedes Mal, wenn sie hoffte, die Zerstörungswut würde versiegen, nahm sich der Mann das nächste Regal vor. Hinterher fragte sie sich, warum sie ihm nicht in den Arm gefallen war. Doch sie hätte nicht viel ausrichten können, hätte am Ende wohl auch auf dem Boden gelegen, wäre von ihm getreten worden. Das Einzige, was sie irgendwann kläglich hervorpressen konnte, war: »Ist es nicht genug?«

Kurz, ganz kurz hielt er inne, doch dass aus der finsteren Miene eine höhnische wurde, machte es nicht besser. »Nicht doch, nicht doch«, sagte er, und der Hohn troff auch von seiner Stimme. »Ich soll dir von Ercole Marni nicht einfach nur Grüße bestellen, sondern ganz besonders liebe.«

Schon landete eine Majolika-Vase auf dem Boden, dann drei Gläser und Tiegel, etwas war ausgelaufen, eine Salbe, ein Duftwässerchen oder ein Gesichtswasser.

Irgendwann ließ sich doch ein Schrei vernehmen. Nicht sie stieß ihn aus, sondern Nina, und anders als sie, die sie von ihrer Fassungslosigkeit gelähmt war, machte die junge Frau einen Satz auf den Mann zu, versuchte ihn aufzuhalten. Rüde schleuderte er sie von sich, und es war ein großes Glück, dass sie in eine Ecke fiel, wo noch keine Scherben lagen, die sich in ihre Hände, in ihr Gesäß bohren konnten. Nina blieb wimmernd liegen, das Klirren erstarb endlich, allerdings nur, weil es nichts mehr gab, was man zerstören konnte

»Nun«, sagte der Mann, »ich denke, ich habe meine Grüße ausgerichtet. Gibt es denn etwas, das du deinerseits Ercole Marni zu sagen hast?«

Nicht nur ihre Waren schienen zerstört, auch ihre Gedanken lagen in Scherben, sie konnte sie unmöglich aneinanderfügen. Und doch, es war weniger Vernunft als ein tiefer Instinkt, der ihr sagte, was hier geschah und warum.

»Ercole Marni ist nicht nur selbst Apotheker – er steht der Gilde der Ärzte, Apotheker und Krämer vor …«, murmelte sie. Sobald sie das ausgesprochen hatte, fiel ihr noch mehr ein: dass früher nicht nur Ärzte, Apotheker und Krämer dieser Gilde angehört hatten, sondern auch Maler, weil diese mit Pigmenten und Ölen arbeiteten. Dass die Gilden von Florenz aber nicht mehr so mächtig waren wie einst und sich die meisten Maler nicht länger bemüßigt fühlten, sich ihren Regeln zu unterwerfen, wenn sie eine eigene Werkstatt eröffneten.

Sie merkte erst, dass sie diese Gedanken laut ausgesprochen hatte, als aus dem Mund des Mannes ein geifernder Laut kam.

»Du hast diese Freiheit nicht!«, schimpfte er. »Du bist kein Künstler.«

»Das kann man auch anders sehen, schließlich erschaffe ich mit meiner Ware auch eine Art von Schönheit, die …«

»Trotzdem«, fiel er ihr hart ins Wort. »Wer in Florenz mit Pigmenten oder Gewürzen, mit Salben oder Wachs handelt, muss unserer Zunft angehören, und wenn nicht dieser, so einer der zwanzig anderen.«

Wieder wurde es in ihrem Kopf ganz leer, und doch bewegten

sich ihre Lippen wie von selbst. Sie war nicht sicher, was sie dazu bewog, nicht klein beizugeben, sondern zu widersprechen – ganz sicher nicht Ninas Schluchzen, das langsam zu einem Greinen verkam, oder die drohenden Gesten des Mannes, die bewiesen, dass er vernünftigen Argumenten kaum zugänglich war. Dennoch sagte sie: »Die Marktfrauen am Mercato Vecchio bieten auch Waren feil, ohne einer Zunft anzugehören.«

»Sie haben ja auch keine nennenswerten Einnahmen.«

Cosima begriff, dass es hier nicht um Recht und Ordnung ging. Sie hatte den Neid anderer Apotheker geweckt, weil sie so viel Gewinn machte, auch die Furcht, man könnte, wenn man an juckenden Ekzemen oder hässlichen Narben litt, lieber zu ihr gehen als zu einem von ihnen.

»Nun gut«, gab sie nach, »richte Ercole Marni aus, dass ich verstanden habe. Ich werde um die Aufnahme in die Gilde bitten.«

Sie war gerade dabei, im Kopf zu überschlagen, wie viel sie das wohl kosten würde, als wieder ein knurrender Laut ertönte, diesmal war es offenbar Gelächter.

»Du denkst, Ercole Marni nimmt dich in seine Zunft auf? Wer bist du denn? Noch nicht mal Marktweib, nur eine Hure!«

»Aber … aber wenn er mich nicht in seiner Zunft aufnehmen will, dann …«

Sie brach ab, begriff. Ercole Marni ging es nicht einfach nur um einen Anteil an ihrem Gewinn. Ercole Mani wollte, dass sie den Laden schloss.

»Dann …«, sagte der Hüne vielsagend. Er bückte sich, hob eine Phiole auf, die erstaunlicherweise heil geblieben war. Ein Duftwässerchen befand sich darin, doch als er es öffnete, den Inhalt langsam auf den Boden schüttete, da drang kein Geruch zu ihr, stattdessen war es ihr, als würde sie einen grässlichen Gestank wahrnehmen. Der Gestank von Florenz' Gosse, in der sie unweigerlich landen würde, wenn sie ihren Laden aufgeben musste.

Sie schloss die Augen, hörte ein Knirschen, als der Hüne auf dem Weg nach draußen auf Scherben stieg, das Quietschen der Tür, als die hinter ihm zufiel, vernahm schließlich nur noch den eigenen Atem.

Irgendwann nach langer Zeit quietschte die Tür wieder.

Er ist zurückgekommen, ihm ist eingefallen, dass zu dem Laden eine Werkstatt gehört und sich hier noch mehr befindet, was er zerstören kann.

Sie schaffte es nicht, die Augen zu öffnen. Sie roch nur plötzlich etwas Vertrautes. Nicht Gestank aus der Gosse, auch kein edles Duftwässerchen, nur den Geruch eines Mannes, der ihr Geborgenheit zu schenken vermochte. Und dann umfassten Amiris Arme sie schon, dann lag ihr Gesicht auf seiner Brust, dann fühlte sie, wie das, was in ihr zu Bruch gegangen war, wieder zu heilen begann. Kurz umfing sie nur Wärme, kurz war sie sich sicher: Solange Amiri bei ihr war, konnte ihr niemand etwas anhaben, er hätte auch den Hünen niedergeschlagen.

»Cosima!«, brach es aus ihm heraus, und seine Stimme klang heiser vor Sorge und Angst. »Cosima, wer wollte dir ein Leid zufügen?«

Ihr Körper verharrte immer noch in der Umarmung. Doch ihre Gedanken trotzten der Rührung, der Sehnsucht, bei ihm Trost zu suchen und zu finden. Selbst wenn Amiri hier gewesen wäre, sich zwischen sie und den Hünen gestellt hätte – vor dem eigentlichen Widersacher konnte er sie nicht bewahren.

Abrupt löste sie sich von ihm.

»Was ist denn hier passiert?«

Es war nicht Amiri, der diese Frage stellte, sondern diejenige, die mit ihm den Laden betreten hatte. Offenbar hatte er sie auf dem Markt getroffen, und sie hatte beschlossen, ihr einen Besuch abzustatten.

Simonetta kam regelmäßig, um die Gefäße zu bringen, die mit Botticellis Bildern versehen waren, und um ihren Anteil am Geschäft einzufordern, was sie stets mit Bestimmtheit, aber auch einer gewissen Gutgläubigkeit tat. Cosima betrog sie immer mal wieder um einen Teil der ihr zustehenden Summe, fand sie doch, dass eine Frau mit ihrem Namen, dem schönen Gesicht und dem einflussreichen Liebhaber vom Schicksal genug begünstigt war. Dennoch war sie Simonetta wohlgesinnt, in gewisser Weise auch stolz, dass sie zu dieser Frau geworden war – nicht länger verzagt und zerrüttet, sondern vor Selbstbewusstsein strotzend, zugleich voller Eleganz und Würde, die ihr zu Recht den Titel einer Königin von Florenz, gar einer Göttin eintrugen.

Nun, auch Göttinnen konnten entsetzt sein. Verstört betrachtete Simonetta die Scherben.

»Du lieber Himmel!«

Cosima hatte sich in Simonettas Gegenwart immer als die Ältere und Erfahrenere gefühlt und der anderen stets zu verstehen gegeben, dass sie ihr Leben fest im Griff hatte. Doch ob sie sich nun auf Amiri stützen konnte oder nicht – ihr fehlte die Stärke, um mit fester Stimme das Ausmaß der Zerstörung als vorübergehenden Rückschlag abzutun.

»Das … das ist unser Ende«, brach es aus ihr hervor.

Nicht minder jämmerlich klang Nina, die sich unterdessen wieder aufgerappelt hatte und nun rief: »Aber das ist doch nicht möglich! Endlich bin ich der Armut, dem Hurenlos entkommen, und nun stehe ich schon wieder am Rande des Ruins?«

Obwohl Cosima das Gleiche fühlte, hatte sie übel Lust, die junge Frau zu rügen, weil sie immer nur an sich selbst dachte. Allerdings fehlte ihr selbst dazu die Kraft. Sie schaffte es nur, zu berichten, was geschehen war.

»Mit Ercole Marni darf man es sich nicht verscherzen«, schloss sie. »Ich fürchte, gegen die Apothekerzunft bin ich machtlos.«

»Wie ärgerlich, dass ich nicht hier gewesen bin!«, fuhr Amiri auf. »Ehe er nur dazu gekommen wäre, ein Fläschchen zu zertrümmern, hätte ich ihm sein Gesicht zu Brei geschlagen.«

Cosima lächelte schief. »Du kannst keiner Fliege etwas zuleide tun.«

»Das weiß er ja nicht. Ich hätte ihn kraft meines Anblicks verjagen könne, ich hätte …«

Cosima verzichtete, ihn daran zu erinnern, dass er damals auch nicht mit Rino fertiggeworden war. »Wir können es vielleicht mit einem einzelnen Mann aufnehmen, aber nicht mit einer ganzen Zunft.«

Die Empörung in Amiris Blick erlosch, wich dem Mitleid, mehr noch einer Trauer, die sie zu tief bewegte, um sie in dieser Verfassung ertragen zu können. Ihn wie Nina anschnauzen wollte sie dennoch nicht.

Simonetta, die sich jüngst meist steif wie eine Statue bewegt hatte, bückte sich behände und hatte in Windeseile nicht nur die Scherben aufgehoben, sondern so zusammengefügt, dass ihr Gesicht wieder zu erkennen war.

»Du kannst der Apothekerzunft vielleicht nichts entgegensetzen, aber ich. Ercole Marni denkt, dass er dich zum Aufgeben zwingen kann, aber wer wagt es, sich mit der Königin von Florenz anzulegen?«

Cosima war einmal mehr von Simonettas neuem Selbstbewusstsein fasziniert, doch ihr entging die Härte in ihrer Miene nicht, und nicht ohne Wehmut fragte sie sich, warum Frauen wie sie nie Stärke gewinnen konnten, ohne dabei die Unschuld und alles Weiche zu verlieren, warum der Dünger, der sie erblühen ließ, immer Schmerz und Enttäuschung sein mussten.

»Und womit genau will die Königin von Florenz der Apothekerzunft drohen?«, fragte sie.

»Nun, natürlich kann ich mich selber nicht in diese Sache einmischen«, erwiderte Simonetta und konnte nun doch nicht verhindern, etwas kleinlaut zu klingen. Schon als sie fortfuhr, gab sie sich aber wieder selbstsicher: »Giuliano schlägt mir dieser Tage allerdings kaum einen Wunsch ab. Er trägt mich auf Händen, überhäuft mich mit Schmuck, lässt mir die erlesensten Gerichte auftischen. Oh, er wird dir sicher nicht die Hilfe verweigern, wenn ich um sie bitte.«

Cosima hatte immer vermieden, in Simonettas Schuld zu stehen. Doch das Danke, das sie nun hervorpresste, war ehrlich gemeint.

Wenig später war sie mit Amiri allein. Er fegte die restlichen Scherben zusammen, fragte, ob sie sich etwas ausruhen wollte.

»Warum denn ausruhen? Ich habe schon längst wieder alles vergessen!« Sie klang kühner, als ihr zumute war, und ihr entging auch nicht der Zweifel in seiner Miene.

»Du hast doch Simonetta gehört, sie wird mir helfen«, fügte sie etwas gemäßigter hinzu.

»Ich würde dir auch gerne helfen.«

Sie hörte deutlich, was er in Wahrheit sagen wollte – ich bin für dich da und das nicht aus Berechnung oder weil es mir selber einen Nutzen bringt. Sie starrte ihn an, wurde kurz blind für seine Narben. Sie sah nur einen zutiefst ehrlichen Mann vor sich, der wahre Zuneigung und tiefe Sorge nicht hinter falschem Stolz verbarg, sah jemanden, dem zu vertrauen sich lohnte. Er würde mich nie enttäuschen, ging es ihr durch den Kopf.

Ihre Kehle wurde eng, sie schluckte schwer an der Rührung. Die Drohung von Ercole Marni hatte sie nicht einknicken lassen, doch deren Gegenteil, diese Zusage, dass sie sich auf ihn verlassen konnte, schlug Sprünge in ihren Panzer. Und doch: Nach diesem Tag konnte sie nicht ertragen, dass auch noch das, was ihre Seele all die Jahre geschützt hatte, in Scherben zerfiel.

»Das trifft sich gut«, sagte sie, und wieder verriet der harte Tonfall nicht die wahren Gefühle. »Es ist so viel kaputtgegangen, geh am besten gleich noch einmal auf den Markt und kaufe ein. Das ist schließlich deine Pflicht als Sklave.«

In seinem Gesicht zuckte es, und sie schämte sich, ihn so kleinzumachen. Aber Simonetta hatte recht, wenn sie alle Macht beanspruchte, die eine Frau wie sie erringen konnte, und sich nicht mit Schmeicheleien zufriedengab. Sie wollte diese Macht auch haben – über ihr Leben, über ihr Herz. Den Teufel würde sie tun zuzugeben, wie erschüttert sie im Innersten noch war. Sie wollte eine Frau sein, die Männer für ihr eigenen Zwecke nutzte, auf sie als Stütze aber gut verzichten konnte.

»Na los! Worauf wartest du?«

Sein Ausdruck wurde leer. Er nickte, wandte sich ab. »Wie du befiehlst.«

XV.

Die Zeiten, da Simonetta den Palazzo Medici unbesehen betreten und rasch in Giulianos Gemach huschen konnte, waren lange vorbei. In Windeseile sprach sich stets herum, dass sich ihre Sänfte näherte, und fast jedes Mal wurde ihr ein Empfang bereitet, der einer Königin würdig gewesen wäre.

Als solche wurde sie auch heute bezeichnet, von niemand anderem als dem Dichter Angelo Poliziano, der schon am Tage des Turniers klangvolle Verse auf sie gedichtet und seitdem nicht wieder damit aufgehört hatte. Es wäre fortan der alleinige Sinn seines Daseins, ihre Schönheit zu rühmen, hatte er ihr kurz nach dem Turnier erklärt, hundert Jahre würden allerdings nicht reichen, um das gebührend zu tun. Zweifellos übertrieb er maßlos, aber Simonetta konnte ihm das leicht verzeihen, goss er seine Schmeicheleien schließlich in so gediegene Worte.

Dass er einen weiteren Sinn seines Daseins darin sah, sich den Bauch vollzuschlagen und prächtige Kleidung zu tragen, vorzugsweise aus rotem Samt, war deutlich zu sehen. Es war überdies ein offenes Geheimnis, dass er gar nicht Angelo Poliziano hieß, sondern Agnolo Ambrogini – ein Name, der ihm nicht klangvoll genug erschien –, aber nie wäre Simonetta auf die Idee gekommen, ihn darauf anzusprechen.

Obwohl sie heute mit ihren Gedanken woanders war, verlangsamte sie ihren Schritt, als er ihr keuchend die Treppe hinauf nachhastete.

»Oh, *Regina della Bellezza*, Königin der Schönheit«, rief er, »erlaubt mir, einen Blick auf Euch zu werfen, mich an Eurer Schönheit zu laben! Amors Pfeil, der mich trifft, gleicht einem Tautropfen, der auf meine dunkle Seele fällt und der aus dem Tümpel einen silbernen Fluss macht.«

Sie wusste nicht, ob er sich den Titel »Königin der Schönheit« selbst ausgedacht hatte. Jedenfalls begnügte er sich heute nicht damit. »Wie könnten schnöde Worte Eurer göttlichen Schönheit gerecht werden? Ihr seid nicht nur eine Königin, Ihr seid die Nymphe, die selbst jenen Helden verzaubert, um dessen Herz sämtliche Musen vergebens gebuhlt haben. Alle Frauen lässt er schmachten, doch beim Anblick dieser Nymphe im weißen Schleier schießt Amor ihm einen goldflammenden Pfeil geradewegs ins Herz.«

Er griff sich an die Brust, als hätte auch ihn dort ein Pfeil getroffen.

Simonetta lachte. »Ihr tut, als littet Ihr an Schmerzen, aber habt Ihr Amors Pfeil nicht eben mit einem Tautropfen verglichen?«

»Wenn ich in Eurem Blick versinke, so fühlt er sich eher an wie flüssiges Feuer. Wisst Ihr überhaupt, was Ihr anrichtet? Da Ihr doch eine Göttin seid wie Diana … Athene … Venus und folglich unverwundbar, leidet Ihr selber nie am Liebesschmerz.«

Wieder lachte Simonetta. »Was bin ich denn nun – Königin … Nymphe … Göttin?«

»Oh, vor allem seid Ihr der Frühling, der die Macht hat, aus einem grauen Leben ein buntes, blühendes zu machen und die Kälte aus den Herzen zu vertreiben.«

Sie lachte nicht mehr, doch zumindest lächelte sie. Aus Angelos Leben musste man kein buntes machen, er wohnte im Palazzo Medici, und in den edlen Räumlichkeiten fiel selten der Blick auf etwas schmutzig Graues. Aber als sie einem neuen Sonett lauschte, in dem er die ihr zugeteilte Rolle des Frühlings ausschmückte, vermeinte sie selber zurückzulassen, was sie heute gesehen hatte – Cosimas verwüsteten Laden, gleichsam ein Sinnbild, wie schnell das Glück zu Bruch gehen, etwas Schönes zerstört, eine glänzende Zukunft umwölkt sein konnte. Umso besser, wenn man Glück und Zukunft nicht nur von einem schönen Gesicht oder schönen Worten, wie Angelo sie gerade säuselte, abhängig machte, sondern auf selbst verdientes Geld setzte, und das brachte sie zurück zu dem Gedanken, warum sie hier war. Sie ließ Angelo stehen, kam aber nur wenige Schritte weit, bevor sie erneut verharrte.

Dass Giuliano ihr entgegenkam, war nichts Ungewöhnliches seit dem Turnier. Er zeigte sich gerne an ihrer Seite, vor allem wenn Künstler zugegen waren und ihre Verse nicht nur ihr schmeichelten, auch dem edlen Ritter, dem Sieger des Turniers. Doch während sonst satter Triumph in seiner Miene stand, schien er heute ganz offensichtlich bedrückt. Die gute Laune, die er sich ob seines Sieges so lange hatte bewahren können, war dahin, mehr noch: etwas gewichen, was sie an ihm nicht kannte – tiefer Sorge.

»Oh, oh«, rief Angelo prompt, und aus seinem säuselnden Tonfall wurde ein betrübter. »Mir scheint, dass auf die edlen Männer des Hauses Medici nicht nur Amor seine Pfeile abschießt, sondern der Kriegsgott höchstselbst diese ihren Feinden gereicht hat und …«

»Genug!«, fiel Giuliano ihm mit einer Schärfe ins Wort, die sie früher gefürchtet, die er ihr gegenüber seit dem Turnier aber abgelegt hatte.

Er schien sie gar nicht richtig wahrzunehmen, las auch nicht die stumme Frage, die in ihrer Miene stand. Angelo dagegen war sie nicht entgangen, denn er wandte sich ihr zu, und trotz des Befehls zu verstummen, fuhr er schwülstig fort: »Es scheint, der Palazzo Medici hat fortan nicht nur als Schmuckkammer zu dienen, wo man sich in Gold und Silber aalen kann, vielmehr muss er zur Trutzburg werden, die gleich einer Insel aus dem schwarzen Meer ragt, dessen Wellen höher und höher steigen. Während des Turniers galt es, den Gegner nur spaßeshalber aus dem Sattel zu stürzen. Nun rotten sich so viele zusammen – der Papst und der König von Neapel darunter –, die Lorenzo und die Seinen am liebsten für immer inmitten von Pferdemist liegen sehen wollen. Schon droht der Heilige Vater mit Bannfluch und Eisen, will sagen, mit dem Interdikt und dem Schwert. Schon raunen Verbündete der Medici wie die Sforza aus Mailand, dass Lorenzos Macht in Gefahr sei und mit ihr sein Leben. Größer als ihre Sorge um ihn ist natürlich die Berechnung, ob es sich lohnt, ihm die Treue zu halten. O weh, wie der Strudel der Gemeinheit immer neue Bösartigkeit ausspuckt, um den Namen Medici zu beflecken.«

Ein Strudel war für Simonetta etwas, das Dinge verschluckte, nicht ausspuckte, aber an solchen Feinheiten schien sich Angelo nicht zu stören. Giuliano wiederum störte sich an etwas anderem, wieder kam von ihm ein zorniges: »Genug!«

Weiterhin achtete der Dichter nicht auf ihn. »Einmal mehr erhebt sich die Hydra, das Ungeheuer aus der griechischen Sage, aus dem Meer. Zwei ihrer vielen Köpfe tragen das Antlitz von Jacopo und Francesco de' Pazzi, ein Name, der gleichsam der Dorn ist, der aus der duftenden, farbenprächtigen, zarten Blume Florenz wächst. Anstatt sich mit den Medici gegen äußere Feinde zu verbünden, schwächen sie die Stadt von innen her.«

Seine Stimme passte nicht zu den düsteren Worten. Er schien Gefahr als etwas zu betrachten, womit sich die Dichtkunst befeuern ließ, nichts, was zum Flächenbrand werden könnte. Simonetta dagegen wurde unbehaglich zumute, hörte sie den Namen Pazzi doch nicht zum ersten Mal. Lucrezia Donati hatte ihn damals nach dem Turnier erwähnt, und seitdem ahnte sie, dass diese Familie ein Geflecht an Intrigen über Florenz legte wie ein Spinnennetz. Besorgt hatte sie das bislang aber nicht.

Giuliano hatte sie nunmehr erreicht, und zum drohenden »Genug!« kam diesmal eine Warnung: »Wenn Lorenzo hört, dass du die Pazzi mit der Hydra vergleichst, nicht bloß mit einem erbärmlichen Wurm, den er bald zertreten haben wird, lässt er dich aus dem Palast werfen.«

Auch das war keine Drohung, vor der Angelo einknickte. »Umso schrecklicher die Feinde der Medici sind, umso größer wird am Ende ihr Sieg ausfallen«, rief er. »Besonders köstlich wird der Triumph übrigens schmecken, wenn ihm ein paar Niederlagen vorausgehen – und an denen mangelt es nicht. Dass Lorenzo zusehen musste, wie die Pazzi einen ihrer Verwandten zum Erzbischof von Pisa machten, und das gegen seinen erklärten Willen, jedoch mithilfe des Papstes, schmeckt ihm und dir gewiss bitter. Regelreich peinvoll erscheint mir, dass einem Pazzi nun auch ein Erzbistum im Königreich Neapel übertragen wurde, ein weiteres Zeichen, dass Lorenzo zwar die Prioren von Florenz bestechen kann, seine Macht jenseits unserer Republik hingegen beschränkt ist. Und die größte Schmach war die Entscheidung des Papstes, die Medici als seine Hausbankiers zu entlassen. Aber mach kein so finsteres Gesicht! Ein echter Held steigt mehr als nur einmal wie Phönix aus der Asche empor. Wo nur eine Stufe zwischen Macht und Niedergang steht, würde ein einziger Vers reichen. Eine Ballade hingegen kann ich dichten, wenn einer, der auf der Spitze des Campanile steht, in den Abgrund zu stürzen droht.«

Giuliano hob drohend die Hand. »Es ist nicht nur schmerzhaft, in den Abgrund zu stürzen, sondern auch über diese Treppe zu fallen.«

Angelo stieß ein Kichern aus, machte sich nun aber schleunigst davon.

Simonetta blickte ihm bestürzt nach. Welches Lüftchen war ihr in all den letzten Monaten entgangen, das nun plötzlich zum Sturm erwachsen war? Angelo mochte maßlos übertreiben – ob es nun um ihre Schönheit oder die Macht der Medici ging. Aber beides – Schönheit wie Macht – hatten eines gemeinsam: Sie waren nicht für die Ewigkeit bestimmt.

Sie öffnete den Mund, um Giuliano zu fragen, was all das zu bedeuten hatte und ob die Pazzi wirklich ernst zu nehmende Gegner wären, doch bevor sie auch nur ein Wort hervorbrachte, hatte er sie schon am Arm gepackt – viel gröber als zuletzt – und mit sich gezogen. In seinem Gemach angelangt, versuchte sie es erneut, diesmal würgte er ihre Frage mit einem Kuss ab. Eigentlich war es kein Kuss, es fehlte das Liebevolle, Zärtliche. Da war nur die Rohheit, die einer an den Tag legt, der um seine Zukunft bangen muss. Warum nur hatte sie das Gefühl, dass er – als er sie aufs Bett warf, ihre Kleidung hochschob, in sie eindrang – nicht mit ihr kämpfte, sondern gegen sie?

Nun, wenn sie ihm für kurze Zeit Vergessen schenken konnte, wollte sie das gerne tun. Es war schließlich wenig verführerisch, in jenen Abgrund zu spähen, von dem Angelo gesprochen hatte, und zu erforschen, was dort kreuchte. Besser, sie war für Giuliano das Licht, das die Dunkelheit verbannte.

Während er von ihrem Körper Besitz ergriff, blieb das Leuchten in seinen Augen allerdings aus, und als es vorbei war, schloss er diese, kaum dass er von ihr gerollt war. Sie vermutete, dass er nicht nur einschlief, weil ihn die Liebe erschöpfte, sondern zahllose Nächte hinter ihm lagen, da ihn Sorgen wach gehalten hatten.

Simonetta erhob sich, ordnete gedankenverloren Kleidung und Frisur, überlegte, ob er ihre Fragen je beantworten würde. Wenn er mit ihr über seine Sorgen hätte sprechen wollen, hätte er es doch getan, aber der Wunsch, zu reden, war es nicht, der ihn in ihre Arme getrieben hatte.

Zum ersten Mal seit Langem wagten sich ihre Gedanken in einen Winkel vor, den sie in den letzten Monaten gemieden hatte. Fioretta Gorini war eine, mit der er einst über alles gesprochen, der er seine Sorgen anvertraut hatte. Und sie hatte ihn immer verstanden. Wahrscheinlich hätte sie mit jedem Namen, der gefallen war, jedem Ereignis, das Angelo genannt hatte, etwas anfangen, sämtliche Andeutungen in einen Zusammenhang bringen können. Warum nur schaffte sie das nicht?

Simonetta war überzeugt gewesen, dass sie die Nebenbuhlerin ein für alle Mal in den Schatten gestellt hatte. Die Tatsache, dass diese ihren Diener Stefano regelmäßig in Cosimas Laden schickte, weil sie nicht länger nur auf ihren Geist, vielmehr auf ihre Schönheit setzen musste, war ihr Beweis genug gewesen, dass Giuliano sie in den Monaten, die seit dem Turnier vergangen waren, kaum noch besucht hatte. So viel Schminke konnte Fioretta gar nicht auflegen, um ihr an Eleganz, an Ausstrahlung auch nur annähernd gewachsen zu sein. Und wenn die Florentiner von Giulianos Liebster sprachen, fiel stets nur ihr Name, niemals Fiorettas. Jetzt aber stieg die altbekannte Bitterkeit in ihr hoch, auch Zweifel und Angst. Angst, dass sie ihm zu wenig geben konnte. Schlimmer noch: dass sie zu wenig bekommen würde. Wie konnten Schönheit und Geld auch jemals reichen, erst recht, wenn die Geldquelle zu versiegen drohte … und sie nun keine Gelegenheit mehr bekam, mit ihm über Cosimas Laden zu sprechen.

Obwohl er entspannt wirkte, verhieß sein Anblick keinen Trost. Sie ließ ihn im Bett liegen, trat zum Schreibtisch, begann, die Papiere, die dort lagen, zu studieren. Die Hoffnung, mehr über den Machtkampf mit den Pazzi herauszufinden, wurde nicht erfüllt, denn deren Namen las sie auf keinem der Dokumente. Doch je länger sie diese studierte – es waren vor allem Briefe aus Zweigstellen der Medici-Bank in Brügge, Pisa, Avignon und London –, desto näher kam sie des Rätsels Lösung, warum die Pazzi besagten Machtkampf ausgerechnet jetzt eröffneten.

Sie verstand nicht viel vom Bankgeschäft, aber das war nicht notwendig, um zu erkennen, dass dieses ganz offensichtlich nicht mehr so gut lief wie früher. Manche Filialen wie die in Brügge standen kurz vor dem Ruin, denn aufgrund etlicher Fehlinvestitionen fehlte den Medici ausgerechnet das, dessen Wert sie selbst erst kürzlich erkannt hatte – das Geld. Und da in dieser Stadt Geschäftsbilanzen über den Einfluss entschieden, hatten die Pazzi wohl eine Kerbe gewittert, in die sie schlagen konnten. Dass sie nun Hausbankiers des Papstes waren, war nicht einfach nur ein Rückschlag für ihre Eitelkeit – es bedrohte die finanzielle Zukunft der Medici.

Ach, warum erfuhr sie erst jetzt davon? Warum hatte sie in den letzten Wochen nur Münzen gesammelt, kein Wissen? Letztlich hatte sie mit den Münzen ja doch nichts anderes angefangen, als neue Kleider und feines Schuhwerk zu kaufen.

»Was tust du da, Simonetta?«

Sie hatte nicht gehört, wie Giulianos regelmäßiger, tiefer Atem abgerissen war, er sich aus dem Bett erhoben hatte. Sie stand ganz steif, war nicht sicher, ob sie offen ansprechen sollte, was sie eben gelesen hatte, oder das Gespräch endlich auf Cosimas Laden brachte. Schon trat er zu ihr, zog sie an sich, nicht so grob wie vorhin, aber auch nicht auf jene zärtliche Art, die ihr die Gewissheit schenkte, sie wäre für ihn mehr als ein Mittel zur Zerstreuung.

»Ich will für dich da sein, ich will dich verstehen«, sagte sie leise.

Er fuhr ihr mit den Fingerkuppen über ihr Gesicht. »Du musst schön sein, das genügt. Dann kann ich für kurze Zeit vergessen, wie hässlich die Welt ist.«

Er zerrte erst an ihrem Kleid, schob sie dann zurück zum Bett, nicht, um sie erneut zu lieben, sondern ihren Körper zu betasten, die weiche Haut.

»Ich will dich gerne vor düsteren Gedanken bewahren«, murmelte sie, »aber … aber dann musst du mir auch helfen.«

Er war so beschäftigt, ihre Brüste zu kneten, dass sie nicht sicher war, ob er ihr zuhörte. Sie fuhr dennoch fort, erzählte von Cosimas Laden, wie sie an ihrem Geschäft beteiligt war und dass es nun von der mächtigen Apothekerzunft bedroht wurde.

Abrupt ließ er ihre Brüste los. »Ja, bist du von Sinnen?«, entfuhr es ihm.

In seinem Blick brodelte ein Feuer, aber keines, an dem sie sich wärmen konnte. Er schien zutiefst erbost.

»Aber …«, setzte sie an.

»Willst du mich denn ausgerechnet zum Gespött der ganzen Stadt machen?«

»Genau das wirft mir auch Marco vor, weil ich deine Geliebte bin.«

»Ach was, den Vespucci gereicht es zur Ehre, dass sie die engen Bande zwischen ihnen und den Medici offen zur Schau stellen können. Die Geschäfte einer ehemaligen Kurtisane bringen dagegen mitnichten Ehre ein. Sollen sich die Menschen über mich das Maul zerreißen? Die Pazzi noch mehr Gerüchte streuen? Dass du die Kleider, die du trägst, auch deinen Schmuck, selber bezahlen musst, weil die Medici dich darben lassen? Die *Regina della Bellezza* sollst du sein, die Königin der Schönheit, stattdessen machst du dich zu einem Marktweib!«

»Cosima bietet ihre Waren nicht am Markt feil, sie hat den Laden angemietet, aber …«

Wieder verschlossen seine Lippen die ihren mit einem Kuss, so grob, dass ihre Zähne aufeinanderschlugen. Schließlich löste er sich abrupt von ihr und erhob sich.

»Angelo mag dich als Königin, Göttin, Nymphe oder Frühling bezeichnen – aber wenn du Geschäfte mit einer Kurtisane machst, wirst du am Ende bloß als Hure gelten und ich als einer deiner Freier. Ich will nichts davon hören, eigentlich will ich überhaupt nichts mehr hören, am besten hast du mir immer gefallen, wenn du den Mund hältst.«

Seit langer Zeit hatte er nicht mehr so mit ihr gesprochen. Der Schmerz, den sie nun fühlte, blieb ein dumpfer, vielleicht weil sie sich zuvor ganz hart gemacht hatte. Eine Ahnung regte sich, dass es so nicht sein sollte, dass es das eine war, Gefühle nicht zu zeigen, etwas anderes, sie gar nicht mehr zu haben, weil sie sie sich abgewöhnt hatte. Allerdings nutzte es nichts, zum Häuflein Elend zu zerfallen. Sie musste nüchtern überlegen, was sie tun könnte, um Cosima doch helfen zu können und in Giulianos Gunst wieder zu steigen.

Noch fiel ihr nichts ein. Ein letztes Mal fuhren seine Hände gierig über ihren Körper, doch er liebte sie nicht noch einmal, beschied ihr nur mit knappen Worten, dass er zu tun hätte. Statt Lebewohl zu sagen, konnte sie nur nicken, dann taumelte sie die Treppe hinunter, wurde wieder von Angelo abgefangen, der diesmal lediglich von Amor, nicht vom Kriegsgott sprach, von ihrer Schönheit, nicht von drohender Gefahr. Sie lauschte ihm schweigend, er schien sich nicht daran zu stören. Wahrscheinlich erwartete er von ihr das Gleiche wie Giuliano: dass sie schön war – und stumm.

Es war am Abend, als sie in den Palazzo Vespucci in der Via Nuova heimkehrte. Immer noch brodelte in ihr Enttäuschung, sie erlaubte ihr jedoch nicht, sich Bahn zu brechen, erst recht nicht, als Amerigo ihr entgegeneilte, kaum dass sie durchs Portal getreten war, und erklärte, dass ein Gast für sie gekommen wäre.

»Das hat mir gerade noch gefehlt«, entfuhr es ihr.

Aus ihrem Überdruss wurde allerdings rasch Entsetzen, als Amerigo hinzufügte: »Es ist nicht irgendwer, es ist deine … Mutter.«

Caterina del Cattaneo war hier in Florenz? Und das auch noch ohne Vorankündigung? Was konnte das anderes bedeuten, als dass sie …

Amerigo schien die gleichen Schlüsse wie sie zu ziehen, denn seine Miene wurde mitleidig. »Von meinem Vater werde ich auch oft gescholten«, sagte er leise. »Er liegt mir ständig damit in den Ohren, dass die Schifffahrt nur einen Zweck erfüllt, nämlich teure Waren von einem Land ins andere zu bringen, nicht, um neue Länder zu entdecken. Er tut es als dumme Träumereien ab, wofür ich lebe.«

Simonetta schenkte ihm ein flüchtiges Lächeln, ersparte sich aber zu sagen, dass es etwas anderes war, wenn ein Vater dem Sohn die Flausen austreiben wollte, als wenn eine Mutter der Tochter ihr ehrloses Verhalten vorhielt.

Und gewiss war Caterina deswegen hier. Sie musste von ihrem Verhältnis zu Giuliano erfahren haben, nicht nur entsetzt darüber sein, sondern zutiefst empört. Am Tag der Hochzeit hatte sie ihr schließlich eindringlich eingebläut, wie sie sich als Ehefrau zu verhalten hatte. Dass sie diese Unterweisungen in den letzten Monaten sträflich missachtet hatte, erfüllte Simonetta kurz mit Scham, aber mindestens genauso laut war ihr Trotz. Als Caterina ihr erklärt hatte, eine Frau hätte den Mann glücklich zu machen, sich ihm zu fügen und allein für ihn zu leben, hatte sie schließlich die Möglichkeit außer Acht gelassen, dass sich dieser Mann dessen nicht würdig erweisen könnte.

»Gibt es hier irgendeine Möglichkeit, mich zu verstecken?«, fragte sie.

Amerigo zuckte mit den Schultern. »Ich stelle mir ein Weinfass als sehr unbequem vor, und außerdem ...«, sein Blick ging zur Treppe, »außerdem ist es dafür wohl zu spät.«

Erneut schenkte er ihr ein mitleidiges Lächeln, ehe er sie stehen ließ, während zwei Frauen auf sie zutraten – Caterina und Lisabetta.

In Lisabettas Ausdruck witterte Simonetta leisen Triumph, was sie nicht weiter erstaunte. Trotz aller Vorteile, die sie und ihr Mann aus ihrer Affäre mit Giuliano gezogen hatten, war es ihr wahrscheinlich manchmal schwergefallen, ihr sämtliche Freiheiten zu gewähren, und sie nahm es insgeheim mit Genugtuung auf, dass Caterina wohl aus keinem anderen Grund hier war, als sie für ihren Lebenswandel zu schelten, ihr ordentlich ins Gewissen zu reden. Als Simonetta allerdings endlich wagte, auch ihrer Mutter ins Gesicht zu schauen, stand mitnichten ein Vorwurf darin, nur ein mildes Lächeln, das so fremd wie ihre Stimme war, als die Mutter ihren Namen aussprach.

»Simonetta ...«

Der Name brachte eine Saite in ihr zum Klingen, von der sie dachte, dass sie längst gerissen wäre. So überfordert sie sich eben noch von der Begegnung mit Caterina gefühlt hatte – kurz weckte ihr Anblick Erinnerungen an jene Zeiten, da sie ein unschuldiges Mädchen gewesen war, rein gar nichts von der Welt gewusst und erwartet hatte, dass sich ihre Träume so selbstverständlich erfüllen würden, wie im Frühling die Knospen aufsprangen. Übermächtig wurde ihr Bedürfnis, in ihre Arme zu fallen, sich an sie zu schmiegen wie ein kleines Kind, sich geschützt, getröstet, geborgen zu fühlen.

Aber sie war nicht sicher, ob Caterina eine solche Umarmung geduldet und sie nicht stattdessen weggestoßen hätte. Und außerdem hatte sie gelernt, sich zu beherrschen. Sie begnügte sich, erst hoheitsvoll zu nicken, dann ihr Erstaunen zu bekunden, die Mutter hier zu sehen.

»Ich muss unbedingt mit dir reden«, erklärte Caterina. Obwohl Simonetta keinen Zweifel hatte, worüber – über ihre Verbindung zu Giuliano nämlich –, klang weiterhin keinerlei Schärfe aus ihrer Stimme. Diese war erst zu vernehmen, als sie Lisabetta beschied, sich alleine mit der Tochter unterhalten zu wollen. Simonetta bemerkte die Enttäuschung, die in der Miene der älteren Frau aufflackerte, aber schließlich nickte diese und wies auf den Empfangssaal, wo sie ungestört sein würden.

Simonetta fühlte sich beklommen, als sie der Mutter dorthin folgte. Caterina hielt ihr den Rücken zugewandt, machte den Anschein, als wolle sie die edle Einrichtung mustern. In Wahrheit musste sie sich wohl sammeln, ehe sie mit der Schimpftirade beginnen konnte.

Simonetta ertrug ihr Schweigen nicht sehr lange. »Ich weiß«, platzte es aus ihr heraus. »Ich weiß, ich habe dich bitter enttäuscht. Ich habe mich nicht als die brave Ehefrau erwiesen, zu der du mich erzogen hast. In deinen Augen habe ich wohl alles falsch gemacht. Aber es ist nicht so, dass ich nicht mein Bestes gegeben habe, alles versucht habe … ich konnte nur leider nichts daran ändern, dass Marco keine Frauen begehrt und …«

Abrupt fuhr die Mutter herum, und endlich loderte etwas in

ihrem Blick auf, vor dem sie sich gewappnet hatte, das sie nun aber nicht nur mit Schrecken, auch mit Erleichterung erfüllte, weil es Caterina menschlich machte: Empörung.

»Sprich nicht davon!«

»Ich wünschte, ich müsste es nicht tun. Aber wie sonst soll ich mich dafür rechtfertigen, dass ich ...«

Viel zu schnell wurde aus dem Gesicht der Mutter wieder eine Maske. »Du musst dich doch nicht rechtfertigen. Ich bin nicht hier, um dich anzuklagen.«

Diese Worte sollten eigentlich dafür sorgen, dass sie sich entspannte. Doch sie bewirkten das Gegenteil. Etwas Kaltes – nicht einfach nur Furcht, sondern ein tiefes Unbehagen – rieselte über Simonettas Rücken. Wenn die Mutter sie geschlagen oder an ihren Haaren gezerrt hätte, sie hätte es verstanden. Aber Caterina blieb durch und durch unberechenbar, als sie nun mit einem falschen Lächeln auf sie zutrat und ihre Hand ergriff. Es fühlte sich nicht an, als wollte sie sie aufmunternd drücken, eher daran erinnern, welcher Familie sie entstammte und dass sie dieser gegenüber Verpflichtungen hatte.

»Ich soll dir schöne Grüße von Battistina ausrichten.«

»Battistina?«, fragte Simonetta gedehnt.

Der Name beschwor nur angenehme Erinnerungen herauf. Battistina Fregosa, ihre weit entfernte Cousine, hatte damals bei ihrer Hochzeit Cosima eingeladen und ihr später regelmäßig aufmunternde Briefe geschrieben. Irgendwann war diese Verbindung abgerissen, dennoch war sie eine Frau, die sie stets ermutigt hatte, ihr Glück zu suchen.

»Battistina?«, fragte Simonetta wieder. »Wie geht es ihr?«

Sie biss sich auf die Lippen. Was für eine dumme Frage. Wie

es einer Frau ging, war ihrer Mutter doch gleich. Sie schien sich ja auch nicht darum zu kümmern, wie es ihrer eigenen Tochter ging.

»Du weißt doch«, sagte Caterina, »Battistina ist mit Jacopo d'Appiano verheiratet, der seinerseits ein Verwandter des Königs von Neapel ist. Und du weißt, dass sie eine Tochter hat, Semiramide.«

Simonetta nickte.

»Elf Jahre ist Semiramide nun alt, und sie ist zu einer wahren Schönheit erblüht.«

Mit elf Jahren ist sie noch ein Kind, keine Schönheit, lag es Simonetta auf den Lippen zu sagen. Aber sie brachte keinen Ton hervor. Ein Teil von ihr stellte sich noch immer völlig ahnungslos, wollte nicht begreifen, warum die Mutter die lange Reise nach Florenz auf sich genommen hatte, um sie dann als Ehebrecherin, als ehrlose Frau zu beschimpfen, sondern von einem fremden Mädchen zu reden. Doch ein anderer Teil vermochte aus den kleinen Steinchen, die ihr Caterina hinwarf, ein Mosaik zu formen, und als sie erkannte, was es darstellte, lief es ihr wieder kalt über den Rücken. Sie entzog der Mutter die Hände, wich zurück.

»Mit elf Jahren ist Semiramide natürlich noch zu jung, um zu heiraten«, fuhr Caterina fort. »Aber das bedeutet nicht, dass man nicht jetzt schon über die richtige Partie nachdenken sollte, sie nicht möglichst bald verloben kann.«

»Und was genau habe ich damit zu tun?« Ihre Stimme klang schriller, als sie beabsichtigt hatte.

Caterinas Lächeln war nicht länger milde, sondern schmallippig und bewies, dass hinter dieser Maske durchaus Zorn brodelte. Doch was immer sie als Mutter fühlte – Enttäuschung,

Scham, Empörung –, sie gewährte ihm keinen Raum. Was sie als Mitglied der Familie Cattaneo zu tun hatte, war das Einzige, was zählte.

»Eine sehr passende Partie für Semiramide wäre ein Mitglied der Familie Medici.«

Nun war Simonetta nicht einmal mehr kalt. Ihre Hände wurden ganz taub, sie spürte, wie langsam das Blut aus ihrem Gesicht schwand, dieses nicht einfach nur vornehm weiß, sondern gar leichenblass wurde. Aber Caterina schien sich nicht daran zu stören, wieder trat sie auf Simonetta zu, wieder ergriff sie ihre Hand. Dass sie die Berührung der Mutter kaum spürte, machte es nicht leichter. Sie wusste ganz genau, was diese von ihr wollte.

Sie war nicht hier, um sie zu maßregeln. Sie war hier, um aus ihrer Verbindung zu Giuliano bestmöglichen Nutzen zu ziehen. So wie Lisabetta und Nastagio seit Anfang an Vorwürfe und Tadel schluckten und sich stattdessen im Glanz sonnten, den die Medici den Vespucci einbrachte.

»An welches Familienmitglied der Medici hast du gedacht?«, fragte Simonetta gedehnt. »Lorenzo ist verheiratet.«

»Aber Giuliano noch nicht.«

Die ganze Zeit über hatte sie sich darauf vorbereitet, dass die Mutter diesen Namen nannte. Oder ihn vielmehr ausspie, weil sie ihn genauso sehr verachtete wie sie. Aber jetzt klang nur Gier durch ihre Stimme. Giuliano hätte ein Monster sein können – solange die Medici die mächtigste Familie von Florenz waren, würde sie ihm Semiramide zur Frau geben. So wie sie Simonetta Marco anvertraut hatte, obwohl sie womöglich ahnte, welches Geheimnis er verbarg, Hauptsache, die Cattaneo konnten die Schmach der Verbannung wettmachen.

Caterina schien zu merken, was in ihr vorging. »Du weißt doch, dass du selbst ihn niemals heiraten kannst. Und so bleibt die Sache wenigstens in der Familie.«

Familie. Für Simonetta konnte es kein verlogeneres Wort geben. Keines, von dem mehr schleichendes Gift troff. Was hat die Familie je für mich getan?, wollte sie rufen, aber sie kam nicht einmal dazu, Atem zu schöpfen, schon fuhr die Mutter fort.

»Ich bin mir sicher, dass es dir ein Leichtes sein wird, Giuliano ein entsprechendes Bündnis einzureden. Ich würde sagen, für die Medici ist es geradezu lebensnotwendig. Der König von Neapel, ein Verwandter von Semiramides Vater, steht im Moment schließlich auf der Seite des Papstes, somit auch der Pazzi. Es ist nicht lange her, dass der Heilige Vater einen Neffen von Jacopo de' Pazzi mit dem Bistum von Sarno betraut hat, das ebenso im Einflussbereich von Florenz liegt wie Pisa. Einmal mehr hat er Lorenzo nicht um seine Zustimmung gebeten, was ein Schlag ins Gesicht war, der umso klatschender ausfiel, weil der Papst den König von Neapel hinter sich weiß.«

Auch Simonetta glaubte, einen Schlag zu spüren – einen, den die Mutter ihr versetzte.

»Den Medici ist gewiss daran gelegen, das Bündnis zwischen dem Papst, den Pazzi und dem König von Neapel zu schwächen, was nur gelingt, wenn sie eine der drei Parteien auf ihre Seite ziehen. Am aussichtsreichsten erscheint mir das beim König von Neapel – und was bietet sich besser an als eine Heirat, um eine Allianz zu schmieden?«

»Warum liegt dir die Macht der Medici derart am Herzen?«, brachte Simonetta endlich hervor, und im Stillen dachte sie: Warum liegt dir überhaupt etwas an Macht? Warum liegt dir nichts an mir?

»Die Medici sind nun mal Freunde der Vespucci, und deren Geschäfte sind zu eng mit ihrer Bank verbunden, um sich jetzt von ihnen ab- und den Pazzi zuzuwenden. Es gilt folglich alles darum zu tun, dass die Medici an der Macht bleiben und ihr Glanz auch weiterhin auf die Vespucci fällt… und somit auch auf deinen Vater und mich, die wir unsere Tochter mit einem Vespucci vermählt haben.«

Simonetta erschien es widersinnig, dass Caterina von Glanz sprach. Um sie herum erschien es finster wie nie. Hätte die Mutter sie getadelt, gar geschlagen, sie hätte immerhin bewiesen, dass sie sich um die Tochter sorgte. Aber dass Caterina sich über alle guten Sitten hinwegsetzte, wie Lisabetta und Nastagio ihr Verhältnis mit Giuliano duldete, solange es nur den Cattaneo nutzte, erfüllte sie mit nie gekannter Bitterkeit.

»Ich verstehe immer noch nicht ganz…«, setzte sie an, wusste nicht genau, wie sie den Satz beenden sollte.

Ich verstehe nicht, warum du deine eigenen Prinzipien verrätst und meine Gefühle.

»Oh, ich weiß.« Das Gesicht ihrer Mutter rückte ganz nahe an ihres heran, sie fühlte ihren warmen Atem. »Das war ein wenig viel Gerede von Bistümern und Bündnissen, dem Papst und den Pazzi. Frauen müssen ja nicht so viel von Politik verstehen. Aber wir verstehen etwas von Männern und der Liebe, oder? Du wirst Giuliano doch von einer Heirat mit Semiramide überzeugen können, nicht wahr?«

Aus ihrem Mund klang Liebe so wie Familie – nach einer Lüge, nach Gift. Es ging ja nicht um Liebe, es ging um Macht, und Macht hatte, wer auf das richtige Bündnis setzte, wer viel wusste und darum vorhersehen konnte, wie sich die Dinge entwickelten. Sie wusste zu wenig – was Giuliano gleich war, solange sie die Beine für ihn breit machte, was auch ihrer Mutter gleich war, solange sie tat, was sie sich von ihr erhoffte.

Das Gesicht der Mutter kam noch näher, Caterina küsste sie auf die Wangen. Simonetta fühlte sich nicht mehr so taub wie eben, sie spürte die Lippen, war kurz überzeugt, dass sie eine Wunde hinterlassen würden – eine ähnliche Wunde wie Caterinas Worte in ihrem Herzen. Wie verletzt sie war, zeigte sie allerdings nicht.

»Ich werde mein Bestes geben«, sagte sie nur.

Sobald ihre Mutter wegtrat, fuhr Simonettas Hand zu ihrem Gesicht, um den Speichel abzuwischen. Als ihr Blick auf ihr Spiegelbild fiel, konnte sie sich davon überzeugen, dass vom Kuss keine Spuren geblieben waren, ihr Gesicht makellos war, überirdisch schön. Allerdings reichte Schönheit nicht, um glücklich zu werden, genauso wenig wie Geld allein. Liebe würde reichen, aber Liebe konnte man nicht ertrotzen. Etwas anderes dagegen schon, etwas, das sich so viele Menschen inniglich wünschten, für das sie bereit waren, Opfer zu bringen, für das sie manchmal alles, was ihnen lieb und teuer war, verrieten. Macht.

XVI.

Cosima hatte mit Ninas und Amiris Hilfe sämtliche Spuren des Überfalls beseitigt und die wichtigsten Zutaten für neue Schönheitsmittel gekauft. Während Nina daraus Salben und Duftöle, Seifen und Lippenrot herstellte, stand Cosima wieder hinter dem Verkaufstresen. Eigentlich hatte sie damit warten wollen, bis Simonetta ihr beschied, Giuliano würde sie künftig vor der Apothekerzunft schützen. Doch Simonetta ließ sich seit Tagen nicht blicken, mit jeder Stunde war Cosimas Unruhe gewachsen, und am dritten Tag nach dem Überfall war die Angst vor der Armut größer als die Angst vor Ercole Marni. Wenn sie nicht endlich wieder Gewinn machte, würde sie erneut in Geldnöte stürzen!

»Und wenn der Mann zurückkommt und die Tiegelchen diesmal nicht auf den Boden wirft, sondern auf deinem Kopf zertrümmert?«, hatte Nina bang gefragt.

Cosima hatte sich nicht anmerken lassen, wie mulmig sie sich fühlte. »Das wäre schade um meinen Kopf, allerdings ist der ohnehin nicht mehr so schön wie früher.«

Nina hatte ihr abgenommen, dass nur kalter Hohn aus ihr sprach. Amiri wiederum entging mit seinen wachen Augen nichts, erst recht nicht, was sie mit stolzer Miene zu verbergen suchte. Heute Morgen hatte sie ihn nach draußen geschickt, damit er sie rechtzeitig warnen könnte, falls der Hüne wieder auftauchte.

Gottlob kamen danach zahlreiche Kundinnen in den Laden, denen sie Ware verkaufen konnte – der einen kleine Schwämme, um Schminke aufzutragen, einer anderen eine *borsetta*, ein kleines, schön verziertes Säckchen, in das ein Tiegelchen mit Lippenbalsam passte, einer weiteren ein Duftwasser, das aus Ambra und Zibet bestand –, wodurch sie die nötige Ablenkung bekam.

»Wird Ambra wirklich aus dem Magen des Pottwals gewonnen?«, fragte die Dame.

Cosimas eigener Magen verkrampfte sich, als ihr Blick einmal mehr zur Tür ging, aber sie nickte tapfer. »Und Zibet wird von der Zibetkatze ausgeschieden«, erklärte sie.

Zuletzt verkaufte sie ein Schönheitswässerchen, das aus Milch und Honig und Aquavitae gemacht war. »Wenn du dir regelmäßig das Gesicht damit einreibst, wirst du keine lästigen Flecken mehr von der Sonne bekommen.«

Sobald die letzte Kundin den Laden verlassen hatte, zählte sie zufrieden die Münzen. Sie überlegte, ob sie den heutigen Gewinn wirklich in die *portata* eintragen sollte, jene Geschäftsbücher, in denen jeder Florentiner seine Schulden und Einnahmen sowie die Zahl der Mäuler, die er zu nähren hatte, festhalten musste. Wenn sie es nicht tat, handelte sie sich womöglich noch mehr Schwierigkeiten ein – allerdings könnte sie auf diese Weise wettmachen, dass sie in den letzten Tagen gar nichts verdient hatte und …

Als sich die Tür wieder öffnete, entglitten ihr vor Schreck fast die Münzen. Dass Amiris Gesicht noch unverletzt war, als er soeben den Laden betrat, war zwar ein gutes Zeichen, nicht aber sein sorgenvoller Blick. Seine Lippen formten noch ein Wort oder vielmehr einen Namen, wohl um sie zu warnen. Doch sie konnte sich erst einen Reim darauf machen, wen er meinte, als sie sah, wer ihm da in den Laden folgte – niemand anderer als Rino mit seiner krummen Nase und den riesigen Pranken.

So groß ihre Angst vor ihm auch war – ihr entfuhr kein entsetzter Aufschrei, nur ein empörtes »Nein!«. Sie stampfte mit dem Fuß auf. »Nein, nein, nein, nein! Du machst mir nicht auch noch Schwierigkeiten. Man mag mir vorwerfen, was man will, aber die Miete an die Pazzi habe ich in letzter Zeit immer pünktlich bezahlt. Es gibt keinen Grund, mir zu drohen, meinen Laden zu zerstören oder …«

Rino schien verwirrt, während Amiri beschwichtigend die Hände hob. »Er ist nicht hier, um die Miete einzutreiben«, sagte er schnell.

Cosima runzelte die Stirn. »Was hat er dann in meinem Laden zu suchen! Sein Anblick vertreibt mir noch meine Kundinnen und …«

Cosima brach ab. Wieder ließ sich das Quietschen der Tür vernehmen, durch die nun weitere Männer kamen, zwei von ihnen waren mindestens so groß und furchterregend wie Rino. Sie dienten offenbar jenen als Leibwächter, die folgten und die nicht mit Fäusten und kräftiger Statur Eindruck machten, umso mehr aber mit edler Kleidung und hoheitsvoller Miene.

Cosima brachte keinen Ton mehr hervor, sie stand wie erstarrt. Der ältere der beiden Männer – der mit dem langen grauen Bart – war Jacopo, das Familienoberhaupt der Pazzi, der jüngere sein Neffe Francesco. Eigentlich war Letzterer größer als sein Onkel, doch er hielt den Kopf etwas gesenkt, schien mit dieser Geste beteuern zu wollen, dass er nicht am Status seines Onkels rütteln wollte. Jacopo blickte sich flüchtig um, sein Blick blieb zu kalt, um zu erahnen, was er von ihrem Laden hielt. Schließlich hob er die Hand, was für Francesco das Zeichen war, vorzutreten und an seines Onkels statt das Wort an sie zu richten.

Grußlos setzte er an: »Meine Frau Novella hat mir von diesem Laden erzählt.«

Seine Stimme klang etwas heiser und gepresst. Kein Wunder, die Pazzi mussten stets hinnehmen, dass die Medici seit Jahren das Losverfahren, mit dem die wichtigsten Ämter vergeben wurde, manipulierten, sodass die Pazzi meist leer ausgingen.

Cosima war überzeugt, dass ihre Stimme nicht minder gepresst klingen würde, aber irgendwie gelang es ihr doch, Angst und Erstaunen zu drosseln und selbstbewusst zu fragen: »Das Pulver aus Lilienblättern und Lilienwurzeln, das die Haut schön blass macht, regt auch die Verdauung an, vermischt man es mit Muskatnuss, Paradiesäpfeln und feinem Eisen. Vielleicht habt Ihr dafür ja Bedarf.« Sie wandte sich an Jacopo, musterte ihn. »Und gegen Haarausfall würde ich raten, die Asche von Ziegenmist auf den Kopf zu legen. Das Harz vom Zistusbaum, wie er auf Zypern oder Naxos wächst, eignet sich auch, vorausgesetzt es wird mit etwas Roggen und Wein vermischt und …«

Ihr war nicht entgangen, dass Amiri scharf den Atem einsog und Rino einen drohenden Schritt auf sie zumachte, die Pranken zu Fäusten geballt. Cosima wich einen Schritt zurück, doch ehe sie gegen ein Regal stieß, hob Jacopo wieder die Hand.

Rino verharrte, Francesco dagegen trat auf sie zu. »Von Novella habe ich auch erfahren, dass niemand anderer als Simonetta Vespucci an diesem Geschäft beteiligt ist.«

Cosima kämpfte um eine gleichgültige Miene, aber in ihrem Kopf arbeitete es. Simonetta … natürlich … sie war es, der sie den Besuch der Pazzi verdankte. Eine alternde Kurtisane, die Schönheitsmittel verkaufte, war nicht von Bedeutung, die Geliebte von Giuliano de' Medici dafür umso mehr.

»So ist es«, bekannte sie freimütig, während ihre Anspannung wuchs.

»Wir haben des Weiteren gehört«, fuhr Francesco fort, »dass du Schwierigkeiten mit der Apothekerzunft hast.«

Kurz kam ihr der Verdacht, dass jener Hüne, der alles zerstört hatte, gar nicht von Ercole Marni, sondern von den Pazzi geschickt worden war, um sie einzuschüchtern. Doch im Grunde machte das keinen Unterschied. Fest stand, dass die Pazzi hier waren, um ihr Hilfe anzubieten – aber die gab es natürlich nicht umsonst.

»Ich verstehe«, sagte sie und war dankbar wie nie, dass sie es als Kurtisane gelernt hatte, ihre wahren Gefühle zu verschleiern. »Ihr wollt dafür sorgen, dass mich die Apothekerzunft in Ruhe lässt. Im Gegenzug möchtet Ihr Euch an meinem überaus erfolgreichen Geschäft beteiligen. Ich fürchte nur«, wieder ging ihr Blick zu Jacopo, »dass sich Euer Konterfei auf meinen Produkten nicht ganz so gut ausmacht wie das von Simonetta Vespucci.«

Wieder sog Amiri scharf den Atem ein, von Rino kam ein drohendes Brummen. Francesco dagegen lächelte wölfisch, und sein Onkel tat das zu ihrem Erstaunen auch.

»Simonettas Gesicht mag gerne weiterhin deine Waren zieren«, meldete sich Jacopo zum ersten Mal selbst zu Wort. »Mir liegt sogar sehr daran, dass Simonetta weiterhin bei dir ein und aus geht. Gewiss sprecht ihr nicht nur übers Geschäft, auch über den neuesten … Klatsch. Frauen schwatzen schließlich gerne.«

Die Stimme klang werbend, doch Cosima entging der bedrohliche Unterton nicht. Er verstärkte sich sogar noch, als er hinzufügte: »Ich könnte mir vorstellen, dass ich dich nicht nur vor der Apothekerzunft bewahren kann, sondern dir auch die Miete für deine Wohnung erlasse. Dafür erwarte ich mir allerdings eine Gegenleistung.«

»Und ich vermute mal, es ist kein Ziegenmist oder Zistusharz«, sagte Cosima und konnte sich nicht verkneifen hinzuzufügen: »Obwohl Ihr beides durchaus gebrauchen könntet.«

Diebische Freude erfüllte sie, als sie sah, wie sich in Jacopos Miene Ärger breitmachte. Aber er beherrschte sich schnell wieder, gab Rino einmal mehr das Signal, sich zurückzuhalten, und sprach endlich sein Anliegen aus. Die Schadenfreude erlosch. Was Cosima nun fühlte, war Unbehagen.

Nachdem die Pazzi gegangen waren, blieb es lange still im Laden. Amiri sah Cosima fragend an, doch ihr fiel nichts zu sagen ein, sie wich seinem Blick aus.

»Du … du willst dich doch nicht wirklich darauf einlassen?«, fragte Amiri gedehnt.

Cosima zuckte mit den Schultern.

»Worauf einlassen?«, wollte Nina wissen, die ihren Kopf durch den Türspalt steckte.

»Das ist nicht so wichtig, geh wieder ans Werk«, blaffte Cosima sie an.

Die rüden Worte dienten weniger dem Zweck, Nina zurück

zur Arbeit zu scheuchen, vielmehr ihrer Anspannung Luft zu machen. Die Hände taten ihr weh, weil sie sie ineinander verkrampfte, seit Jacopo de' Pazzi das Wort an sie gerichtet hatte. Und es gab einen weiteren Grund, warum Nina nicht hier sein sollte – sie wollte sie nicht in diese Sache hineinziehen.

Amiri schien der Meinung zu sein, dass auch sie selbst damit so wenig wie möglich zu tun haben sollte.

»Die Pazzi sind … gefährlich.«

Nicht dass nicht auch Cosima kurz überlegt hatte, wie sie Jacopos Ansinnen ablehnen konnte, ohne ihn vor den Kopf zu stoßen. Dennoch regte sich Entrüstung, dass Amiri meinte, er könne für sie entscheiden.

»Pah!«, entfuhr es ihr. »Gefährlich! Welche reiche Familie in Florenz ist denn nicht gefährlich? Die Strozzi, Peruzzi, Spini, Medici, Pazzi – sie alle lächeln dir ins Gesicht, wetzen aber heimlich die Messer, um sie bei passender Gelegenheit dem Feind in den Rücken zu rammen. Es ist ja nicht so, dass Lorenzo de' Medici dieses Spiel nicht durchschaut. Er macht gute Miene zu ebendiesem, lädt die Pazzi gerne zum gemeinsamen Mahl ein, sie reden dann über Kunst und Florenz, aber insgeheim hofft jeder, dass der andere an einer Fischgräte erstickt.«

Amiri nickte nachdenklich. »Ein Fisch, in dem solche Gräten stecken, ist gleichsam unser prächtiges Florenz, und zwar einer, der vom Kopf her stinkt. Man gibt gerne den Anschein, Florenz wäre eine Republik, aber wer regiert, ist nicht das Volk, es sind die Reichen und Mächtigen, die sich gegenseitig Ämter zuschanzen. Die Pazzi sind gekränkt, weil sie in jüngster Zeit oft benachteiligt wurden, aber im Grunde wollen sie bloß selbst ein möglichst großes Stück vom Kuchen haben, und wenn sie es bekommen, würden sie nicht einmal die Krumen einem anderen gönnen.«

Cosima wollte nicht gleichzeitig über stinkenden Fisch und krümeligen Kuchen nachdenken. Sie löste die Hände voneinander, begann auf und ab zu gehen. »Du sagst mir nichts Neues. Aber mir wäre es lieber, diesen fauligen Fisch zu schminken und zu parfümieren, als dass man ihn mir ins Gesicht schlägt. Die verfluchte Apothekerzunft lässt mir keine andere Wahl, als Schutz bei den Pazzi zu suchen. Und deren Hilfe hat nun mal ihren Preis.«

»Die Pazzi greifen nach der Macht, sie wollen die Medici ein für alle Mal ausschalten. Wenn du dich auf ihre Seite schlägst, könnte es gut sein, dass du von dieser Macht einen Happen abbekommst. Möglich aber auch, dass sie am Ende leer ausgehen werden. Du dagegen wirst dann nicht nur mit leeren Händen dastehen, sondern auch ohne Laden, womöglich gar ohne deinen Kopf.«

Cosima hatte sich zu oft eine düstere Zukunft ausgemalt, um ihm zu erlauben, diese erneut heraufzubeschwören.

»Die Pazzi haben im Moment einen deutlichen Vorteil«, sagte sie. »Sie können keinen Geringeren als den Papst höchstselbst als ihren Verbündeten bezeichnen. Schließlich haben sie diesem Geld geliehen, damit er die Grafschaft Imola kaufen und dem Kirchenstaat einverleiben konnte, und dürfen sich nun seine Hausbankiers nennen.«

»Lorenzo wird sich dafür rächen.«

»Und stellt sich damit gegen den Papst! Dass der jederzeit die Stadt exkommunizieren könnte, auch ein Heer aufstellen, um sie einzunehmen, hat zwar noch nicht dazu geführt, dass sich die verbleibenden Verbündeten abwenden. Doch im Volk regen sich schon Stimmen, die nachplappern, was ihnen die Spione der Pazzi eintrichtern: dass Lorenzo ihnen nicht nur die Freiheit nimmt, sondern über kurz oder lang auch den Wohlstand.«

»Bis jetzt konnten weder der Papst noch die Pazzi die Medici in die Knie zwingen. Wenn eine Familie in Anspruch nehmen kann, über alle politischen Irrungen und Intrigen hinweg an der Macht zu bleiben, dann sie. Die Medici haben Krisen überstanden, die anderen endgültig das Genick gebrochen hätten. Am Ende werden sie womöglich triumphieren – und dann bist du die Verräterin, die gemeinsame Sache mit den Pazzi gemacht hat.«

Sie wusste, dass er recht hatte. Doch nur weil eine Allianz mit den Pazzi falsch war – sie hatte keine Ahnung, was sich stattdessen als das Richtige erweisen würde. Und überhaupt, es war doch schlimm genug, mit dem eigenen Zweifel fertigzuwerden, warum musste sie sich auch noch mit seinen Argumenten herumschlagen. Wer war er denn als bloß ein Sklave, der von Politik nichts verstand!

Genau das hielt sie ihm mit schnippischer Stimme vor, um fordernd hinzuzufügen: »Deine Aufgabe ist es, mich zu massieren, nicht, mich zu beraten.«

Als er mit seiner Rede geendet hatte, war er vor ihr stehen geblieben. Nun machte er keine Anstalten zurückzuweichen, aber auch keine Anstalten, tatsächlich ihren Nacken zu massieren. Er hob zwar seine Hände, aber nur, um sie um ihre Schulter zu legen, sie dazu zu zwingen, ihn anzusehen.

»Die Pazzi haben nur Interesse an dir, weil du Kontakt mit Simonetta hast. Um den Pazzi zu helfen, müsstest du sie aushorchen – und würdest somit eure Freundschaft verraten.«

Wie war es möglich, dass sein Griff zugleich ihr Unbehagen wachsen ließ, aber auch den Wunsch, in seinen Armen Geborgenheit und Vergessen zu finden?

Rüde machte sie sich los.

»Simonetta ist meine Geschäftspartnerin, nicht meine Freundin. Und du bist mein Sklave, folglich ebenso wenig mein Freund.«

»Auch einen Geschäftspartner verrät man nicht. Man verrät überhaupt niemanden, der einem vertraut.«

»Verrat! Was ist das für ein großes Wort! Ich würde Simonetta nicht verraten. Ich würde nur dann und wann mit ihr über Giuliano … plaudern. Und mir ganz genau merken, was sie erzählt. Vielleicht würde ich ihr hin und wieder auch ein paar Nachfragen stellen. Was ist daran verkehrt? Wenn ich damit mein Geschäft retten kann, warum sollte ich es nicht tun?«

Amiri verschränkte die Hände über der Brust, starrte sie unverwandt an. Obwohl er nichts sagte, glaubte sie seine Einwände zu hören. Und es waren allesamt gewichtige.

Ehe sie aber endgültig einknicken konnte, ertönte plötzlich eine andere Stimme: »Ja, warum solltet du es nicht tun?«

Simonettas Anblick hatte sie manches Mal überrascht, einige Male sogar verstört, sie jedoch nie so erschreckt. Wie war es möglich, dass sie überhört hatte, wie sich die Tür zum Laden geöffnet hatte? Wie war es möglich, dass ihr obendrein entgangen war, dass sie belauscht wurden?

Nicht dass Simonetta es ihr übel zu nehmen schien, was sie gesagt hatte.

»Ich habe gesehen, wie die Pazzi dein Geschäft verlassen haben«, erklärte sie. »Ich nehme an, dass sie nicht hier waren, weil sie Interesse an deiner Ware hatten.«

Cosima konnte es nicht abstreiten, bestätigen aber auch nicht.

An ihrer statt sagte Amiri: »Sie verlangen … Spitzeldienste. Cosima soll dank dir möglichst viel über die Pläne der Medici erfahren.«

»Ich verstehe«, sagte Simonetta, und immer noch machte sie ihr keine Vorwürfe, mit dem Feind der Medici paktieren zu wollen, lediglich ihre kalte Erregung schien zu wachsen. Das letzte Mal, als sie diese Entschlossenheit an ihr wahrgenommen hatte, hatte sie verkündet, dass sie so schön wie keine andere Florentinerin sein wollte, eine Göttin. Heute strebte sie etwas anderes an – etwas, das sich nicht allzu sehr von Cosimas eigenen Zielen unterschied. »Nur zu«, sagte sie unvermittelt. »Trag ihnen deine Unterstützung an. Zögere nicht, ihre Hilfe anzunehmen, wenn du dich gegen die Apothekerzunft behaupten willst. Von Giuliano, das muss ich dir leider sagen, wirst du diese Hilfe nicht bekommen.«

»Ja, hast du nicht zugehört? Sie wollen, dass ich dich aushorche!«

»Und damit ich am Ende etwas zu sagen habe, muss ich mich wiederum bei Giuliano umhören, nicht wahr?«

Selbst Amiri hielt erstaunt den Atem an.

»Das würdest du tun?«, fragte Cosima fassungslos. »Du würdest Giuliano Geheimnisse entlocken, um sie seinen schlimmsten Feinden zu verraten? Du … du würdest ihn derart hintergehen?«

Wieder wohnte in Simonettas Augen nur jener kalte Glanz. Zugleich ging von dieser Frau ein Selbstbewusstsein aus, das sie nicht allein aus ihrer Schönheit zog.

»Ich will kein dummes kleines Mädchen sein, mit dem man

macht, was man will«, sagte Simonetta ruhig. »Ich will nicht weniger wissen als alle anderen. Ich will keine Figur sein, die von anderen über das Schachbrett geschoben wird, weil sie die Regeln nicht durchschaut. Mitspielen – das will ich.« Sie machte eine kurze Pause, atmete tief durch. »Natürlich werden wir den Medici niemals schaden, am allerwenigsten Giuliano. Das, was wir als vermeintliches Geheimnis weitergeben, darf immer nur etwas Harmloses sein, etwas, das die Pazzi ohnehin bald erfahren würden. Umgekehrt aber müssen wir den Kontakt zu ihnen nutzen, um so viel wie möglich über sie und ihre Pläne herauszufinden.«

Cosima nickte langsam. So also hatte sich Simonetta das vorgestellt. Ein Maulwurf sollte Cosima sein, den der Bauer auf dem Grundstück seines Rivalen freilässt, nicht ahnend, dass am Ende auch der eigene Garten durchwühlt würde.

»Und warum soll ich den Medici am Ende mehr nützen als schaden und es bei den Pazzi umgekehrt halten?«, fragte sie gedehnt. »Etwa um deinen Helden davor zu bewahren, dass seine goldene Rüstung rostet? Die kannst du allein polieren, was habe ich davon?«

»Ich bitte nicht um eine Gefälligkeit oder einen Freundschaftsdienst«, sagte Simonetta hart. »Wenn sich die Waage zugunsten der Medici neigt, was ich für wahrscheinlicher halte, werde ich deine Zeugin sein und beschwören, dass du allein auf ihrer Seite standest. Sollten am Ende doch die Pazzi triumphieren, werde ich schweigen, und du kannst dich als ihre Parteigängerin rühmen. Es ist ein Geschäft, bei dem du nur gewinnen, nicht verlieren kannst.«

Dieses Ausmaß an Berechnung und das Gerede von einem

Geschäft passten nicht zu einer, die sich in Wahrheit doch nach Liebe sehnte. Doch die Entschlossenheit in ihrer Miene bewog Cosima dazu, langsam zu nicken. »Das … das erscheint mir als guter Plan.«

»Seid ihr verrückt geworden?«, rief Amiri. »Wenn ihr euch in den Kampf zwischen den beiden Familien einmischt, werden die Pfeile, die sie aufeinander schießen, euch als Erste treffen!«

Simonetta wandte sich ihm hoheitsvoll zu. »Das wird nicht passieren, sofern wir es klug anstellen. Wenn wir jedem geben, was er sich erhofft, werden wir am Ende am meisten bekommen – Cosima kann ihren Laden behalten, ihre Zukunft ist gesichert, und ich …«

Sie brach ab.

Weil sie nicht wusste, was sie wollte? Weil sie es ihnen nicht anvertrauen konnte?

Um Giulianos Liebe allein ging es ihr wohl nicht, was sie wahrscheinlich noch viel mehr als das ersehnte, war sein Respekt. Und Respekt erfuhr man in der Welt der Medici nicht allein durch Schönheit, noch nicht einmal durch Geld, sondern allein durch Wissen, eine Währung, die nie an Wert verlor, denn Wissen bedeutete Macht.

»Die Pazzi und Medici kämpfen darum, wer die mächtigste Familie von Florenz ist«, sagte Simonetta. »Wir wiederum sollten alles daransetzen, um die mächtigsten Frauen von Florenz zu werden. Wenn du so tust, als würdest du den Pazzi Geheimnisse über Giuliano anvertrauen, wirst du ihr Vertrauen gewinnen, und mit etwas Glück werden sie ihrerseits preisgeben, was sie vorhaben. Falls wir die Pazzi zu Fall bringen, wird mir Giuliano auf ewig dankbar sein.«

Amiri öffnete erneut den Mund, doch Cosima hob die Hand, um ihn zum Schweigen zu bringen.

»Woher nimmst du die Gewissheit, dass du von Giuliano etwas erfährst, was für die Pazzi von Wert ist? Hat dir Giuliano denn jemals seine Sorgen und Nöte anvertraut? Denkst du, dass du ihn in einen derartigen Rausch versetzen kannst, dass er leichtfertig Geheimnisse ausplaudert?«

Simonettas Augen wurden schmal. »Ich werde mehr erfahren als bisher«, erklärte sie. »Aber lass es meine Sorge sein, wie ich das anstelle. Geh du zu den Pazzi, erklär ihnen, dass du dir ihr Ansinnen durch den Kopf hast gehen lassen und ihm nachgibst. Beteuere, dass du alles tun wirst, was immer sie wollen. Ich habe noch etwas zu erledigen. Nein, zu Giuliano gehe ich heute nicht mehr, aber es gibt jemand anderen, der mir helfen wird.«

Sandro fühlte, dass sich etwas verändert hatte, aber es gelang ihm nicht, zu benennen, was es war. Mittlerweile nahm er bereits die leiseste Veränderung von Simonettas Gesichtsausdruck wahr. So unnahbar, fast starr sie sich meistens gab, wenn sie ihm Modell saß – das Zucken des Mundwinkels, das leichte Runzeln der Stirn, der flüchtige Augenaufschlag sprachen Bände. Zwar hatte sich die Hoffnung, in ihr das Mädchen von damals zu erblicken, wenn sie ihm ungeschminkt, mit offenem Haar und schlichter weißer *camicia* gegenübersaß, nicht erfüllt, denn sie zeigte ihm lediglich ihr Antlitz, nicht ihre Seele. Doch es war ihm nicht entgangen, dass sie in den letzten Monaten einen gewissen Frieden mit ihrem Leben gemacht hatte, dass sie vieles, wofür sie gekämpft hatte, auch bekommen zu haben schien. Gewiss, er fand, dass das Glück wie Schönheit nur echt und langlebig waren, wenn sie aus tiefster Seele kamen, nicht von außen genährt wurden, aber er witterte lieber Leere hinter ihrer Makellosigkeit als Verzweiflung.

Auch heute blieb diese Verzweiflung aus, doch er vermisste auch jenen Stolz, der sich daraus nährte, dass sie in ganz Florenz verehrt wurde und nicht nur Giuliano in aller Öffentlichkeit seine Ergebenheit bewies, auch Lorenzo und die vielen Dichter am Hofe der Medici sich gegenseitig überboten, wenn es galt, ihren Liebreiz in Verse zu gießen. Sie wirkte eher ein wenig ratlos, und während sie ihm sonst meist zu verstehen gab, dass es ihr eine lästige Pflicht war, ihm Modell zu sitzen, und sie sich dieser gerne entledigt hätte, schien sie heute auf die Gelegenheit zu warten, ein Gespräch zu eröffnen.

Bislang hatte sie nie auch nur eine Skizze sehen wollen, die er von ihr anfertigte, geschweige denn eines jener Gemälde, an denen er sich abmühte und die allesamt unvollendet geblieben waren. Auch die Miniaturen für Cosimas Laden interessierten sie nur so weit, als dass sie ihren Zweck erfüllten – nämlich die Gier nach der Ware anzuheizen. Heute aber stand sie plötzlich auf und blickte auf das Blatt Papier, auf dem er sie eben mit dem Rötelstift gezeichnet hatte. Wie so oft befanden sie sich in ihrem Gemach. So gerne er sie im Garten gezeichnet hätte, wo Sonnenlicht auf sie fiel – dort wären sie von Lisabetta und Nastagio belauert worden, die ihr zwar nie offen feindselig, aber stets misstrauisch begegneten, ganz zu schweigen von Marco, der für seine Frau nur Verachtung übrig hatte, oder ihrem Schwiegervater Piero, der sie meist gekränkt musterte.

»Wie machst du das?«, fragte sie plötzlich.

»Wie mache ich … was?«, erwiderte er erstaunt. Offenbar

fand sie sich selber auf diesem Bild wieder, auch wenn er damit haderte, dass diese Simonetta nicht … atmete.

»Es ist so … plastisch. Das Papier ist glatt, dennoch vermeint man, in ein Gesicht zu blicken.«

»Nun ja«, setzte er an, nicht sicher, was sie zu dieser Frage bewog. Was immer es war – dass sie sich für seine Arbeit interessierte, erfüllte ihn mit heißer Freude. »Damit aus einem Porträt ein möglichst lebensechtes wird, muss es sichtbar Raum einnehmen und Tiefe haben.« Ob er sich verständlich ausdrückte? »Es gibt bestimmte Techniken der perspektivischen Verkürzung«, fuhr er fort, »in der Antike waren sie bekannt, später hat man sie vergessen, um sie jüngst wieder zu entdecken. Jedenfalls haben Bilder geometrischen Gesetzmäßigkeiten zu folgen …«

In ihrem Blick las er keinerlei Verständnis. Aber da sie ihn weiterhin unverwandt anstarrte, wollte sie wohl auch nicht, dass er aufhörte zu reden.

»Ob es um Gesichter geht, um Gegenstände oder Landschaften – man … man muss in jedem Bild einen sogenannten Fluchtpunkt anlegen. Von diesem Punkt aus zieht man feine Orientierungsstriche, und entlang der Fluchtlinien wird jedes Motiv so platziert, dass ein Raumeindruck entsteht.«

»Aber diese Linien sieht man gar nicht.«

»Ich stelle sie mir einfach vor. Es ist eine der vielen Techniken, die ich als Malerlehrling erlernt habe und die mir mittlerweile so in Fleisch und Blut übergegangen sind, dass ich sie nutze, ohne darüber nachzudenken.«

»Ich verstehe«, sagte sie, »das ist bewundernswert.«

»Es ist aber bei Weitem nicht die größte Herausforderung, vor der wir Künstler stehen. Sein Handwerk zu beherrschen ist das eine, das andere ist …« Er zögerte.

»Ja?«, fragte sie.

»Ich kann Menschen nur malen, wenn ich sie … erkenne.«

Ihr Gesichtsausdruck änderte sich nicht, und dennoch vermeinte er, dass sich tief in ihr ein Gefühl regte. Zwar presste sie sogleich die Lippen aufeinander, als gelte es, dieses zu unterdrücken, doch ihr Erstaunen konnte sie nicht verbergen.

»Und … und was erkennst du in mir?«, fragte sie.

Alles, was er ihr hätte sagen können, wäre so widersprüchlich gewesen. Er sah in ihr eine Frau, die willensstark, lebenshungrig, so voller Sehnsüchte sein konnte. Aber auch eine traurige Frau, stets auf der Suche, selten etwas findend, viel zu oft verstört. Und er sah in ihr eine Frau, die ihn im tiefsten Innersten faszinierte, den Mann und den Maler eins werden ließ. Doch ihr das anzuvertrauen, wäre ihm vermessen erschienen.

»Ich weiß nur eines«, sagte er leise. »Der Grund, warum ich Menschen für schön halte oder nicht, hat nicht allein mit ihrem Antlitz zu tun, nicht mit ihren glänzenden Haaren, der blassen Haut, dem feingliedrigen Leib. Schönheit ist etwas … Heiliges, etwas, das von Gott kommt, auch etwas, das zu einem gewissen Teil unsichtbar ist. Man kann sie nicht immer mit den Augen erschauen – man kann sie nur mit der Seele fühlen.«

Ein Lachen sprang über ihre Lippen, das nicht einfach nur höhnisch, sondern verbittert klang und ihm verriet: Was ihn am meisten an ihr anzog, war das, was zu zerbrechen drohte.

»Und solch eine Schönheit willst du in einer Stadt wie Florenz finden?«, rief sie mit diesem kalten Tonfall, vor dem er sich nie würde ausreichend wappnen können. »Die Stadt mag ein Kleinod sein, eine Schatzkammer, der schönste Ort der Toskana, vielleicht sogar von ganz Italien. Aber das ist nicht so, weil die Florentiner die Schönheit lieben, sondern weil sie das Geld lieben und sich damit Schönheit erkaufen. Hier zählen doch nur Dinge, die man anfassen oder zumindest begaffen kann. Unsichtbares hat keinen Wert!«

Sosehr sie ihn verstörte, er konnte nicht zulassen, dass diese Kälte und Härte ganz und gar von ihr Besitz ergriff.

»Du bist doch jemand, der Liebe sucht«, sagte er sanft. »Wahre Liebe ist keine, die sich mit Schmuck bemessen lässt, den ein Mann der Liebsten schenkt, auch nicht mit Blumen, Kränzen, öffentlicher Ehrerbietung. Du suchst auch etwas … Unsichtbares … etwas, das dich glücklich macht. Etwas, das nur verleugnen kann, dessen Herz gebrochen ist.«

So abrupt sie vorhin aufgestanden und zu seiner Skizze getreten war, so kraftlos ließ sie sich nun wieder zurück auf den Stuhl sinken.

»Bist du hier, um mich zu malen, oder hier, um mich über die Liebe zu belehren?« Das Beben in ihrer Stimme verjagte die Bitterkeit. »Was weißt du denn schon darüber, was mir helfen würde, sie zu finden?«

Ich weiß, wie verletzlich und hilflos es dich macht, dachte er, doch diese Worte würden sie wohl mehr peinigen als trösten. Bekümmert blickte er auf das Bild, das er gezeichnet hatte. Schon vorher war er nicht damit zufrieden gewesen, nun beschloss er, einen neuen Versuch zu starten, nahm ein leeres Blatt.

»Du siehst mich ja gar nicht mehr an«, stellte sie fest, nachdem er einige Striche gemacht hatte.

Ein Lächeln krümmte seine Lippen. »Ich skizziere zuerst den

Hintergrund, versuche, eine Kulisse zu erschaffen, die deiner Schönheit würdig ist.«

»Wolltest du mich nicht immer am liebsten im Garten malen, inmitten von Blumen? Blumen sind letztlich auch nur ein Zeichen von irdischer Schönheit, nicht von himmlischer. So schnell werden sie zertreten, nicht minder schnell verblühen sie, ihr Duft ist noch flüchtiger als sämtliche Geistesgaben.«

»Ich male dich nicht im Blumengarten, ich male dich am Strand … vor dem Meer, das ein paar Muscheln ans Land gespült hat. Das Meer ist so groß, dass kein Mensch es überblicken kann, kündet darum auch von mehr, als man sieht, vom Werden und Vergehen, von der Ewigkeit.«

»Und die Perle in der Muschel stellt die Seele dar?«

Er hatte gar nicht daran gedacht, als er von den Muscheln gesprochen hatte, doch die Vorstellung, dass etwas überaus Kostbares in einer Schale wohnte, die selbst unscheinbar war, gefiel ihm. Zugleich ging ihm durch den Kopf, dass die Muschel sterben musste, wenn sie gewaltsam geöffnet wurde. Die Schönheit der glänzenden Perle war etwas, was auf Tod gründete, nicht auf Leben. Und ein wenig verhielt es sich auch bei ihr so: Trotz prächtiger Aufmachung konnte sie nicht darüber hinwegtäuschen, dass ihr makelloses Antlitz Enttäuschung und Resignation spiegelte, nicht Glück und Erfüllung.

Er würde sich allerdings davor hüten, ihr das zu sagen, und sie wartete ohnehin nicht auf seinen Kommentar, fuhr schon fort: »Wenn du diese Skizze zur Grundlage eines Gemäldes machen willst – woraus besteht eigentlich die weiße Farbe für die Perle oder, falls du eine solche nicht malst, die der Schaumkronen des Meeres?«

Diese Frage kam fast noch überraschender, doch während er noch um Worte rang, fügte sie bereits hinzu: »Ich habe gehört, dass man, um das Weiß möglichst haltbar zu machen, Kalk mit etwas Brunnenwasser abbrühren muss, Indigo daruntermischen und – was am allerwichtigsten ist – Alaun.«

Von wem gehört?, ging es ihm durch den Kopf. Nun, vielleicht war Cosima Bellani in solchen Dingen bewandert.

»Alaun ist am besten zu gebrauchen«, fuhr sie fort, »wenn man es in kleine Brocken zerstößt und in ein wenig Wasser aufs Feuer setzt, um es schmelzen zu lassen. Mit diesem Sud kann man haltbare Farben erzeugen.«

Nichts, was sie sagte, war falsch. Und doch fühlte sich irgendetwas falsch an. Ihr plötzliches Interesse für sein Handwerk, ihre Redebereitschaft, die Tatsache, dass sie das Bild so gründlich gemustert hatte, mit ihm über Schönheit sprach. Sie verfolgte mit alldem irgendein Ziel, und welches es war, begann er zu erahnen, als sie plötzlich fragte: »Bekommst du denn genügend Alaun?«

»Im Moment … ja«, sagte er gedehnt.

»Du meinst wohl eher: im Moment … *noch*. Man hört allerlei Gerüchte. Dass es nämlich in Volterra große Vorkommnisse von Alaun gibt, wie es übrigens nicht nur Maler, auch Tuchhändler und Färber als Beizstoff benötigen. Dass die Schürfrechte und auch der Vertrieb dieses Alauns einer päpstlichen Gesellschaft zusteht, die ihrerseits von der Bank der Medici finanziert wird. Dass Volterra dieser den Zutritt verweigern wollte, sodass die Medici einen Feldherrn schickten, um die Stadt zu belagern und zu plündern. Dass nun das Monopol wieder allein bei der päpstlichen Gesellschaft liegt und somit in den Händen der Medici.«

Auch damit hatte sie nicht unrecht, doch nach wie vor war ihm nicht klar, warum sie ihm davon erzählte. »Dieser Krieg um das Alaun ist nichts, worüber ich gerne nachdenke«, murmelte er. »Es ist bitter, wenn ich mir vorstelle, dass leuchtende Farben unschuldige Tote erfordern.«

»Du musst dir aber sehr wohl Gedanken darüber machen, was passieren wird, wenn der Vertrag, den der Papst einst mit den Medici geschlossen hat – jene Gesellschaft zu finanzieren und zu verwalten –, ausläuft. Ein Geschäft, das so viel Geld abwirft, erst recht, nachdem Volterra gezwungen war, klein beizugeben, weckt die Begehrlichkeiten anderer Menschen, vor allem solcher, die sich seit geraumer Zeit beim Papst einschmeicheln, um den Medici zu schaden. Die Pazzi haben die Medici schon als Bankiers des Papstes verdrängt. Es gibt Gerüchte, dass sie ihnen nun auch das Geschäft mit dem Alaun streitig machen wollen. Dass die Prüfung der Geschäftsbücher, die jüngst auf die Veranlassung der Pazzi hin stattgefunden hat, keine Unregelmäßigkeiten ergeben hat, wird den Medici lediglich einen kurzen Aufschub gewähren.«

Bis jetzt hatte er sich in ihrem Gemach immer gefühlt wie in seiner Werkstatt. Er wusste zwar, dass sich die Welt da draußen weiterdrehte, aber er schien wie durch einen Bannkreis von dieser geschützt zu sein. Den Machtspielen, die nicht nur Florenz zerrissen, auch die ganze italienische Halbinsel, konnte er sich nicht blind stellen, aber er hatte nie einer sein wollen, der auch nur einen Faden an jenem Intrigennetz hatte spinnen wollen, in dem so viele Florentiner ihre zappelnde Beute zu fangen gedachten.

»Hast du nichts dazu zu sagen?«, fragte sie.

»Du scheinst doch schon alles darüber zu wissen. Was könnte ich noch hinzufügen?«

»Nun«, sagte sie, wie vorhin beugte sie sich vor, und etwas in ihren Augen versprach Glanz, aber keine Wärme. »Ich weiß, dass Giuliano erst gestern ein Porträt von sich bei dir in Auftrag gegeben hat. Genauer gesagt weiß ich es nicht nur, ich selbst war es, die ihn dazu ermunterte. In den nächsten Tagen, wenn nicht gar Wochen wirst du viel Zeit mit ihm verbringen, wenn er dir Modell sitzt, und da er einer ist, der sich schnell langweilt, wird er sich sicher gerne mit dir unterhalten. Vielleicht kannst du bei dieser Gelegenheit fragen, was die Medici tun werden, um weiterhin beim Alaunhandel mitzumischen … und gleichsam dafür zu sorgen, dass jemand wie du Perlen in strahlendem Weiß malen kann.«

Sie hob ihre Hand, und plötzlich lag sie auf seiner. Obwohl er sich das oft gewünscht hatte, regte sich nun gar nichts in ihm.

»Du willst also wissen, was die Medici planen?«

Sie nickte.

»Warum fragst du Giuliano nicht selbst?«

»Weil er von mir verlangt, schön zu sein, nicht klug. Aber wenn es so ist, dass Schönheit nicht nur von einem ebenmäßigen Antlitz lebt, auch von dem Geist dahinter, dann sollte ich diesen Geist schulen und kein dummes Mädchen bleiben, das nichts von den Dingen weiß, die in Florenz vorgehen.«

Er entzog ihr ungestüm die Hand. »Der Geist sollte in lichte Höhe steigen, sich nicht in die Niederungen der Politik begeben, wo man um Einfluss balgt wie hungrige Hunde um einen Knochen oder blinde Bettler um die Münze, die zwischen die Pflastersteine gerollt ist. Wenn ich dir etwas raten kann, so eines: Hüte dich davor, Teil von diesem Ränkespiel zu werden!«

»Ich bin doch längst eine Figur im Spiel der Medici«, hielt sie ihm entgegen. »Ich will mich nur nicht länger auf dem Felde herumschubsen lassen – ob von Giuliano, Lorenzo, meiner Mutter, Cosima oder wer immer auch denkt, ich hätte einen Nutzen für ihn. Ich will selbst über meinen nächsten Zug entscheiden!«

Er erhob sich ungestüm, das Papier, auf dem er bis jetzt nur Umrisse von Wellen und Muscheln gezeichnet hatte, noch keine Gestalt, segelte zu Boden. Er war sich sicher, dass er die Skizze heute nicht mehr vollenden würde.

»Nun, mir geht es nicht darum, aus dir einen Nutzen zu ziehen. Ich wünsche dir nur von Herzen, dass du bekommst, was du *brauchst*. Und das ist nicht Geld, nicht Macht und auch nicht Schönheit, erst recht nicht, wenn diese nur dazu dient, Geld und Macht zur Schau zu stellen. Du wünschst dir eine Heimat, du wünschst dir eine Familie, du wünschst dir einen Mann, der dir Liebe schenkt. Du hast mich gefragt, ob ich dich kenne? Sei gewiss, ich tue es, und darum weiß ich das. Aber erkennst du dich denn noch selber, wenn du in den Spiegel blickst? Und denkst du, es wird einfacher, dich zu erkennen, wenn du dich an einem Kampf beteiligst, dessen Beute vielleicht Ruhm schenkt, niemals aber die Seele nährt?«

Sie schien ernsthaft betroffen, zeigte es jedoch nicht lange. Er bückte sich nach dem Papier, steckte es in seine Gürteltasche wie seinen Malstift, durchschritt das Gemach.

»Wo gehst du hin? Du willst mich doch malen!«

»Genau, dich will ich malen, nicht die, die du im Moment sein willst.«

Sie stampfte auf, und der Zorn in ihren Zügen ließ sie mit einem Mal viel lebendiger erscheinen. »Nun, aber das Porträt Giulianos musst du malen, ob du es willst oder nicht. Du wärst ein Narr, einen solchen Auftrag abzulehnen.«

Sandro hatte zwar übel Lust dazu, aber er wusste, dass Verrocchio das Gleiche sagen würde.

Am Ende nickte er nicht, schüttelte aber auch nicht den Kopf, er starrte sie nur an. Sie senkte den Kopf, als wäre ihr sein Blick unangenehm, hob ihn dann doch wieder, hielt seinem stand.

»Bitte … bitte verrate mir, was Giuliano dir anvertraut. Ich weiß, du stehst nicht in meiner Schuld. Du bist ein freundlicher Mann, von allen Menschen bist du der einzige, der es immer gut mit mir gemeint hat, in einer anderen Welt … einer besseren, würde ich dich nicht ständig um Gefälligkeiten bitten, deine Gunst ausnutzen. Aber ich habe die Gesetze dieser Welt nicht gemacht. Ich muss zusehen, dass ich selber nicht … untergehe.«

Er fühlte, dass ihre Worte nicht geheuchelt waren, dass die echte Simonetta aus ihr sprach, dass es ihr leidtat, ihm nichts geben zu können, nur immer mehr von ihm zu fordern. Plötzlich trat er wieder zu ihr, und im nächsten Augenblick lag seine Hand auf ihrem Haar. Zigfach hatte er versucht, die Farbe in sämtlichen Nuancen auf die Leinwand zu bannen, doch berührt hatte er es noch nicht. Nun fuhren seine Fingerkuppen erst über die glänzenden Strähnen, dann über ihre alabasterne Haut. Sie war ja gar keine Elfenbeinstatue. Da pulsierte Leben in ihr, jene Kraft, die er an ihr gewittert hatte, als er sie zum ersten Mal gesehen hatte und ihr verfallen war.

»Du hast recht«, sagte er entschlossen, »ich bin dir nichts schuldig. Aber wenn du mich darum bittest, werde ich dir diesen Gefallen tun, und sei es nur, um dir zu beweisen, dass es Menschen gibt, die etwas verschenken können, ohne im Gegenzug etwas zu bekommen, die nicht bei jeder Gefälligkeit überlegen, was es ihnen einbringt, die nicht jede Gunstbezeugung in Rechnung stellen.«

Er erwartete, dass sie zurückzuckte, aber sie tat es nicht, im Gegenteil, die Berührung schien sie weder zu verstören noch abzustoßen, sie stattdessen mit einer warmen Glut zu erfüllen. Als seine Hand tiefer fuhr, nunmehr über ihren Hals streichelte, glichen ihre Augen jäh offenen Wunden. Eine Träne glänzte darin, die er plötzlich zu schmecken wähnte.

Hab keine Angst, wollte er ihr am liebsten sagen, dass über all das Trachten nach Schönheit, Geld und Macht etwas in dir zerbrochen ist. Ich kann die Scherben nehmen, sie neu aneinanderfügen. Ich habe keine Angst vor den scharfen Rändern.

Doch ehe er auch nur ein Wort hervorbrachte, verschloss sich ihre Miene, und sie entzog sich seiner Hand. Bedauernd blickte er ihr nach, als sie den Raum verließ. Die Zeit, sie zu heilen, war noch nicht gekommen.

XVII.

Es war September geworden, als Cosima Novella Pazzi nicht einfach nur diverse Schönheitsmittel verkaufte, sondern in einem kleinen Hinterzimmer des Ladens, das sie kürzlich allein zu diesem Zweck eingerichtet hatte, ihre Haare behandelte. Sie waren zu dunkel, um sie blond zu färben, doch Cosima versuchte, sie in einem Sud, der aus der Asche von geschältem Gras und Birkenlaub bereitet worden war, um mindestens einen Farbton aufzuhellen und ihnen einen goldenen Schimmer zu verleihen. Novella blickte danach etwa skeptisch in den Spiegel, schien der gewünschte Effekt doch auszubleiben, doch Cosima flunkerte: »Es dauert ein wenig, bis es wirkt.« Sie lenkte ihre Kundin von den Haaren ab, indem sie sie an gleich mehreren parfümierten Seifen riechen ließ – aus Zedernholz und Myrte gemacht –, und ihr außerdem ein Parfüm aus gleichen Inhaltsstoffen präsentierte.

»Das Besondere an diesem ist, dass man es nicht auf der Haut aufträgt, sondern auf die Kleidung oder auf Handschuhe. Auf diese Weise hält der Duft nahezu ewig.«

Novella hatte den Goldglanz ihrer Haare vergessen, sie schnupperte entzückt, lächelte. Cosima lächelte auch. Manchmal wusste sie selbst nicht so genau, wann sie übertrieb, gar log oder nicht. Einst hatte sie ja auch nicht immer gewusst, ob die Liebesschwüre, die sie ihren Freiern ins Ohr flüsterte, ein Körnchen Wahrheit enthielten. Jedenfalls beherrschte sie den werbenden Tonfall perfekt, und wie so oft erreichte sie damit, dass am Ende die Börse geöffnet wurde. Novella erstand nebst den anderen Waren ein Schönheitswässerchen, das aus Milch und Honig, Kräutern und Alkohol gebraut worden war. Und sie öffnete nicht nur die Börse – auch ihren Mund.

Cosima lächelte immer noch, als Novella den Laden längst verlassen hatte, und das Lächeln wurde breiter, als wenig später die nächste Dame die Räumlichkeiten betrat, nicht etwa eine Kundin, sondern Simonetta höchstselbst.

Cosima winkte auch sie ins Hinterzimmer, wenngleich sie heute weder ihr Gesicht noch ihre Haare behandeln würde. Das tat sie zwar noch manches Mal, viel öfter aber tauschten sie Neuigkeiten aus.

»Und?«, fragte Simonetta begierig. »Hast du etwas erfahren?«

»Und ob!«, rief Cosima triumphierend. »Ich hätte es nicht für möglich gehalten, aber nie sitzt den Frauen die Zunge so locker wie in der Stunde, da man ihre Haare pflegt.«

»Und was genau hat sie dir anvertraut?«

Cosima legte eine kunstvolle Pause ein. »Sie hat mir bestätigt, dass die Pazzi schon länger üble Gerüchte in die Welt setzen lassen, um das gemeine Volk gegen die Medici aufzuwiegeln. Großteils sind es Lügen, aber manche Geschichte hat einen wahren Kern. Ich weiß nicht, ob du jemals davon gehört hast, aber im April 1470, nicht lange nach dem Tod von Lorenzos Vater, haben sich fünfzehn Männer aus vornehmen Familien gegen die Medici verschworen. Damals stellten sich die Pazzi auf ihre Seite, das Komplott wurde aufgedeckt und alle Männer zum Tode verurteilt.«

»Und was erhoffen sich die Pazzi, wenn sie diese alten Geschichten aufwärmen?«

»Sie versuchen alles, um Lorenzos Ruf zu schädigen. Wer ihn nicht als kunstsinnigen, gebildeten Mann betrachtet, sondern als zutiefst grausamen Tyrannen, stellt sich nicht schützend vor ihn, falls der Papst wirklich den Kirchenbann über ihn verhängt. Nein, er würde ihm zürnen.«

Cosima entging nicht, dass Simonetta erschauderte. Sie war nicht sicher, ob das der Gedanke an den Kirchenbann bewirkte – es wäre dann unmöglich, Messen zu lesen, Kinder zu taufen, christliche Ehen zu schließen – oder der an die fünfzehn Gehenkten.

Jedenfalls schüttelte sie das Unbehagen rasch wieder ab und fragte weiter: »Hast du noch etwas herausbekommen? Zu wissen, wer die Gerüchte in Umlauf gebracht hat, hilft mir nicht weiter. Das pfeifen die Spatzen auf den Dächern und weiß mittlerweile jeder Bettler von Florenz.«

»Nun, aber ich habe auch noch etwas anderes erfahren – und davon zu hören, wird Lorenzo sehr beglücken.« Cosima beugte sich vertraulich vor, und obwohl niemand sie belauschte, senkte sie unwillkürlich die Stimme. »Die Pazzi haben einen wunden Punkt. Du weißt, die Familie ist sehr groß, ihr Stammbaum weit verzweigt. Jacopo ist das Oberhaupt der Hauptlinie, aber es gibt diverse Nebenlinien, die gleichfalls den Namen Pazzi tragen. Etliche von diesen sind fast so vermögend wie er, doch es verhält sich so, dass ein Cousin von Jacopo – oder war es sein Neffe? –, sei's drum, es ist jedenfalls ein Pazzi, der nur eine Tochter hat, keinen Sohn. Ein Gesetz, das jetzt noch gilt, legt fest, dass in diesem Fall das Vermögen der Tochter zufallen würde. Doch es gab in Florenz immer wieder Pläne, die weibliche Erbfolge außer Kraft zu setzen. Nur Männer würden demnach erben, und falls es keine männlichen Nachkommen gibt, fällt das Vermögen an die Republik. Genauer gesagt würde es an die Medici fallen, die die Geschicke der Republik schließlich bestimmen – und diese Vorstellung macht sie rasend. Besonders unerträglich ist es für die Pazzi, dass sie nicht sicher sein können, ob Lorenzo von dieser Schwachstelle weiß und längst plant, die Gesetze zu ändern. Falls nicht, könnten sie seine Aufmerksamkeit überhaupt erst darauf ziehen, wenn sie es im Vorfeld zu verhindern versuchen.«

Simonetta klatschte begeistert in die Hände. »Oh, das ist tatsächlich etwas, das Lorenzo unbedingt erfahren muss.«

Cosima nickt eifrig. »Natürlich habe ich all diese Dinge nicht herausgefunden, wenn ich nicht meinem Versprechen treu geblieben wäre und auch etliches über die Medici ausgeplaudert hätte.«

»Und was genau hast du Novella erzählt? Ich hoffe doch nicht, dass du Lorenzos Ängste erwähnt hast, das Alaunmonopol zu verlieren.«

»Ach was«, erwiderte Cosima schnell. »Die Waffe, die ich den Pazzi in die Hand drücke, wird immer eine stumpfe sein. Ich habe ihr jene Geschichte erzählt, die du mir vor Kurzem anvertraut hast, und so getan, als wäre es ein großes Geheimnis, obwohl längst alle Welt darüber spottet. Du weißt schon, es geht um das Turnierpferd, das sich Lorenzo letztes Jahr beim Herzog von Urbino hatte ausleihen wollen – was der ihm schlichtweg verweigert hat.«

Simonetta hatte das von ihrer Mutter erfahren, hielt diese doch ihrerseits dank Battistina Kontakt zum Hof von Neapel. Genüsslich hatte man dort Lorenzos Demütigung ausgeschmückt. Simonetta hatte Cosima nicht nur diese Geschichte anvertraut, auch dass in Caterinas Briefen oft von Semiramide d'Appiano die Rede war, die Mutter nicht müde wurde nachzubohren, ob sie Giuliano schon von einem Bündnis mit deren Familie zu überzeugen versucht hatte. Cosima wusste, dass der Stachel dazu tief saß. Es war das eine zu wissen, dass Giuliano irgendwann heiraten würde – etwas ganz anderes, dass von ihr verlangt wurde, zur Kupplerin zu werden. Aber in dieser Wunde wollte Cosima nicht bohren.

»Und damit hat sich Novella zufriedengegeben?«, fragte Simonetta.

»Oh, ich habe die Geschichte natürlich ein wenig ausgeschmückt. Ich habe dem Herzog von Urbino Worte in den Mund gelegt, die dieser nie gesagt hat – dass er Lorenzo, wenn er denn wolle, zumindest die Pferdeäpfel von jenem Hengst schicken könne. Die Pazzi werden sich freuen, auch noch diese Lüge unter dem Volk zu verbreiten, weil sie Lorenzo in schlechtem Licht dastehen lässt. Doch ich kann mir nicht vorstellen, dass sie ihm mehr schaden wird als all die anderen Gerüchte, die sie in Umlauf bringen.«

»Umso mehr wird es Lorenzo nutzen, wenn ich ihm anvertraue, wie sehr die Pazzi um das Erbe ihrer Seitenlinie fürchten – und es folglich eine Möglichkeit gibt, ihnen schmerzhaft zuzusetzen. Wenn ich es mir recht überlege, werde ich es allerdings nicht Lorenzo anvertrauen, sondern Giuliano. Dann kann er vor seinem Bruder so tun, als hätte er es selbst herausgefunden. Lorenzo wird ihm zu Dankbarkeit verpflichtet sein ... und Giuliano mir. Und noch mehr als seinen Dank wird es mir seinen Respekt einbringen.«

Cosima entging nicht, dass sich in den triumphierenden Tonfall ein etwas trauriger schlich, hätte sie doch Dankbarkeit und Respekt lieber nicht mit diesem Ränkespiel ertrotzt.

Aber Simonettas leicht gerunzelte Stirn glättete sich rasch wieder. Sie hatte in den letzten Wochen gelernt, was Cosima schon länger wusste – dass man die Gesetze der Welt nicht ändern, aber für sich nutzen konnte. Und dann gab es noch etwas, das Simonetta mit dem Gedanken versöhnte, eine Spionin zu sein. »Ich glaube, Giuliano hat Fioretta seit Wochen nicht mehr gesehen«, sagte sie. »Und künftig wird er noch weniger Grund haben, sie aufzusuchen. Denn nicht nur, dass ich schöner bin als sie – er kann nun auch mit mir offen über alles sprechen, weil ich stets etwas mehr weiß als Fioretta.«

»Und das hat ihn niemals erstaunt, gar verärgert? Hast du mir nicht erzählt, er hätte einmal von dir verlangt, du mögest schön sein, nicht klug?«

Wieder erschien ein bitterer Zug um ihren Mund, aber er verschwand alsbald. »Oh, dieser Tage gilt all sein Groll den Pazzi. Und dass ich ihm helfe, sie in ihre Schranken zu weisen, ist das Letzte, was er mir vorwerfen würde.«

»Aber er kommt doch nicht auf die Idee, dass all dein Wissen von mir stammt?«

»Keine Sorge! Ich verweise stets auf die Briefe meiner Mutter, die ihrerseits ihre Informationen aus Neapel bezieht. Du ... *wir* haben nichts zu befürchten.«

Auf ein letztes aufmunterndes Lächeln folgte ein Nicken, danach verließ Simonetta den Raum. Im Laden hielt sie kurz inne, begegnete sie dort doch Amiri, der mit den Einkäufen zurückkam, aber auch ihm nickte sie nur kurz zu, ehe sie endgültig verschwand.

Amiri verharrte dort, wo er stand, obwohl die Lederbeutel in seinen Händen schwer wirkten. Ihr Gewicht schien er allerdings gar nicht zu spüren, es war etwas anderes, was diese tiefen Furchen auf der Stirn verursachte.

»Ihr tut es also tatsächlich … ihr tauscht Geheimnisse aus wie Rezepturen.«

Seit er sie damals gewarnt hatte, sich in den Machtkampf zwischen den Pazzi und Medici einzumischen, hatte Cosima jedes Wort von ihm, das weiteren Zweifel säen sollte, geflissentlich überhört. Jetzt kam sie nicht umhin, trotzig zu erklären: »Und was genau hast du dagegen? Meine Rezepturen machen Frauen schön und mich reich – Geheimnisse machen wiederum mächtig.«

»Himmel, Cosima!«, fuhr Amiri auf, und gerade weil er eigentlich ein selbstbeherrschter Mann war, erschreckte sie seine Heftigkeit. »Wie kannst du nur aufs Spiel setzen, was du dir so mühsam aufgebaut hast?«

»Ja, wie denn nicht? Den Einsatz, den ich erbringen muss, ist nicht sonderlich hoch – und verspricht zigfachen Gewinn. Simonetta hat gerade bekräftigt, dass Giuliano niemals auf die Idee käme, dass ausgerechnet ich …«

Er ließ die Lederbeutel fallen, eilte auf Cosima zu, nahm ihre Hände. »Ich mache mir dennoch Sorgen um dich.«

Diese Sorgen waren überdeutlich in sein Gesicht geschrieben. Und sie las auch noch etwas anderes in seiner Miene – eine nackte Angst, die verriet, dass sie weit mehr als eine launische Herrin für ihn war, sondern der einzige Mensch, den er hatte, der ihm nahestand. Sie war so gerührt davon, dass ihr plötzlich aufging: Er war ebenso der einzige Mensch, den sie hatte, der ihr nahestand. Kurz war es so verführerisch, ihm anzuvertrauen, dass sie so skrupellos nicht war, stattdessen nächtelang wach lag, grübelte und manche Ängste nicht bezwingen konnte. Aber sie war nun mal nicht gewohnt, ihre Ängste zu teilen, deswegen verhärtete sich ihre Miene. »Du bist mein Sklave!«, erklärte sie scharf. »Du hast mir nicht zu sagen, was ich zu tun und zu lassen habe. Begnüge dich damit, die Einkäufe zu erledigen, die ich dir auftrage, auf deine Warnungen kann ich verzichten. Du kannst schließlich nicht leugnen, dass mein Plan bislang aufgegangen ist. Die Pazzi halten sich an ihr Versprechen und schützen mich vor der Apothekerzunft. Novella empfiehlt mich überdies all ihren Freundinnen, sodass der Laden so viel Gewinn abwirft wie noch nie zuvor. Ich habe alles bekommen, was ich mir jemals erträumt habe.«

Noch ein starkes Gefühl las sie nun in seinem Blick – eine bittere Enttäuschung, die sie plötzlich auch selbst schmeckte. Reue überkam sie, weil sie nun spürte, dass sie etwas kaputt gemacht hatte. Und dass sie es nicht einmal benennen konnte, machte die Sache nicht besser. Er dagegen wirkte kalt und gleichgültig.

Er bückte sich nach den Ledersäcken.

»Wie du meinst«, erklärte er stolz. »Als Sklave ist es lediglich meine Aufgabe, deine Befehle auszuführen. Mir um dich Sorgen zu machen, mir zu wünschen, dass es dir gut geht, du glücklich bist, gehört dagegen nicht zu meinen Pflichten. Sei also unbesorgt: Ich werde dich nicht mehr mit meinen Einwänden belästigen. Du entscheidest selbst, welchen Weg du beschreiten möchtest, und wenn er ins Verderben führt, ist das allein deine Sache, nicht meine.«

Jedes Wort fühlte sich wie ein Schlag an, umso schmerzhafter, weil er sie an einer Stelle traf, wo sie nicht so abgehärtet war, wie sie es sich gerne glauben machte. Sie hätte nicht gedacht, dass er zu solcher Härte fähig war, ahnte zugleich, dass ihn nicht Härte trieb, sondern eine tiefe Verletzung. Doch sie war mindestens so stolz wie er.

»Gut so«, sagte sie, und auch ihrer Stimme hörte man die wahren Gefühle nicht an. »Bring die Einkäufe zu Nina und treibe dieses faule Mädchen zur Arbeit an. Die Casa Bellani am Laufen zu halten, ist eure Aufgabe. Sie in eine glänzende Zukunft zu führen, die meine.«

Simonetta konnte kaum erwarten, den Palazzo Medici zu erreichen. Wie so oft in den letzten Wochen ging sie beschwingten Schrittes. Ihr Plan war aufgegangen. Von Sandro Botticelli hatte sie sich vieles erklären lassen – was die Menschen auf den Straßen betuschelten, aber auch das, was Giuliano durch den Kopf ging –, und deswegen hatte sie Giulianos Sorgen stets behutsam ansprechen können, ohne dass er auf die Idee kam, sie wolle ihn aushorchen. Am Anfang hatte er oft mit Misstrauen reagiert, doch dank Cosimas Kontakten zu den Pazzi hatte sie ihm stets Informationen liefern können, die ihm halfen, und mit der Zeit hatte er nicht länger hinterfragt, ob er sich von ihr bloß Schönheit und Zerstreuung erwartete oder auch Klugheit. Seine Ergebenheit war gewachsen, und erstmals hatte er ihr jenen Respekt erwiesen, den sie bislang so schmerzhaft vermisst hatte. Und was sie ihm heute bieten konnte – einen wunden Punkt der Pazzi, an dem man sie empfindlich treffen konnte –, würde ihr auf ewig seine Dankbarkeit sichern. Sie kämpfte schließlich nicht nur mit ihm gegen seine Feinde. Sie verhalf ihm dazu, dass sein Bruder und seine Mutter ihn endlich ernst nahmen, dass er zum unverzichtbaren Mitglied seiner Familie wurde. Ja, ihr Plan war aufgegangen, sie fühlte sich nicht nur schön wie nie, sondern klug, selbstbewusst, anerkannt.

Als sie den Palazzo betrat, schien alles wie immer zu sein, erstaunlich nur, dass ihr nicht wie so oft einer der Dichter entgegeneilte, um sie mit seinen Versen zu rühmen. Stattdessen trat ein Dienstbote auf sie zu und erklärte, dass Lorenzo persönlich mit ihr sprechen wolle. Das war ungewöhnlich, wenngleich nicht verstörend. Sie war Lorenzo in den letzten Monaten häufig begegnet, meist in Gesellschaft von Lucrezia Donati, was ihn nicht davon abgehalten hatte, sie mit Komplimenten zu überschütten. Blenden ließ sie sich davon nicht, wusste sie doch, dass sie für ihn lediglich die Bedeutung eines glänzenden Edelsteins hatte, der auf einer Krone saß. Aber sein Schmeicheln ließ sie nicht gänzlich kalt, verstärkte das Gefühl, alles richtig gemacht zu haben.

Sie betrat den Empfangssaal zur rechten Seite, die *sala terrena*, durch deren Fenster man auf die Via Larga blickte. Noch war der Raum leer, was sein Gutes hatte. Während sie zwischen den Skulpturen und Reliefs von Donatello, zwischen Gemälden von Giotto, Fra' Angelico und Paolo Uccello auf und ab ging und ihre Hand über flämische Wandteppiche strich, konnte sie überlegen, was Lorenzo von ihr wollte. Gut möglich, dass er herausgefunden hatte, wie viele der Informationen, die Giuliano ihm zutrug, eigentlich von ihr stammten. Wenn es so war, musste sie eine Entscheidung treffen, wie weit sie flunkern durfte, ohne den Herrscher von Florenz zu provozieren und zugleich ohne Giuliano jene Waffe aus der Hand zu reißen, mit der er sich seinen Platz in der Familie eroberte.

Sie warf einen Blick in den Spiegel, prüfte, ob ihre Frisur noch saß, die Lippen rötlich waren, die Haut blass, die Wangen einen rosigen Schimmer hatten. Sie kniff zwei Mal hinein, um Letzteres zu erreichen, und just als sie sich vom Spiegel abwandte, vernahm sie Schritte.

Lorenzo betrat den Raum – nein, er stürmte herein. Sie hatte ihn bis jetzt immer nur hoheitsvoll schreiten sehen, wie es zu einem feinsinnigen Mann passte. Dass in ihm auch Rohheit wohnte – die breite Nase verriet es am ehesten –, hatte sie oft gehört, nie erlebt.

»Signor de' Medici …«, setzte sie an, erstarrte dann aber plötzlich. Sie war fassungslos über sein wutentbranntes Gesicht, doch noch ehe die Erkenntnis, dass sie selbst diese Wut ausgelöst hatte, in ihrem Kopf ankam, hatte er diesen Kopf bereits gepackt. Genauer genommen umfasste er ihren Nacken, presste ihr Gesicht auf die breite Tafel. Wäre sie mit der Nase voran aufgeprallt, sie hätte diese womöglich gebrochen. Gerade noch rechtzeitig konnte sie den Kopf ein wenig zur Seite drehen. Sein Griff lockerte sich allerdings kaum, wieder und wieder hämmerte er ihren Kopf gegen den Tisch. Dröhnender Schmerz breitete sich aus, Strähnen lösten sich aus der kunstvollen Frisur.

»Du Verräterin!«, brüllte er. »Du machst gemeinsame Sache mit den Pazzi!«

Sie war nicht sicher, ob sie ihre Lage verschlimmern oder verbessern würde, wenn sie sich wehrte. Am Ende tat sie es nur mit

Worten, die jämmerlich klangen. »Das stimmt nicht!«, hielt sie ihm entgegen. »Warum sollte ich das tun, ich bin eine Vespucci, und die Vespucci sind enge Verbündete der Medici!«

Sie war nicht sicher, ob sie auch nur ein Wort verständlich aussprach.

Immerhin hielt er kurz inne, drückte sie aber so fest auf die Tischplatte, dass sie kaum atmen konnte.

»Du bist keine Vespucci, du bist eine Cattaneo.«

Noch mehr als der Druck auf ihrer Brust presste ihr diese Stimme jede Luft ab. Es war nicht Lorenzos Stimme. Jemand anderer hatte nach ihm den Saal betreten.

Das war doch nicht möglich … das konnte nicht sein …

Aber die Stimme fuhr fort: »Die Cattaneo, insbesondere deine Mutter, halten enge Verbindungen zum König von Neapel. Und der ist ein erklärter Feind der Medici.«

Verspätet gewahrte Simonetta, dass Lorenzo sie losgelassen hatte. Ihr Nacken schmerzte, sie stützte sich auf beide Hände auf, versuchte sich zu erheben, konnte es nicht. Zu viele Gedanken kreisten in ihrem Kopf … der König von Neapel … richtig … Battistina war mit einem seiner Verwandten verheiratet … deswegen hatte ihre Mutter sie besucht … um für ein Bündnis zu werben, besiegelt durch eine Ehe zwischen Semiramide und Giuliano … Anders als sie es Caterina versprochen hatte, hatte sie Giuliano davon nie erzählt. Und selbst wenn sie es getan hätte, hätte sie das nicht zur Verräterin gemacht.

Endlich fand sie die Kraft, sich aufzurichten, sich langsam umzudrehen. Schon die Stimme der Frau dort hatte sie erkannt, auch der Anblick war ihr vertraut.

Fioretta Gorini stand in der Mitte des Raumes. Allerdings hatte sie wenig gemein mit der zwar schlichten, jedoch in sich ruhenden, selbstbewussten Frau, die sie damals in ihrem Zuhause aufgesucht hatte. Nicht nur, dass sie edlere Kleidung trug, dass das Haar aufgesteckt und das Gesicht geschminkt war. Sie kam ihr deutlich ängstlicher vor, von Zweifel zerfressen, und in ihrer Miene breitete sich weniger Siegesgewissheit als vielmehr Erleichterung aus. Erleichterung, weil es sie in ihrem Kampf um Giulianos Liebe zwar nicht weitergebracht hatte, Simonettas Schönheit nachzujagen, jedoch auf eine List zu setzen, eine Intrige.

»Das … das ist eine Lüge …«, versuchte sie sich zu wehren.

Fioretta Gorini rührte sich nicht, während sie sprach. »Dass Battistina d'Appiano deine Verwandte ist und deine eigene Mutter enge Kontakte zum Hof von Neapel hält, kannst du nicht leugnen. Dass du Cosima Bellani regelmäßig Geheimnisse der Medici anvertraut hast, die diese den Pazzi zuträgt, auch nicht. Und ebenso wenig, dass Cosima nicht nur ihre Wohnung von den Pazzi gemietet hat, auch deren Schutz vor der Apothekerzunft genießt. Mein Diener Stefano hat euch mehr als nur einmal belauscht.«

Simonetta, die sich immer noch auf dem Tisch hatte abstützen müssen, drehte sich nun langsam zu Lorenzo um. Der rasende Mann hatte ihr Angst eingejagt, doch dass er nun seine Beherrschung wiedergefunden hatte, machte es nicht besser. Die starre Miene erinnerte in keiner Weise mehr an den werbenden Galan, der schöne Dinge liebte und Frauen Komplimente machte. Es war die Miene eines Mannes, der ohne zu zögern das Todesurteil über seine Feinde aussprach. Wobei er sie wohl nicht einmal als Feindin betrachtete, nur als lästige Fliege, die es zu erschlagen galt.

»All das stimmt«, brachte sie schließlich hervor. »Doch all das haben Cosima und ich nicht getan, um den Medici zu schaden, sondern um ihnen zu nutzen.«

Wieder machte er einen Satz auf sie zu, packte sie diesmal nicht am Nacken, sondern am Oberarm. Er drückte sie nicht auf die Tischplatte, zog sie nur dicht an sich heran. Weh tat es dennoch. »Welchen Nutzen soll es gehabt haben?«, brüllte er.

Die Worte schienen davonzulaufen, sie kamen ihnen kaum nach. Irgendwann presste sie dennoch hervor, was sie heute erfahren hatte. Wobei sie so kläglich klang, dass sie nicht sicher war, ob man sie zum Triumph ummünzen konnte. In Lorenzos Miene breitete sich denn auch keine Genugtuung aus, sie blieb kalt und unberührt. Immerhin lockerte sich sein Griff, er ließ sie los.

»Wirklich …«, beteuerte sie, und nur weil sie sich an der Tischplatte festhalten konnte, vermochte sie, aufrecht zu stehen. »Ich wollte niemals den Medici schaden, ich wollte nur helfen. Auch meine Mutter hatte nie anderes im Sinn. Sie … sie würde gerne eine Allianz zwischen den d'Appiano und den Medici vermitteln … hat sich überlegt, diese durch eine Heirat von Giuliano und Semiramide, Battistinas Tochter, zu besiegeln. Es war nicht meine Idee, allein ihre, jedenfalls hielten wir nur Briefkontakt, um …«

»Genug!«, fiel Lorenzo ihr hart ins Wort.

Simonetta presste die Lippen zusammen. Kurz ging ihr Blick zu Fioretta Gorini, und sie las auch in ihrem Gesichtsausdruck eine gewisse Unsicherheit.

»Ihr werdet ihr doch nicht so einfach glauben«, setzte die Nebenbuhlerin an. »Wie ich schon sagte: Mein Diener Stefano hat mehrmals bezeugt, wie Cosima Bellani mit den Pazzi …«

»Genug!«, kam es erneut scharf von Lorenzo. Er hob die Hand, als hätte er übel Lust, jemanden zu schlagen, tat es dann aber doch nicht und schien nachzudenken – vielleicht darüber, wem er trauen oder was er mit den Neuigkeiten anfangen konnte.

Simonetta atmete etwas befreiter, doch ihr Herz zog sich aufs Neue schmerzhaft zusammen, als von der Türschwelle her plötzlich eine Stimme ertönte: »Was geht hier vor?«

Giuliano stand dort, und ein paar Atemzüge lang erwachte in ihr die Hoffnung, dass er entrüstet darüber sein würde, wie Lorenzo mit ihr umgesprungen war, dass er auf den Bruder losgehen, ihn anklagen würde, wie er seiner Liebsten auch nur ein Haar hatte krümmen können, dass er sich anschließend an Fioretta wenden würde, um sie hinauszuschmeißen.

Doch Giuliano war blind für sie beide. Sein Blick war auf Lorenzo gerichtet, zerrissen wie so oft in jenen Momenten, wenn er über den Bruder sprach. Da waren Neid, Ohnmacht und Hader, zugleich der Ehrgeiz, sich mit ihm zu messen, der inständige Wunsch, nicht stets in seinem Schatten stehen zu müssen.

Lorenzo ließ langsam seine Hand sinken.

»Das Letzte, was wir gebrauchen können, sind zänkische Frauen, die zu viel unnötige Worte verlieren. Am Ende wissen wir nicht, welche eine Lüge sind und welche nicht.«

Kurz ging Giulianos Blick zu Simonetta und Fioretta, doch er ließ nicht erkennen, was er bei ihrem Anblick fühlte.

»Ich habe es immer geschafft, dass sich meine Gemahlin und meine Geliebte nicht spinnefeind sind«, fuhr Lorenzo fort. »Es wundert mich allerdings nicht, dass einer wie du nicht einmal das zustande bringt.«

»Was immer hier geschehen ist, ich habe nichts damit zu tun und …«

»Genug!«, brüllte Lorenzo nunmehr ein drittes Mal. Seine starre Maske bekam Risse, und wer darunter zum Vorschein kam, war kein brutaler Mann, nur ein überdrüssiger. »Während ich in den letzten Tagen unermüdlich mit dem Papst verhandelt habe, damit uns sein Bannspruch erspart bleibt, ich gezwungen bin, Demütigungen hinzunehmen – so werde ich auf Steuern, die mir der Klerus schuldet und die eigentlich für die Universität bestimmt sind, verzichten –, muss ich mich deinetwegen auch noch mit intriganten Weibern herumschlagen, die …«

»Ich habe nicht intrigiert, sondern Euch nur die Wahrheit gesagt«, rief Fioretta.

»Und ich habe auch nicht intrigiert, zumindest nicht gegen die Medici, wenn überhaupt gegen die Pazzi!«, rief Simonetta.

Lorenzo drehte sich ganz langsam um, maß sie von oben bis unten. Sein Blick war nicht mehr ganz so wuterfüllt, troff vor Hohn.

»Nun, immerhin hat mich dieses lästige Intermezzo auf eine Idee gebracht. Eine Allianz mit Neapel ist vielleicht gar nicht so verkehrt. Noch paktiert der dortige König mit meinen Feinden, aber es stimmt: Dabei muss es nicht bleiben, es ließe sich tatsächlich ein Bündnis schließen. Ist Battistinas und Jacopos Tochter Semiramide denn so hübsch wie du? Oh, ich würde es meinem Brüderchen wünschen.« Er trat zu Giuliano, tätschelte voller Herablassung dessen Schulter. »Wenn du schon nichts Besseres zu tun hast, als dich mit streitsüchtigen Weibern auf dem Laken zu wälzen, dann nimm dir doch bitte eine, aus der sich Nutzen schlagen lässt. Ich weiß nicht, wem unser Bündnis mit

Neapel bitterer schmecken würde, den Pazzi oder dem Papst. Wahrscheinlich verschlucken sie sich beide daran. Nicht annähernd bitter schmeckt ein junges Mädchen, wie alt ist Semiramide, zwölf, dreizehn? Jedenfalls in einem Alter, da du sie dir noch abrichten kannst. Ich würde dir raten, die Zügel möglichst fest zu ziehen. Du siehst ja, was aus Frauen wird, deren Leine zu locker hängt – störrische Stuten, die sich gegenseitig beißen. Aber das ist deine Sache. Ich habe genug von alldem.«

Er nahm die Hand von Giulianos Schulter, hob sie drohend Richtung Fioretta: »Ich rate dir, künftig Gerüchte nur in die Welt zu setzen, wenn du sie beweisen kannst. Ein Diener, der dir die Treue hält, taugt nicht als Zeuge.« Und nicht minder finster sagte er zu Simonetta: »Wenn ich dich jemals in der Nähe der Pazzi sehe, vernichte ich dich, so wie ich eines Tages sie vernichten werde.«

Ein böses Lächeln verzog seine Lippen, die Augen blieben kalt.

Lorenzos Schritte waren bereits verklungen, als Simonetta bewusst wurde, dass er den Raum verlassen hatte. Die, die zurückgeblieben waren, standen kurz so starr, als wären sie Gestalten auf einem Gemälde.

Als Erstes rührte sich Fioretta. Wie von weit her vernahm Simonetta ihre Worte, flehentliche nun. »Sie denkt allein an sich, ich nicht, ich habe immer nur dein Wohl im Blick…«

Simonetta war nicht sicher, ob sie die Wahrheit sagte oder nicht. Sie konnte auch nicht entscheiden, für wen die Demütigung größer war, als sie von Giuliano gepackt und aus dem Raum gezogen wurde. Dass er Fioretta missachtete, könnte ein

Beweis sein, dass Simonetta ihm näherstand. Dass er sie wiederum grob die Stufen hochzerrte, zeigte, dass die Wut auf sie größer war.

Als sie endlich das Gemach erreichten, schien diese Wut erloschen zu sein – und damit ihre Hoffnung. Seine Wut hätte sich noch in Leidenschaft verwandeln können, doch seine Miene war nunmehr ausdruckslos. Er hatte jenen Panzer angelegt, mit dem er sich gegen die Verachtung des Bruders und der eigenen Mutter schützte, und gegen den kam sie nicht an. Doch was noch schlimmer war: Er wirkte auf eine Weise herzlos, als habe er nie ein Herz gehabt.

»Giuliano …«

Sie konnte nichts hinzufügen. Nicht nur, dass sich Giuliano abgewandt hatte, erst jetzt gewahrte sie, dass sie nicht allein mit ihm war. Sandro Botticelli arbeitete hier seit einigen Wochen an einem Porträt von Giuliano. Lorenzos Gebrüll hatte Giuliano fortgelockt, nun nahm er wieder die Position ein – die einer Gottheit, Simonetta wusste nicht, welcher –, in der Sandro ihn zu malen gedachte.

Der Maler stand erst wie starr, dann ging sein Blick zwischen Giuliano und Simonetta hin und her. Vieles konnte er nur erahnen – ganz sicher aber konnte er sich denken, dass ihr Plan, Giuliano mit geheimen Informationen Respekt abzuringen, gründlich schiefgegangen war. Das Mitleid in seiner Miene war so unerträglich wie der Hohn in Giulianos.

»Mir fällt ein«, setzte der gerade mit beißender Stimme an, »dass wir noch gar nicht vereinbart haben, lieber Botticelli, welchen Lohn du für dieses Bild erhalten wirst. Du bist ein schlechter Geschäftsmann, weil du nicht zuvor einen Vertrag abgeschlossen hast. Aber ich will diese Schwäche nicht ausnutzen, sondern großzügig sein. Wie es aussieht, werde ich mit Semiramide d'Appiano bald den Bund der Ehe schließen, was bedeutet, dass ich für diese schöne … Dame hier keine Verwendung mehr habe. Ich bin sicher, sie gefällt dir wie allen Männern von Florenz. Wem läuft denn nicht der Speichel im Mund zusammen, wenn er *la bella Simonetta* sieht? Und so erscheint es mir als gerechter Lohn für deine Mühen, sie dir zu überlassen.«

Simonetta fühlte, wie ihr das Blut aus dem Gesicht schwand, während Botticelli glühend rot anlief. Giuliano demütigte ja nicht nur sie zutiefst, auch ihn. Gewiss erwählte er mit Absicht einen Mann, dessen Statur gemessen an der seinen mickrig anmutete, der damals auf der dreckigen Straße gelandet war, während Giuliano sich im Glanz des Retters hatte sonnen können.

Nein, dachte sie, nicht Sandro! Er hat das nicht verdient! Als Einziger war er immer nur gut zu ihr gewesen, hatte ihr Trost gespendet, Selbstvertrauen geschenkt, hatte ihr keine Gefälligkeit, um die sie ihn gebeten hatte, verwehrt! Es durfte nicht sein, dass Giulianos Spott sein Lohn war.

»Halt ihn da raus!«, rief sie.

Giuliano achtete nicht auf sie. »Komm schon, Malerchen«, höhnte er weiter, »solch erlesene Speise, in der dein Rüssel wühlen kann, tischt man dir sicher nicht allzu häufig auf! Gut, gut, wenn man sie genau betrachtet, fällt es auf, dass sie halbgar ist und unter der krossen Kruste stinkt wie ein alter Fisch …«

Etwas zerbrach endgültig in Simonetta. Dass er über sie so redete, hätte sie verzeihen können. Nicht aber, dass er mit Sandro so sprach.

Selbst wenn er eines Tages auf Knien vor ihr rutschen, ihr

seine Liebe gestehen, einmal mehr ihr Held würde sein wollen – dies würde sie ihm nie vergessen, es ihm niemals nachsehen.

Sie öffnete wieder den Mund, um ihn zum Schweigen zu bringen, doch ein anderer kam ihr zuvor.

Bis jetzt hatte sie gedacht, dass Sandro von tiefer Scham erfüllt wurde. Doch als sie sah, auf welche verächtliche Weise er Giuliano anstarrte, ging ihr auf, dass es nicht Scham war, sondern Zorn.

Giuliano achtete nicht auf seinen Blick. »Warum fährst du nicht mit deiner Arbeit fort?«, fragte er. »Je schneller du das Porträt fertiggestellt hast, desto früher kannst du dich mit ihr vergnügen.« Als Sandro sich immer noch nicht rührte, löste er sich aus seiner Position, um zum Maler zu treten, ihm die Schulter zu tätscheln, so wie sein Bruder vorhin seine getätschelt hatte. »Na los, zier dich nicht.«

Kurz stand Sandro wieder wie erstarrt. Dann aber stieß er mit einer Kraft, die sie nie an ihm vermutet hätte, Giulianos Hand zur Seite, mehr noch, fuhr mit der andern, die eben noch den Rötelstift gehalten hatte, an die Kehle des Medici. So viel kleiner und schmächtiger war er ihr stets im Vergleich zu Giuliano erschienen. Nun ging von seinem Körper eine Stärke, eine Würde aus, die den Medici in den Schatten stellte. Mit den goldenen Locken, die umso deutlicher machten, wie zerzaust Sandros rotbraune Strähnen waren, war ihr Giuliano stets als der schönste Mann der Welt erschienen – doch nun verriet etwas in Sandros wie aus Marmor gemeißelten Zügen ein tiefes Selbstbewusstsein, das weder auf Reichtum, Prunk noch Eleganz gründete. Der Blick seiner braunen Augen, immer wach, meist warm, manchmal versonnen, wurde hart.

»Wagt es nie wieder, Simonetta zu beleidigen und zu demütigen.

Sie ist eine wunderschöne Frau, ein überaus kostbarer Mensch, sie hat Liebe, Hochachtung, Verehrung verdient. Sie ist die Frau, die ich zu malen gedenke, vergreift Euch bloß nicht an ihr!«

Giuliano war so verblüfft, dass er sich nicht einmal wehrte. Selbst als Botticelli ihn losließ, machte er keine Regung. Simonetta hielt unwillkürlich die Luft an – für eine Anmaßung wie diese hätte Giuliano einem anderen wohl ein Auge ausgestochen. Am Ende begnügte er sich aber damit, höhnisch aufzulachen und auf die Brust des Künstlers zu schlagen. Botticelli wankte, doch er fiel nicht, ganz langsam wandte er sich ab und trat zu seiner Staffelei, ganz langsam packte er seine Dinge ein, ganz langsam schritt er danach Richtung Tür.

Wie Simonetta ihn in diesem Augenblick bewunderte! Wie konnte er alles an sich abprallen lassen, sich so stolz geben? Woher nahm er die Kraft, die ihr so offenkundig fehlte?

Ehe er den Raum verließ, wandte er sich an sie. Aus seiner Stimme tönte kein Zorn mehr, nur unendliche Sanftheit: »Komm, edle Dame, ich begleite dich hinaus.«

Erleichterung erfüllte sie, weil er sich nicht mit den Worten begnügte, sondern ihr den Arm reichte, damit sie sich darauf stützen konnte. Sie hätte es nicht ertragen, sich noch länger in einem Raum mit Giuliano zu befinden … nicht bloß mit dem Wissen, ihn endgültig verloren zu haben … der Einsicht, dass sie einen Mann wie ihn auch nicht mehr begehrte. Sie stützte sich dankbar auf Botticelli. Wieder spürte sie eine Kraft, die man ihm auf den ersten Blick nicht zutraute.

Sandro brachte sie in seine Werkstatt. Zweimal hatte er sie zuvor gefragt, ob sie nicht lieber nach Hause zurückkehren wolle, aber das erste Mal hatte sie ihn gar nicht gehört, das zweite Mal nur trostlos den Kopf geschüttelt. Der Palazzo Vespucci war für sie kein Zuhause.

Er verscheuchte Filippino, der Simonetta neugierig musterte und dem – wie ihm selbst – wohl nicht entgangen war, dass ihre Haut die Farbe von Wachs angenommen hatte und ihre Augen leblos wie Steine wirkten.

Immerhin war sie nicht gänzlich erstarrt. Obwohl sie schon öfter hier gewesen war, blickte sie sich um, als sähe sie die Werkstatt zum ersten Mal. Es war kein besonders großer Raum, nur wenig Licht drang durch den Vordereingang. In Verrocchios Werkstatt standen jede Menge halb fertige Skulpturen herum, bei ihm nur Gemälde, staubig war es dennoch, außerdem hing der Geruch von Leim und Farbe in der Luft. Sie wollte zu einem Tisch treten, schaffte es jedoch nicht dorthin, stützte sich stattdessen an ein Regal, in dem er Steinplatten und Mörser aufbewahrte, die er zum Mahlen von Pigmenten brauchte, außerdem Poliersteine und Leinwände. Das Regal wankte bedrohlich.

»Es tut mir leid«, hörte sich Sandro plötzlich sagen, »es ist sehr schmutzig und staubig hier, auch etwas düster. Für mich ist es dennoch ein heiliger Ort, der einer Kirche gleichkommt.«

Sie blickte ihn an. »Einer Kirche?«, fragte sie leise.

Er war nicht sicher, ob sie wirklich eine Antwort erwartete. Wahrscheinlich wollte sie ihn allein darum reden hören, um sich nicht dem eigenen Elend hingeben zu müssen.

»Gewiss doch. Es mag anmaßend erscheinen, aber es heißt doch, dass eine Kirche der Ort ist, wo sich Mensch und Gott begegnen. Nun ist es aber so, dass Gott den Menschen als Ebenbild geschaffen hat, er kann, wenn er der Sünde widersagt, nicht nur gerecht und tugendhaft wie er sein – sondern ebenso ein Schöpfer. Gott kommt man nicht nur nahe, indem man betet, seine Gebote befolgt, sondern indem man tut, was er tut – Dinge aus dem Nichts erschaffen.«

»Der Mensch ist wie Gott?«

»Manche sehen darin eine Blasphemie, doch ich glaube: Der Mensch ist kein nichtiger Wurm, er … er ist zu Großem fähig.«

Ihre Hand löste sich vom Regal, sie blieb zwar aufrecht stehen, dennoch überlief ein Zittern ihren Körper.

»Weißt du, wie sehr ich dich beneide«, brach es aus ihr hervor. »Du dienst etwas Großem, hast teil an dieser Größe, während ich nichts anderes tue, als den Regungen meines kleinen Herzens zu folgen und mich dadurch selbst immer kleiner zu machen.«

Bis jetzt hatte Sandro Abstand gehalten, nun konnte er gar nicht anders, als zu ihr zu hasten, ihre Hände zu ergreifen. Sie waren eiskalt, ihr Beben ging auf ihn über.

»Sag das nicht!«, rief er. »Die wahre Kunst ist doch, die Größe im Kleinen zu finden, das Unsichtbare darzustellen, die Seele, den Geist, die Tugend, durch die die irdische Schönheit zur himmlischen wird.«

Ein Lachen kroch aus ihrem Mund. »Sei kein Narr, Sandro!«, fuhr sie ihn an, und plötzlich erwachte wieder etwas von der starken Simonetta, von einer, die um ihr Glück kämpfte. Doch das, woraus sich ihre Stärke nährte, machte ihm Angst. Es war Spott, so kalt, Resignation, so allumfassend. »Sei kein Narr!«, wiederholte sie. »Ich weiß, du hast Ähnliches schon einmal gesagt, du hast behauptet, dass du nicht nur mein schönes Antlitz auf die Leinwand bannen willst, sondern zugleich meine tugendhafte Seele. Aber diese Seele habe ich verloren … mehr noch, ich habe sie verkauft, für ein bisschen Liebe, für ein bisschen Schönheit, für ein bisschen Geld, für ein bisschen Macht. Aber habe ich am Ende irgendetwas davon in Fülle bekommen? Und würde mir, selbst wenn es so wäre, irgendetwas davon bleiben? Nun, ganz sicher nichts von der Liebe, von dem Geld und von der Macht, höchstens von der Schönheit, aber ich weiß nicht, ob dir diese noch von Nutzen ist.«

Während sie sprach, hatte sie ihm ihre Hände entzogen, war in die Mitte der Werkstatt getreten. Kurz rang sie die Hände, als wüsste sie nicht, wohin mit ihnen. Dann begann sie mit mechanischen Bewegungen, ihren Haarschmuck abzulegen. Gebannt sah er zu, war nicht sicher, was sie bezweckte. Vielleicht wollte sie einmal mehr das Versprechen einhalten, ihm frei von allem Tand Modell zu sitzen.

Dich zu malen, ist das Letzte, was ich in diesem Augenblick will, war er kurz davor zu sagen. Dass es dir gut geht, dass du dich nicht unendlich verloren und so tief gekränkt fühlst, das wünsche ich mir.

Doch er brachte kein Wort hervor, denn nachdem sie nun auch sämtlichen Schmuck abgenommen hatte, von Händen, Hals, Ohren, begann sie plötzlich, an den Bändern ihres linken Ärmels zu ziehen. Schon lösten sie sich, der Ärmel fiel zu Boden, sie nahm sich den zweiten vor. Es folgte der Gürtel, danach das Überkleid, und als er dachte, es wäre endlich genug, machte sie auch noch Anstalten, aus der *camicia* zu schlüpfen.

»Nicht!«, entfuhr es ihm. »Was tust du denn da?«

Sie hörte nicht auf. Schon rutschte der Stoff über die eine Schulter, dann über die andere, sie zog noch fester daran, entblößte ihre Brüste. Er wusste, er sollte den Blick senken, konnte es aber nicht. So erbärmlich sie sich fühlte, etwas wohnte in ihr, das die Macht hatte, ihn zur Marionette zu machen.

Er hatte die Werkstatt schon vorhin als heilig bezeichnet, nun dachte er, dass nichts heiliger sein könnte als dieser Anblick. Wenn sie den Zauber bloß nicht mit Worten brechen würde, so harten, so trostlosen Worten!

»Du wolltest mich doch immer … nackt sehen«, sagte sie. »Vielleicht dachtest du ja, dass es unter allem Tand noch etwas gibt, das sich zu sehen lohnt. Ich fürchte nur, ich habe nicht viel zu bieten, Giuliano hat kaum etwas übrig gelassen. Er wollte dich demütigen, als er dir das, was er so leichtfertig wegwarf, anbot. Ich weiß nicht, ob er es überhaupt ernst meinte. Aber ich meine es ernst. Ich finde, dass du, der du ständig nur gegeben hast, auch etwas bekommen solltest. Zier dich nicht. Ein Maler bist du, aber gewiss nicht nur, du bist auch ein Mann. Wer ich bin, weiß ich nicht, aber wen hat das jemals interessiert, solange meine Schönheit ihm diente?«

Noch tiefer rutschte die *camicia*. Er konnte nichts sagen, konnte nicht wegsehen, auch nicht, als der Stoff von ihrer Taille glitt, auf den Boden fiel, sie endgültig nackt vor ihm stand. Sie bebte wieder, weniger vor Scham, sondern weil sie fror. Unwillkürlich fuhr ihre eine Hand zur Brust, während sie mit der anderen Strähnen ihres langen Haares ergriff, um damit die Scham zu bedecken.

Nie hatte er etwas so Schönes gesehen, nie etwas so Verletzliches. So würde er sie malen … irgendwann. Aber jetzt, jetzt galt es, sie zu trösten, zu wärmen, ihr Mut zu geben.

»Doch«, sagte er. »Es interessiert mich, wer du bist. Ich weiß auch, wer du sein könntest. Ich erkenne dich. Ich habe dich immer erkannt. Du bist nicht jemand, den ich besitzen will, und mir ist es gleich, ob man dich Königin von Florenz nennt oder nicht. Ich bete deine Schönheit an, aber deine wahre Schönheit, nicht die des Schmuckstücks, sondern die der Frau. Ich werde nicht über dich richten, ich werde dich nicht deiner Fehler anklagen, ich werde dir nicht vorhalten, dass du selbst an deiner Lage schuld bist. Ich will nur, dass du dich nicht länger selbst verleugnest. Und falls du nicht mehr weißt, wer du bist, dann … dann lass es mich dir zeigen.«

Einmal mehr glichen ihre Augen zwei offenen Wunden. Er ging zu ihr, kniete nieder, zog ihre *camicia* hoch, erst bis zur Taille, dann bis zu den Brüsten. Erst stand sie ganz starr, dann ließ sie zu, dass er sie ankleidete.

»Wie?«, fragt sie tonlos. »Wie willst du mir das zeigen.«

Er konnte nicht sofort antworten. »Es ist nicht so, dass ich dich nicht nackt sehen will«, murmelte er. »Aber wenn du dich vor mir entblößt, darf das nicht geschehen, weil du dich aufgibst, weil du dich für wertlos hältst, weil du mir das Recht zubilligst, dich zu benutzen. Es soll ein Zeichen sein, dass du dich schön und stark fühlst – auch ohne Schmuck und edle Kleidung und Schminke –, dass du deinen Wert aus dir ganz allein ziehst.«

Sie schien sagen zu wollen, dass das unmöglich wäre, doch rasch legte er seine Hand auf ihre Lippen, als wollte er sie versiegeln.

»Komm mit«, sagte er nur. »Komm einfach mit.«

XVIII.

Als Sandro gemeinsam mit Simonetta die Werkstatt verließ, wäre er fast über Filippino gestolpert, der sie offenbar belauscht hatte. Aber Sandro beschloss, ihn nicht zu rügen, erklärte nur, dass sie für eine Weile fortbleiben würden.

Die Neugierde stand Filippino deutlich ins Gesicht geschrieben, aber er las wohl etwas aus Sandros Blick, das ihn lieber schweigen ließ.

Auch Simonetta schwieg, als sie und Sandro erst die Via Nuova entlanggingen, schließlich auf dem Rücken zweier Maultiere Platz nahmen, die er von einem befreundeten Händler auslieh. Sie kamen danach nicht viel schneller voran, aber Zeit schien ohnehin keine Rolle zu spielen. Es war, als wären sie beide außerhalb ihres eigenen Lebens getreten, wo übliche Sorgen, Grübeleien, Gesetze keine Rolle mehr spielten. Sandro wurde blind für die Menschenmengen, die durch die Straßen zogen, und es machte kaum einen Unterschied, als sie durch das Stadttor ritten, dahinter der Trubel rasch nachließ. Er hatte eigentlich geplant, zum Hügel San Miniato hochzusteigen, von dem aus man Florenz zur Gänze überblicken konnte. Aus der Ferne betrachtet, atmete die Stadt nur Schönheit und Ebenmäßigkeit, die filigranen Kirchtürme schienen über dem rötlichen Häusermeer zu schweben. Es war nichts von all dem Laster, der Armut, dem Dreck, der Ungerechtigkeit zu sehen, auf die man so schnell stieß, wenn man sich im Labyrinth der Straßen verirrte.

Doch nun entschied er sich anders, trieb die Maultiere einen Weg entlang, der immer weiter von der Stadt wegführte. Als sie nicht mehr zu sehen war, noch nicht einmal ein einfaches Bauernhaus oder eine der edlen Landvillen der Reichen, hielt er die Tiere an und nahm Simonettas Hand, um sie herunterzuziehen.

»Was … was willst du mir in dieser Einöde bloß zeigen?«, fragte sie verwirrt.

»Sieh dich doch um«, forderte er sie auf.

Sie standen an einer Wiese, das kniehohe Gras wogte knisternd im Wind, dazwischen wuchsen zahlreiche Blumen in jenen Farben, die Gott so viel meisterhafter erschaffen konnte als ein Maler mit seinen Pigmenten. Färberwaid befand sich darunter, auch Rosen, Glockenblumen, Schwertlilien und Hyazinthen, deren Pracht eine Stadt wie Florenz – als »Felix Flora« immerhin auch oft als Blühende bezeichnet – in den Schatten stellte, ohne sich dafür anstrengen zu müssen.

Simonetta schritt gedankenverloren durch das Gras. »Es ist September«, sagte sie und fröstelte leicht, »diese Blumen sind doch schon am Verblühen.«

»Und riechen gerade darum so betörend.«

»Ihre Schönheit ist kein Zeichen für neues Leben, sie ist ein Zeichen, dass sie bald sterben müssen.«

Sandro trat dicht an sie heran. »So kann man es sehen, wenn man das Leben als Anfang betrachtet und den Tod als unweigerliches Ende, das einem jede Hoffnung, jede Sehnsucht raubt. Diese Blumen verblühen, das ist wahr, aber im nächsten Frühling werden erneut welche hier wachsen. Wahre Schönheit vergeht nicht, sie verwandelt sich nur.«

Sie beugte sich nieder, strich über einen Blütenkopf. Ihre Haut wirkte im hellen Licht so durchsichtig, als wäre sie aus gleichem Material wie dieser gemacht oder dem von Schmetterlingsflügeln.

»Ich kann mir nicht vorstellen, mich jemals anders zu fühlen, als welk … verdorrt … zertreten …«

Wieder trat er dicht an sie heran, und es erschien ihm nicht als Anmaßung, sondern als Selbstverständlichkeit, dass er plötzlich seine Hände auf ihre Wangen legte. Er berührte sie dort nicht zum ersten Mal, hatte es auch an jenem Tag getan, da er ihr versprochen hatte, Giuliano auszuhorchen. Doch heute war er zärtlicher als damals, und er fühlte, wie etwas in ihr zu pulsieren begann, was ihre Worte Lügen strafte.

»Vielleicht kannst du dir das nicht vorstellen, aber ich kann es. Ich sehe dich ganz deutlich vor mir – als Göttin des Frühlings inmitten einer blühenden Blumenwiese. Auch als diese werde ich dich malen.«

Er rechnete damit, dass sie zurückzuckte, doch sie schien seine Berührung zu sehr zu genießen. Sie schenkte ihm ein Lächeln, das, so flüchtig es auch blieb, voller Wärme war, und als sie schließlich den Kopf doch neigte und sich seiner Hand entzog, tat sie es nur, um eine Blume zu pflücken, daran zu riechen.

»Wir sind also hier, damit du eine Skizze für dieses Bild anfertigen kannst.«

»Nein, wir sind hier, um alles hinter uns zu lassen, um uns

aufs Gras zu legen, in den Himmel zu schauen, nur dem Brummen von Käfern zu lauschen, keiner menschlichen Stimme.« Er hob wieder die Hand, diesmal nicht, um ihr Gesicht zu berühren, sondern ihre Hand zu ergreifen, sie auf den Boden zu ziehen und das zu tun, was er angekündigt hatte. »Ich werde dich nicht nur als Göttin des Frühlings malen, auch als Venus.«

So liebreizend eben noch ihr Lächeln ausgefallen war, das Lachen, das nun über ihre Lippen sprang, klang bitter. »Ich weiß, du hast mich schon einmal mit der Göttin Venus verglichen. Aber sieh mich an, sieh dir mein Leben an, meine zerbrochenen Träume. Ich habe rein gar nichts mit einer Göttin gemein, die für Liebe und für Schönheit steht. Liebe habe ich nicht bekommen, weil ich sie beim falschen Mann suchte, und Schönheit hat keinen Wert, wenn sie nicht zu ebendieser Liebe verhilft.«

Nichts klang in seinen Ohren falscher als diese Worte. Ich liebe dich, hätte er am liebsten gesagt. Aber das Bekenntnis erschien ihm als zu … groß, zu stark. Es war, als wollte man mit schwieliger Faust ein zartes Blümchen pflücken.

Er drehte seinen Kopf Richtung Himmel, von einer blauen Farbe heute wie das Meer. An dieses musste er denken, auch an die Muscheln, über die er einst gesprochen und die ihre Perle nur preisgaben, wenn man sie gewaltsam öffnete. Ihre Seele aber sollte sie ihm freiwillig öffnen, und deswegen wollte er behutsam vorgehen.

»Du weißt von der Venus, dass sie die Göttin der Liebe und der Schönheit ist. Aber kennst du auch ihre Geschichte?«

Er fühlte, wie sie mit den Schultern zuckte.

»Alles an Venus ist makellos«, fuhr er fort. »Nichts in ihrem Antlitz verrät die Grausamkeit, die ihrer Geburt vorausgeht.

Nach einem alten Mythos hat Gott Kronos seinen eigenen Vater Uranos entmannt, nachdem er von der eigenen rachsüchtigen Mutter dazu angestachelt worden war. Er hat seine Genitalien ins Meer vor der Küste Zyperns geworfen, und dort hat sich der Samen mit dem Wasser vermischt. Aus diesem Schaum wurde die griechische Göttin Aphrodite geboren, von den Römern auch Venus genannt.«

Er fühlte, wie sie leicht erbebte. »Das ist eine schreckliche Geschichte.«

»Ist sie das? Birgt sie nicht auch eine Verheißung? Ja, auf der Welt gibt es viel Bosheit, viel Grausamkeit, viel Gewalt. Es gibt Krieg, Rachsucht und Intrigen, diesen steten Kampf um Macht und Geld. Aber all das muss nicht das letzte Wort haben. Aus all dem kann etwas so Schönes wie die Venus entstehen. Ich stelle sie mir als zarte, überirdische Gestalt vor. Ganz langsam erwacht sie zum Leben, während der Windgott Zephyr sie ans Land geleitet. Die Horen, die Hüterinnen der Himmelstore, werden sie dort schmücken und ankleiden, bevor sie den übrigen Göttern vorgestellt wird.«

Ganz deutlich konnte er dieses Bild vor sich sehen – und es stimmte ihn unendlich froh, als er erkannte: Sie sah es auch.

»Die Venus steht zwischen Meer und Land auf einer riesigen Muschelhälfte«, murmelte er. »Ihre Haut wirkt umso heller, weil Meer und Himmel im Hintergrund eher düster erscheinen. Sie ist nackt, unschuldig, ein wenig verstört, zugleich versonnen. Sie bedeckt mit ihrer Rechten die Brust, mit ihrer Linken lenkt sie die üppigen Haare über ihre Scham. Sie weiß noch nicht, wer sie ist. Sie weiß auch nicht, was Liebe und Schönheit bedeuten. Und doch spiegelt ihr Gesicht die Sehnsucht nach beidem so deutlich.«

»Irgendwann wird sie ihre Unschuld verlieren, wird erfahren, was sich vor ihrer Geburt ereignet hat, wird mit dem Schmerz leben müssen, dass ihr Bruder den Vater tötete. Was, wenn sie sich dann wertlos fühlt, ihrer Göttlichkeit nicht würdig?«

Sandro zuckte mit den Schultern. Er wusste nicht, ob im Mythos davon die Rede war. »Vielleicht gibt es ja einen gnädigen Gott, der ihr Vergessen schenkt.«

»Nun«, Simonetta fuhr ruckartig hoch. »Ich werde nicht vergessen, was ich alles falsch gemacht habe. Und ich werde auch nie vergessen, wer ich bin – die ungewollte Ehefrau, die verstoßene Geliebte, die von Lorenzo de' Medici Geächtete.«

»Na und?« Sandro fuhr nun hoch. »Selbst wenn du all das bist, du musst es nicht *nur* sein. Die Venus ist auch mehr als das Kind eines grausam ermordeten Vaters. Sie wird aus der Muschel steigen, ihren eigenen Weg gehen, beschließen, dass sie der Schönheit und der Liebe dienen wird, nicht der Gewalt. Du hast den Mut gehabt, dich gegen das Diebespack zur Wehr zu setzen. Du hast den Mut gehabt, dich gegen deine Familie zu stellen und um Giulianos Liebe zu kämpfen. Du hast den Mut gehabt, dein eigenes Geld zu verdienen, dich in die Politik einzumischen. Warum soll dir der Mut fehlen zu sagen: Ich bin die, die ich sein will, nicht die, die andere in mir sehen wollen?«

»Aber das ist es ja! Ich weiß gar nicht, wer ich sein will.« Gedankenverloren strich sie wieder über die Blütenblätter, riss aber keines davon ab.

»Hier mit mir zu sitzen und auf das Blumenmeer zu schauen, ist etwas, das dir ganz zweifellos gefällt«, sagte er. »Über diese Wiese zu laufen, gar zu tanzen, bis sich dein Haar aus dem Knoten löst, auch. Die letzten warmen, sonnigen Tage auszukosten, ehe der Herbstregen einsetzt, die Blumen verblühen, die Schmetterlinge erfrieren, ist etwas, woraus sich kein Nutzen ziehen lässt – außer der, sich daran zu erfreuen, und das tust du. Darüber nachzudenken, was darauf folgt, ist müßig.«

Sie sah ihn lange an, und ihre Augen waren wie die eines Mädchens, das rein gar nichts von der Welt wusste, und zugleich wie die einer Alten, die viel zu viel wusste.

»Du … du könntest Nutzen daraus ziehen. Du willst mich doch malen, du willst, dass ich deine Muse bin.«

Wieder nahm er ihre Hand, zog sie an seine Lippen, küsste sie sanft. »In den nächsten Wochen werde ich nicht malen. Ich werde nur versuchen, dich glücklich zu machen.«

Sie trafen sich regelmäßig. Wie früher verließ sie das Haus ohne Erklärungen, und niemand hinderte sie daran. Lisabetta betrachtete sie zwar manchmal nachdenklich – gut möglich, dass Gerüchte über ein Zerwürfnis zwischen ihr und den Medici-Brüdern im Umlauf waren. Doch diese wagten es nicht, sie vor aller Welt bloßzustellen. Solange die Dichter sie noch als *Regina della Bellezza* rühmten, hätte es ihre Position bloß geschwächt. Vielleicht genügte ihrer Schwiegermutter Lisabetta ihr strahlendes Gesicht ja, um zu glauben, dass das Gemunkel jeglicher Wahrheit entbehrte. Ihre Mutter schrieb ihr weiterhin Briefe und fragte, ob sie ihr Versprechen gehalten hatte. Es war keine Lüge, als Simonetta ihr eines Tages antwortete, dass Giuliano tatsächlich eine Heirat mit Semiramide d'Appiano in Erwägung zog. Dass die Mutter sich im nächsten Brief überschwänglich bedankte, die Frage jedoch, wie es ihr damit erginge, ausblieb, ließ sie eigentümlich kalt.

Wenn sie in ihr Leben als Simonetta Vespucci zurückkehrte, fühlte es sich an, als würde sie in Nebelschwaden versinken, die sie gleichsam vor allem Unbill der Welt schützten, aber auch blind und gefühllos machten. Doch es dauerte nie lange, bis sie wieder Simonetta, der Schmetterling, sein konnte, der im warmen Licht der Herbstsonne von Blume zu Blume flatterte und sich an ihrem Nektar labte.

Sie war losgelöst von ihrem alten Ich, und in ihrem neuen Leben fand kaum ein anderer Platz – nicht Giuliano und Lorenzo, nicht Marco oder Piero, nicht Lisabetta und Nastagio, nicht einmal Cosima und die Pazzi, nur sie und Sandro, der blaue Himmel, Bäume und Blumenwiesen. Es brauchte wenig, um sie glücklich zu machen, mehr noch, ihr vorzugaukeln, das Leben wäre leicht und unbeschwert. Vergangenheit und Zukunft hatten bei ihren Ausflügen keinerlei Gewicht, was zählte, war das Hier und Jetzt.

Sie spazierten entlang von Olivenhainen, sie pflückten Blumen, sie tanzten im Gras, sie lagen darauf, sie hörte sich lachen, wie sie nie gelacht hatte, und er versprach, dieses Lachen zu malen. »Wie kann man denn ein Lachen malen?«, wollte sie wissen, und er fand keine Antwort. Allerdings war sie in jener Stunde gewiss, dass man auch Freiheit malen konnte, Glück und Sorglosigkeit. Solange er das in ihrem Antlitz gespiegelt sah, war es leicht, daran festzuhalten.

Manchmal fragte sie sich, was genau sie verband, wer sie einander waren, der Maler und die Muse, die Frau und der Mann oder schlichtweg Verbündete, wenn es darum ging, die Niederungen der Welt hinter sich zu lassen, das Hässliche zu meiden, das Schöne zu suchen. Am Ende aber waren selbst ihre Namen,

Sandro und Simonetta, zu klein, um den Zauber dessen zu fassen, was sie erlebten. Er schenkte ihr nicht nur Zeit und Unbeschwertheit, er schenkte ihr einen Neubeginn, das Gefühl, all die Erfahrungen der letzten Monate und Jahre ablegen zu können wie ein Kleid, das zu eng oder schmutzig geworden war. Gewiss, unter diesem Kleid war sie nackt, aber vor ihm musste sie sich nicht schützen, ihm musste sie nichts vorspielen. Bei ihm konnte sie sein, was sie gewesen wäre, hätte sie nicht mannigfaltige Enttäuschungen erlebt. Sein Blick fiel nicht nur in die tiefsten Winkel ihrer Seele, er eröffnete ihr auch das, was über die Wirklichkeit hinaus möglich schien, enthüllte dabei nur, ohne bloßzustellen. Auf seinen Gemälden hielt er überdies Augenblicke für die Ewigkeit fest, und was sie darum an der Seite eines anderen für ein flüchtiges Glück hätte halten können, wäre an seiner etwas, das die Zeit überdauern könnte. In jeder noch so kleinen Geste lag die Verheißung: Da ist etwas, das uns für immer bleiben wird, das uns niemand nehmen kann.

Wie angekündigt verzichtete er in diesen Wochen darauf, sie zu malen, und doch wohnte in ihm die Macht, das freundliche, unschuldige, hoffnungsvolle Mädchen von einst zum Leben zu erwecken, indem er ihm Konturen gab, es mit Farbe füllte, Licht und Schatten nutzte, um es erstrahlen zu lassen. Und solcherart bewirkte er das Wunder, dass sie alles, was sie über dieses Mädchen hinaus hatte sein wollen, vollkommen vergaß.

Als sie an diesem Morgen in der Werkstatt erschien, blickte er sie verwundert an, weil sie lediglich ein weißes Kleid trug, keinen Mantel.

»Ist dir nicht kalt? Wir haben Ende Oktober!«

Der Name der Monate war für sie so bedeutungslos wie die Namen der Familien, mit denen ihr Geschick verstrickt war.

»Ich friere nicht«, sagte sie, blickte nahezu verwundert auf sich herab. Sie hatte sich keine Gedanken darüber gemacht, in was sie geschlüpft war, sich ihre Haare bloß geflochten.

Er musterte sie besorgt, doch nachdem er ihre Hand gedrückt hatte und merkte, dass sie warm war, zögerte er den Aufbruch nicht länger hinaus. Sie waren nicht die Einzigen, die es heute ins Umland von Florenz zog, mehr Reiter als sonst waren unterwegs, sie gehörten zu einer Jagdgesellschaft, die in den bronzenen Wäldern nach Beute suchten.

Er trieb die Maultiere, die sie schon so oft für Ausflüge ausgeliehen hatten, in eine andere Richtung. »Gewiss willst du keine toten Hirsche sehen«, murmelte er.

Sie erschauderte bei der Vorstellung. »Nein«, sagte sie. »Blumen will ich sehen.«

Sie erreichten ein abgeerntetes Feld, die Wiese dahinter war von einem dunklen Grün, aber wirkte kahl. »Ich fürchte, es wachsen keine Blumen mehr.«

In der Luft lag tatsächlich nicht mehr die schwere Süße des späten Sommers, doch Simonetta zuckte mit den Schultern. »Dann … dann stellen wir uns die Blumen einfach vor … auch die Schmetterlinge, die Bienen. Wenn ich die Augen schließe, kann ich alles deutlich vor mir sehen.«

Sie schloss die Augen tatsächlich, zog ihn mit sich auf den Boden, der härter schien als sonst, kälter. Sie fühlte, dass er anders als sie die Augen nicht geschlossen hatte.

»Willst du dir denn keine Blumen ausmalen?«

»Das tue ich ja, aber ich sehe welche vor mir, die nicht auf einer Wiese wachsen, sondern die du zu einem Kranz geflochten auf dem Kopf trägst.«

Ein Wind zog auf, löste ihre Zöpfe, und jäh war es ein Leichtes, die munter flatternden Strähnen als Blütenblätter zu betrachten. Sie ergriff sie nicht, um sie festzuhalten, er tat es, und lange wie nie ruhten dabei die Kuppen seiner Finger auf ihren Schläfen. Etwas durchzuckte sie, was eigentlich nicht zu diesem Leben gehörte. In diesem schien ihre Seele immer ein wenig über ihrem Körper zu schweben. Nun erinnerte sie sich daran, dass sie einen hatte, ein neuerliches Beben überlief sie, doch dieses Mal nicht aus Unbehagen.

»Jetzt frierst du doch!«, rief er.

Sie sprang auf und lief, bis sie keuchte. »Das tue ich nicht.«

Sie erreichte die Spitze eines Hügels, erwartete, von dort aus Florenz sehen zu können, doch statt auf die roten Dächer fiel ihr Blick auf graue Wolken. Schon öffneten sich diese, Regen prasselte auf sie herab. Die Grashalme, die eben noch im Wind gewogt hatten, schienen sich zu ducken. Simonetta duckte sich nicht, sie hob die Hände, nicht um Gesicht und Haar zu schützen, sondern um die Tropfen aufzufangen.

»Wir müssen einen Unterschlupf finden!«, rief er.

Mit den Händen gelang es ihr nicht, Regentropfen zu sammeln. Aber sie legte den Kopf in den Nacken, öffnete den Mund, fühlte, wie sie ihre Lippen benetzten.

»Simonetta, du zitterst ja.«

Er war ihr gefolgt, legte den Arm um sie, presste sie fest wie nie an sich. Gewiss, sie hatten sich oft berührt, aber meist nur flüchtig. Nun schmiegte sie sich an ihn, sah, dass an seinen Wimpern Regentropfen hingen, hob unwillkürlich die Hand, um sie wegzustreichen, verharrte auf seinen Wangen. Auch von dort perlte der Regen, als hätte Sandro geweint. Und plötzlich beugte sie sich vor und küsste ihm die Regentropfen von der Wange. Sie hätte nicht genau sagen können, wie der Regen schmeckte, aber als sie kurz zurückzuckte, ihn danach wieder küsste, diesmal auf die Lippen, da wusste sie, wie die Liebe schmeckte, jene Liebe, die sie immer gesucht hatte, die für ein ganzes Leben reichte und noch mehr.

Er starrte sie an, als sie sich atemlos lösten, in seinem durchdringenden Blick standen Überraschung und Ehrfurcht und Scheu zugleich, und zum ersten Mal erkannte nicht nur er sie durch und durch, auch sie ihn – als einen Mann, der sein Leben der Kunst geweiht und darum seine Bedürfnisse so oft missachtet hatte – nach einer Umarmung, nach Wärme, nach Zärtlichkeit –, der beinahe vergessen hatte, wie man einem Menschen anders nahe sein konnte, als wenn man ihn nur mit dem Pinsel auf die Leinwand bannte.

»Simonetta …«, sagte er heiser wie nie.

»Dort hinten ist ein Haus.«

Es war kein Haus, sondern eine niedrige, leer stehende Hütte, die im Sommer von Hirten benutzt wurde. Die Steinwände waren nackt, der Boden bestand aus gestampftem Lehm, nur eine dünne Matratze lag darauf. Es gab weder Stühle noch einen Tisch, auch keinen Kamin, nur eine Mulde im Boden, in der sich Feuerholz befand, und ein Rauchabzug darüber. Ein Feuerstein lag auch bereit, Zunder dagegen nicht. Oft wurden dafür Pilze verwendet, Sandro ging hinaus und kam mit ein paar Blättern zurück. Simonetta sah auf den ersten Blick, dass die zu feucht waren. »Das schaffst du nie«, sagte sie lachend.

Er hörte nicht auf, beharrlich den Feuerstein aufeinanderzuschlagen, doch der Funke verglühte, sobald er zu sehen war. Gab er nicht auf, weil er wirklich ein Feuer entzünden würde – oder weil er Angst vor einem anderen Feuer hatte, dessen Funken noch weniger sichtbar waren, und das doch immer höher züngelte?

Sie zitterte wieder oder immer noch.

»Aber jetzt frierst du«, stellte er mit flüchtigem Blick auf sie fest. Das tat sie tatsächlich, und doch war ihr zugleich warm. Ihr nasses Haar klebte im Gesicht, ihr Kleid an ihrem Leib. Sie könnte sich in die Strohmatte hüllen, aber die Strohmatte war rau. Sandros Hände wären weicher … auch seine Lippen.

Sie trat zu ihm, legte ihre Hand auf seine Schulter, fühlte, wie er zusammenzuckte. Der Stein entglitt ihm. Er blickte sie an wie nie, nicht nur forschend, nicht nur ehrfürchtig, nicht mit der Sehnsucht eines Malers, sondern mit der Gier eines Mannes. Diese schien ihm fremd zu sein, mehr noch befremdlich. Rasch schlug er die Augen nieder, während sie damit begann, die Bänder ihres Kleides zu lösen.

»Was … was tust du denn da?«

»Nackt kann mir nicht kälter sein, als wenn ich nasse Kleidung trage. Du hast mich doch schon nackt gesehen – und andere entblößte Frauen gewiss auch.«

Er nickte, versuchte weiterhin an ihr vorbeizuschauen, schaffte es nicht. »*In nuda veritas*«, murmelte er plötzlich.

In der Nacktheit liegt die Wahrheit.

»Verrocchio«, fuhr Sandro fort, schien sich an den Namen seines ehemaligen Meisters zu klammern wie an der Überzeugung, dass er ein Maler war, nur ein Maler, nicht auch ein Mann. »Er hat mich immer wieder zum Studium des nackten Körpers aufgefordert, hat sogar Frauen bezahlt, die mir und anderen Lehrlingen

Modell saßen. So viele antike Götter werden nackt gemalt, auch Adam und Eva, die heilige Agnes und Maria Magdalena und …«

»Und Venus, die dem Meer entsteigt.«

Er gab keine Antwort. Als er erneut nach dem Feuerstein griff, zitterten seine Hände. Sie beugte sich zu ihm, ihre Haare fielen über ihren Körper.

»Du hast schon oft nackte Frauen gemalt«, sagte sie leise, »aber du hast nie bei einer gelegen, nicht wahr?«

»Ich denke, ich bin nur für Ersteres geschaffen.«

»Ist das so? Kannst du mich vollendet malen, wenn du mich nicht zuvor berührt hast? Schon dein Blick fühlt sich wie ein Streicheln an, ich würde so gerne auch deine Hände auf meinem Körper spüren.«

»Du bist für mich so viel mehr als nur eine Frau …«

»Aber eine Frau bin ich dennoch, und du bist ein Mann, und diese Stunde gehört uns. Ich will nicht mehr frieren, ich will nicht mehr allein sein.«

Sie nahm seine Hand, führte sie zu ihren Lippen und küsste sie. Beugte sich vor, um ihn auf seinen Mund zu küssen, während sie seine Hand zu ihrer Brust zog. Erst ruhte sie schwer auf dieser, dann begann er mit einer Behutsamkeit, die sie von Giuliano nicht kannte, darüberzustreicheln. Das sachte Ziehen, das sie in ihrem Magen spürte, war ihr nicht fremd, sie hatte es oft gefühlt, wenn sie mit Giuliano zusammen gewesen war. Doch bei ihm hatte es sich als flüchtig erwiesen, auch als verräterisch. Es hatte sie auf einen Weg geführt, an dessen Ziel sie nie ankam, und jene Wellen, von denen sie erhofft hatte, sie würden anwachsen, sie mitreißen, waren immer alsbald wieder abgeebbt. Doch als Sandro nun zärtlich, langsam ihren Körper zu erforschen begann – nicht, um ihn in Besitz zu nehmen, nicht, um sie sich zu unterwerfen, sondern um sie zu liebkosen, zu bewundern, zu verehren –, wuchs ihr Verlangen stetig. Und sie wusste, diesmal würde sie sich ganz und gar hingeben können, diesmal würde nicht die Frage stören, wie sie ihn bloß zufriedenstellen könnte, diesmal würde die Angst, nicht länger begehrt zu werden, keine Macht über sie haben. Da war nur der Wunsch, ihm nahe wie nie zu sein, ihn nicht nur zu berühren, sondern mit ihm zu verschmelzen. Sie sank auf die Matratze, zog ihn auf sich, ohne dass sein Blick sie auch nur einen Moment lang losließ.

Schon bisher hatte in seiner Gegenwart das Gestern und Morgen kein Gewicht gehabt, doch nie kostete sie das Jetzt aus wie in dieser Stunde, da es von seinem Begehren, seiner Liebe erfüllt war. Sie schenkte sich ihm ganz und gar und bekam so viel mehr zurück. Nie hatte sie jede Faser ihres Körpers so intensiv gespürt, zugleich fühlte sie sich noch leichter, als wenn sie über die Wiese lief. Der Funke, den Sandro zuvor mit dem Feuerstein geschaffen hatte, war schnell verglüht, aber nun tanzten deren Dutzende über sie, ehe sie einem sanften Regen gleich über sie rieselten. Sie wärmten sie selbst dann noch, als sie längst ermattet nebeneinanderlagen.

Sie war nicht sicher, wie lange sie geschlafen hatte. Er hatte es wohl nicht getan, sondern sie fortwährend betrachtet, wie sie auf der dünnen Matratze in seinen Armen lag, auch dann noch, als das Licht trübe wurde. Als sie seinen Blick erwiderte, las sie kein Begehren mehr in seinen Zügen, keine Ehrfurcht, Liebe, Zärtlichkeit, nur tiefe Sorge.

»Ich weiß, wir müssen heimkehren, aber ich könnte ewig so

liegen bleiben«, murmelte sie. Sie könnte es nicht nur … sie musste es vielleicht sogar, denn jäh fühlte sie sich so matt, dass sie nicht sicher war, ob sie überhaupt ihre Hand heben konnte. Die Hütte erschien ihr noch niedriger als zuvor, die Wände nicht aus grauem Stein erbaut, sondern wie aus Nebelschwaden, die sie einkreisten.

»Du musst dich endlich aufwärmen!«, rief er.

»Aber mir ist doch warm … mir ist regelrecht heiß.«

Seine Hand fuhr an ihr Gesicht, nicht um sie zu streicheln, sondern um prüfend die Stirn zu betasten.

»Ich glaube, du hast Fieber.«

Sie lachte, wollte es zumindest, was herauskam, war nur ein heiserer Husten. Ein Stechen durchdrang ihre Brust, das umso unangenehmer war, weil es in kaltem Kontrast zu all den anderen wohligen Gefühlen stand. Es hatte doch keinen Platz hier, nicht zwischen ihnen beiden, nicht in diesem Moment, der so vollendet war, dass sie ihn am liebsten festgehalten hätte. Sie wusste: Die Zukunft konnte ihr nichts mehr schenken, was schöner, größer, erfüllender war als dieser Tag.

»Es geht mir gut«, sagte sie, und das war keine Lüge, denn der Schmerz in der Brust verging. Ihr Körper aber glühte weiterhin, wieder vermeinte sie jede Faser zu spüren, nur fühlte sie sich nicht so leicht an, als tanzte sie, vielmehr so schwer, als wäre der Körper ein Gefängnis aus steinernen Mauern.

XIX.

Februar 1476

Cosima war mit der Ware zufrieden, die ihr ein Händler aus Venedig soeben gebracht hatte, aber das zeigte sie natürlich nicht. Prüfend hob sie eine der Seifen – wie so viele in Stangen geformt –, betrachtete sie von allen Seiten, roch daran. Es war keine gewöhnliche Seife, wie man sie in vielen Geschäften von Florenz kaufen konnte, auf der Basis von Olivenöl hergestellt und meist von einem schlammigen Farbton. Nein, diese Seife war weiß wie Milch und dem Geruch nach zu schließen nicht nur mit Rosenwasser parfümiert, auch mit Moschus und Nelkenduft.

»Sie wurde aus dem Kern der Mahaleb-Kirschen gemacht«, erklärte der Händler stolz

»Hm«, machte Cosima und runzelte die Stirne. Nicht einmal der Anblick der kleinen, mit Blumen bemalten Holzbox, in der die Seife aufbewahrt wurde, schien sie zufriedenzustellen. »Ich vermute mal, der Moschus, nach dem sie riecht, stammt von einem sehr alten Tier«, sagte sie schließlich gedehnt, »und die Rosen waren, ehe sie destilliert wurden, bereits verwelkt, und noch nicht mal rot, sondern blassgelb. Das Fett wiederum, das man unweigerlich zur Herstellung von Seife braucht, war in diesem Fall wohl altes Bratenfett, in dem man mehr als nur einen Fisch gewendet hat. Dafür bekommst du höchstens die Hälfte des von dir verlangten Preises.«

Der Händler schüttelte empört den Kopf. »Mindestens zwei Drittel!«, rief er.

Cosima presste die Lippen aufeinander, um ein Lächeln zu unterdrücken. »Meinetwegen«, knurrte sie. »Aber beim nächsten Mal bestehe ich auf bessere Ware.«

Nachdem die Seife gegen ein paar Münzen in ihren Besitz gewandert war und der Händler verdrossen den Laden verlassen hatte, zählte sie das Geld zweimal, ehe sie ein lautes Juchzen ausstieß.

Vor einem halben Jahr erschien ihre Lage noch so hoffnungslos, doch nun war ihr das Glück hold.

Nicht nur dass Nina weiterhin alle möglichen Schönheitsmittel herstellte, es zwar manchmal an Eifer, Ehrgeiz und Tempo missen ließ, jedoch nie an Talent. Überdies hatte sie Bande zu diversen Händlern geknüpft, darunter etliche aus Venedig. Von dort erhielt sie schon fertige Produkte wie diese Seife, um deren Preis sie so lange feilschte, bis sie ihr günstig genug erschienen, nur um sie dann später völlig überteuert weiterzuverkaufen. Meist wurde der Preis ohne Widerwort bezahlt, und sie konnte fast so gute Einnahmen verbuchen wie in den Zeiten, da Simonettas Konterfei einen Großteil ihrer Waren geschmückt hatte.

Wenn sie an sie dachte, runzelte sie unweigerlich die Stirn, war sie doch von einem zum anderen Tag ihrem Laden ferngeblieben. Gerüchte besagten, dass sie viel Zeit mit Sandro Botticelli verbrachte, während man sie an Giulianos Seite nicht mehr sah –

offenbar hatte er ihr seine Gunst entzogen. Falls es wirklich so war, tat ihr Simonetta von ganzem Herzen leid, wusste sie doch, wie hart sie um Giulianos Liebe gekämpft hatte. Aber am Ende des Tages zählte vor allem, wie sie sich selbst damit fühlte – nämlich endlich gut –, und da Simonetta nicht länger in ihrem Laden ein und aus ging, konnte sie den Pazzi überdies glaubhaft versichern, dass sie keine weiteren Geheimnisse über die Medici offenbaren konnte. Ihre schützende Hand hielten diese dennoch über sie, gewiss nicht aus Freundlichkeit, aber weil Novella und ihre Freundinnen regelmäßig bei ihr einkauften.

Ja, sie hatte es wahrlich gut getroffen und fühlte sich darum so beschwingt, dass sie beschloss, einer der unliebsamsten Tätigkeiten nachzugehen – Pigmente zu reiben. Dafür musste sie diese erst mit einem Mörser zerstoßen, sodann in Wasser einweichen und mittels Reibstein noch feiner mahlen. Was dabei herauskam, wurde später mit Ochsenfett, Bienenwachs oder Mandelöl vermischt und …

Sie hatte gerade alles vorbereitet, als jemand durch die Tür trat.

Nun ja, noch besser, als Schönheitsmittel zu machen, war es, diese zu verkaufen. Und als sie sah, wer den Laden betrat, wusste sie, dass sie mit neuen Einnahmen rechnen konnte.

Es handelte sich zwar nicht um eine Frau, sondern einen Mann, obendrein einen, dem kein Mittel mehr helfen würde – Rino nämlich mit jenem Geschwulst auf der Stirn, das einem Horn gleichkam. Doch sein Anblick machte ihr keine Angst mehr wie früher, er war hier, um neue Ware abzuholen, jene Paste nämlich, die Novella benutzte, um sich unliebsame Haare auf dem Kinn zu entfernen.

»Ich habe schon alles eingepackt«, erklärte sie, »deine Herrin muss daran denken, dass sie nicht zu lange einwirken darf und …«

Sie hatte sich abgewendet, nach einer Dose in einem der Regale gegriffen, sah nur aus dem Augenwinkel etwas Schwarzes über sich aufragen. Geistesgegenwärtig duckte sie sich, entging Rinos Faust dadurch knapp. Während sie noch taumelte, schalt sie sich. Wie hatte sie nur so sicher sein können, von Rino drohe keine Gefahr! Wie sich nicht insgeheim gegen seinen Angriff wappnen können, sobald sie ihn gesehen hatte!

Es dauerte nicht lange, ehe sie zu alter Stärke zurückfand. Sie hörte mehr, als dass sie sah, wie er zum zweiten Schlag ausholte, doch es blieb noch Zeit genug, eine Schale zu nehmen und auf ihn zu werfen. Sie traf sein Gesicht, bewirkte leider nicht viel damit. Die Haut war dort kaum empfindlicher als anderswo an seinem Körper. Er wich lediglich kurz zurück, ließ ihr immerhin Zeit zu rufen: »Was habe ich denn getan, dass ich das verdiene? Ich habe pünktlich meine Miete bezahlt. Und es ist nicht meine Schuld, dass Simonetta Vespucci keine Neuigkeiten mehr überbringt. Genau genommen tut sie das schon seit vier Monaten nicht mehr, warum soll ich ausgerechnet jetzt dafür büßen?«

Von Rino kamen keine Erklärungen – nur ein weiterer Schlag, dem sie nur mit knapper Mühe ausweichen konnte. Blitzschnell ergriff sie den Mörser, warf auch ihn auf ihn, traf diesmal sein Auge.

»Durchtriebene Hure!« Rinos Gebrüll verriet, dass er nicht unverwundbar war. »Mein Herr hätte gewarnt sein müssen! Eine Kurtisane wie du macht nie nur bei einem Mann die Beine breit. Du hast uns zwar manches Geheimnis enthüllt – den Medici aber auch. Wir wissen, dass sie nur deinetwegen ein neues Erbgesetz durchsetzen wollen.«

Cosimas Gedanken lahmten. Sollte sie nach draußen fliehen oder lieber in die Werkstatt? Dort könnte sie sich einschließen, aber Rino würde womöglich die Tür zertrümmern. Auf der Straße gab es vielleicht jemanden, der ihr zu Hilfe eilen konnte, allerdings duckten sich die Florentiner gerne weg, wenn auf jemanden eingeprügelt wurde.

Sie zögerte zu lange. Rino machte keine Anstalten mehr, sie zu schlagen, dafür packte er sie nun, schüttelte sie. »Was du uns gesagt hast, hat uns wenig geholfen, was du den Medici ins Ohr gesetzt hast, wird uns dagegen empfindlich schwächen. Du Verräterin!«

»Ich … ich bin keine Verräterin!«, stammelte sie.

Sie kämpfte gegen den Griff, hatte aber keine Chance. Das Einzige, was sie tun konnte, war, nach der aufklappbaren Waage aus Kupfer zu greifen und damit auf Rinos Schläfe einzudreschen. Nicht dass sie ihm ernsthaft wehtat. Immerhin hörte er auf, sie zu schütteln.

»Ich … ich mache es wieder gut, ich gebe dir alles Geld, das ich habe.«

»Die Pazzi wollen aber nicht dein Geld.«

»Ich bin sicher, ich finde etwas über die Medici heraus, was ihnen nützt.«

»Die Pazzi wollen aber nicht deine Informationen.«

»Was … was wollen sie denn dann?«

»Sie wollen deinen Kopf.«

Er ließ sie los, aber nur, um seine Hände um ihren Hals zu legen. Kurz dachte sie, er wollte ihr den Kopf tatsächlich abreißen. Doch er begnügte sich zuzudrücken. Wie ein Schraubstock lagen seine Hände um ihren Hals, pressten ihr die Luft ab. Sie fühlte, wie sich das Blut in ihrem Kopf staute, japste, zerrte verzweifelt an seinen Händen. Vergeblich! Sie konnte seinen Griff nicht lockern. Wieder japste sie, versuchte zu schreien, brachte keinen Ton hervor. Amiri ... wo war bloß Amiri ... und Nina ... ja hörte sie denn niemand?

Der Gedanke, dass sie ihn zum Markt geschickt hatte und Nina wohl wieder mal faulenzte, versickerte, zurück blieb Panik, kälter noch als seine Hände. Der Kopf schien zu zerplatzen. Und wenn sie ihm ihre Nägel noch so tief in seine Handgelenke trieb, es nutzte nichts! Mit letzter Kraft ließ sie ihn los, tastete nach den Pigmenten und warf eines der Säckchen, indem sich diese befanden, auf Rino. Prompt wurde er von einer roten Wolke eingehüllt, doch auch das nutzte nichts. Schade um das Rot, schade um sie. War ausgerechnet Rinos gerötetes Gesicht das Letzte, was sie von dieser Welt sehen würde? Was dann darauf folgte, war nur noch eine namenlose, alles verhüllende Schwärze. Sie hatte solche Angst vor diesem Schwarz ... so viel Angst vor dem Nichts.

Doch durch das Nichts hallte plötzlich ein lauter Knall. Woher stammte der? War ihr eigener Körper zu Boden gegangen? Doch sie stand noch, zum Echo des Knalls kam ein Japsen, als sie verzweifelt nach Luft rang. Rinos Hände mussten sich von ihrem Hals gelöst haben. Und tatsächlich, als sie ihn betastete, tat es zwar schrecklich weh, aber sie war von seinem Griff befreit. Irgendwann schaffte sie es, die Augen zu öffnen. Das Bild, das sie sah, schien zersplittert, als wäre die ganze Welt aus Glas gemacht und zerbrochen, aber sie erkannte, dass Rino auf dem Boden lag.

Amiri … Amiri hatte sie gerettet …

Sie hob den Blick, die Scherben fügten sich aneinander. Wer vor ihr stand, war nicht Amiri, es war Simonetta. Eigentlich stand sie nicht, sie krümmte sich.

Wieder ertönte ein Japsen, nur kam es diesmal nicht aus Cosimas Mund, und genau betrachtet war es kein Japsen, sondern ein scheußlicher Husten. Es klang, als würde Simonetta gleich ersticken, und das ganz ohne kräftige Hände, die sich ihr um den Hals legten.

Lieber Himmel, ging es Cosima durch den Kopf, sie muss krank sein … schwer krank.

Sie hatte die verbliebenen Kräfte genutzt, um sie zu retten, war nun noch geschwächter. Und sie, Cosima, der es schwer genug fiel, selber tief zu atmen, konnte ihr nicht helfen.

Eine Weile lauschte sie hilflos ihrer beider Keuchen, dann konnte sie immerhin endlich Worte ausstoßen: »Wie … wie hast du das gemacht?«

Simonetta konnte nicht antworten, sie krümmte sich noch mehr, aber Cosimas Blick fiel nun auf den goldenen Gürtel, der neben Rino auf dem Boden lag. Simonetta musste ihn gelöst, um Rinos Hals geschlungen und daran gezogen haben, nicht fest genug, um ihn zu erwürgen, aber um ihm das Bewusstsein zu rauben. Nicht lange, und er würde wieder zu sich kommen, doch eben flog die Tür auf, und Amiri stürmte in den Laden.

Nie war sie so erleichtert gewesen, ihn zu sehen. Ihrer Stimme fehlte die Kraft, um zu erklären, was passiert war, aber er erfasste es ohnehin auf einen Blick. »Ich kümmere mich um ihn, du kümmerst dich um sie.«

Sie sah noch, wie er Rino an den Beinen aus dem Laden zog,

ehe sie sich Simonetta zuwandte. Sie hatte Angst, auch diese gleich ziehen zu müssen, weil sie ebenfalls zu Boden gehen würde. Doch als sie sie stützte, konnte sich die junge Frau aufrecht halten. Der Husten ebbte etwas ab.

»Brauchst du … brauchst du Wasser?«

Simonetta schüttelte den Kopf, presste sich ein Tuch vor den Mund, endlich erstarb der Husten. Doch Cosima sah nicht nur auf der Stirn Schweißperlen, auch im Nacken.

»Ich dachte, du kennst vielleicht ein Heilmittel, das gegen den Husten hilft.« Sie musste die Worte zweimal sagen, weil das Tuch beim ersten Mal die Stimme dämpfte. Und als sie es vom Mund zog, sah Cosima Blutflecken darauf. Sie betrachtete Simonetta noch eindringlicher, erkannte deutlich wie nie die dunklen Adern unter der alabasternen Haut, dünn wie ein Blütenblatt, das gleich reißen würde.

»Gütiger Gott! Was ist bloß mit dir passiert? Hat Giuliano dich wirklich verstoßen? Bist du vor lauter Unglück krank geworden?«

»Im Gegenteil, ich bin so glücklich wie nie, aber leider bewahrt einen das nicht vor Krankheiten.«

Simonettas Augen glänzten auf eine Weise, wie sie das noch nie getan hatten. Cosima war nicht sicher, ob das von besagtem Glück rührte oder von Fieber. Sie legte ihr die Hand auf die Stirn, sie glühte.

»Du … du musst ins Bett.«

»Von dort konnte ich mich heute Morgen endlich erheben. Ich dachte, wenn du schon kein Mittel gegen den Husten kennst, kannst du mir zumindest diverse Zutaten beschaffen. Ein Dienstmädchen meinte, dass eine Mixtur aus Schildfarn, Huflattich, Weißdorn und Stutenmilch helfen könnte.«

Wieder brach sich ein neuerlicher Husten Bahn, wieder presste sie das Tuch auf die Lippen, die Blutflecken darauf waren hinterher noch größer.

Dagegen hilft keine Stutenmilch, ging es Cosima durch den Kopf, aber sie wollte dem Gedanken keine Macht geben, nicht zum Schluss kommen, dass Simonetta an einer Krankheit litt, die nicht nur schwächte … sondern am Ende tötete.

Es ging ihr ja so viel anderes durch den Kopf, was sie verstehen wollte. Warum war Simonetta krank … warum zugleich glücklich … warum tauchte Rino erst jetzt auf … warum …

Sie war nicht sicher, in welcher Reihenfolge sie die Fragen stellte, nicht sicher auch, in welcher Reihenfolge Simonetta antwortete. Am Ende ergab sich jedenfalls ein klareres Bild.

Die Medici hatten erfahren, dass Simonetta sie ausspioniert hatte – von Fioretta Gorini nämlich, die hoffte, auf diese Weise den Liebsten wieder allein für sich zu haben. Giuliano hatte Simonetta tatsächlich verstoßen, doch bei Sandro Botticelli hatte sie Trost gefunden … mit ihm alles hinter sich gelassen … jenen verzweifelten Kampf um Macht und Schönheit und Geld und Liebe. Das hieß, Liebe hatte sie bekommen und Schönheit auch, in Form der Blumenwiese, auf der sie so oft mit ihm gelegen hatte. Leider waren die Blumen mittlerweile verwelkt, die Wiesen vom Regen durchnässt, seit Wochen fühlte sie sich elend … aber nie so elend wie jetzt, nachdem sie Rino überwältigt hatte.

»Du hast mir das Leben gerettet«, sagte Cosima ergriffen. Sie lächelte Simonetta dankbar an, wurde aber rasch wieder ernst. »Ich frage mich bloß, woher die Pazzi die Wahrheit erfahren haben. Fioretta mag ein Interesse gehabt haben, uns bei den Medici anzuschwärzen – nie und nimmer wäre sie zu den Pazzi gelaufen. Wer immer es war, ich könnte ihn erwürgen!«

Nein, nicht erwürgen. Nicht nachdem sie selber fast erwürgt worden war. Und nicht, da aus Simonettas Mund wieder jene Laute kamen, als schnüre ihr jemand die Luft ab. Als sie sah, wie sie obendrein schwankte, zählte nicht länger, wer ihr das Unheil eingebrockt hatte.

»Um Himmels willen, Simonetta, du brauchst einen Arzt und …«

Die junge Frau löste sich von ihr. Ihre Wangen waren nicht mehr weiß, sondern etwas gerötet, aber Cosima fürchtete, dass das nur ein Zeichen dafür war, dass das Fieber weiter stieg. »Es ist schon gut«, sagte Simonetta. »Es war wirklich nur die Anstrengung, eigentlich geht es mir schon viel besser, ich fühle mich leicht, so leicht, als könnte ich fliegen.«

Ihr Mund verzog sich zu einem Lächeln. Und tatsächlich fielen ihre Schritte so leicht aus, als würde sie den Boden nicht länger berühren. Einen Augenblick lang schien Simonetta von allem befreit zu sein – dem Husten, den Schmerzen, dem Fieber, auch dem Elend der Welt, allen Gefahren, die Frauen wie ihnen drohten. Doch plötzlich begann ihr Körper zu schwanken, und ehe Cosima sie erreicht hatte und sie stützen konnte, sank sie zu Boden. Sie lächelte immer noch.

»Es geht mir gut …«, murmelte sie, »ich bin wirklich glücklich … vielleicht kann ich nicht fliegen, aber auf dem offenen Meer auf einem Boot treiben …«

Kurz war es um sie schwarz geworden. Als sie die Augen öffnete, wähnte sie sich wieder oder immer noch auf einem kleinen Boot mitten im Meer treiben, den blauen Himmel über sich. Sie wollte die Hand heben, konnte es aber nicht. Schade, sie hätte sie so gerne in die warmen Fluten getaucht. Wobei die Meeresfluten selten warm waren, wohl eher eiskalt, vor allem weit draußen, wenn man auf jenes hauchdünne Band, das Himmel und Erde zusammenhielt, zutrieb. Und doch hatte sie das Gefühl, dass ihr nie wieder kalt sein würde. Es fühlte sich so gut an, im Nichts zu schaukeln, obwohl der Himmel nun immer dunkler wurde, die Farbe des Ozeans annahm. Vielleicht war das Meer ja über ihr, und sie blickte vom Himmel aus darauf herab?

»Simonetta!«, riss eine Stimme sie zurück in die Wirklichkeit. Sie schien zu fallen, endlos zu fallen. Obwohl sie nicht auf dem harten Boden aufschlug, wie sie kurz befürchtete, durchzuckte ein Schmerz ihren ganzen Körper. Es kam nicht vom Rücken, er kam von der Brust. Eben noch schien es, als hätte ihr Atem ausgesetzt. Nun holte sie tief Luft, doch das fühlte sich an, als würde sie Scherben schlucken, schlimmer noch, als steckte die Klinge eines Dolchs in ihrer Brust, würde wieder und wieder umgedreht. Sie schaffte es, ihre Hand zu heben, klopfte sich auf die Brust, es half nicht.

Es war allerdings nur ihr Körper, der litt. Ihr Geist schien immer noch ein Stück über ihr zu schweben, war befreit, sorglos. Dass sie röchelnd nach Atem rang, entsetzte sie nicht. Vielmehr erfüllte es sie mit Mitleid, dass sich die anderen solche Sorgen machten. Ganz deutlich sah sie nun die Gesichter über sich – von Cosima und … Amerigo Vespucci.

Deswegen hatte sie vermeint, in einem Boot zu liegen. Amerigo trug sie, und bei jedem Schritt schaukelte sie sanft. Offenbar hatte Cosima verzweifelt nach jemandem Ausschau gehalten, der ihr helfen könnte, und hatte durch Zufall ihn entdeckt.

»Sie ist ja leichenblass«, hörte sie Amerigo sagen, »und sie hat Fieber … hohes Fieber.«

Aus Simonettas Mund kam erst ein Rasseln, dann ein Glucksen. Wieso sprach er von einem Fieber? Ein Fieber verbrannte einen Menschen innerlich, aber in ihr wütete kein zerstörerisches Feuer. Eine warme Glut durchdrang sie, die sie davor bewahrte, jemals wieder zu schlottern.

Gut, wollte sie sagen, es geht mir doch gut …

Doch sie schaffte es nicht, musste es den anderen überlassen zu reden.

»Seit einigen Wochen erscheint es mir nun schon, dass etwas mit ihr nicht stimmt«, sagte Amerigo. »Ich habe oft beobachtet, wie sie gehustet hat, nach Atem rang, noch dünner wurde als früher … blasser …«

Vage Erinnerungen stiegen in ihr hoch … von sich selbst, wie sie sich auf ein Tischchen stützte, weil es plötzlich so anstrengend war zu stehen … wie sie sich im Bett krümmte, weil der Druck auf ihrer Brust so übermächtig war. Aber die Erinnerungen hatten keine Macht. Jene Momente hatten ja auch keine Macht gehabt. Amerigo irrte, wenn er dachte, etwas würde nicht mit ihr stimmen. Das Gegenteil war der Fall, alles war so, wie es sein sollte.

Weiterhin konnte sie nichts sagen, brauchte sie doch alle Kraft, um Luft zu bekommen. Unwillkürlich schloss sie die Augen, schien wieder im Meer zu treiben, im warmen Wasser …

Sie wusste nicht, ob sie geschlafen, gar das Bewusstsein verloren hatte. Als sie die Augen wieder öffnete, dachte sie erst, sie würde die Sterne am Himmelszelt sehen. Doch die Sterne waren bunt, aus den Punkten wurden Schmuckstücke – und es war Lisabetta Vespucci, die diese trug. So schön ihre Juwelen funkelten, so hässlich klangen die Stimmen, die nun zu vernehmen waren. Nicht nur, dass Amerigo wieder etwas von einem Fieber schwafelte, offenbar wollte Lisabetta Cosima wegschicken.

»Du hast in unserem Haus nichts verloren.«

»Ich gehe aber nicht, bevor ich nicht weiß, was ihr fehlt«, erklärte Cosima trotzig.

Simonetta blickte sich um, stellte fest, dass sie den Innenhof des Palazzo Vespucci erreicht hatten. Eine Weile gingen die Stimmen hin und her. Sie konnte nicht verstehen, was sie sagten, nur, dass es immer bitterer, keifender, wütender klang. Ihnen zu lauschen, war fast so schmerzhaft, wie zu atmen.

»Sie … sie bleibt«, stieß sie aus. Sie konnte nicht viel Kraft in ihre Stimme legen. Aber Amerigo trug sie immer noch, er hörte sie, wiederholte ihre Worte. Die Stimmen verstummten, zumindest die der beiden Frauen, eine andere schaltete sich ein.

»Sie soll ihren Willen haben«, erklärte Nastagio, und seine Stimme klang gepresst. Echtes Mitleid schien er nicht zu empfinden, aber es trieb ihn auch nicht nur Berechnung. »Sollte sie wirklich sterben, dann soll sie einen friedvollen Tod haben. Wenn nicht, was wir alle hoffen, sollte sie dich nicht als Feindin betrachten, die ihr den letzten Wunsch verwehrt hat.«

»Warum nicht?«, begehrte Lisabetta auf. »Warum soll ich noch länger auf sie Rücksicht nehmen? Nach allem, was man hört, hat sie Giulianos Gunst verloren.«

»Wenn er erfährt, in welchem Zustand sie sich befindet, wird er sofort an ihr Krankenbett eilen, da bin ich mir sicher.«

Ob Lisabetta noch etwas entgegenhielt, konnte sie nicht mehr hören. Amerigo ließ seine Eltern stehen, trat in den Empfangssaal, stieg über die Treppe hoch zu ihrem Gemach, wo er sie aufs Bett legte. Immer noch fühlte sie keine Kälte, aber ausgerechnet hier überkam sie Panik. Sie konnte nicht einfach hier liegen … einfach nichts tun … es war doch nicht möglich, dass überhaupt keine Kraft mehr in ihrem Körper wohnte!

Ob Giuliano herbeieilte oder nicht, war ihr gleich. Aber Sandro … Was würde Sandro denken, wenn er von ihrem Zustand erfuhr? Wie würde es ihn schmerzen, keine Zeit mehr mit ihr verbringen zu können!

»Sandro …«

Ob Amerigo sie hörte? Ob er sich überhaupt noch im Gemach befand? Sie konnte den Kopf nicht weit genug heben, um ihn zu sehen. Aber da tauchte plötzlich ein anderer Mann an ihrem Bett auf, Piero, ihr Schwiegervater, in dessen Miene ehrlicher Kummer stand.

»Wir haben bereits nach einem Medicus geschickt.«

»Sandro …«, wiederholte sie.

Sie war nicht sicher, ob er sie verstand, nicht sicher, ob es genügte, Sandros Namen zu nennen. Aber da war ja auch noch Cosima, Cosima raunte Piero etwas zu, und dieser nickte, ehe er sich von ihrem Bett löste, das Gemach verließ. Cosima sank neben ihr nieder, strich ihr über das Gesicht. In ihren Augen schimmerten Tränen.

»Du … du siehst aus wie der Tod.«

Eine Weile konzentrierte sie sich allein aufs Atmen. Als sie das endlich konnte, ohne dass es schmerzte, versuchte sie wieder, sich aufzurichten. Es misslang.

»Wer weiß. Vielleicht ist der Tod gar nicht hässlich, vielleicht ist er sogar sehr … schön.«

»Wie kannst du so etwas sagen?«

»Aus dem Tod kann etwas Großes hervorgehen. Die Göttin Venus lebte nur, weil ihr Vater grausam starb.«

»Du … du kannst doch nicht einfach aufgeben.«

»Dabei ist es doch so leicht … loszulassen … alles … nur nicht die Liebe … denn die Liebe muss man ja nicht festhalten … sie kommt von selbst … man darf sie nicht zwingen zu bleiben und …«

Ihre Stimme verlor an Kraft. »Sandro …«, presste sie hervor, »ich will Sandro sehen.«

Cosima strich über ihr Gesicht. »Ich bin nicht sicher, ob dein Schwiegervater ihn tatsächlich holt. Aber ich werde es tun.«

XX.

Es war einige Wochen später, als Sandro in seinem Atelier schweigend auf und ab ging. Am Anfang hatte er gehofft, die Stille würde ihn beschwichtigen, nun überforderte sie ihn. In ihm wuchs das Verlangen, irgendetwas zu zerstören, um seinen Schmerz loszuwerden. Er vergriff sich zwar nicht an seinen Skizzen, aber als sich die Tür öffnete, war er kurz überzeugt, dass er sich zu etwas hinreißen lassen würde, was ihm bis jetzt nie in den Sinn gekommen war: Filippino eine Ohrfeige zu verpassen. Wie konnte er es wagen zurückzukommen, obwohl er ihn zuvor weggeschickt hatte!

Doch dann ließ er die schon erhobene Hand rasch wieder sinken. Es war nicht Filippino, der die Werkstatt betrat, sondern sein ehemaliger Meister Verrocchio.

Mit ihm drang jede Menge kalte Luft in den Raum, im März hatte es fast immerzu geregnet, und in manchen kalten Nächten war sogar Schnee daraus geworden. Er schmolz auf dem Boden, sodass hässliche Pfützen entstanden, von denen manche froren – für ihn ein Abbild seines Inneren, das auch wie erfroren schien. Weder spürte er Kälte, noch hätte er Hitze empfunden, nur diesen grässlichen Schmerz wurde er nicht los, der ihn gepackt hielt seit jenem Tag, da er von Simonettas Zustand erfahren hatte und dass es wenig Hoffnung auf Besserung gab.

»Sieh nur, was ich dir mitgebracht habe«, erklärte Verrocchio und hob eine Papierrolle hoch.

Sandro lag es auf den Lippen zu sagen, dass er gleich wieder gehen könnte, wenn er nicht die Neuigkeit brächte, dass Simonetta wieder gesund werden würde. Aber er verkniff sich die Worte, wollte sich nicht als so unhöflich erweisen. In gewisser Weise war er auch froh, nicht länger allein zu sein, nicht zu wissen, wohin mit sich und seiner Zeit. In den letzten Wochen hatte er Rötelstift oder Pinsel noch nicht einmal angefasst.

»Willst du nicht wissen, was das ist?«, fragte Verrocchio, als er näher trat. Sandro zuckte hilflos mit den Schultern. »Ein Auftrag ist es!«, rief Verrocchio begeistert. »Von niemand Geringerem als Guaspare del Lama. Er will, dass du ein Gemälde für die Kirche Santa Maria Novella malst, das die Anbetung der Könige darstellt, wobei du diesen die Gesichter der Medici geben sollst. Auf diese Weise will del Lama zeigen, dass er auf ihrer Seite steht.«

Sandro zuckte wieder mit den Schultern. Er wusste, der Machtkampf zwischen den Medici und den Pazzi spitzte sich weiter zu und zwang die einflussreichen Familien von Florenz dazu, für die eine oder andere Seite Partei zu ergreifen, ihm war es allerdings egal, wer am Ende als Sieger hervorgehen würde. Ihm war ja auch gleich, dass ein reicher Bankier so viel Vertrauen in ihn als Künstler setzte. Und ob Santa Maria Novella nun ein Gemälde bekam oder nicht …

»Wenn ich sie verliere, werde ich nie wieder malen«, brach es aus ihm hervor.

Verrocchio seufzte, wie er es so oft tat, wenn er ihn in seiner Werkstatt besuchte, ihm Ratschläge erteilte, aber erleben musste, dass Sandro am Ende etwas anderes tat, als er es für rechtens befand.

Er legte die Schriftrolle – offenbar der Vertragsentwurf für das Gemälde – auf die Werkzeugbank, trat noch näher.

Dass er gar nicht erst fragte, wen er meinte, verriet Sandro viel. Wahrscheinlich war es längst Stadtgespräch geworden, dass Simonetta zwar seit Langem nicht mehr im Palazzo Medici gesehen worden war – umso häufiger aber mit dem jungen Künstler die Stadt verlassen hatte. Mittlerweile konnte sie nicht einmal das mehr tun, hütete sie doch seit Wochen das Bett und galt als zu schwach, sich zu erheben.

»Lorenzo selbst hat einen seiner besten Ärzte zu ihr geschickt«, sagte Verrocchio leise.

»Aber auch der kann ihr sicher nicht helfen. Ich frage regelmäßig nach ihrem Befinden, doch es tritt keine Besserung ein.«

Dies war der einzige Anlass, zu dem er seine Werkstatt verließ. Wenn sich Filippino nicht regelmäßig ums Essen gekümmert hätte, wäre er wahrscheinlich längst verhungert.

»Hast du sie denn gesehen, seit sie darniederliegt?«, fragte Verrocchio behutsam.

Hätte er Sandro Vorwürfe gemacht, weil der nicht an seine Zukunft als Maler dachte, sondern all seine Gedanken an eine Frau verschwendete – er hätte seinen ehemaligen Meister mit rüden Worten aus dem Haus gejagt. Aber seine Anteilnahme schien ehrlich, sein Blick war kummervoll. Sandro hatte zwar keine Ahnung, wie er auch nur ein Wort hervorbringen sollte, ohne zu weinen, aber er schaffte es dann doch.

»Am Anfang war ich stundenlang bei ihr, da gab es ja noch ein wenig Hoffnung, dass sie nur an einem Fieber litte und dieses bald wieder sinken würde. Aber … aber es ist mehr als das. Ein Organ, das in der Brust sitzt und von dem Leonardo behauptet, dass es die Lunge wäre, wird von der Krankheit nach und nach zerstört.«

Tatsächlich hatte auch Leonardo ihn einmal besucht und ihm dabei ganz genau beschrieben, wie die Lunge bei einem Toten aussah, der ähnlich wie Simonetta über Wochen Blut spuckte. Letztlich war es wohl nur seine Art, ihm sein Beileid auszusprechen, und immerhin, als Sandro ihn zu schweigen hieß, hatte er den Mund gehalten. Eine Weile hatten sie still beisammengesessen, und Sandro hatte sich von der Gegenwart des anderen kurz getröstet gefühlt.

»Mittlerweile bringe ich es nicht länger übers Herz, sie so zu sehen«, fügte Sandro hinzu.

»Du wirst es dir nicht verzeihen, wenn du dich nicht von ihr verabschiedest«, sagte Verrocchio.

»Was ich mir auf jeden Fall nicht verzeihen kann, ist, dass sie überhaupt krank geworden ist. Es lag gewiss daran, dass wir so viel Zeit im Freien zugebracht haben, auch als es schon Herbst war. Und eines Tages sind wir in einen Regen geraten und …«

Wie konnten Erinnerungen zugleich so schön und zugleich so peinigend sein!

»Ein robuster Mensch kann mehr als einmal nass werden und bitter frieren, ohne daran zu sterben. Scheinbar ist sie eines jener Wesen, die nicht für diese Welt gemacht sind.«

Verrocchio war auf ihn zugetreten, legte ihm die Hand auf die Schulter. Obwohl Sandro wusste, dass er es gut meinte, schüttelte er sie ab.

»Wenn ich sie verliere, werde ich nie wieder malen«, wiederholte er.

»Das ist Unsinn, und das weißt du auch.« Verrocchio machte keine Anstalten mehr, ihn zu berühren, blieb jedoch vor ihm stehen, sodass er gezwungen war, ihn anzusehen.

»Sie wollte ich malen … immer nur sie.«

»Eben«, sagte Verrocchio, »bisher *wolltest* du sie malen. Wenn sie stirbt, *musst* du sie malen. Um sie auf diese Weise am Leben zu erhalten. Sie und …«

Er brach ab. Was wollte er sagen? Sie und dich? Oder sie und eure Liebe?

»Glück ist eine unstete Muse«, fuhr Verrocchio fort. »Aber nicht der Schmerz. Ihn kannst du benutzen, ihn verwandeln, ihn als Ansporn nehmen, etwas Unsterbliches zu erschaffen.«

»Der Schmerz ist zu groß.«

»Das ist Unsinn«, rief Verrocchio wieder. »Für uns darf nichts zu groß sein, zu entsetzlich. Wir schauen genau hin, auf das Böse, auf das Gute, auf das Heilige, auf das Teuflische, auf das Schöne, auf das Hässliche. Wer soll es denn sonst tun, wenn nicht wir Künstler? Und wir vermögen noch mehr. Wir sehen das Gute im Bösen, das Heilige im Teuflischen, das Schöne im Hässlichen. Und das Leben im Tod.«

Er hätte seine Worte so gerne abgewehrt wie seine Berührung, aber Sandro musste plötzlich daran denken, wie er einst Simonetta getröstet hatte – damit, dass die Venus ihr Leben allein dem grausamen Tod des Vaters verdankte, was gleichsam hieß, dass Gewalt und Dunkelheit nicht das letzte Wort hatten, sondern durchaus etwas Schönes daraus hervorgehen konnte.

»Nein«, sagte Verrocchio, »du wirst nicht aufhören zu malen.

Du wirst erst recht nicht aufhören, *sie* zu malen. Wahrscheinlich wird es dir erst jetzt gelingen, sie so zu malen, wie du es wirklich willst. Gewiss, du wirst dich auch anderen Motiven widmen, aber auf vielen deiner Gemälde wird ihr Gesicht zu finden sein, und dieses Gesicht wird man auf ewig mit deinem Namen verbinden. Scheue den Schmerz nicht, laufe nicht vor ihm davon, stell dich ihm, ertrage ihn und dann verwandle ihn – zu etwas Schönem. Du musst zu ihr gehen, um von ihr Abschied zu nehmen. Selbst wenn sie nur mehr ein Schatten ihrer selbst ist, wirst du die vollends erblühte Frau in ihr sehen. Auch das ist etwas, das nur wir Künstler vermögen: Den Menschen gleichzeitig als den zu sehen, der er ist, und den, der er sein könnte.«

»Und wer bin ich? Der Mann, der sie glücklich machte? Wenn sie stirbt, ist es damit vorbei.«

Wieder legte Verrocchio seine Hand auf seine Schulter, diesmal schüttelte er sie nicht ab.

»Du bist Sandro Botticelli«, sagte der ehemalige Meister schlicht.

In den Worten lag gleichsam eine Bedrohung wie Verheißung. Mit diesem Namen würde untrennbar Simonettas verknüpft sein. Es lag allein an ihm, ob sie vergessen werden würde oder für immer weiterleben. Es lag auch an ihm allein, ob das Talent, ganz genau hinzuschauen, alles zu erkennen, auch den Anblick der sterbenden Simonetta nicht zu meiden, ein Fluch war oder eine Gabe.

Es war der 26. April, als er den Palazzo Vespucci betrat. Piero, Simonettas Schwiegervater, hatte ihn an der Haustür empfangen. Er erzählte sogleich, wie es ihr ging.

»Vor zwei Tagen hat sich ihr Zustand plötzlich verbessert«, erklärte er, »ich dachte schon, es wäre Anlass für neue Hoffnung und dass der Medicus, den Lorenzo höchstpersönlich geschickt hat, ein besonderer Meister seiner Kunst wäre. Aber seit heute Morgen hustet sie unaufhörlich Blut, und ihr Fieber ist wieder gestiegen.«

Sandro fragte sich, warum ausgerechnet Lorenzo, der Simonetta vor Kurzem noch so gezürnt hatte, einen Arzt schickte. Aber gewiss hatte sich unter den vielen Dichtern am Hof der Medici, die im letzten Jahr Simonettas Liebreiz so oft gerühmt hatten, herumgesprochen, wie es um sie stand, und wahrscheinlich wollte er ihnen um nichts nachstehen, wenn es galt, die kranke Königin von Florenz zu beklagen. Außerdem war Lorenzo bekannt dafür, dass er trotz aller Härte zur Rührseligkeit neigte und dass seine Launen so oft schwankten wie seine Meinung. Für Sandro blieb es Heuchelei,. aber da es Simonetta zum besten aller Ärzte verhalf, konnte er den Ärger schlucken.

Etwas anderes mochte er dagegen nicht hinnehmen.

Er war mit Piero eben die Treppe hochgestiegen, wartete vor Simonettas Gemach, weil Piero sehen wollte, ob sie wach war oder gerade schlief, als er plötzlich Schritte hinter sich vernahm.

Lisabetta Vespucci kam die Treppe emporgeeilt – von niemand anderem begleitet als … Giuliano de Medici.

»Aber natürlich könnt Ihr sie sehen«, flötete Lisabetta. »Gewiss wird das ihr Herz mit Freude erfüllen. Nie und nimmer könnte ich Euch den Wunsch abschlagen, ans Krankenbett jener Frau zu eilen, der Euer Herz gehört.«

Diese Worte waren eine noch schlimmere Heuchelei. Nicht nur, dass es Lisabetta völlig gleich war, wem Giulianos Herz gehörte – viel wichtiger war es ihr, wessen Gunst die Vespucci besaßen. Noch unerträglicher war zu sehen, wie Giuliano auf das Gemach zuschritt. Seine Miene mochte zwar bekümmert sein, er ließ die Schultern hängen, als trüge er an unsichtbarer Last – und doch sah Sandro deutlich den Mann mit eisiger Miene vor sich, der Simonetta beleidigt und erniedrigt hatte, indem er sie ihm, dem Künstler, zum Preis eines Gemäldes anbot.

»Nein!«, brach es aus Sandro hervor, und schon stand er zwischen Giuliano und der Tür. »Nein, nicht Ihr!«

Wie aus weiter Ferne vernahm er Lisabettas Stimme, vermutlich rügte sie ihn, weil nicht er bestimmen durfte, wer in ihrem Haus ein und aus ging. Er hörte gar nicht richtig zu. Deutlicher erreichten ihn Giulianos Worte: »Lass mich vorbei, Künstler!«

Immer noch stand kaum verhohlener Kummer in Giulianos Miene, aber auch etwas anderes – jene dreiste Gewissheit, etwas Besseres zu sein, nur weil er von Geburt an einen bestimmten Namen trug, weil ihm Gott ein hübsches Gesicht, einen gestählten Körper, blonde Locken geschenkt hatte. Für so jemanden war jeglicher Widerstand keine Prüfung, an der man wachsen konnte, sondern eine Kränkung.

»Nein!«, rief Sandro wieder. »Ihr nicht! Sie gehört Euch nicht! Ihr habt jegliches Recht, ihr nahe zu sein, an dem Tag verloren, als Ihr sie so tief gekränkt habt. Ihr habt sie nicht wie eine Königin behandelt, sondern wie eine Hure. Das Einzige, was Ihr jetzt noch für sie tun könntet, ist, ihr Euren Anblick zu ersparen.«

Kurz glomm in Giulianos Blick etwas auf, das man mit gutem Willen für schlechtes Gewissen hätte halten können. Doch auch wenn dieses echt war, auch wenn die Sorge um Simonetta ihn ehrlich berührte – die Eitelkeit war größer.

»Wag es nicht!«, zischte er erbost.

Wieder vernahm Sandro wie von weit her Lisabettas Stimme, deutlich aufgebrachter nun, auch eine andere, Pieros, der sie beide zu beschwichtigen versuchte. Sandro hörte nicht auf sie. Ein Rauschen füllte ihn aus, in der nur eine Gewissheit Platz hatte: Sie ist nicht sein. Sie ist mein.

Als Giuliano seine Faust hob, sie auf seine Schulter donnerte, erfüllte ihn zwar Schmerz, als wäre etwas gebrochen. Doch er wankte nicht lange, ließ sich erst recht nicht zur Seite drängen. Als Giuliano zum nächsten Schlag ansetzte, bückte er sich vielmehr blitzschnell nach dem Dolch, der eben noch an Giulianos Gürtel gesteckt hatte. Als er ihn auf Giulianos Brust richtete, war er, obwohl der Kleinere, Unscheinbarere, plötzlich derjenige, in dessen Händen alle Macht lag.

Lisabetta schrie nur mehr, Piero stammelte, Giulianos Gesicht wurde bleich. Kurz rechnete Sandro damit, dass er ihm den Dolch aus der Hand schleudern würde. Doch obwohl er Giulianos Zorn förmlich spüren konnte, schien auch etwas anderes in ihm zu erwachen – Respekt für einen, der nicht bloß für die Liebste kämpfte, auch sein Leben für sie geben würde. Der eitle, stolze Medici schien sich einzugestehen, dass ihm in diesem Augenblick der Künstler überlegen war. Er wich einen Schritt zurück, noch einen.

Heiß war der Triumph, der Sandro erfüllte. Heiß, aber flüchtig. Was er eben gedacht hatte, echote weiter in ihm, erschien ihm aber immer kleinlicher.

Das stimmte doch nicht. Simonetta gehörte ihm nicht, Simonetta gehörte niemandem. Es mochte anmaßend von Giuliano sein, hier zu sein. Doch dass sie sich um dieses Recht balgten, wie Hunde um den Knochen, verlieh dem Moment nicht mehr Würde, im Gegenteil.

Er hörte bereits das Klirren, als ihm aufging, dass er den Dolch fallen gelassen hatte. Für Giuliano wäre es nun ein Leichtes gewesen, sich zu bücken, die Waffe zu ergreifen, sie gegen ihn zu richten. Doch das tat er nicht. Er wich nur einen weiteren Schritt zurück, starrte ihn unverwandt an.

»Bitte«, kroch ein Wort aus seinem Mund, das er in seinem Leben wohl nicht oft gesagt hatte. »Ich muss sie noch ein letztes Mal sehen.«

Lisabetta und Piero waren verstummt. Auch Sandro war der Mund zu trocken, um etwas zu sagen. Doch plötzlich ließ sich eine andere Stimme vernehmen.

»Gewähre es ihm! Gewähre es ihm nicht um seiner selbst willen, aber setz ein Zeichen, dass die Tugenden im Menschen stärker sind als ihre dunklen Triebe.«

Sandro fuhr herum, sah Marco dort stehen, Simonettas Ehemann, der ihr nicht minder viel Kummer bereitet hatte als Giuliano.

»Auch ich habe mich mit ihr ausgesprochen«, bekannte Marco leise und mit gesenktem Blick. »Ich weiß nicht, woher sie die Macht nimmt, sie kann ja kaum noch reden, und doch, sie erscheint mir wie ein Engel, will sich mit allen versöhnen, keine Zwietracht zurücklassen, nur Liebe. Auch Lisabetta und Nastagio hat sie empfangen, hat sie gebeten, ihr nicht gram zu sein, weil sie oft aus Berechnung handelte. Mir wiederum versuchte sie begreiflich zu machen, wie sehr es sie kränkte, dass ich mich nicht als der Ehemann herausstellte, den sie sich erträumte. Mich demütigen wollte sie dennoch nicht, auch nie leichtfertig mein

Geheimnis preisgeben. Sie wünscht mir sogar, dass ich damit leben kann, ohne dass es mich und meinen guten Ruf zerstört. Sie bat mich nur, nie wieder zu heiraten, damit keiner anderen Frau ihr Schicksal zugemutet wird.«

Simonettas Worte mussten ihn tief bewegt haben, und etwas von dieser Rührung schwappte auf Sandro über. Er sah zu Piero, und der nickte, um das Gesagte zu bestätigen, danach zu Lisabetta, in deren Miene erstmals nicht Berechnung, eher ein Anflug von Bedauern stand. Zuletzt richtete er seinen Blick auf Giuliano, und er nahm wieder dessen Kummer wahr. Als Giuliano immer noch keine Anstalten machte, sich nach seinem Dolch zu bücken, stattdessen gepresst seine Bitte wiederholte, nickte Sandro und gab den Weg frei.

Sandro lugte durch den offenen Türspalt, während Giuliano an Simonettas Bett niedersank. Noch loderte ein Funken Empörung in ihm. Aber stärker noch war die Erkenntnis, dass Giuliano nicht nur Leid über Simonetta gebracht hatte, sie ihm auch manch glückliche Stunde verdankte, und deswegen konnte er ohne Bitterkeit lauschen.

»Es … es tut mir leid«, stammelte Giuliano. »Es tut mir leid, wie ich dich behandelt habe. Du darfst nicht glauben, dass du mir nichts bedeutet hast. Als du in mein Leben getreten bist, warst du wie eine kostbare Blume, die ihren süßen Duft entfaltet in einer Welt, die meist so dunkel ist, so voller Streit, Intrigen, Machtkämpfe. Bei dir konnte ich all das stets vergessen, konnte mich in deinem Glanze sonnen, konnte mir einreden, dass ich mehr bin als der jüngere Bruder, der nie an Lorenzo heranreicht, nämlich dein Held. Ich habe es wenig zu schätzen gewusst und nun …«

»Es ist gut ...«, Simonetta sprach so leise, dass Sandros eigener Herzschlag ihre Stimme fast übertönte. »Es ist gut, ich zürne dir nicht. Ich habe aber einen letzten Wunsch ... du ... du musst Cosima Bellani schützen ... die Pazzi werden sich weiterhin an ihr rächen wollen ... die Apothekerzunft sie zwingen, den Laden zu schließen. Bitte steh ihr bei ... Versprich mir das.«

»Ich werde dafür sorgen.«

»Und versprich mir noch etwas.«

»Alles.«

»Weine nicht um mich. Dein Leben ist nicht leer ... nicht ohne Liebe ... es gibt eine Frau, die dir mehr geben konnte, als ich es je vermochte. Fioretta ist dir voll und ganz ergeben, sie hat in den letzten Monaten so verzweifelt um deine Liebe gekämpft. Öffne ihr dein Herz erneut, ganz gleich, was sie mir angetan hat. Bei ihr hast du Wärme gefunden, Geborgenheit, du wirst es wieder finden. Sei ihr nicht böse, dass sie mich bei Lorenzo schlechtgemacht hat. Sie tat es nur, weil sie es nicht ertragen konnte, dich zu verlieren.«

Giuliano nickte – nur das Versprechen, nicht zu weinen, konnte er nicht halten. Sandro hörte, wie er aufschluchzte, und dies war der Moment, da endgültig sämtliche Eifersucht von ihm abfiel, er den anderen nur bedauerte. Als er selbst auf das Bett zutrat, schwappte dessen tiefe Trauer wie eine dunkle Welle auf ihn, doch er wollte sich nicht davon mitreißen lassen, das Dunkle hatte hier nichts verloren.

Simonettas Gesicht war bis auf die leicht geröteten Wangen blass, doch die Kerzen, deren Schein auf sie fiel, verliehen ihrer Haut einen goldenen Schimmer.

Giuliano war an ihrem Bett niedergesunken, er hatte ihre Hand genommen, verbarg das Gesicht darin, schluchzte hemmungslos. Sandro konnte ihn gut verstehen, war aber selber fest entschlossen, nicht zu weinen. Tränen würden seinen Blick verschleiern, und er wollte sie sehen, wollte ihren Anblick in sich aufsaugen wie nie, wollte nie wieder auch nur ein Detail vergessen.

Irgendwann – die Zeit schien hier nicht zu vergehen, sondern sich im Kreis zu drehen – erhob sich Giuliano. Er warf einen letzten Blick auf Simonetta, voller Wehmut, nickte Sandro zu, trat mit gesenktem Kopf zur Tür. Wie aus weiter Ferne hörte Sandro Piero sagen, dass er ihn nach unten begleiten würde, dann war er allein mit ihr. Zunächst wagte er kaum, den Bannkreis zu übertreten, der zwischen ihr und der Welt gezogen schien, schließlich trat er doch auf das breite Bett zu.

»Sandro …« Ihre Stimme war noch schwächer. Sie konnte kaum die Hand heben, um nach seiner zu greifen. Erst quälende Atemzüge später schaffte sie es, drückte sie sogar. Die Berührung ging ihm durch und durch, und obwohl er es nicht gewollt hatte, stiegen ihm nun doch Tränen hoch.

»Weine nicht, bitte weine nicht, ich will nicht, dass du weinst, ich will, dass du mir vom Meer erzählst.«

Er wischte die Tränen weg, starrte sie unverwandt an. Unter ihren Augen standen nicht bloß dunkle Ringe, sie waren regelrecht in Höhlen versunken, das Haar war verschwitzt, ihr Leib so dünn, nur der Blick strotzte vor Leben, so viel Freude leuchtete in ihm.

»Warum soll ich dir vom Meer erzählen? Warum nicht von der Blumenwiese?«

»Blumen verwelken, das Meer steht für die Ewigkeit.«

Kurz wollte er neben dem Bett auf seine Knie sinken, wie es

Giuliano getan hatte, dann entschied er sich anders, legte sich zu ihr, presste ihren fieberheißen Körper an seinen.

»Weißt du eigentlich, dass ich das Meer nie mit eigenen Augen gesehen habe?«

»Aber wir haben beide nebeneinander auf der Wiese gelegen und den Himmel gesehen. Außerdem bist du Künstler, du kannst dir alles vorstellen. Du siehst mehr als alle anderen, du siehst das Unsichtbare. Du hast ja auch mich gesehen. Als unglücklichsten aller Menschen … aber auch als glücklichsten.«

»Es … es war zu kurz.«

»Unsinn! All die Tage, in denen ich mit meinem Leben gehadert habe, erscheinen mir nur mehr wie ein Schatten. Aber die Tage, die ich mit dir verbracht habe, sind wie in Licht getaucht. Ein winziges Flämmchen kann einen riesigen Raum erhellen. Und deswegen reichen auch ein paar wunderschöne Tage, um aus einem ganzen Leben ein glückliches zu machen.«

Wieder wurde ihm die Kehle eng, wieder forderte sie ihn sanft auf: »Du sollst nicht weinen, du sollst mir vom Meer erzählen.«

Und da erzählte er ihr vom Meer, erzählte von seinen Schaumkronen, die im Licht der Sonne einen goldenen Ton annahmen. Er erzählte von Kronos, der seinen Vater Uranos entmannte und dessen Genitalien ins Meer warf, wie sich die Samen mit dem Wasser vermischten und aus dem Schaum Venus geboren wurde.

»Dieser Schaum, er ist so leicht, er hat kein Gewicht …«, flüsterte sie.

Er packte sie, wollte sie festhalten, obwohl er wusste, es würde ihm nicht gelingen. Genauso wenig wie die Schaumkronen auf dem Meer sich nicht festhalten ließen.

»Es muss so schön sein, auf der Spitze der Wellen zu tanzen, wenn sich das Sonnenlicht in ihnen bricht. Es muss so schön sein, eins mit ihnen zu werden.«

Ganz vorsichtig löste er seinen Griff, hauchte einen letzten Kuss auf ihre Lippen.

Sie schloss die Augen. »Ich kann das Meer sehen … ich kann die Venus sehen, die du malen wirst. Die Venus, wie sie gerade geboren wurde …«

Wie konnte sie in der Stunde des Todes von Geburt sprechen? Aber als er sie betrachtete, als er sah, wie sie lächelte, da fühlte er, dass sie in ein Reich eintrat, wo das Leben stärker war als der Tod, die Liebe stärker als der Hass, die Schönheit stärker als das Hässliche. Er widerstand dem Drang, selbst die Augen zu schließen, sah sie weiterhin unverwandt an, prägte sich ihren Anblick ein. Als sie ihren letzten Atemzug tat, hielt er die Luft an, wünschte er sich doch kurz inständig, er könnte mit ihr gehen.

Aber er atmete weiter. Er würde auch weiterleben. Er würde auch weiter malen.

XXI.

Am Tag von Simonettas Beerdigung trug ganz Florenz Trauer, nur der Himmel nicht. Er stand in einem strahlenden Blau über der Stadt, die Frühlingssonne ließ den Arno, oft eine grünlich graue Brühe, silbrig funkeln, die gelben Fassaden der Palazzi erstrahlen, das Rot ihrer Dächer noch durchdringender erscheinen.

Cosima nahm nichts davon wahr, sie war wie erstarrt. Jedes Gesicht, in das sie blickte, wirkte aufgewühlt, in manchen Augen glänzten Tränen, oft perlten sie auch über die Wangen. Sie selbst aber war zu keiner Regung fähig. Eine Maske schien sie zu tragen, nicht aus jenem glänzenden Gold wie der offene Katafalk, in dem die tote *bella Simonetta* durch die Straßen gezogen wurde, sondern eine graue, sodass alles, worauf ihr Blick fiel, farblos blieb.

Nun gut, ihre Erinnerungen entbehrten der Farben nicht. Ganz deutlich sah sie Simonettas rotblondes Haar und ihre feinen rosigen Lippen vor sich, als sie sie nach ihrem Tod das letzte Mal schön gemacht hatte. Lisabetta Vespucci hatte sie kommen lassen, duldete sie doch lieber eine ehemalige Kurtisane in ihrem Haus, als selbst die traurige Pflicht zu übernehmen.

Cosima hatte nicht gewusst, ob sie sich überwinden könnte, die Tote zu berühren. Zögernd war sie zu ihrem Gemach hochgestiegen, an dessen Schwelle verharrt.

Es war doch nicht möglich, dass die Jüngere, Schönere steif und reglos vor ihr auf dem Bett lag, während sie, die so oft Falten und schlaffe Haut beklagt hatte, immer noch voller Leben war!

Lange hatte sie mit sich gerungen, am Ende aber die Verstörtheit überwunden, indem sie sich sagte: Es ging nicht um sie. Es ging darum, Simonetta einen letzten Dienst zu erweisen. Ihr Meisterwerk sollte sie heute sein, nicht einfach nur eine Frau, die sie etwas hübscher machte, sondern eine Frau, die größer war als der Tod, eine irdische Manifestation der himmlischen Schönheit.

Sie machte eine komplizierte Frisur, indem sie etliche Partien flocht und mit purpurfarbenen Bändern und Perlenketten schmückte. Den Scheitel wiederum krönte eine Aigrette mit einem roten Edelstein. Das Dekolleté des Kleides, das sie ihr mithilfe einer Dienerin anzog, war mit mehreren dünnen Goldreifen verziert, an denen eine ebenfalls in Gold gefasste ovale Gemme befestigt war. Der Stoff war, abgesehen von den Zierstreifen und Säumen, purpurrot. Nur einen Ton heller war das Zinnoberrot, mit dem sie das letzte Mal die Lippen einrieb.

Solange sie sie schminkte, konnte sie ihre Fassung wahren. Doch als sie die tote Simonetta zurückließ, war sie in Tränen ausgebrochen. Stundenlang hatte sie um die Frau geweint, von der sie gar nicht genau sagten konnte, was sie ihr eigentlich bedeutet hatte. Sie war doch weder ihre Tochter noch ihre Schwester, weder ihre Vertraute noch eine Freundin, oder? Am ehesten konnte sie sie als Mitstreiterin bezeichnen, wenn es darum ging, ein würdevolles Leben einzufordern, aber das allein erklärte nicht ihren tiefen Kummer.

Mittlerweile waren ihre Tränen getrocknet, vielleicht weil Simonetta nun nicht mehr ihr gehörte, sondern ganz Florenz, den Mächtigen, den Reichen, den Gelehrten, den Künstlern, selbst den gemeinen Bürgern, die aus den Häusern traten, die Straßen füllten, gafften, raunten, heulten, tuschelten, sich jedenfalls so verhielten, als wäre die, deren Leichnam an ihnen vorbeigezogen wurde, tatsächlich eine Königin gewesen.

Ob sie nur heuchelten oder von allgemeiner Ergriffenheit angesteckt waren – auch die Vespucci schienen tief berührt. Nun ja, nicht gerade Lisabetta und Nastagio, deren Mienen ausdruckslos waren, aber sowohl Piero, Simonettas Schwiegervater, und dessen Neffe Amerigo wirkten kummervoll. Selbst Marco erschien verloren wie nie, wobei sich Cosima gut vorstellen konnte, dass ihn nicht nur der Schmerz gepackt hatte, sondern vor allem die Angst. Simonetta war schließlich das Feigenblatt gewesen, unter dem er sein Laster hatte verbergen können. Gewiss, heute würde niemand darüber Zoten reißen. In den Geschichten, die flüsternd die Via Nuova weitergetragen wurden, ging es nur darum, dass Piero dem trauernden Giuliano Kleidung und Schmuck von Simonetta überlassen hätte, wohingegen die Medici angeboten hätten, sämtliche Kosten für das Begräbnis zu übernehmen.

Lorenzo war einer der Männer, die hinter dem Katafalk gingen. Er hielt den Kopf gesenkt, sodass Cosima nicht in seiner Miene lesen konnte. Auch über ihn waren heute nur wohlwollende Geschichten im Umlauf. Simonettas Tod, von dem er erfahren hatte, als er gerade in Pisa weilte, hätte ihn tief erschüttert und veranlasst, ein Sonett zu schreiben. Von einer Dame war in diesem die Rede, die von allen edlen Gaben der Schönheit so reich bedacht gewesen wäre wie vor ihr keine andere.

Wie viel Gefühl und wie viel Berechnung er in die Zeilen gelegt hatte, konnte Cosima nicht sagen. Bei jemandem wie Lorenzo ließ sich das eine nicht vom anderen trennen. Er war so werbend und charmant wie roh und grausam, aber er vergaß nie, dass alles, was er tat und sagte, den Medici nutzen sollte. Und Simonettas Stern, wenn er auch am Verglühen war, schenkte ein wenig von dem goldenen Licht, in dem er kurz sämtliche Zerwürfnisse, Intrigen und drohenden Kämpfe vergessen konnte.

Wem Cosima den Kummer eher abnahm, war Giuliano, der sich selbst als unglücklichsten Mann Italiens bezeichnet hatte. Wahrscheinlich mischte sich in diesen Kummer Reue, weil er Simonetta oft nicht gut behandelt hatte und es jetzt zu spät war, es besser zu machen. Doch sobald Simonetta in der Kirche Ognissanti ihre ewige Ruhe gefunden hätte, würde er sich gewiss in Fioretta Gorinis Arme flüchten, um bei ihr Trost und Frieden zu finden.

Neidete sie es ihm? Gönnte sie es ihm? Cosima wusste es nicht. Sie wusste nur, dass sie Giuliano dankbar sein musste, hielt er doch das Versprechen, das er Simonetta am Totenbett gegeben hatte. Seit einigen Tagen bewachten mehrere bewaffnete Männer, die er dazu beauftragt hatte, ihren Laden, was bedeutete, dass sie vor der Apothekerzunft ebenso beschützt war wie vor den Pazzi.

Den Medici-Brüdern folgte eine Reihe von Dichtern, die mit ihren Versen schon zu Lebzeiten Simonetta gehuldigt hatten und es jetzt erst recht taten – Angelo Poliziano, Bernardo Pulci, Naldo Naldi, Michele Marullo.

Vom wem das Gedicht stammte, das gerade flüsternd die Runde machte, sodass es jeder, der den Trauerzug begaffte, nachsprechen konnte, wusste Cosima nicht. Es waren zweifellos schöne Worte, doch was sie hervorriefen, war eher Ehrfurcht als Wärme.

»Du heller Stern, den Strahlen so umkränzen, dass sie die Nachbarsterne rings verdunkeln, woher nur heute dies unerhörte Funkeln? Warum willst heller du als Phoebus glänzen? Vielleicht hast du die Augen schön empfangen, die grauser Tod vermessen uns entführet, und darfst, mit ihrem Götterlicht gezieret, des Phoebus Wagen gar für dich verlangen? Du Himmelszierde gleißend ohnegleichen, ob du ein neuer Stern, ob neu verkläret, mögst, Gottheit, dich der Bitte nicht verschließen: Lass so dein Licht zu mindern dich erweichen, dass unser Aug', das ewig Tränen nähret, kann unversehrt den milden Schein genießen.«

Geht es einem einzigen von euch Dichtern wirklich um sie?, fragte sich Cosima unwillkürlich. Ist euch ihr Tod nicht bloß ein willkommener Anlass, um euer Können unter Beweis zu stellen? Ihr sucht nach schönen Reimen, ihr lechzt nach dem richtigen Wort, aber habt ihr je die Absicht gehabt, in die Tiefe ihrer Seele zu schauen, herauszufinden, wer sie wirklich war, was sie wirklich wollte, was in ihr steckte?

Nun gut, die Dichter schufen mit ihren Versen über ihre Schönheit etwas für die Ewigkeit, und das gereichte ihnen mehr zur Ehre als das Trachten der Medici, mit Simonettas Glanz den eigenen Ruhm zu festigen. Aber was war Schönheit wert, wenn sie nicht mit echter Liebe einherging?

Botticelli hatte Simonetta geliebt, doch von ihm war hier und heute nichts zu sehen.

Vielleicht hielt er sich unauffällig im Hintergrund. Vielleicht aber mied er jenen Ort, an dem Simonetta gleich einer Statue der jungfräulichen Maria verehrt wurde, nicht als Mensch mit all seinen lichten und dunklen Seiten.

Cosima war es leid, länger nach ihm Ausschau zu halten. Sie wollte auch nicht zusehen, wie der Katafalk sein Ziel erreichte, die Kirche Ognissanti unweit der Ponte alla Carraia, in der sich die Familiengruft der Vespucci befand. Am Ende hatte Simonetta zwar keine Vespucci sein wollen, nur glücklich, und doch würde sie im Kreis der Familie ihres Mannes ihre letzte Ruhestätte finden.

Je weiter sich Cosima vom Trauerzug entfernte, desto lichter wurde es auf den Straßen. Auch fern von Ognissanti wurde über Simonetta getuschelt, aber eben nicht nur. Die Trauer von manchen hier war nicht so groß wie die Sorge um den Mehlpreis, woher sie künftig Alaun beziehen könnten und was das Interdikt, das der Papst angedroht hatte, bedeuten würde. Cosima konnte etwas befreiter atmen, auch wenn sich die Trauer, die sie hinter ihrer starren Miene verbarg, nicht abschütteln ließ. Vielleicht würde sie das nie.

Dass sie immer noch nicht benennen konnte, was sie mit Simonetta verloren hatte, machte es nicht leichter, ohne sie zu leben, im Gegenteil. Ließe sich ergründen, was da so schmerzlich in ihr pochte, hätte sie vielleicht auch gewusst, was dagegen helfen würde. So aber würde ihr nichts und niemand ein Trost sein.

Amiri versuchte dennoch, ihr Trost zu spenden, kaum dass sie die Wohnung betrat. Amiri war ja immer irgendwie da, mal wie ein lautloser Schatten, der es ihr überließ, im Licht zu glänzen, mal wie ein schützender Engel, der sich drohend zwischen sie und ihre Feinde stellte. Und ihm konnte sie nichts vormachen, sich ihm nicht so unberührt zeigen wie dem Rest der Welt. Schon stand er bei ihr, schon lagen seine Hände auf ihren Schultern, schon zog er sie an sich, sodass sie ihr Gesicht an seine Brust schmiegen konnte. Jene Tränen stiegen hoch, von denen sie gedacht hatte, sie wäre ihrer weder fähig noch würdig. Allerdings wollte sie nicht mehr weinen. Sie wollte auch nicht mehr auf ihn angewiesen sein.

Mit rüder Stimme hatte sie ihm zuvor beschieden, allein zu Simonettas Trauerzug gehen zu wollen. Nun machte sie sich von ihm frei und erklärte ebenso schroff: »Geh!«

Er ließ sie los – nur verschwinden wollte er nicht. Stattdessen starrte er sie durchdringend an, und wie so oft fühlte sie sich von seinem Blick entblößt. Weit mehr schien er zu sehen als die alternde, berechnende Kurtisane, die sich nur nach Reichtum und Sicherheit sehnte, eine verletzliche Frau nämlich, die nicht nur fähig war zu lieben, auch mit ganzem Herzen bereit dazu. Oh, er durfte sie so nicht ansehen! Dann wäre sie verdammt, eine solche Frau zu sein, folglich auch schwach!

»Geh!«, befahl sie wieder, diesmal schrill.

Er gehorchte endlich, verließ jedoch nur das Gemach, nicht die Wohnung. Doch obwohl sie nicht länger seinem Blick ausgeliefert war, spürte sie ihn immer noch – genauso wie die Verheißung, die darin lag und die zugleich eine Drohung war.

Sie hastete ihm nach. »Geh für immer!«, schrie sie plötzlich.

Sein Gesicht, ohnehin von so vielen Narben gezeichnet, wirkte verwundet wie nie. Es dauerte eine Weile, bis er bestürzt stammeln konnte: »Du … du schickst mich fort?«

Es fiel ihr schwer zu nicken, sie tat es dennoch. »Du bist mein Sklave … das heißt, du bist es gewesen … bis jetzt. Nun musst du es nicht mehr sein, sollst es nicht mehr sein … ich gebe dich frei. Na also, worauf wartest du? Mir hast du doch nur gedient, weil du dazu gezwungen warst. Jeder Mensch sehnt sich nach Freiheit, es hat dir deine grässlichen Narben eingebracht, als du einst zu fliehen versucht hast. Nun, flieh jetzt vor mir, flieh, so schnell kannst. Du weißt, ich bin eine launische Frau, vielleicht überlege ich es mir morgen anders.«

»Aber ich kann doch nicht …«

»Irgendwo auf dieser Welt wirst du schon einen Platz finden, wo du glücklich bist. Es gibt Bruderschaften, die sich um freigelassene Sklaven kümmern. Manche treten auch in Kloster ein oder eröffnen ein Geschäft. Eigentlich ist es mir gleich, welche Wahl du triffst … jedenfalls kannst du dich nun frei entscheiden, also mach, dass du wegkommst, hau ab, sei nicht so verrückt, dein Geschick an meines zu binden. Was hast du von mir denn auch anderes zu erwarten als Beleidigungen und Bösartigkeiten? Ich bin ein geldgieriges, altes, hässliches Weib, daran wird sich nichts ändern. Du dagegen kannst noch etwas aus deinem Leben machen.«

Seine Miene wurde ausdruckslos, stolz, nur sein Blick war immer noch verwundet.

»Ich soll dich allein lassen?«, fragte er schlicht.

»Was aus mir wird, geht dich fortan nichts mehr an.« Ihre Stimme gewann an Schärfe. »Ich brauche dich nicht mehr, meinen Laden werde ich künftig irgendwie allein weiterführen. Obwohl Simonetta tot ist, werden die Frauen ihr immer noch gleichen wollen und …«

Eigentlich war sie nicht sicher, ob sie jemals wieder an einer Fremden die Kunst des *farsi bella* anwenden konnte. Jedes Mal, wenn sie Haare kämmen und hochstecken würde, hätte sie die Strähnen der toten Simonetta vor Augen. Jedes Mal, wenn sie Wangen und Lippen berührte, würde sie daran denken müssen, dass sie in ihrem steinernen Grab lag, langsam zerfiel, bis nichts mehr blieb als Staub und Knochen. Von ihnen allen würde ja nichts bleiben. Vielleicht war es sogar besser, jung und schön zu sterben als langsam und qualvoll nach einem sinnlosen Leben.

Wieder stiegen Tränen hoch, wieder schluckte sie sie verzweifelt hinunter. »Geh mir endlich aus den Augen! Ich will dich nicht sehen! Dies nämlich ist mein letzter Befehl, dass du verschwindest! Lass mich in Ruhe! Dreh dich nicht nach mir um!«

Die Kehle wurde ihr immer enger, das Sprechen fiel ihr schwerer. Sie wandte sich ab, konnte die Tränen nicht länger zurückhalten. Sie waren so warm, nahezu heiß. Was, wenn sie die Maske zum Schmelzen brachten, sie nicht länger alles nur in Grautönen sah? Würde das Leben leichter sein oder erst recht unerträglich?

Sie hörte Amiris Schritte. Er ging also tatsächlich, beugte sich ihr. Oder vielmehr seinem Wunsch nach Freiheit. Am Ende dachten ja doch alle nur an sich. Jeder wollte für sich so viel Macht, Geld, Schönheit, Glück, Liebe wie möglich. Nun gut, Liebe war etwas, das keinen Wert hatte, wenn man es für sich allein beanspruchte und nicht bereit war, etwas davon zu verschenken. Aber was nutzte Liebe schon? Sandro und Simonetta hatten sich geliebt, aber sie lag im Grab, und Botticelli war ein gebrochener Mann, da war es besser, so zu leben, wie sie es tat, ganz allein, nur auf sich selbst vertrauend. Eine gewisse Härte war dafür vonnöten, aber die hatte sie ja immer bewiesen, ohne sie hätte sie es nicht so weit gebracht, nicht als Kurtisane, nicht als Besitzerin eines Ladens … wobei sie weder als die eine noch die andere allein gewesen war. Amiri war ja stets an ihrer Seite gewesen, wie sollte sie es ohne Amiri schaffen? Wie aber zulassen, an seiner Seite noch weicher zu werden? Wer weich war, war verletzlich, und auf dieser Welt gab es immer jemanden, der drohend den Dolch oder die Faust hob. Besser, man fühlte nichts, ach, warum hörte sie nicht auf zu fühlen, jene Hoffnung nämlich, als sie plötzlich Schritte hörte?

Sie verfluchte sich dafür, hastete dennoch aus dem Gemach in freudiger Erwartung, dass Amiri zurückgekehrt war.

Einige holprige Schläge ihres Herzens später erkannte sie, dass es nicht Amiri war, der ihre Wohnung betrat. Sondern Nina. Doch die Enttäuschung wich schnell Entsetzen, weil die andere einen erbarmungswürdigen Anblick bot.

»Du lieber Himmel!«, brach es aus Cosima heraus. Eigentlich wollte sie die Hände über dem Kopf zusammenklatschen, doch sie brauchte sie, um Nina zu stützen. Es gelang ihr mühelos, das Mädchen war so zart. Etwas schwerer fiel es ihr, sie ins Schlafzimmer zu führen. Sie hätte Amiris Hilfe gebraucht … aber Amiri war fort … und das war allein ihre Schuld.

Aber jetzt war nicht der Zeitpunkt, sich dafür anzuklagen. Viel wichtiger war es, das Blut zu stillen, obwohl Cosima nicht einmal sicher war, woher genau es kam. Ninas ganzes Gesicht war verunstaltet – von tiefen Schnitten, die ihr jemand mit dem Dolch zugefügt hatte und die der Form eines Spinnennetzes glichen. Zwar ging keiner tief genug, um auch darunterliegende Muskeln zu verletzen, aber Cosima war überzeugt, dass Narben blieben, die sie mit ihren besten Mittelchen nicht wegbekommen würde. Nina war für immer eine Gezeichnete.

»Ach Nina«, sagte sie leise. »Was ist bloß geschehen?«

Die junge Frau hatte bereits das Gesicht verzogen, als sie die Wunden im Gesicht abtupfte. Sie heulte regelrecht auf, als Cosima merkte, dass noch mehr Blut aus ihrem Leib strömte. Sie zog ihr Kleid hoch, presste ein Stück Leinen auf ihre Scham, hoffte, dass das ausreichte.

Zwei Wörter kamen ihr in den Sinn, die harmlos in den Ohren jener klang, die nicht um ihre Bedeutung wussten, die aber einer ehemaligen Kurtisane wie ihr kalte Schauder über den Rücken jagten.

Sfregio lautete das eine, *trentuno* das andere.

Sfregio hießen Verletzungen, die man einer Kurtisane im Gesicht zufügte, um sie hässlich und darum auf ewig arbeitsunfähig zu machen.

Trentuno – einunddreißig – bedeutete, dass einunddreißig Männer über eine Kurtisane herfielen und sie schändeten, sodass ihr Unterleib ähnlich zerstört war wie das Gesicht nach einem *sfregio*. Gewiss, nur selten zählte jemand, der sich auf diese Weise an einer Kurtisane rächen wollte, nach, ob es wirklich einunddreißig Männer waren, gut möglich, dass weitaus weniger Nina Gewalt angetan hatten. An den Folgen änderte das nichts.

»Aber warum denn?«, fragte Cosima. »Wer hat sich so grausam an dir gerächt? Und wofür?«

Das Mädchen schluchzte erbärmlich, doch nicht nur deswegen zitterte es am ganzen Leib. Cosima fiel nichts anderes ein, als die Arme um ihre Schulter zu legen, sie an sich zu ziehen. Auch Amiri hatte sie oft umarmt, wenn sie verstört war …

Sie verdrängte den Gedanken an ihn, zumal Nina endlich zu reden begann. »Beide …«, presste sie hervor, »beide … aber ich habe es verdient.«

»Niemand hat so etwas verdient!«

»Wenn du wüsstest, was ich getan habe … was ich dir angetan habe …«

Die nächsten Worte wurden von Schluchzern zerhackt. Doch Cosima musste nicht alle verstehen, um die Wahrheit zu erkennen.

Als Cosima damals mit Simonetta vereinbart hatte, die Pazzi und Medici gleichermaßen auszuhorchen und deren Geheimnisse nach Gutdünken, aber immer zum Vorteil der Medici weiterzugeben, hatte Nina sie belauscht und war zum Schluss gekommen, dass das, was die beiden konnten, sie allemal zustande brächte – nämlich größtmöglichen Nutzen aus dem Machtkampf zu ziehen, der Florenz erschütterte. Sie war sich besonders klug vorgekommen, als Erstes Fioretta Gorini einzuweihen, die darunter litt, nunmehr seit Monaten in Simonettas Schatten zu stehen. Nicht von ihrem Diener Stefano, sondern von Nina hatte sie erfahren, was Cosima und Simonetta trieben. Später, als Simonetta vom Hof der Medici verbannt war, hatte Nina sich dort als Spionin hervorgetan.

»Und das haben die Pazzi erfahren«, stellte Cosima fest und fühlte keinen Zorn, nur Mitleid.

Nina musste sich sehr mächtig vorgekommen sein – und war am Ende nur dieses erbärmlich zitternde Häuflein Mensch. Auch Simonetta war sich mächtig vorgekommen, nun aber tot. Und sie selbst … nun sie war vielleicht die Erbärmlichste von allen. Ihr Leben war nicht vollends zerstört, dennoch hatte sie Amiri weggeschickt, den Einzigen, der wirklich zu ihr gehörte, der zwischen ihr und der Einsamkeit stand.

Allerdings wollte sie dem Selbstmitleid keinen Raum geben, zumal Nina noch lange nicht mit ihrem Geständnis fertig war.

»Es ist noch schlimmer. Ich habe mir nichts als Feinde gemacht. Lorenzo und Giuliano haben mich ihrerseits schon vor Monaten verdächtigt, in Wahrheit auf der Seite der Pazzi zu stehen. Sie haben mich beobachten lassen, und nachdem ich eines Tages erneut bei ihnen war, haben sie ein Rudel Männer auf mich gehetzt …« Ihre Stimme wurde leiser. »Ich konnte mit niemandem darüber reden, am allerwenigsten mit dir.«

Cosima durchforstete ihr Gedächtnis, aber sie musste sich eingestehen, dass ihr keine Veränderung an Nina aufgefallen war. Wie auch. Ihr war es nur darauf angekommen, dass sie ihre Arbeit verrichtete. Und wenn sie sie mal nicht in der Werkstatt angetroffen hatte, hatte sie es auf ihre Faulheit geschoben, den Wunsch, sich auf dem Markt herumzutreiben.

»Und vorhin«, fügte die geschundene Frau zitternd hinzu, »vorhin bin ich Rino in die Hände gefallen. Er hegte seit Längerem den Verdacht, dass ich den Medici sämtliche Geheimnisse ausgeplaudert habe, und so war es ja auch, und deswegen hat er mich schrecklich entstellt und …«

Wieder brach sie in ein Schluchzen aus, wieder fiel Cosima nichts anderes ein, als sie zu umarmen. Genau davor hatte Amiri auch sie gewarnt – dass sie zwischen die Fronten geriet. Wie sollte es auch anders sein, wenn man in einem gnadenlosen Krieg kämpfte und keine anderen Waffen nutzen konnte als die eigene Dreistigkeit und Schönheit?

Die Schönheit hatte Nina allerdings für immer verloren.

Gerne hätte sie ihr übers Gesicht gestreichelt, aber das wäre für das Mädchen zu schmerzhaft gewesen. Sie begnügte sich mit der Umarmung, und während die Schluchzer langsam abebbten, ging ihr auf, was Nina da genau gesagt hatte. Wenn die Männer der Medici schon vor einigen Monaten über sie hergefallen waren – warum hatte sie dann heute immer noch diese Blutungen? Und warum vertraute sie sich ihr nun doch an?

Sie zog das Leinen zwischen den Beinen der anderen hervor. Es war von Blut durchtränkt, doch es kam kein neues mehr.

»Du … du musst mir etwas geben«, flehte Nina.

»Was geben?«, fragte Cosima gedehnt, obwohl sie ahnte, was das Mädchen von ihr wollte.

»Damals … als ich noch als Hure für dich arbeiten sollte … da hast du mir ein Mittel gegeben, um eine Schwangerschaft zu verhindern. Ich habe es zunächst genommen, aber später nicht mehr, und jetzt … und jetzt …«

»Du trägst ein Kind!«

»Nein, ich trage den Teufel selbst im Leib! Was sonst sollte herauskommen, nachdem diese schrecklichen Unholde mich … mich …«

Ihre Stimme brach, sie weinte wieder, diesmal tonlos. Als sie sich endlich beruhigt hatte, erklärte sie, dass sie alle Maßnahmen ausprobiert hatte, um das Kind loszuwerden. Nichts davon hätte funktioniert, heute wäre sie schließlich mehrfach von einer Mauer gesprungen, doch leider waren die Blutungen zu schwach. »Was kann ich tun, damit sie wieder stärker werden?«

Cosima blickte ratlos auf sie herab, zog ihr das Kleid wieder über die Schenkel. Es war nicht so, dass ihr kein Rat einfiel. Sie wusste, dass man eine Fehlgeburt bewirken konnte, indem man starke Abführmittel nahm – eine Mischung aus Koloquinten, dem Saft der Purgierwinde und dem Wolfsmilchgewächs. Es wäre ein Leichtes gewesen, alles zu besorgen, es Nina einzuflößen. Und doch, sie konnte es nicht. An dem Tag, da man Simonetta zu Grabe getragen hatte, sie sich einsam, verloren wie nie fühlte, brachte sie es nicht übers Herz, dafür zu sorgen, dass ein blutiger Klumpen blieb, was eigentlich ein Kind werden sollte – ein Kind, das lachte und juchzte und sich am Leben erfreute und bewies, dass diese Welt mehr war als ein stinkender Abgrund.

»Nein«, sagte Cosima plötzlich laut.

Nina blickte hoch, ihre Augen waren rot, immerhin trat nicht mehr so viel Blut aus den Schnitten. »Du weißt kein Mittel, um diesen Dämon loszuwerden?«

»Ich weiß, dass es kein Dämon ist … als einziges Wesen von uns allen trifft dieses Kindlein keine Schuld. Es … es will einfach nur leben.«

»Aber ich kann es nicht bekommen! Ich könnte ja doch nicht für ein Kind sorgen. Was sollte ich denn anderes tun, als es vors Klostertor zu legen und zu hoffen, dass es die Nonnen noch vor den streunenden Hunden entdecken?«

Ein Schauder überlief Cosima, umso energischer rief sie: »Nein!«

Sie ließ Nina kurz los, aber nur, um sie aufs Bett zu drücken, sodann ihr Kinn zu umfassen, sie zu zwingen, sie anzusehen.

»Du wirst dieses Kind nicht töten. Du wirst dieses Kind auch nicht aussetzen. Du wirst es auf die Welt bringen, und danach wird eine Amme es nähren. Wahrscheinlich kannst du es nicht lieben, aber das werde ich für dich tun. Ich … ich werde dich beschützen. Ich werde dir helfen.« Eigentlich war sie sich nicht sicher, ob sie es konnte … zu helfen … zu beschützen … zu lieben, und doch bekräftigte sie: »Du wirst dieses Kind nicht töten, nicht an dem Tag, da man Simonetta Vespucci zu Grabe getragen hat. Ich werde sie nie wieder schön machen, so wenig wie ich dich je wieder schön machen kann. Ob das Kind wiederum schön ist oder nicht, ist gleich. Ein schönes Leben soll es jedenfalls haben, und dafür werde ich sorgen. Der Laden wirft genug Geld ab, und wie früher wirst du mir dort helfen. Gewiss, mit den Narben in deinem Gesicht kannst du nicht selbst Salben verkaufen, aber du warst recht begabt darin, sie zuzubereiten.«

In Ninas Miene breitete sich Leere aus, Cosima war nicht sicher, ob sie irgendwo dahinter eine Zukunft ahnte, für die es sich weiterzuleben lohnte. Aber immerhin schüttelte sie nicht vehement den Kopf, und als Cosima sagte, sie würde ihr eine Brühe zur Stärkung zubereiten und ein wenig Mohnsaft daruntermischen, damit sie lange und frei von finsteren Träumen schlafen könnte, nickte sie sogar. Sie sank zurück auf das Kissen, ihr Gesicht war, von den blutigen Schnitten abgesehen, weiß wie dieses. Ob sie überhaupt stark genug war, ein Kind auszutragen?

Oh, sie muss es sein!, dachte Cosima. Der Tod soll sich mit Simonetta begnügen! Damit hat er doch fürs Erste genug bekommen.

Sie wartete eine Weile, erst als sie sicher war, dass Nina nicht wieder anfangen würde zu weinen, verließ sie das Schlafgemach. Sie hatte keine Ahnung, wo sie Zutaten für eine Brühe herbekommen sollte, sonst schickte sie Amiri, um die Einkäufe zu erledigen, vielleicht sollte sie stattdessen Lasagne bei einem Straßenhändler kaufen und …

»Das war das Schönste, was du jemals gesagt hast«, ertönte

plötzlich eine Stimme. »Es war das Schönste, was du jemals getan hast.«

Ihr Herz machte einen Satz. Dass es ein freudiger war, musste er jedoch nicht wissen.

»Amiri!«, rief sie streng. »Du hast mich zu Tode erschreckt!«

Er stand an der Wand gelehnt. Hier im Gang war das Licht zu trübe, um in seinen Zügen zu lesen, und er machte keine Anstalten, auf sie zuzutreten. Doch als sie es tat, wich er nicht zurück.

»Du … du bist zurückgekehrt?«, fragte sie und konnte nicht verhindern, dass ihre Stimme bebte.

»Ich werde dich niemals verlassen.«

»Aber ich habe dich freigegeben, du bist nicht mehr mein Sklave.«

»Eben, und deswegen muss ich dir nicht mehr gehorchen. Du kannst mir noch so oft sagen, dass ich gehen soll – ich werde es nicht tun.«

Sie konnte nicht begreifen, dass sie jemals diese Worte gesagt hatte.

»Wenn du nicht mein Sklave bist, wer bist du dann?«, fragte sie heiser.

»Ich würde gern dein Mann sein.«

»Aber ich bin alt, ich bin hässlich.«

»Alt bin ich auch und sogar noch hässlicher. Aber wie du schon zu Nina sagtest: Man muss nicht schön sein, um ein schönes Leben zu haben. Du und ich und Nina und das Kind – wir werden eine Familie sein.«

Kurz erschien ihr das Wort unpassend. Familie – das war doch nichts, was auf sie alle zutraf. Aber dann entwich ihr ein glucksender Laut. Vielleicht lachte nicht nur sie, vielleicht auch Simonetta, die nicht kalt und starr im Sarg lag, sondern in diesem Moment bei ihnen war. Und ihr Lachen klang nicht spöttisch, es klang freundlich, wohlwollend, ermutigend.

Und ob ihr eine Familie seid, würde Simonetta sagen. Ich selbst habe mitgeholfen, dass ihr eine sein könnt, weil es ohne mich die Casa Bellani nicht geben würde.

»Ach Amiri.«

»Ach Cosima.«

Sie versanken in einer Umarmung, er massierte kurz ihren Rücken, dann küsste er sie auf die Stirn und die Wangen und schließlich auf den Mund, und obwohl er das das erste Mal tat, fühlte es sich so selbstverständlich an, als hätten sie sich all die letzten Jahre immer wieder geküsst. Er war ja nie wirklich ihr Sklave gewesen, immer schon ihr Mann, sie war nur blind dafür gewesen, hatte nicht gesehen, was sie nun sah, als sie ihn aus tränennassen Augen anstarrte. Er war gar nicht hässlich und von seinen Narben entstellt, sondern wunderschön mit diesem warmen dunklen Blick. Er sah nicht die alternde Kurtisane mit dem ergrauenden Haar, den Falten um Augen und Mund, den schlaffen Brüsten, sondern eine schöne, stolze Frau. Und ihre Zukunft, ihr Leben und ihre Familie würden nicht minder schön sein.

XXII.

1484

Botticelli schien sie nicht zu hören, als Cosima die Werkstatt betrat; er blickte nicht hoch, sondern starrte auf die Leinwand vor sich. Ein kräftiger Mann war er nie gewesen, in der übergroßen, zerknitterten Tunika wirkte er jedoch schmal wie nie zuvor. Sein Haar, das in der Sonne rotblond glänzte, war nahezu vollständig ergraut, die Kerben auf seinen Wangen waren tief. Nur der Blick aus den braunen Augen war wach wie eh und je. Sie hatte gedacht, er hätte sie nicht bemerkt, überlegte schon, wieder zu gehen, aber da sagte er plötzlich: »Sei gegrüßt, Cosima.«

»Ich wollte dich nicht stören.«

»Du störst mich nicht. Das Gemälde … es ist fertig.«

Sie konnte nicht recht erkennen, ob in seinem Blick Stolz stand oder Trauer, Liebe oder Wehmut. Wahrscheinlich war es alles. Sie trat an ihn heran, wagte kurz nicht, das Gemälde zu betrachten. Sie wusste, woran er in den letzten Monaten im Auftrag von Lorenzo de' Medici gearbeitet hatte, und war nicht zuletzt hergekommen, um sich von seinen Fortschritten zu überzeugen, wenngleich das nicht der einzige Grund war. Vor allem wollte sie sich vergewissern, dass es dem Maler gut ging, dass er genug schlief und aß, erst recht, seit Filippino Lippi seine Lehre beendet hatte und nicht länger darüber wachte.

Sie hatte Angst, das Bild zu betrachten, Angst vor den Erinnerungen, die es heraufbeschwören könnte, Angst vor dem Kummer, weil Simonetta nur auf der Leinwand weiterlebte, nicht mehr im irdischen Florenz. Doch als sie den Blick schließlich doch darauf richtete, konnte sie ihn nicht mehr davon lösen. Der Schmerz, den sie befürchtet hatte, überkam sie tatsächlich. Aber eben nicht nur dieser. Es war, als wollte dieses Bild den Betrachter traurig und verletzlich machen, aber zugleich trösten.

Vier Gestalten waren darauf dargestellt. Ganz links sah man einen Mann und eine Frau, die in der Luft schwebten, sie an ihn geklammert, den Blick unverwandt auf die Venus gerichtet. Dass sie mit Flügeln ausgestattet waren, verriet, dass der Mann wohl Windgott Zephyros war. Die Flügel schimmerten golden, während das Tuch, das den ansonsten nackten Körper der beiden bedeckte, in einem bläulichen Farbton gehalten war.

Rechts im Bild konnte man eine Frau, die im Profil dargestellt war, erkennen. Vor einem Stück Wald tänzelnd ging sie – wohl eine Nymphe – auf die Göttin Venus zu und hielt einen rötlichen Mantel in der Hand. Es war die einzige Figur, die auf der Landseite stand, die einzige auch, die bekleidet war. Ihr helles Kleid hob sich von drei Bäumen ab, deren Äste den rechten oberen Bildrand füllten, unter ihrer Brust befand sich ein Strauch mit fünf Rosen und um ihren Hals ein Olivenzweig.

Cosima betrachtete sie nicht sehr lange, dann ging ihr Blick zu der Frau im Mittelpunkt des Gemäldes – der völlig nackten Göttin Venus. Sie stand auf einer Muschel, ihre Hände bedeckten

Scham und Brust. Die ebenmäßigen, zarten Züge des Gesichts ließen an eine Madonna denken, die weiße, reine Haut leuchtete, als wäre sie aus Marmor. Das gewellte Haar, das ihr Gesicht umrahmte, glänzte rötlich und hob sich dort, wo zaghafte Sonnenstrahlen darauf fielen, nahezu golden von den bläulichen Bändern ab. Eine Strähne glitt an ihrer rechten Schulter hinab und warf eine große Locke. Eine andere hatte sich aus dem Zopf gelöst und wehte im Wind. Je länger Cosima die Frau betrachtete, desto deutlicher fiel auf, dass die Gesetze der Natur an vielen Stellen missachtet worden waren: Der Hals war etwas zu lang, die Schultern etwas zu herabfallend, der Kopf seltsam schräg gehalten. Und doch war diese Figur von einer Harmonie, wie man sie nur selten fand, zumindest nicht auf dieser Erde.

Diese Venus war wunderschön. Diese Venus war Simonetta Vespucci.

»Ach Sandro«, seufzte sie.

Er regte sich nicht, schien nicht zu bemerken, dass sie nach dem Gemälde nun ihn betrachtete. Seine Kleidung war einfach wie immer, seine Körperhaltung ließ ihn als bescheidenen Mann erscheinen. Nichts verriet, dass er vor einigen Jahren mit seinem Gemälde »Die Anbetung der Heiligen Drei Könige« seinen Durchbruch gefeiert hatte, es kaum einen anderen Maler gab, der im Moment so hohes Ansehen in Florenz genoss wie er.

Doch man konnte ihm dagegen deutlich ansehen, dass keine Stunde verging, da er nicht an sie dachte.

»Sie … sie ist dir gut gelungen«, presste Cosima hervor.

»Es ist nicht das erste Mal, dass ich sie gemalt habe«, murmelte er.

Cosima wusste, dass Lorenzo de' Medici auch ein Gemälde in

Auftrag gegeben hatte, das »Primavera« hieß, Frühling, und auf dem die Frühlingsgöttin Simonettas Züge trug. Überdies hatte sie gehört, dass Sandro sie in den Gemälden »Minerva und Kentaur« oder »Madonna del Magnificat« verewigt hatte. Und jedes Mal, wenn sie seine Werkstatt besuchte, hatte sie dort eine neue Porträtstudie vorgefunden, ob mit Rötel- oder Silberstift ausgeführt oder als Ölgemälde, das Simonetta zeigte, unter das er allerdings nie ihren Namen schrieb, nur »Junge Frau«.

»Aber nie hast du sie so genau getroffen. Wie ihre Haut leuchtet…«

»Ich habe mit viel Blattgold gearbeitet. Nicht nur ihr Leib, auch die Rippen der Muschel, die die nackte Venus über die Wellen trägt, die Federn der Flügel des Windgottes und noch die kleinsten Grashalme sind mit feinen goldenen Strichen übermalt.«

Sie freute sich, dass sich ein wenig Eifer in seine Stimme schlich und verriet, dass er kein ganz und gar in Trauer erstarrter Mann war, sondern noch viel Leidenschaft in ihm steckte.

»Und schon bei der Grundierung habe ich mit Alabasterpulver gearbeitet, das für Glanz sorgt«, fuhr er fort. »Beim Wasser und den Pflanzen wiederum habe ich mit Kupfersulfat gearbeitet und beim Mantel mit durchscheinendem roten Lack.«

»Es ist schön… überirdisch schön.«

»Die Figuren sind in Form eines Dreiecks angeordnet, dessen zwei Diagonalen die Göttin von den anderen Personen abgrenzen. So erscheint sie… erhaben.«

Cosima hatte keine Ahnung von Geometrie. »Das allein ist es nicht«, sagte sie. »Was dieses Gemälde so vollkommen macht, ist die Tatsache, dass du sie geliebt hast.«

Ein Ruck ging durch ihn, als hätte ihn ein Schlag getroffen. Seine Stirn runzelte sich leicht, seine Schultern krümmten sich. Als er den Blick allerdings vom Bild löste und Cosima betrachtete, war seine Miene ausdruckslos. Mit diesem Gesicht hatte er sich auf der »Anbetung der Könige«, den drei Weisen aus dem Morgenland beim Jesuskind in der Krippe, verewigt – als nicht besonders schönen, aber wachen, aufmerksamen Mann, der die Welt stets mit leisem Spott betrachtete.

»Laufen deine Geschäfte gut?«, fragte er.

»Endlich wieder. Es ist kaum zu glauben, dass die Casa Bellani die letzten Jahre überlebt hat … dass wir alle sie überlebt haben.«

Sie wollte nicht laut aussprechen, worauf sie anspielte – auf jene dunklen Zeiten, in denen der Papst das Interdikt über die Stadt verhängt, die Wirtschaft unermesslichen Schaden genommen hatte, die Republik überdies durch einen Krieg mit Neapel geschwächt worden war. Lorenzo war am Ende gestärkt daraus hervorgegangen, aber ihr Geschäft hatte lange darunter zu leiden gehabt.

All diesen Zerwürfnissen vorangegangen war wiederum die finsterste Intrige, derer die Florentiner jemals Zeugen geworden waren – die Verschwörung der Pazzi.

Es war zwei Jahre nach Simonettas Tod gewesen, als die Pazzi beschlossen hatten, dass Lorenzo und Giuliano sterben müssten. Schlimm genug, dass sie zu einem gemeinen Meuchelmord bereit waren, zu einem wahren Frevel wurde die Tat, weil sie in einer Kirche geplant wurde – dem Dom von Florenz –, und das während der Ostermesse. Und dennoch trugen nicht nur der König von Neapel oder der Herzog von Urbino den gemeinen Plan mit, sondern auch der Erzbischof von Pisa und der Papst höchstselbst.

Ein erfahrener Söldnerführer sollte gemeinsam mit Francesco de' Pazzi das ruchlose Verbrechen ausführen, doch das Attentat missglückte – zumindest zum Teil. Lorenzo konnte sich vor den Mördern in den Palazzo del Signoria flüchten, dessen Türen sich von selbst verriegelten, wenn sie zugeschlagen wurden. Allerdings rettete er damit nur sein Leben, nicht das seines Bruders Giuliano, der den Mördern zum Opfer fiel.

Auch das war ein Grund, warum Lorenzos Rache fürchterlich ausgefallen war. Nachdem die Pazzi überwältigt worden waren, ließ er Francesco am Fensterpfosten des Palazzo della Signoria aufhängen und Dutzende Mitverschwörer hinrichten, mit deren aufgespießten Leichenteilen das Volk später durch die Straße gezogen war.

Der Ekel, der Cosima bei diesen Erinnerungen überkommen hatte, musste ihr deutlich anzusehen sein, denn Botticelli sagte plötzlich: »Denk nicht mehr daran.«

»Wie sollte ich es denn vergessen? Kannst du denn?«

Er zuckte mit den Schultern. Sie wusste genau, er konnte es nicht. Er selbst war vom Florentiner Magistrat beauftragt worden, die Gesichter der gehenkten Verschwörer zu malen – als Mahnung daran, wie einer, der sich gegen die Medici erhob, endete. Diese Aufgabe musste ihm schwergefallen sein – ungleich schwerer als einem Leonardo, der vor Leichnamen nie eine Scheu empfunden hatte. Was Sandro nach der Verschwörung der Pazzi ebenfalls gemalt hatte und was seinen Ruhm mitbegründet hatte, war ein letztes Bildnis von Giuliano.

»Ein Jammer, dass Giuliano Simonetta nur um zwei Jahre überlebt hat«, sagte sie leise.

Wieder zuckte Botticelli mit den Schultern. Falls er Eifersucht verspürte, würde er die nicht eingestehen – Mitleid aber auch nicht. »Immerhin hat Fioretta Gorini kurz nach seinem Tod noch einen Sohn geboren«, sagte er leise.

Über den kleinen Giulio wurde in Florenz' Gassen viel getuschelt. Lorenzo hatte ihn vom Schicksal bewahren wollen, als Bastard zu gelten, und darum Gerüchte in Umlauf gesetzt, wonach Giuliano Fioretta kurz vor seinem Tod heimlich geheiratet hatte. Cosima bezweifelte, dass auch nur ein Körnchen Wahrheit darin steckte, schließlich war kurz vor Giulianos Tod seine baldige Verlobung mit Semiramide d'Appiano angekündigt worden. Aber wer würde es schon wagen, Lorenzo der Lüge zu bezichtigen oder einem unschuldigen Kind zu schaden, das wohl die kirchliche Laufbahn einschlagen, vielleicht irgendwann ein mächtiger Kardinal sein würde, gar ein Papst, und zwar einer, der den Medici deutlich freundlicher gesinnt wäre als der jetzige?

»Es ist schön, dass der Tod nicht das letzte Wort behalten hat«, murmelte Cosima. »Von Giuliano ist sein kleiner Sohn geblieben … von Simonetta dieses Gemälde. Es wird dich unsterblich machen.«

»Vorausgesetzt, dass es jemand sieht. Gut möglich, dass es in irgendeinem Schlafzimmer im Palazzo der Medici verstaubt.«

»Warum bist du so pessimistisch?«

Er sah sie überrascht an. »Das bin ich nicht. Ich bin glücklich, meine Arbeit tun zu können. Ich bin glücklich, dass ich ihr nahe sein kann, wenn ich sie male. Aber ich strebe nun mal keinen Ruhm an. Er erscheint mir so bedeutungslos …«

Er sagte es nicht laut, aber sie hörte, was er dachte: So bedeutungslos gemessen an der Liebe.

Ihr Blick ging durch die Werkstatt. »Seit Filippino zum Meister geworden ist, ist es sehr einsam hier, oder?«

Er schüttelte den Kopf. »Seit Kurzem habe ich einen neuen Lehrling, Jacopo di Domenico. Er ist nicht ganz so vorlaut wie Filippino, ich fürchte, auch nicht ganz so begabt. Ständig hungrig wie er ist er auf jeden Fall.«

Cosima betrachtete ihn. »Du bist dagegen nie hungrig. Ach herrje, warum stellst du lediglich einen Lehrling ein, der ja doch nur auf sein eigenes, nicht auf dein Wohlbefinden achtet. Warum …«

»Ich werde niemals heiraten«, fiel er ihr ins Wort.

»Aber das bedeutet, dass du auch niemals Kinder haben wirst, schmerzt dich das nicht?«

»Die Söhne meines Bruders, Benincasa und Mariano, besuchen mich oft.«

Was er wohl unter »oft« verstand? Vielleicht zweimal im Jahr? Gut möglich, dass es auch zweimal im Monat war und er in diesen Stunden so etwas wie Glück empfand. Jedenfalls war es aussichtslos, ihn von seinem Entschluss abzubringen, unverheiratet zu bleiben. Andere Künstler wie Leonardo hielten es ja auch so. Und so oder so würde er Simonetta niemals vergessen. Ein Gerücht besagte, dass er in seinem Testament verfügt hatte, dereinst in der Kirche von Ognissanti am Fuße ihres Grabmals seine letzte Ruhestätte zu finden.

So wie man ihr vorhin, als sie über die Verschwörung der Pazzi gesprochen hatten, wohl deutlich den Ekel angesehen hatte, konnte sie nun ihr Mitleid kaum verbergen. Er zwang sich zu einem Lächeln, auch wenn dieses nur halbherzig geriet.

»Warum bist du eigentlich hier, Cosima? Kann es sein, dass du ein Miniaturbildnis brauchst für deine Döschen?«

Sie schüttelte den Kopf. »Ich fürchte, mit Simonettas Gesicht kann ich nicht länger für meine Waren werben … wer an sie denkt, hat zugleich den Namen Vespucci im Sinn.«

Wieder sprachen sie beide nicht aus, was ihnen durch den Kopf ging – dass die Vespucci in Unehre geraten waren, weil Piero nach den unheilvollen Ereignissen im April 1478 einem der Verschwörer zur Flucht verholfen hatte. Cosima konnte sich bis heute nicht vorstellen, dass Simonettas Schwiegervater das getan hatte, weil er sich gegen die Medici stellen wollte. Wahrscheinlich hatten ihn Mitleid und Freundlichkeit getrieben. Doch auf dieser Welt war beides etwas, wofür man selten belohnt wurde. Sowohl er als auch Marco waren im Gefängnis gelandet, und obwohl Lorenzo sie später begnadigt hatte, blieb der Name der Familie befleckt.

»Nun«, sagte Cosima, »was von Simonetta bleiben soll, ist ja weder der Name Vespucci noch Schönheitsmittelchen, es ist dieses Gemälde.«

Seine Miene blieb ausdruckslos. »Und was führt dich dann zu mir? Brauchst du vielleicht Pigmente?«

In der Tat hatte sie diese ab und an von ihm etwas billiger bekommen als auf dem Markt. »Du weißt, ich bin eine geschäftstüchtige Frau, wenn du welche für mich hast, dann nehme ich sie gerne. Aber ich bin vor allem hierhergekommen, um mich zu vergewissern, dass es dir gut geht. Es wäre ihr so wichtig …«

»Natürlich geht es mir gut. Ich … ich durfte sie malen.«

Cosima bezweifelte, dass ihn das wirklich glücklicher gemacht hatte, wahrscheinlich hatte es ihm eher Kräfte geraubt, anstatt ihm neue zu geben. Dennoch war sein Leben solcherart ein erfülltes.

Sie unterdrückte ein Seufzen, verabschiedete sich mit einem Lächeln. Ein letztes Mal betrachtete sie die »Geburt der Venus«. Vielleicht konnte man ein solches Bildnis nur erschaffen, wenn man an Schmerzen litt. Womöglich waren diese gar der Preis für großartige Kunst. Als sie wenig später die Werkstatt verließ, über der die stille Trauer wie ein dunkler Schatten hing, war sie jedenfalls dankbar, dass sie keiner überirdischen Schönheit diente – nur der vergänglichen.

In ihrem Laden erwartete sie ein durchdringender Geruch. Nina stand hinter dem Verkaufstresen und verkaufte einer jungen Frau gerade ein Mittel aus Eichenfarn, außerdem Kalkmilch und Lauge, mit dem sich lästige Härchen entfernen ließen. Diese Härchen, so erkannte Cosima, als sie näher trat, sprossen bei jener Frau vor allem über der Oberlippe.

»Allerdings darf es nur kurz aufgetragen werden«, erklärte Nina, »sobald Ihr das Gefühl habt, Eure Haut würde brennen, müsst Ihr es sofort abwaschen. Ansonsten würdet Ihr Euch Verbrennungen zuziehen, die nicht so schnell verheilen.«

Die junge Frau blickte skeptisch auf die Phiole. »Habt Ihr nicht auch etwas, bei dem diese Gefahr nicht besteht?«

»Oh, natürlich!«, rief Nina und setzte jenes strahlende Lächeln auf, das ihre vielen Narben im Gesicht vergessen ließ und mit dem sie noch die skeptischste und geizigste Kundin davon überzeugen konnte, dass sie nur deren Wohl im Sinn hatte, nicht den eigenen Geldbeutel.

»Hier haben wir eine Mischung aus Ammoniakgummi und Kolophonium. Beides wird zusammen gekocht, danach wie ein Teig geknetet. Mit diesen gilt es, die Haut zu bedecken, und sobald die Masse getrocknet ist, zieht man sie ratzfatz ab. Es schmerzt natürlich, aber nur für kurze Zeit.«

Cosima vergewisserte sich nicht mehr, ob sich die Kundin wirklich vom Produkt überzeugen ließ. Sie nickte Nina knapp zu, ein ermutigendes Lächeln auf den Lippen, ehe sie durch die hintere Tür Richtung Werkstatt entschwand.

Was immer sie mit Nina verband – es waren nicht unbedingt die Gefühle, die eine Mutter für die Tochter hegte und diese für die Mutter. Zu viel Berechnung war auf beiden Seiten im Spiel, wussten sie doch, dass es für ihre Zukunft förderlicher war zusammenzuarbeiten. Aber mittlerweile verließ sie sich auf Ninas Treue, auch auf deren Einsicht, dass schöne Kleider, Schmuck und die Aufmerksamkeit mächtiger Männer weit weniger zählten als eine Familie, die in Notzeiten zusammenstand.

Cosima beschleunigte den Schritt, und während es sie schon mit Wohlwollen erfüllt hatte, Nina ganz in ihrem Element im Verkaufsraum zu erleben, ging ihr das Herz noch weiter auf, als sie die kleine Werkstatt betrat, ein schmaler Raum mit zwei Werkbänken und mehreren Wandschränken, randvoll mit Zutaten, in dem die Schönheitsmittel hergestellt wurden.

Amiri saß auf einem Stuhl, ein etwa siebenjähriger Junge mit wirrem Lockenkopf stand neben ihm. Die Haare waren eigentlich zu lang, aber Cosima brachte es nicht über sich, sie zu schneiden.

»Schau genau zu, Simone«, belehrte Amiri den Jungen. »Diese Bleiblechstücke müssen ganz von Essig bedeckt sein. Erst dann stellt man sie an einen möglichst warmen Ort, bis sie sich aufgelöst haben.«

»In den Ofen?«, fragte der Junge, der sich schon von klein auf wissbegierig und aufnahmefähig erwiesen hatte.

»Man könnte sie auch unter noch warmem Pferdemist vergraben«, antwortete Amiri, und jenes glockenhelle Lachen ertönte, das in Cosimas Ohren die schönste Musik von allen war.

»Ich habe gehört, dass sich nicht nur Bleiblechstücke in Essig auflösen, auch Bleiasche«, sagte der Junge ernsthaft. »Das wäre doch auch eine Möglichkeit, Bleiweiß zu gewinnen.«

Keiner der beiden bemerkte Cosima, und das war ihr nur recht. Sie sah den beiden so gerne zu, wenn sie in trauter Zweisamkeit über Rezepturen sprachen. Simone mochte Ninas Sohn sein, und doch musste sie bei seinem Anblick stets an Simonetta denken, nicht nur, weil sie ihn nach ihr benannt hatten, auch, weil sein Haar einen ähnlichen rotblonden Ton hatte und sein Lächeln ihrem glich. Cosima hatte Simonetta zwar nicht oft lächeln sehen. Aber sie wusste: Sie hatte es in der Stunde ihres Todes getan. Und sie tat es auch jetzt, wenn sie wie ein guter Engel über die Casa Bellani wachte.

Ob sie auch lächelte, wenn sie Sandro beim Malen zusah?

»Woraus besteht die weiße Farbe, die sich die Frauen ins Gesicht reiben, um blass zu wirken?«, fragte der Junge eben.

»Oh, da gibt es mehrere Möglichkeiten«, erwiderte Amiri. »Man kann englisches oder holländisches Bleiweiß benutzen, und dieses muss man mit Gips vermischen, damit es sich auftragen lässt. Allerdings führt der Gips dazu, dass das Bleiweiß ganz hart wird und die Gesichter der Frauen, wenn sie zu viel davon verwenden, zur Maske erstarren.«

»Man bräuchte also etwas anderes?«

»Nicht nur für den Gips. Am besten, es gäbe auch einen Ersatz für das Bleiweiß selbst, ist dieses doch giftig und entfaltet eine schädliche Wirkung.«

»Und wenn man Kalk nimmt?«

Amiri wollte antworten, doch nun schien er Cosimas Anwesenheit zu spüren und blickte hoch. Er lächelte sie an, und dieses Lächeln hatte die Macht, Kummer und Angst aus diesem Raum zu verbannen. Wer sie beide betrachtete, nahm auf den ersten Blick zwei vom Leben gezeichnete Menschen wahr, die manche Narbe trugen, sichtbare wie unsichtbare. Aber wenn sie einander ansahen, dann zählte nicht die Vergangenheit, nur eine Zukunft, die eine glänzende war.

»Wo warst du denn?«, fragte er.

»Bei Sandro Botticelli. Er hat ein großartiges Gemälde geschaffen. Es heißt ›Geburt der Venus‹, und die Göttin trägt darauf Simonettas Züge.«

Während Simone mit dem Essig hantierte, erhob sich Amiri, trat zu ihr, begann ihr, wie so oft, den Rücken zu massieren.

»Wie geht es ihm?«, fragte er leise.

»Er hat sie verloren … aber ihm bleibt immer noch seine Kunst …«

Gemessen an dieser Kunst, die für die Ewigkeit gemacht, schien das Glück, das sie hier gefunden hatte, ein kleines, für den Weltenlauf bedeutungsloses. Aber für sie war es unendlich kostbar, und während sie Amiri küsste und Simone über den Lockenkopf fuhr, war sie entschlossen wie nie, es festzuhalten.

»Was könnte man denn nun statt Bleiweiß nehmen, damit die Gesichter der Frauen so blass wie möglich erscheinen?«, fragte Simone.

Cosima setzte sich zu ihm, sah wieder ganz deutlich Sandros Gemälde mit der bleichen Venus vor sich. War Blässe wirklich erstrebenswert, nicht vielmehr ein Zeichen des Todes? War es nicht besser, mit roten Wangen über eine Blumenwiese zu laufen?

Nun gut, Simone würde sie auch nicht auf eine Blumenwiese locken können, der Ort, wo er am glücklichsten war, blieb diese Werkstatt, und das war gut so, denn auf diese Weise war die Zukunft der Casa Bellani gesichert.

»Lass uns gemeinsam darüber nachdenken«, sagte sie.

Anhang

Zeittafel

1397: Giovanni di Bicci de' Medici, der 1393 seine erste eigene Bank eröffnet hat, verlegt die Zentrale seines Unternehmens nach Florenz. Bis 1450 folgen Dependancen in vielen weiteren Städten Italiens und Europas, Giovanni beginnt auch politischen Einfluss zu nehmen.

1429: Das Unternehmen wird nach Giovannis Tod von dessen Sohn Cosimo de' Medici geleitet und floriert nicht zuletzt dank der Geschäfte im Auftrag des Papstes. Unter der Aufsicht des Architekten Filippo Brunelleschi wird seit diesem Jahr an der Kuppel des Doms von Florenz gebaut – im Jahr 1436 kann der Dom schließlich eingeweiht werden.

1469: Im April begegnet Simonetta, die 1453 geborene Tochter von Gaspare Cattaneo und Caterina Violante Spinola, Marco Vespucci, der von seinem Vater zur Genueser Bank von San Giorgio geschickt wurde. Im August heiraten die beiden.

Im Dezember übernimmt nach dem Tod von Cosimos Sohn Piero de' Medici dessen Sohn Lorenzo, bald der »Prächtige« genannt, die Macht. Einen Aufstand etlicher Gegner, die die Beeinflussung geheimer Wahlen durch die Medici nicht länger hinnehmen wollen, lässt er grausam niederschlagen.

1470: Nach seiner Lehre bei Andrea del Verrocchio eröffnet der 1445 geborene Alessandro di Mariano Filipepi, dessen Künstlername Sandro Botticelli lautet, seine eigene Werkstatt in der Via Nuova.

1472: Lorenzo de' Medici lässt Volterra belagern und einnehmen, nachdem es einen Streit über die Schürfrechte von Alaun gegeben hat.

1473: Papst Sixtus bittet die Medici-Bank um einen Kredit, um die Stadt Imola zu erwerben. Die Medici wollen die Stadt aber im eigenen Machtbereich halten, sodass am Ende die Pazzi den gewünschten Kredit zur Verfügung stellen.

1474: Im Juli entlässt der Papst die Medici als päpstliche Hausbankiers. Der Konflikt zwischen ihnen und den Pazzi verschärft sich, als im Oktober ein Protegé der Pazzi gegen Lorenzos erklärten Willen zum Erzbischof von Pisa ernannt wird.

Im gleichen Jahr (evtl. auch erst 1478) malt Leonardo da Vinci – wie Botticelli ein Lehrling von Verrocchio – die Dichterin Ginevra de Benci und revolutioniert damit die Porträtkunst.

1475: Am 29. Januar findet ein Turnierkampf statt, bei dem Giuliano seine Tapferkeit und Ritterlichkeit beweist und zu dem Lorenzo die wichtigsten Herrscher Italiens eingeladen hat.

Im April wird ein Erzbistum bei Neapel einem Pazzi übertragen – einmal mehr ein Affront gegen Lorenzo. Der Machtkampf zwischen den Pazzi und den Medici spitzt sich zu, umso mehr, da der Papst droht, den Medici das Alaunmonopol zu entziehen

1476: Am 26. April stirbt Simonetta Vespucci nach monatelanger Krankheit an Schwindsucht. Ihr Leichnam wird auf einem offenen Katafalk zu ihrer letzten Ruhestätte in der Kirche Ognissanti gebracht. Ein endloser Trauerzug bewegt sich durch die Straßen der Stadt, darunter Gelehrte und Künstler und an ihrer Spitze Lorenzo und Giuliano de' Medici.

1478: Am 26. April scheitert die Verschwörung der Pazzi: Während des Ostergottesdienstes wollen sie die Medici ermorden lassen, doch während Giuliano de' Medici unter den Messerstichen der Attentäter stirbt, kann Lorenzo leicht verletzt entkommen. Wenig später nimmt er blutige Rache an den Verschwörern.

Papst Sixtus, der am Komplott der Pazzi beteiligt war, erklärt mit Unterstützung des Königs von Neapel Florenz den Krieg – ein Konflikt, der erst 1480 beendet wird.

Am 26. Mai bringt Fioretta Gorini, Giulianos Geliebte, posthum den kleinen Giulio zur Welt, der 1523 der erste Papst aus dem Haus der Medici wird.

Um 1482: Botticelli malt das Gemälde »Frühling«.

Um 1485: Botticelli malt das Gemälde »Geburt der Venus«.

1497–1504: Amerigo Vespucci unternimmt diverse Entdeckungsfahrten und erforscht einen erheblichen Teil der Ostküste Südamerikas. Der deutsche Kartograf Martin Waldseemüller benennt auf seiner Weltkarte von 1507 den neuen Kontinent nach ihm: »America«.

1510: Am 17. Mai stirbt Botticelli und wird in Ognissanti, nur wenige Meter vom Familiengrab der Vespucci entfernt, beigesetzt.

Historische Anmerkung

Auf vielen Gemälden von Sandro Botticelli taucht jenes Gesicht auf, das dem der Venus gleicht. Insgesamt hat er auch vier Porträts gemalt, die mit Simonetta Vespucci in Verbindung gebracht werden.

Das berühmteste davon ist im Frankfurter Städel ausgestellt: Das achtzig Zentimeter hohe Porträt zeigt eine Frau mit makellos weißer Haut, einem weißen Kleid und blondem perlendurchsetzten Haar, das von einem großen roten Stein in goldener Fassung und weiß gefärbten Federn gekrönt wird.

Oft wurde vermutet, dass diese Frau auch Lucrezia Tornabuoni sein könnte – Lorenzos und Giulianos Mutter. Mittlerweile wird aber mehr zu Simonetta tendiert, nicht zuletzt weil der erwähnte Perlenschmuck in ihrem Haar *vespaio* genannt wird und sich darin eine Anspielung auf den Namen Vespucci verbergen könnte.

Es kann allerdings nicht letztgültig geklärt werden, ob Botticelli – sei es bei diesem Gemälde oder der »Geburt der Venus« – wirklich Simonetta Vespucci gemalt hat oder eher eine von ihr lediglich inspirierte, aber ihr nicht gänzlich gleichende idealtypische Frauenfigur.

Botticelli blieb jedenfalls unverheiratet, und in seinem Testament hat er verfügt, in der Kirche Ognissanti begraben zu werden, wo auch Simonetta Vespucci die letzte Ruhe gefunden hat. Beide Gräber – das von Botticelli und das der Familie Vespucci –

kann man bis heute besichtigen, sie liegen nur wenige Schritte voneinander entfernt.

Wir wissen nicht, welche Gefühle Botticelli nun wirklich für seine Muse hegte – so wie keine historische Quelle letztgültigen Aufschluss gibt, ob Giuliano de' Medici Simonetta nur auf rein platonische Weise verehrte oder sie wirklich zu seiner Geliebten machte. Fest steht allerdings, dass Sandro Botticelli seine Berühmtheit nicht zuletzt ihr verdankte. Bis ins spätere 19. Jahrhundert wurde der – zu seinen Lebzeiten durchaus berühmte – Maler nämlich nahezu vergessen. Außerhalb der Fachwelt war er derart unbekannt, dass seine Werke häufig mit denen von Andrea Mantegna verwechselt wurden. In mehreren Aufsätzen bekannter Kunsthistoriker, darunter jenem von Achille Neri im »Giornale storico della letteratura italiana« von 1885, wurde aber der Grundstein für den Simonetta-Mythos gelegt. Erwähnt wurde darin nämlich nicht nur Piero di Cosimos berühmtes Porträt von Simonetta Vespucci, sondern erstmals ihre Bedeutung als Botticellis Muse. Bald wurden beide Namen nicht nur in wissenschaftlichen Betrachtungen miteinander verknüpft. Das Paar fand Eingang in die Populärliteratur, und mit dem Interesse an jener Frau, die schon zu Lebzeiten für ihre liebreizende Wirkung besungen wurde und so tragisch früh gestorben war, wuchs auch das für Botticellis Werk.

Von allen Zeitgenossen, die Botticelli beeinflusst haben, ist Leonardo da Vinci der berühmteste. Mit seinem Porträt von Ginevra de Benci legte er den Grundstein für jene Art des Frauenporträts, für die Botticelli in den frühen 1480ern berühmt wurde: Erstmals wird bei diesen Darstellungen kein Wert auf Rang und Reichtum, auf die Funktion der Frau als Gattin oder Mutter gelegt – der Fokus richtet sich vielmehr auf ihre Schönheit, ihren Charakter, ihre Persönlichkeit.

Einen künstlerischen Höhepunkt erreicht diese Art von Frauenporträt mit Leonardos »Mona Lisa« – aber das ist eine andere Geschichte, die ich in meinem nächsten Buch erzählen werde.

Darin wird auch die Geschichte der Casa Bellani ihre Fortsetzung finden. Sowohl dieses wachsende Schönheitsimperium wie alle damit verbundenen Figuren sind rein fiktiv, doch es entspricht den historischen Tatsachen, dass im Laufe des 15. Jahrhunderts mehr und mehr Schönheitsprodukte auf den Markt kamen und sich viele Kaufleute darauf spezialisierten. Pharmazie und Körperpflege wurden nun stärker voneinander abgegrenzt als im Mittelalter, als man zwischen der Erhaltung von Schönheit und der der Gesundheit meist nicht unterschied.

Begründet liegt das nicht zuletzt im humanistischen Weltbild der Renaissance, wonach der Mensch gleichsam zu einem »zweiten Gott« wird, der schöpferisch tätig werden kann, was wiederum bedeutete, dass Schönheit nicht länger als etwas von Gott Gegebenes betrachtet wurde, sondern als etwas »Machbares«. Im 15. Jahrhundert kam denn auch das Wort *sminke* auf – wenn zunächst auch nur im deutschsprachigen Raum: In der italienischen Sprache gab es damals dafür keine Entsprechung, hier sprach man von der Kunst des *farsi bella*, das ich der Einfachheit halber an mancher Stelle benutzt habe. Die Zentren der Erzeugung kosmetischer Mittel lagen jedenfalls in Italien – neben Venedig,

Neapel und Mailand war es häufig Florenz, wo mancher Trend gesetzt wurde. Es lag wohl nicht zuletzt an Simonetta Vespuccis Einfluss – die man auch als erste Influencerin der Geschichte bezeichnen kann –, dass über Jahrzehnte eine extrem blasse Haut als Ideal galt. Leider wurde diese oft nur mit hochgiftigen Mitteln wie Bleiweiß erreicht, die den Frauen nachhaltig schadete. Aber auch das ist eine andere Geschichte, von der ich im nächsten Buch berichten werde …

Lesen Sie weiter >>

LESEPROBE

Die mitreißende Töchter-Italiens-Reihe
geht weiter …

Bei den Bellani werden
Schönheitsträume wahr!

Band 2 ab Frühjahr 2022 im Handel
und als E-Book erhältlich.

Florenz, Juli 1534

In der Casa Bellani tummelten sich die Kundinnen. Eine junge Frau verlangte soeben etwas, mit dem sie ihre Zähne pflegen konnte, und erhielt vom Verkäufer eine Paste, die aus den fein zerriebenen Rückenschalen des Tintenfisches, Salbei- sowie Minzblättern zubereitet worden waren.

Calla versuchte unauffällig an der Schlange, die sich hinter der Verkaufstheke gebildet hatte, vorbeizuhuschen, doch schon hielt eine der Kundinnen sie mit strenger Stimme auf.

»Stell dich hinten an wie alle anderen! Wer schön sein will, muss warten.«

Calla, die für ihre allseits gerühmte Schönheit noch nie etwas hatte tun müssen, verkniff sich eine schnippische Entgegnung. Als sie jedoch in Ruhe zu erklären versuchte, dass sie nicht hier war, um eines der Produkte der Casa Bellani zu kaufen, fuhr ihr prompt eine andere Dame über den Mund.

»Von dem Mittel gegen die Sommersprossen ist nur mehr ganz wenig übrig, und das brauche ich«, erklärte sie und schob ihre massige Gestalt vor Callas.

Calla wusste, woraus das Mittel gegen Sommersprossen bestand – aus Runkelrübensaft, Eiweiß, Getreideschleim und der getrockneten Wurzel der Eselsgurke –, allerdings hatte sie es nicht nötig. Ihre Haut wies zwar nicht jenen alabasternen Ton auf, der als besonders vornehm galt, sondern war um etliche Nuancen dunkler, zeigte dafür aber keinen einzigen Makel.

»Ich bin nicht hier, um etwas zu kaufen, ich bin …«, setzte sie an.

Nun zog sie auch den Blick des Mannes hinter dem Verkaufstresen auf sich, der ärgerlich den Kopf schüttelte. Er wollte wohl nicht gestört werden, während er einer Kundin ein Mittel gegen die störenden Pusteln in deren Gesicht aufschwatze, das aus Myrrhe, Weihrauch und ein wenig Schwefel bestand und so roch, als käme es zur Hälfte aus dem Himmel, zur anderen Hälfte aus der Hölle.

Geduld war zwar nicht Callas größte Stärke, aber sie beschloss seufzend, abzuwarten. Im Grunde freute sie sich für die Bellani, dass deren Geschäft so gut lief. Hinter der Theke befanden sich etliche Regale, und in diesen gab es kein Plätzchen, wo keine Gefäße aus Keramik oder Glas standen, kleine Schatullen oder Holzboxen – letztere für Seifen vorgesehen –, Elfenbeintiegelchen, die mit Salben oder Phiolen, die mit Duftwässerchen befüllt waren.

Schon mit dem Schauen kam man in der Casa Bellani, die oft als »Haus der Schönheit« bezeichnet wurde, kaum hinterher, und erst recht nicht mit dem Riechen. Es zogen so viele Düfte durch die Luft, viele davon recht exotisch. Das Geschäft befand sich zwar – nahe von Santa Croce gelegen – in einem der belebtesten Viertel der Stadt, doch blieb es frei von jenem Gestank, der zu Florenz ebenso gehörte wie der Reichtum seiner Kaufleute und Bankiers. Auch das übliche Geschrei – von Händlern, die sich zu übertönen versuchten, von jungen Männern, die sich stritten, von Fuhrleuten, die sich gegenseitig verfluchten – war hier nur gedämpft zu vernehmen. Deutlich hob sich die Stimme des Verkäufers davon ab, der gerade eine Schminkpalette aus Schieferholz anpries, in der sich feinpulverisierte Pigmente befanden, so kostbar, dass man sie nicht üppig mit einem Schwämmchen auftrug, sondern mit einem aus Elfenbein geschnitzten Griffel.

Schon wanderte die Palette für etliche Münzen über die Theke, gefolgt von einem Wangenrot, einem Lippenbalsam und einem Mittel, um den Haarwuchs anzuregen. Und obwohl sie anfangs befürchtet hatte, es würde ewig dauern, war nun schon Calla an der Reihe.

Der Blick des jungen Mannes glitt über sie, und in ihm las Calla nicht das übliche Wohlgefallen, das Menschen beim Anblick einer jungen, hübschen Frau zeigten – eher wirkte er irritiert, weil ihm kein Makel auffiel, den eines seiner Produkte beheben könnte.

»Wie kann ich Euch helfen?«, fragte er gedehnt.

Calla öffnete den Mund, um endlich ihr Anliegen hervorzubringen, doch erneut kam sie nicht dazu, es auszusprechen.

»Du Tölpel!«, ertönte eine schrille Stimme. »Denkst du etwa, Calla del Giocondo ist hier, weil sie die Kunst des *farsi bella*, des Schönmachens, nötig hat?«

Calla konnte gar nicht so schnell schauen, da hatte eine Frau durch jene Tür, die hinter den Regalen versteckt war, den Verkaufsraum betreten, die Hände nach ihr ausgestreckt, und ein paar Strähnen ihrer dunkelbraunen Haare ergriffen.

»Sag selbst, was man mit diesen schönen Locken machen sollte, damit sie noch mehr glänzen?«, blaffte sie den Verkäufer an. »Nichts! Sind diese dichten Wimpern und Augenbrauen nicht perfekt? Der rosige Schimmer auf den Wangen? Die wohlgeformte Nase?«

Bei jeder anderen wären ihr die Berührungen unangenehm gewesen, doch Calla kannte diese üppige Frau und wusste, dass vermeintliche Dreistigkeit mit Herzensgüte verbunden war.

»Du musst mir nicht schmeicheln, Viola!«, rief sie und versuchte halbherzig, sich aus dem festen Griff zu befreien.

»Kein Kompliment könnte deiner Schönheit gerecht werden«, sagte sie, um sich dann mit deutlich strengerer Stimme an den jungen Mann zu wenden. »Calla del Giocondo ist nicht hier, um etwas zu kaufen, sondern aus einem ganz anderen Grund. Und den könntest du durchaus erahnen, wenn du nur etwas aufmerksamer wärst. Wie lange bist du nun schon unser Lehrling? Und hast es immer noch nicht gelernt, Augen und Ohren offen zu halten? Als Strafe wirst du eine Stunde lang Pigmente mahlen, und ich übernehme so lange den Verkauf.«

Calla tat der junge Lehrling, der verlegen von einem Fuß auf den anderen trat, herzlich leid. Sie fand auch, dass Violas Urteil höchst ungerecht war. Er selbst fügte sich diesem zwar und verließ seufzend den Verkaufsraum, doch als Viola wohlwollend ihre Wange tätschelte, machte sie sich von ihr los und rügte sie sanft.

»Warst du nicht ein bisschen zu streng? Er ist ein hervorragender Verkäufer. Heute hat er schon so viele Kundinnen glücklich gemacht, weil er ihnen genau das geben konnte, wonach sie verlangten.«

»Nun gut«, gab Viola zu, und ihre Lippen zuckten, obwohl die Stirn noch argwöhnisch gekräuselt war. »Es mag ja sein, dass er der beste Lehrling ist, den wir jemals hatten, aber das ändert nichts daran, dass er nicht zur Familie Bellani gehört. Besser er weiß, wo sein Platz ist, und das ist nicht hinter der Theke.«

»Ihr habt Hilfe im Verkauf doch dringend nötig, da Marcella ein Kind erwartet und deswegen nicht länger …«

»Herrgott!« Viola stampfte temperamentvoll auf, ließ sie es an Geduld doch noch mehr vermissen als Calla. »Bist du hier, um über Lehrlinge so schwatzen oder um Samuele zu sehen?«

In der Tat hatte Calla gehofft, Samuele Bellani selbst hinter der Theke vorzufinden. Allerdings wusste sie nur allzu gut, dass das Verkaufen der Schönheitsmittel nicht zu seinen liebsten Pflichten gehörte.

»Wo ist er denn?«

»Das fragst du noch?« Augenzwinkernd beugte sich Viola vor und raunte ihr ins Ohr. »Immer dem Fluchen nach.«

Also trat Calla durch jene Tür, durch die Viola vorhin gekommen war. Die Casa Bellani war ein gewöhnliches, mehrstöckiges Haus, und doch fühlte man sich aufgrund der Gerüche, die hier noch durchdringender in der Luft hingen als im Verkaufsraum, wie in eine andere Welt versetzt – eine, die man sonst nur erreichte, wenn man eine wochenlange, abenteuerliche Schifffahrt über gefährliche Gewässer hinter sich brachte. Mehr als einmal war ihr durch den Kopf gegangen, dass die Bellani nicht nur Schönheit verkauften, sondern Träume … Träume von einer Welt, in der das Kranke, Mickrige, Stinkende, Gebrechliche keinen Platz hatte, in der alles farbenprächtig war, wunderschön anzuschauen und zart duftend.

Die Flüche, die sie vernahm, hatten allerdings so gar nichts mit dieser lieblichen Welt zu tun. Jeder neue wurde noch wütender ausgestoßen als der vorherige. *»Porca miseria, Porca vacca, Porco dio!«*

Calla lächelte, als sie zielstrebig den Gang entlangging. Sie kam an jenem Raum vorbei, wo Samueles Vater Simone Bellani über den Verkaufsbüchern hockte, der Besitzer der Casa Bellani, dessen Augenlicht mittlerweile so schwach war, dass er mehr und mehr Verantwortung an Giacomo, seinen ältesten Sohn, abgab. Jener saß gerade neben ihm am Schreibtisch und diskutierte mit ihm über den Preis von Alaun und Indigo. Calla wusste, dass Giacomo sein Leben für das Geschäft der Familie gegeben hätte, aber sie wurde den Verdacht nicht los, dass er die Farben und Düfte ihrer Waren gar nicht wahrnahm, weil für ihn nur Wert hatte, was man mit Zahlen bemessen konnte. Seine Frau Marcella machte das wett, sie selbst hatte bis vor Kurzem die Kundinnen beraten und ihnen vorzugsweise aufgeschwatzt, was sie selbst gründlich an sich erprobt hatte. Doch weil ihr Bauch mittlerweile so dick war, konnte sie sich kaum noch auf den Beinen halten, wahrscheinlich hatte sie sich auch heute in einem der Gemächer im ersten Stock zurückgezogen. Calla ließ die Geschäftsräume hinter sich und hatte beinahe das Ende des Gangs erreicht, als ein neuer Fluch ertönte.

»Maledetto stronzo!«

Der Wohlgeruch wich hier grässlichem Gestank, drangen aus der Tür der Werkstatt doch dunkle Rauchschwaden. Calla musste grinsen. Menschen, die die Bellani nicht kannten, hätten wohl daran gezweifelt, aber diese Werkstatt war – weit mehr als der Verkaufsraum – das Herz des Schönheitsunternehmens.

Calla schloss leise die Tür hinter sich. Doch selbst wenn sie sie laut zugeschlagen hätte, Samuele Bellani hätte sie wohl nicht gehört. Wenn er sich in seiner Werkstatt aufhielt, wo ganz anders als im Laden das reinste Chaos herrschte, war er stets so in seine Arbeit vertieft, dass er blind und taub für die übrige Welt wurde. Calla störte sich nicht daran, sondern sah ihm gerne zu, wenn er mit Brennkolben, Mörser und Pistill hantierte, wenn er in Schüsseln aus Ton, Blei oder Marmor verschiedene Zutaten zusammenschüttete, wenn er später in einem Kessel umrührte, schließlich ein Gebräu in Ampullen umfüllte. Es mochte schönere Männer in Florenz geben, die mit geschwellter Brust, rotem Samtmantel und funkelndem Dolch am Gürtel durch die Straßen stolzierten, als gehörte die Stadt ihnen. Doch keinen von ihnen, die sie insgeheim mit Gockeln verglich, hatte Calla je gewollt.

Ihr Herz schlug für Samuele, seit sie ihn vor einigen Monaten zum ersten Mal gesehen hatte. Einem vor Kraft strotzenden Hünen würde er zwar nur bis zur Schulter reichen, und seiner Kleidung – meist ein Leinenhemd, das an der Brust offen stand, und enge Lederhosen, die einen ziemlich verschlissenen Eindruck machten – sah man an, wie unwichtig ihm war, in was er morgens schlüpfte. Die braunen Haare wiederum, zu lang für einen Mann und wirr, weil er Kämmen als Zeitverschwendung betrachtete, band er nur in seinem Nacken zusammen, damit sie nicht störten, nicht weil ihm an einer gepflegten Frisur lag. Doch etwas an ihm fesselte sie vom ersten Moment an: seine Augen. Selten stand sein Blick still, stets betrachtete er neugierig, regelrecht hungrig die Welt, wirkte dadurch auf eine Weise wach, dass sie bei ihrer ersten Begegnung vermeint hatte, ihr bisheriges Leben verschlafen zu haben. Er war stets auf der Suche nach Zutaten für seine Schönheitsmittel, verriet mit jeder Geste, dass er genau wusste, warum er lebte. Und wie ansteckend seine Energie war! Jedes Mal, wenn sie ihn sah, fühlte sie sich lebendig wie nie, schien jede Faser von ihm von einer prickelnden Kraft durchdrungen zu werden, die keiner noch so geheimen Leidenschaft erlaubte, brachzuliegen. Einem Mann wie ihm, der so ganz und gar in seinem Tun aufging, konnte man nur ganz und gar zugeneigt sein, denn in seinem Bannkreis waren Halbheiten verboten. Das bedeutete allerdings nicht nur, dass er sich von ganzem Herzen freute, wenn ihm etwas gelang, sondern auch, dass er sich aus ganzem Herzen ärgerte, wenn – wie heute – etwas schiefging.

»*Porca miseria!*«, fluchte er wieder.

Calla entfuhr ein Kichern, und dieses hörte er nun doch.

Anstatt sie zu begrüßen oder zumindest ihren Namen auszusprechen, machte er einen Satz auf sie zu, und ehe er es sich versah, hatte er sie an den Schultern gepackt und drückte sie nach unten, sodass sie beide unter einem Tisch zu hocken kamen. Er ließ sie weiterhin nicht los, und sein fester Griff hätte wohl geschmerzt, wenn er nicht zugleich jenes Kribbeln in ihrem Magen heraufbeschworen hätte. Was war mit ihm los?

»Andere entbieten ihrer Liebsten einen freundlichen Gruß und küssen ihr die Hand, und du …«

»Still!« fiel er ihr ins Wort. Er duckte sich noch tiefer, lauschte angestrengt, löste zugleich nicht den Blick von einem Kessel, der gegenüber vom Tisch über dem Feuer hing. Ein eigentümliches Brodeln ertönte von dort, wurde aber immer leiser.

»*Porco dio!*«, rief er enttäuscht. »Es hat schon wieder nicht geklappt.«

Er kroch unter dem Tisch hervor und reichte ihr die Hand, um auch ihr aufzuhelfen. Wie er beugte sie sich über den Kessel und erblickte darin eine undefinierbare Masse.

»Es hätte einen lauten Knall und danach sprühende Funken geben müssen«, sagte Samuele, »aber mir gelingt die richtige Mischung dafür nicht.«

Auf einen weiteren Fluch folgte ein Seufzen. Calla betrachtete Samuele genauer, stellte fest, wie grau sein Gesicht war. Auch wenn ihn sein Ehrgeiz nie ruhen ließ – es war ihm anzusehen, wie dringend er Schlaf brauchte.

»Wie lange arbeitest du schon?«, fragte sie. »Willst du keine Pause einlegen?«

Erneut stieß er ein Seufzen aus. »Ja, sollen die Frauen noch länger darauf warten, schön zu sein, was gleichsam bedeutet, einen hellen Teint mit rosigem Schimmer zu haben?«

Er stürzte auf das Becken zu, um neue Zutaten zusammenzumischen. Auf den ersten Blick wirkte sein Tun blindwütig, aber sie wusste, dass er ein gutes Gefühl für die exakten Mengen hatte, die er brauchte. Sie wusste ebenso, welchem großen Ziel er sich seit Monaten verschrieben hatte, denn Frauen kauften nahezu jedes Mittel, um besagten Teint im Ton des Elfenbeins zu erreichen.

»Das Wohl und Wehe der Welt im Allgemeinen und von Florenz im Besonderen hängt nicht davon ab, ob Frauen ein makelloses Gesicht haben oder ein dunkles und fleckiges«, sagte Calla, während sie zu ihm trat.

»Ob Frauen schön oder hässlich sind, mag nicht so wichtig sein – aber es ist ein großer Unterschied, ob sie gesund oder krank sind«, sagte er und hörte nicht mit seinem Tun auf.

Calla konnte immer noch nicht erkennen, was er da genau zusammenrührte. Sie wusste aber, dass er eine Alternative für das Bleiweiß suchte, mit dem sich viele Frauen ihre Gesichter und ihr Dekolleté einrieben, weil es blass machte und alle Unebenheiten verbarg. Leider mussten sie dafür einen hohen Preis zahlen, denn wenn man Bleiweiß zu lange verwendete, zerstörte es die Haut. Unter der Paste wurde sie immer grauer, manchmal sogar gelblich. Man konnte noch von Glück reden, wenn man nach langer Anwendung lediglich einer vertrockneten, schrumpeligen Olive glich. Weitaus schlimmer war man geschlagen, wenn man über und über mit eitrigen Pusteln übersät war. Und nicht nur die Haut schädigte das Bleiweiß – manchen fielen die Zähne wie Haare aus, andere litten an Atemnot und üblem Mundgeruch. Samuele behauptete, dass man am Gebrauch des Bleiweiß sogar sterben könne, wenn es ins Blut gelange und dieses vergiftete. Calla war nicht sicher, ob das stimmte. Sie hatte jedoch schon oft gehört, wie Mönche und Kirchenmänner die Frauen heftig dafür rügten, um jeden Preis schön sein zu wollen, und das Bleiweiß als gerechte Strafe bezeichneten, weil sie Gott ins Handwerk pfuschten. Besagte Kirchenmänner nannten im Übrigen die Casa Bellani nicht »Haus der Schönheit«, sondern »Haus der Sünde«.

»Ich weiß«, sagte sie, »es ist dir wichtig, den Feinden der Bellani keinen Vorwand zu geben, um übel über euch zu lästern, aber …«

Samuele hielt kurz inne, sein Blick blieb erstmals länger auf ihr ruhen. »Unsere Feinde können schwatzen, was sie wollen, die Geschäfte der Casa Bellani laufen seit Jahren sehr gut. Darum geht es mir nicht. Aber meine Großmutter Cosima Bellani, die einst unser Geschäft gegründet hat, behauptete immer, dass eine Frau nur dann wahrhaft schön sein kann, wenn sie sich wohl in ihrer Haut fühlt. Und das tut sie nicht, wenn diese Haut immer rissiger wird, sich Knötchen auf ihr bilden. Überdies ist Bleiweiß nicht nur schädlich, es ist auch schrecklich teuer. Hat aber nicht jede Frau ein Recht darauf, schön zu sein, auch die ärmeren? Ich möchte gerne ein Mittel anbieten, das sich schon ein Arbeiter, der nur eine Lira pro Tag verdient, leisten kann.«

»Und welche Rezeptur erprobst du heute?«

Obwohl er ihr schon so viele seiner Rezepturen anvertraut hatte, waren Calla vielen Zutaten fremd. Sie wusste weder, was venezianischer Kalk war, von dem er nun sprach, oder Borax, das es mit Weinsteinsalz zu mischen galt. Ein Zeichen dafür, dass das gelungen wäre, wäre die Explosion, doch auf die wartete er bislang vergeblich.

»Warum muss es explodieren?«, fragte sie, »warum kann man es nicht einfach bloß schmelzen?«

»Hm«, machte Samuele. »So genau weiß ich das auch nicht. Die Wissenschaft der Alchemie, in der ich mich seit geraumer Zeit erprobe, sieht vor, dass man Zutaten nicht einfach nur vermischt, sondern etwas gänzlich Neues aus ihnen macht.«

»Ich habe gehört, dass alle Versuche, Gold herzustellen, gescheitert sind.«

»Gold? Pah!«, stieß Samuele aus. Und wenn noch so viele Florentiner für nichts anderes lebten, als sich die Taschen zu füllen – Reichtum bedeutete ihm nichts. »Es ließen sich auch leichter Schießpulver, Keramik, Glas, neue Farben und Düfte herstellen, wenn der Mensch alle Geheimnisse der Alchemie ergründen könnte.«

»Und eben auch Ersatz für Bleiweiß. Wenn du diesen entdecken würdest, würde die Casa Bellani in Gold schwimmen.«

Das neuerlich »Pah!«, war ihr ein Beweis, dass die Einkünfte ihres Geschäfts etwas waren, mit dem sich Vater und Bruder befassen sollten, jedoch nichts, das sein Herz schneller schlagen ließ.

»Weißt du«, sagte er, und seine Hände standen kurz still, »seit sich herumgesprochen hat, dass Bleiweiß schädlich ist, erproben die Damen manch anderes Mittel, um vornehme Blässe zu erreichen – doch die sind nicht gerade gesünder. Sie verspeisen Kies, Asche oder Kohlenstaub, um damit Übelkeit und Erbrechen hervorzurufen – beides macht schließlich blass –, oder sie setzen sich einen Blutegel hinters Ohr. Manche trinken sogar zerstoßenes Elfenbein, doch das macht erst recht krank!«

Sie hörte die Betroffenheit nicht nur aus seiner Stimme, sie stand auch in seiner Miene, und sie rührte sie zutiefst. Alle Männer, die sie kannte, gingen ihrem Tagwerk nach, weil es einen Zweck erfüllte, der hauptsächlich ihnen selbst zugutekam. Sie strebten Reichtum oder Ruhm und Ehre an, und wenn sie jemandem einen Freundschaftsdienst gewährten, so nur, weil sie sich irgendwann eine Gegenleistung erhofften. Doch Samuele, das fühlte sie, ging es wirklich ausschließlich darum, Frauen zu helfen.

Obwohl sie ihn keineswegs bei der Arbeit stören wollte, konnte sie nun nicht anders, als unwillkürlich die Hand auf seine Schulter zu legen, sich auf die Zehenspitzen zu stellen, ihn schließlich auf die Lippen zu küssen. Und er, der kaum je ruhig stand, entspannte sich erst merklich, ehe er sie ganz fest an sich zog und den Kuss leidenschaftlich erwiderte. Es war nicht das erste Mal, dass sie sich küssten, doch nie hatten sie es so lange getan, so atemlos, so hungrig. Das Kribbeln in ihrem Magen verstärkte sich, und in der Brust breitete sich etwas Warmes aus, als wäre

Glück auch eine Substanz, die man abwiegen, mischen, horten könnte.

Als er sie wieder losließ, war sie kurz enttäuscht. Doch als er durch die Werkstatt eilte, mit seiner Arbeit fortfuhr, wusste sie: Dass er ihr offen seine Gedanken, mehr noch seine Rezepturen anvertraute, war genauso ein Beweis für seine tiefe Zuneigung wie der Kuss.

»Ich habe viele Alternativen erprobt, aber die Wirkung von keiner stellte mich zufrieden«, erklärte er hastig. »Nutzt man als Grundlage Eiweiß, wird das Gesicht rasch zur Maske, die vom Sprechen wie vom Lächeln abhält. Lilienwurzel und Veilchenöl entfalten wiederum, selbst wenn man sie mit Perlenpulver vermischt, zu wenig Wirkung. Ich habe gehört, dass Quecksilber, vermischt mit etwas Moschus, Sommersprossen und Pigmentflecken, bleicht, aber es ist wohl nicht weniger giftig als Blei. Und eine Salbe aus Kichererbsen, Milch und Meerrettichsamen pflegt die Haut, aber sie macht sie nicht weiß.«

Während er durch die Werkstatt stob, warf er ein paar Dinge um, von denen keines an seinem vorgesehen Platz stand.

Calla bückte sich, um eine Phiole aufzuheben. »Ich würde dir so gerne helfen.«

Sie erwartete, dass er den Worten kaum Beachtung schenkte, doch plötzlich stürzte er wieder zu ihr, und während es bis jetzt sie gewesen war, die Küsse einforderte, lagen seine Hände jäh um ihren Nacken und er presste erneut stürmisch die Lippen auf ihre.

»Du hilfst mir doch schon genug, indem du mir zuhörst«, sagte er, als sie sich wieder voneinander gelöst hatten. »Mein Vater und Bruder lachen mich aus, weil ich kaum mehr etwas anderes tue, als einen Ersatz für Bleiweiß zu suchen. Aber du … du glaubst an meinen Traum.«

Sie nickte. Gerne hätte sie ihre Zustimmung noch mit Worten bekräftigt, aber da hatte er sich bereits wieder abgewandt. Und somit war auch der rechte Zeitpunkt verstrichen, ihm anzuvertrauen, dass sie nicht nur an seinen Traum glaubte – sondern überdies einen eigenen hatte.

Als sie ihm zum ersten Mal begegnet war, war sie nicht nur zutiefst fasziniert von diesem Menschen gewesen, der seiner Leidenschaft so kompromisslos folgte. Das Zusammentreffen war für sie auch ein Anstoß gewesen, darüber nachzudenken, wofür ihr Herz schlug. Und das tat es seitdem zwar auch für ihn, aber eben nicht nur. Sie strebte etwas an, das von seinem Ziel gar nicht so weit entfernt war, doch bislang hatte sie sich nicht überwinden können, es ihm anzuvertrauen. Zu groß war die Angst, er könne sie nicht erst nehmen, würde zwischen ihrem Trachten und seinem einen so großen Unterschied sehen wie die reichen Florentiner zwischen sich und einem verlausten Bettler.

Und als sie sah, wie er sich eben wieder am Brennkolben zu schaffen machte, eine Stichflamme emporstieg und auf einen Fluch ein begeisterter Ausruf folgte, entschied sie einmal mehr, dass heute nicht die rechte Zeit war, um mit ihm zu reden.

»Ich muss nach Hause«, erklärte sie, »ich konnte mich von dort wegstehlen, indem ich behauptete, Feigen und Granatäpfel am Markt kaufen zu wollen, aber das dauert nicht ewig.«

Kurz sehnte sie sich inständig, sie würden sich ein drittes Mal küssen, doch er wollte seinen Brennkolben nicht loslassen. Und als sich eine neuerliche Flamme in seinen Augen spiegelte, er ein triumphierendes Lachen ausstieß, genügte ihr das, damit sich erneut jene Wärme in Brust und Magen ausbreitete.

Ich liebe dich, Samuele Bellani, dachte sie. Oh, ich liebe dich so sehr.

Sie sprach die Worte zwar nicht aus, aber sie waren von dem Lächeln abzulesen, das sie ihm schenkte, ehe sie den Raum verließ.